Das Hotel der ERINNERUNG

CHELSEA BOBULSKI

Das Hotel der
ERINNERUNG

Aus dem Englischen von Anne Brauner
und Susann Friedrich

Carlsen-Newsletter: Tolle Lesetipps kostenlos per E-Mail!
Unsere Bücher gibt es überall im Buchhandel und auf carlsen.de.

Deutsche Erstausgabe
Veröffentlicht im Carlsen Verlag
September 2019
Originalcopyright Text © Chelsea Bobulski
Published by Arrangement with Chelsea Bobulski
Originalverlag: Feiwel and Friends, an imprint of Macmillan
Originaltitel: »Remember Me«
Dieses Werk wurde vermittelt durch die Literarische Agentur
Thomas Schlück GmbH, 30827 Garbsen
Copyright © der deutschsprachigen Ausgabe:
2019 Carlsen Verlag GmbH, Hamburg
Aus dem Englischen von Anne Brauner und Susann Friedrich
Lektorat: Rebecca Wiltsch
Umschlagbild: shutterstock.com © Yuriy Zhuravov / Marko Poplasen / Alex Malikov /
Alenka Karabanova / Julia Henze
Umschlaggestaltung: formlabor
Herstellung: Karen Kollmetz
Corporate Design Taschenbuch: bell étage
Satz: Dörlemann Satz, Lemförde
Gesetzt aus der Alegreya ht pro
ISBN 978-3-551-31813-8

bittersweet-Newsletter
Bittersüße Lesetipps kostenlos per E-Mail!
www.bittersweet.de

ERSTER TEIL

Kapitel Eins

LEA

Juni 1905

Es ist ein Jammer, dass heute Morgen so viele Boote auf dem Fluss unterwegs sind. Wenn ich über die Reling der Fähre ins Wasser gleiten würde – aus Versehen natürlich –, würde man mich sehr wahrscheinlich nicht ertrinken lassen. Doch wenn ich ehrlich bin, würde ich es wohl ohnehin nicht tun. Mutter sagt gern, dass ich immerzu ein Riesentheater mache, aber niemals Taten folgen ließe, und vielleicht stimmt das sogar. Vielleicht hat mir Vater schon vor langer Zeit jeden Ungehorsam ausgetrieben. Doch wie es sich auch verhält: Ich werde heute nicht über Bord springen, deshalb reiße ich meinen Blick von den Wellen los, die gegen den Schiffsrumpf schwappen. Stattdessen betrachte ich das Grand Winslow Hotel, dem wir uns rasch nähern.

Bereits im Prospekt hatte das Hotel pompös gewirkt, doch die Schwarz-Weiß-Skizzen sind nichts im Vergleich zur Realität. Auf der Insel vor mir ragt ein riesiges, mit weiß gestrichenem Holz verkleidetes Gebäude auf. Es hat ein Schrägdach aus Kupfer, das bereits Patina angesetzt hat, drei Kuppeln, vier Ecktürmchen und zwei große Rotunden im Erdgeschoss. Genau in der Mitte befindet sich ein Turm, von dem man an einem klaren Tag sicher meilenweit sehen kann.

»Ist es nicht überwältigend?«, sagt der Mann neben mir und schlägt mit der flachen Hand auf die glitschige Reling. »Wussten Sie, dass es eines der größten Holzbauwerke des Landes ist? Vierhundert Zimmer! Und seit 1891 ist das gesamte Hotel mit elektrischem Licht ausgestattet.«

»Ich habe gehört, dass sie für den Bau zehn Millionen Fuß Holz verbraucht haben«, sagt seine kleine Tochter. Ich glaube, ihr Kindermädchen hat sie Mabel genannt.

»Mehr als *zwanzig* Millionen«, schnaubt ihr älterer Bruder.

Mabel streckt ihm die Zunge heraus.

Ich schließe die Augen und zwinge mich dazu, ihre Begeisterung zu teilen. Doch als ich meine Lider wieder öffne, sehe ich in dem Hotel nur das, was es tatsächlich ist.

Ein Gefängnis.

Als hätte er meine Gedanken gelesen, legt mein Vater mir eine Hand auf die Schulter. Es ist eine kräftige Hand. Stark. Unnachgiebig. Ich blicke zu ihm auf ins Sonnenlicht. Seine Miene ist düster.

»Aurelea.«

»Vater.«

»Du wirkst bekümmert«, sagt er mit einem warnenden Unterton in der Stimme.

»Ich war nur in Gedanken.«

Sein Griff wird fester und er drückt kurz zu, dann tätschelt er mir die Schulter, wie er es früher getan hat, als ich noch ein Kind war und die Jungen in der Nachbarschaft mich nicht beim Schlagball mitspielen ließen. »Versuch etwas fröhlicher auszusehen, ja? Du triffst gleich deinen Verlobten.«

»Natürlich, Vater. Wie unbedacht von mir.«

Er blickt mich noch einen Augenblick lang an. »Wir können uns glücklich schätzen, in dieser Lage zu sein, Aurelea. Vergiss das nicht.«

Ich sehe hinüber zu Mutter. Sie lächelt und hält Benny an der Hand, der am Bug des Schiffes auf und ab hüpft und auf eine Gruppe von Kranichen nahe dem Ufer zeigt.

»Ja, Vater«, sage ich.

Die Fähre legt an und wir werden zu einer Straßenbahn gebracht, auf deren Front der Name WINSLOW ISLAND RAILROAD COMPANY prangt. Obwohl es ein einzelner Triebwagen ist, der nur dazu dient, die Hotelgäste zur Fähre zu fahren und von dort abzuholen, starrt Benny ihn mit offenem Mund an, genau wie er auch die Züge am Bahnhof von Philadelphia bewundert hat. Sein Kindermädchen Madeline schiebt ihn sanft in den Wagen und ich hebe ihn auf meinen Schoß.

»Lass mich los«, jammert er. »Dafür bin ich zu groß.«

»Ach ja?«

Er nickt feierlich.

»Dann vergib mir bitte«, necke ich ihn. »Mir war nicht bewusst, dass du mit deinen sieben Jahren bereits erwachsen bist. Wenn das so ist, dann soll ich dir heute Abend aus dem Speisesaal bestimmt auch keinen zweiten Nachtisch mitbringen, oder?«

Benny verzieht das Gesicht und scheint abzuwägen, was ihm wichtiger ist: seine Eigenständigkeit oder seine Vorliebe für Süßes.

»Wie wäre es mit einem Kuss auf die Wange, anstatt auf deinem Schoß zu sitzen?«, schlägt er vor.

Ich seufze. »Dann muss ich mich wohl damit begnügen.«

Er verrenkt sich den Hals, um sich zu vergewissern, dass niemand hinsieht. Schließlich küsst er mich flüchtig auf die Wange, hastig und spitz wie ein Vogel, ehe er auf den Sitzplatz gegenüber wechselt. Madeline schmunzelt vor sich hin und die Fältchen um ihre Augen und ihren Mund vertiefen sich.

Sobald alle Gäste eingestiegen sind, fährt die Straßenbahn los und gleitet auf den Schienen Richtung Hotel. Doch während sich alle aus dem Fenster lehnen, um das Grand besser sehen zu können, werfe ich einen Blick über die Schulter: zu den Männern an der Fähre, die Koffer und Automobile entladen, und dann noch weiter zum blauen Wasser und dem Leben, das ich an der fernen Küste zurückgelassen habe.

Wenn alles so läuft, wie Vater es geplant hat, werde ich aus diesem Hotel nicht als Aurelea Sargent, sondern als Aurelea Van Oirschot abreisen – als Frau von Lon Van Oirschot, einem Unternehmer und zukünftigem Erben der Van Oirschot Stahlwerke.

Vater räuspert sich. »Aurelea.«

Ich drehe mich wieder nach vorn.

Die Straßenbahn rollt durch Canvas City, an unzähligen gestreiften Segeltuchzelten vorbei, für die man laut Prospekt in einer ganzen Woche genauso viel bezahlt wie für eine Nacht im Hotel. Und wenn einem ein festgestampfter Lehmboden und die bescheidene Grundausstattung reichen, dann kostet die Woche sogar nur noch die Hälfte.

Männer, Frauen und Kinder winken uns von der Straße aus zu, manche tragen Badekleidung, andere haben sich fürs Mittagessen zurechtgemacht. Ich entdecke eine Gruppe Mädchen, die Arm in Arm unterwegs zum Strand sind. Sie sind ungefähr in meinem Alter, vielleicht ein oder zwei Jahre jünger. Ihre Haut ist gebräunt und ihr Haar von der Sommersonne gebleicht. Einen Moment lang stelle ich mir vor, ich hätte mich bei einer von ihnen untergehakt. Ich sehe es direkt vor mir, dieses andere Ich, das Haar feucht von der Meeresbrise und die Haut verkrustet vom Salz. Wir fünf sind die besten Freundinnen: Wir sind zusammen aufgewachsen und kennen unsere tiefsten, dunkelsten Geheimnisse. Jede von uns hat einen Geliebten, den sie sich selbst ausgesucht hat, aber das bedeutet nicht, dass wir ihn auch wirklich heiraten werden. Wir diskutieren darüber, was wir zu Mittag essen sollen – Eis, um unsere von der Sonne erhitzten Körper zu kühlen, oder lieber etwas Gehaltvolleres, damit wir für den Rest des Tages genügend Energie haben und es mit den Wellen aufnehmen können. Bestimmt einigen wir uns auf beides, denn beste Freundinnen sind gut darin, Kompromisse zu schließen.

Die Straßenbahn schlingert an den Mädchen vorbei und die Bilder in meinem Kopf verblassen. Ich bin nicht länger eine von ihnen.

Wir biegen in einen von Zypressen gesäumten Kiesweg ein. Louisianamoos hängt von den Ästen wie geisterhafte Vorhänge und dann kommt die Straßenbahn vor dem riesigen Hotel zum Stehen. Der Wind ist hier sogar noch stärker, er fährt durch die Palmwedel und durch die offenen Fenster der Straßenbahn. Sobald der Schaffner die Tür entriegelt hat, springt Benny aufgeregt aus dem Triebwagen. Er flitzt die Hoteltreppe hinauf, die Arme ausgebreitet wie Flügel.

»Benjamin!«, bellt Vater.

Benny erstarrt. Vater muss nichts weiter sagen. Ein strenger Blick und ein leichtes Anheben seiner Prügelhand genügen, und schon kommt Benny brav zurück.

»Du bist zu alt, um so durch die Gegend zu rennen«, murmelt Vater. »Das ziemt sich nicht.«

Benny nickt. »Entschuldige, Vater.«

Vater tätschelt ihm die Schulter. »Schon gut, Sohn. Mach es nur nicht noch einmal.«

Aber Benny wirkt nicht beruhigt. Vater lässt solche Dinge nie ungestraft durchgehen.

Mutter greift nach meiner Hand. »Komm mit, mein Schatz. Mal sehen, ob wir deinen Liebsten finden.«

Ich drücke die Schultern durch und trage die Maske zur Schau, die Mutter mir von klein auf antrainiert hat. Ich brauche keinen Spiegel, um zu wissen, dass meine Stirn jetzt vollkommen glatt ist. Meine Lippen sind zu einem eingeübten Lächeln verzogen, das niemand als aufgesetzt zu erkennen vermag – jedenfalls nicht, wenn ich meine Mutter dabei beobachten kann, wie sie dieselbe Wandlung durchläuft. Ihre flüchtige Sorge um Benny verschwindet, als hätte es sie nie gegeben.

Mutter wartet, bis Vater und Benny vorausgehen, dann steigen wir hinter ihnen die Stufen hoch auf die verschnörkelten Holztüren des Grand Winslow Hotel zu.

Kapitel Zwei

NELL
Juni, Gegenwart

Dad lenkt unseren knatternden 94er Corolla Kombi auf die gewundene Zufahrtsstraße, vorbei an hohen Palmen und Damen mit teuren Handtaschen, und ich werfe einen ersten Blick auf das Hotel.

»Was meinst du?«, fragt Dad und biegt in die Wagenauffahrt ein.

»Bist du sicher, dass wir nicht den Dienstboteneingang oder so etwas nehmen sollen?«

Er lacht. »Es macht ganz schön was her, oder?«

»Es sieht aus wie ein Schloss«, sage ich leise.

Im Gegensatz zu den kastenförmigen Durchschnittshotels, in denen Dad sein Leben lang gearbeitet hat, sieht dieses Hotel schon von außen ganz anders aus. Man könnte meinen, jemand hätte hundert viktorianische Häuser gewaltsam zu einem Hotel zusammengeschoben und dann mit einer weißen Holzverkleidung und einem patinagrünen Kupferdach versehen, um die Übergänge zu vertuschen.

Der Wagen kommt mit quietschenden Bremsen zum Stehen und es reißt uns nach vorn, die zerschlissenen Gurte mit den vielen Kaffeeflecken drücken uns in die Sitze.

»Nervös?«, frage ich Dad mit einem Seitenblick.

Er lächelt einer blonden Familie zu, die unser Auto anglotzt und sich in rasantem Französisch unterhält. Hinter uns wartet in angemessenem Abstand ein Aston Martin. »Kein bisschen.«

»Dad.« Ich sehe ihn scharf an. »Der Schalthebel steht noch auf Drive. Du hast gerade die Handbremse angezogen.«

Mit einem Stirnrunzeln betrachtet er den Schaltknauf. »Ja?«

Ich schenke ihm ein gequältes Lächeln. »Keine Sorge, du wirst das super hinkriegen.«

»Danke, Nellie-Maus. Es ist nur … das ist die ganz große Nummer.«

»Ich weiß.«

Wir reden jetzt nicht über die Schmerzen in der Brust, die ihn im letzten Herbst plötzlich überfielen und eine Panikattacke auslösten. Aus Angst vor Herzversagen hat er sich selbst in die Notaufnahme eingeliefert. Der diensthabende Arzt riet ihm, es langsamer angehen zu lassen, weil er sich sonst ein frühes Grab schaufeln würde. Eine Zeit lang hat er darauf gehört und kam tatsächlich hin und wieder eher nach Hause, dann haben wir einen Filmabend gemacht oder den Taco-Dienstag gepflegt. Diesen Frühling ist er sogar an einem Samstag zur Schulaufführung gekommen, obwohl er seine Vertretung am Wochenende nur ungern allein ließ. Und damals ging es um eine schäbige Lodge in den Blue Ridge Mountains mit gerade mal dreißig Zimmern, grob überschlagen ein Sechzehntel des Winslow Grand Hotels. Abgesehen davon, dass es in einer idyllischen Kleinstadt lag und von Familien mit Kindern gebucht wurde – kein Vergleich mit einem Resort der Luxusklasse am Meer, das einen exzellenten Ruf genießt.

Ich kann von Glück reden, wenn ich Dad neben einem gelegentlichen frühen Frühstück zu Gesicht bekomme.

Der Hotelpage verkneift sich gekonnt jegliche Reaktion auf unser verbeultes Auto und erlaubt sich nur einen flüchtigen Blick auf die eingedrückte Stoßstange, bevor er Dads Schlüssel entgegennimmt. Ich steige aus, schultere meinen Rucksack, der mit Panzertape zusammengehalten wird, und strecke die Beine. Dad lädt währenddessen mit einem anderen Pagen das Gepäck auf einen Kofferwagen. Er stellt sich allen Mitarbeitern im Umkreis von drei Metern als neuer Manager für die Gästebetreuung vor. Ich muss mich gar nicht nach ihm umdrehen, um zu wissen, dass er die Brust vorstreckt, die Schultern strafft und ein strahlendes Lächeln aufgesetzt hat, das seine Grübchen besonders zur Geltung bringt.

Mit dem Rücken zum Auto und dem dahintergelegenen Parkplatz betrachte ich die breite Backsteintreppe, die zum Vordereingang führt. Die geöffneten altmodischen Flügeltüren mit den schicken ovalen Scheiben sind aus Holz und mit Schnitzereien von Magnolienblüten, Efeu und Cherubinen verziert. Dahinter sind vage die Umrisse anderer Gäste zu erkennen, die gerade einchecken. Um diese Leute soll Dad sich ab jetzt kümmern, was seinen Hang zum Workaholic weiter fördern wird.

Freu dich für ihn, ermahne ich mich. *Vergiss nicht, was Dr. Roby gesagt hat: Rechne immer damit, dass etwas Gutes geschieht.*

»Und was mache ich, wenn ich etwas Gutes erwarte und etwas Schlechtes passiert?«, habe ich Dr. Roby bei unserer ersten Therapiesitzung vor vier Jahren gefragt, während meine Knie an dem Lederstuhl vor seinem Schreibtisch festklebten. Schon mit zwölf hatte ich verstanden, dass es ein Test war, als er sagte, ich könne mich hinsetzen, wo ich wolle. Ich dachte nicht daran, ihm so viel Macht über mich zu geben und mich auf das elende Ledersofa zu legen. »Ist es nicht weniger schlimm, wenn man auf das Schlechte schon vorbereitet ist?«

Dr. Roby hatte meine Frage mit einer Gegenfrage beantwortet – »Wieso gehst du davon aus, dass dir schlimme Dinge passieren?« –, und mir wurde auf der Stelle klar, dass ich von ihm keine Hilfe zu erwarten brauchte.

Jetzt legt Dad mir einen Arm um die Schultern und geht mit mir die Treppe hinauf – *Dad wird das super machen, es wird super laufen, alles wird super* –, aber mein Herz rast, während wir auf die Tür zugehen, und mein Kopf fühlt sich an, als würde nicht genug Blut hindurchfließen, um ihn oben zu halten.

Rechne immer damit, dass etwas Gutes geschieht.

Mit diesem Mantra schleppe ich mich vorwärts, doch kurz vor dem dunklen Schlund der Eingangshalle schießt mir ein anderer Gedanke durch den Kopf.

LAUF.

Ich bleibe stehen.

Dad wirft mir einen sorgenvollen Blick zu. »Ist alles okay?«

Nein. Nie zuvor hatte ich so eindeutig das Gefühl, dass hier etwas überhaupt nicht stimmt. Doch es kommt wie aus dem Nichts und ich weiß, dass es von einem tieferen Problem, einer tieferen Angst herrührt. Als ich den Rucksack weiter hochziehe, spüre ich im Rücken die harten Kanten der Tablettenbox.

»Jep«, lüge ich. »Alles bestens.«

Meine Ballerinas klatschen auf die Stufen. Dad zieht mich an sich und betritt mit mir durch die Flügeltür das Hotel.

Kapitel Drei

LEA

Es gelingt mir kaum, über die Schwelle zu treten, auch nicht als Mutter, Vater und Benny mich nachdrücklich dazu auffordern. Bestimmt spüren sie meine tief sitzende Angst und die Gewissheit: Wenn ich jetzt nicht davonlaufe, werde ich keine weitere Gelegenheit mehr bekommen. Doch dann ergreift Mutter meinen Arm und zieht mich in die Lobby wie ein Kapitän, der sein Schiff steuert.

Sobald wir die Eingangshalle betreten haben, bleibt sie stehen und legt die Hand auf ihre Brust. »Oh, Aurelea, ist es nicht wunderschön?«

Die Lobby *ist* wunderschön – das muss ich zugeben – mit ihren hohen Säulen und der vertäfelten Decke aus dem gleichen polierten Mahagoni. Wie auf den Eingangstüren des Hotels finden sich an jeder Säule geschnitzte Verzierungen aus Efeu, Magnolienblüten und schelmischen, Harfe oder Flöte spielenden Cherubinen wieder. Neben der großen Treppe wartet eine goldene Aufzugkabine und von einer Galerie im ersten Stock blickt man auf den großzügigen Sitzbereich und den Hoteleingang – wahrscheinlich ist das der Grund, warum sich so viele Damen dort oben aufhalten und die Ankunft der neuen Hotelgäste verfolgen. Irgendwie erinnert mich das Ganze an das Kolosseum in Rom, als beträte ich durch ein Tor die Arena

und wartete darauf, dass der Löwe aus einem anderen hervor-
kommt.

Ich irre mich nicht.

Ich sehe ihn, bevor er mich sieht. Zusammen mit drei weiteren
Herren schlendert er in die Lobby. Alle tragen weiße Hemden und
Hosen und haben Tennisschläger bei sich. Hastig wende ich mich
ab und verberge mich hinter einer Säule, da ruft Mutter: »Lonnie!
Hier drüben.«

Ich kneife die Augen ganz fest zu und stoße meinen Kopf
gegen die Säule. *Denk einfach daran, dass du sie liebst und sie es nur gut
meint*, sage ich mir.

»Mrs Sargent«, sagt Lon und seine Stimme dröhnt wie Kano-
nendonner in meiner Brust. »Wo ist Aurelea?«

Ich hole tief Luft, setze mein einstudiertes Lächeln auf und
trete hinter der Säule hervor. »Guten Tag, Lon«, sage ich und
zwinge mich zu einem fröhlichen Ton, nach dem mir nicht zu-
mute ist. »Wie wundervoll, dich wiederzusehen.«

Er nimmt meine Hand und streift mit den Lippen über meinen Handschuh. Ich beiße mir auf die Zunge, damit ich ihm
meine Hand nicht entziehe.

Es ist nicht so, als wäre Lon vollkommen abstoßend. Meine
Freundinnen zu Hause würden mich nicht derart beneiden, wenn
er nicht ein gut aussehender und begehrter Junggeselle wäre, der
obendrein ein Vermögen besitzt. Doch auch wenn ich auf rein
objektive Art seine ganz und gar nicht abstoßenden Gesichts-
züge durchaus zu würdigen weiß, wecken sie dennoch keinerlei
Gefühle in mir.

»Wir werden uns jetzt sehr viel häufiger sehen«, sagt er. Sein
Geruch – eine Mischung aus Bergamotte, Kaffee und Zigarren –
dringt mir in die Nase, reizt meine Bronchien und löst einen
dumpfen Schmerz hinter meinen Augen aus.

»Das nehme ich an«, erwidere ich. Tränen treten mir in die

Augen. Mutter kneift mich unauffällig ins Handgelenk und mein Lächeln wird strahlender. »Und die Aussicht darauf könnte mich nicht mehr erfreuen.«

»So geht es mir auch.«

Mutter erkundigt sich nach Lons Tennismatch und seinen Gegnern – Geschäftspartner, erzählt Lon, die den Sommer ebenfalls im Hotel verbringen, sodass er Arbeit und Vergnügen verbinden kann. Ich nutze die Gelegenheit, um Zentimeter für Zentimeter zurückzuweichen, bis das Brennen in meiner Kehle nachlässt.

»Während eurer Flitterwochen im September wird ja wohl nicht gearbeitet«, tadelt Mutter ihn sanft.

»Selbstverständlich nicht«, sagt Lon und sieht zu mir. »Das würde mir nicht im Traum einfallen.«

Er wartet auf eine Reaktion von mir – vielleicht soll ich sagen, wie sehr ich mich jetzt schon freue, während der Flitterwochen seine volle Aufmerksamkeit zu genießen, oder dass ich den September innig herbeisehne. Doch ich denke nur an eines: In nicht mal drei Monaten werde ich dazu gezwungen sein, das Bett mit diesem Mann zu teilen – einem Mann, der in Rasierwasser badet, eine horrende Anzahl von Zigarren raucht und mir vollkommen fremd ist.

Deshalb sage ich gar nichts.

Vater kehrt von der Rezeption zurück, tritt neben Lon und schüttelt ihm die Hand. »Lon. Schön, dich zu sehen. Ist dein Vater auch in der Nähe?«

»Ich glaube, er macht einen Spaziergang am Strand. Während unseres Aufenthaltes hier folgt er stets einem festen Tagesplan. In all den Jahren, in denen wir den Sommer im Grand verbracht haben, ist er noch nie davon abgewichen. Habt ihr euch schon angemeldet?«

»Ja. Man hat mir gesagt, unser Gepäck würde in Kürze eintreffen.«

»Dann will ich euch nicht länger aufhalten. Ich muss mich sowieso für das Mittagessen umziehen.« Er wendet sich wieder zu mir und nimmt meine Hand. »Sehen wir uns im Speisesaal, sagen wir, in einer Stunde?«

Ich neige den Kopf. »Das würde ich um nichts in der Welt verpassen wollen.«

Lon grinst. »Wunderbar. Wenn ihr mich dann bitte entschuldigt.«

Mutter sieht ihm hinterher und ihr Blick wandert weiter nach unten, als es sich für eine echte Lady gehört. »Er ist ziemlich gut gebaut, nicht wahr?«

Warum heiratest du ihn dann nicht?, denke ich und kann es mir gerade noch verkneifen, die Worte laut auszusprechen.

»Wenn ich bitten dürfte, meine Damen«, befiehlt uns Vater und durchquert die Lobby Richtung Fahrstuhl. Mutter und Benny folgen ihm in die Kabine, nur ich stehe noch davor. Selbst auf das Drängen des Liftboys hin schaffe ich es nicht, in den Aufzug zu steigen. Mein Herz schlägt schneller und mir fällt das Lied über den Vogel in seinem goldenen Käfig ein. Plötzlich läuft mein gesamtes Leben vor meinem inneren Auge ab, Vergangenheit, Gegenwart und Zukunft vermischen sich miteinander.

Ein Tag gleicht dem anderen. Ich werde als derselbe Mensch leben und sterben, in demselben goldenen Käfig wie am Tag meiner Geburt. Und obwohl ich diesen Gedanken zuvor schon einmal gehabt habe und er mir in der Schwärze schlafloser Nächte die Kehle zugeschnürt hat, trifft er mich erst jetzt mit voller Wucht: Ich sehe meine Eltern und meinen Bruder, die es sich in der kleinen Liftkabine gemütlich machen, und auf der anderen Seite stehe ich mit der Gewissheit, nicht dorthin zu gehören.

Vaters Augen werden schmal. »Aurelea«, sagt er leise. »Du steigst augenblicklich in den verdammten Aufzug.«

Ein Mann und eine Frau kommen die Treppe herunter und

werfen uns im Vorbeigehen neugierige Blicke zu. Vater lächelt sie an und sagt: »Sie hat furchtbare Höhenangst.« Er steigt aus dem Fahrstuhl und fasst mich am Ellbogen. »Es ist alles in Ordnung, Liebes. Wir fahren nicht weit nach oben.«

»Sie kann auch die Treppe nehmen«, schlägt der Liftboy vor.

Vater funkelt ihn wütend an.

Der Mann krümmt sich unter Vaters Blick. »Miss?«, fragt er bittend.

Ich hole tief Luft. »Schon gut.« Vater quetscht mir fast die Knochen zusammen. »Ich muss diese Angst ja irgendwann überwinden.«

Ich betrete die Kabine und der Fahrstuhlführer schließt die Tür hinter mir.

Ich schließe die Augen, bis er sie wieder öffnet.

Kapitel Vier

NELL

Die Panik lässt nach, sobald wir die Lobby betreten, als wäre das Wort *LAUF* mit der Meeresbrise aufgestiegen und ich selbst von einer Strömung erfasst worden, die nicht für mich bestimmt war.

»Irrationale Ängste«, sagt Dr. Roby und lässt seinen Kuli klicken wie ein Metronom, »kommen bei Patienten, die in einem so frühen Alter traumatische Erfahrungen gemacht haben, häufig vor. Wir werden nun daran arbeiten, diese Ängste in den Griff zu bekommen, damit sie nicht mehr so viel Macht über dich haben.«

»Und?«, fragt Dad und breitet die Arme aus. »Was sagst du?«

Ich verdränge das beigefarbene quadratische Patientenzimmer aus meinen Gedanken und konzentriere mich auf den Raum, in dem ich mich jetzt befinde.

Als Tochter eines Mannes, der von Hotels besessen ist, kenne ich mich mit Eingangshallen aus. Von erschwinglichen Franchise-Unterkünften an der Landstraße bis zu großen Wolkenkratzern in der City, von rustikalen Bergchalets bis zu Frühstückspensionen im Zuckerbäckerstil habe ich schon alles gesehen – auch zeitgenössische Lobbys mit einer klaren Linie oder ganz moderne, die Feng Shui ins Gesicht lachen. Aber das hier ...

Es ist, als würde man die Zeit zurückdrehen.

Die weitläufige Halle ist mit Säulen gespickt. Von dem schmuckvollen Empfangstresen zu der Galerie und den Balken, die zu einem Diamantmuster gekreuzt sind, ist offenbar alles aus dem gleichen polierten dunklen Holz gestaltet, das im warmen Licht der Wandleuchten und des antiken Kronleuchters glänzt. Man könnte das Ganze für einen Traum halten, und ich denke nur: *Mom hätte sich hier unglaublich wohlgefühlt.* Während Dad an der Rezeption beschäftigt ist, gehe ich einmal durch die Halle. Gegenüber vom Haupteingang führt eine Flügeltür in einen großen Garten. Ich trete in die salzige Meeresluft hinaus. Im Innenhof des Hotels ragen Balkone und Laubengänge vor mir auf.

Der Garten ist märchenhaft schön. In einem Arrangement aus Obstbäumen, Magnolien und Zypressen stehen alte Eisenbänke, und ein Kiesweg schlängelt sich durch eine Anlage mit Rosenbüschen und blühenden tropischen Sträuchern. Ich folge dem Geräusch fließenden Wassers auf die andere Seite, wo unterhalb einer Steinmauer ein Teich glitzert. Die Skulptur eines Löwenkopfs ragt hervor, aus dessen Maul Wasser in den Teich sprudelt. Koi-Karpfen flitzen unter den Seerosenblättern hindurch und ihre bunten Schuppen funkeln unter der Wasseroberfläche wie ein Regenbogen. Ich bleibe kurz stehen, sehe ihnen zu und frage mich, ob sie sich jemals Sorgen um etwas machen, das sie nicht kontrollieren können – beispielsweise, ob das Wasser verdampft oder jemand vergisst, sie zu füttern.

Der Wind frischt auf und weht den Duft von Zitronenblüten herbei. Ich drehe mich um und gehe denselben Pfad wieder zurück, doch auf halbem Weg zur Lobby entdecke ich einen einsamen Zitronenbaum auf einem Rasenfleck. Ich laufe über das feuchte Gras und schnuppere an den Blüten. Mein Herz krampft sich bei dem frischen Duft zusammen, was auch geschieht, wenn ich die Lieblingsblumen meiner Mutter oder ihr Parfüm an einer anderen Frau rieche. Aber wir haben nie in warmen Gefilden gelebt, wo sie Zitronenbäume hätte anpflanzen können, und ihr

Parfüm duftete nach Jasmin und Geißblatt, nicht nach Zitronenblüten. Stirnrunzelnd streiche ich mir die Haare hinter die Ohren und gehe wieder in die Eingangshalle.

Zu meiner Linken führt eine prachtvolle Treppe ins untere Stockwerk, und um die Ecke gelegen ein weiterer Aufgang zur ersten Etage. Auf den Stufen entdecke ich mehrere Frauen, deren Kleidungsstil mich an die Titelseiten der *Vogue* erinnert. Ich mustere meine Jeans, die ich seit drei Tagen anhabe, und mein Lieblings-Sweatshirt. Wegen der Monster-Burger, die wir in Greensboro gefuttert haben, hat es unten am Ärmel nun auch noch einen Senffleck.

Ich klemme das Bündchen unter meine Finger, gehe an der Treppe vorbei und weiter zu einer Flügeltür. Streichmusik dringt durch die geschlossene Tür, über der in goldenen Lettern das Wort *Ballsaal* steht. Ich trete näher, weil mir das Lied auf unheimliche Weise bekannt vorkommt. Als ich einige Töne summe, folgt meine Stimme der Melodie in die Höhen und Tiefen, obwohl ich mich nicht erinnern kann, woher ich sie kenne.

Dad spricht immer noch mit der Empfangsdame an der Rezeption. Sicherlich lässt er sich ihre Lebensgeschichte erzählen, so was ist genau sein Ding. Ich sehe mich in der Halle um. Da mich offenbar niemand bemerkt, lege ich die Hand auf den Türknauf und ziehe, obwohl mir bewusst ist, dass ich das nicht tun sollte.

Die Tür geht einen Spaltbreit auf, und nach einem letzten Blick über die Schulter stehle ich mich in den Saal.

Es ist, als würde ich eine Kathedrale betreten. Auch diese Kuppeldecke ist aus dunklem Holz geschnitzt und mit einem beeindruckenden Strahlenkranzmuster verziert. Vier Kristalllüster spenden dem großen Raum Licht. So leer, wie er jetzt ist – mit einem einsamen Staubsauger in der Mitte –, kommt er mir fast so groß wie ein Fußballfeld vor.

Leer bedeutet, hier spielt kein Streichquartett, obwohl die

Musik weiterhin erklingt. Während ich in den Saal hineingehe, sinken meine Schuhe geräuschlos in den blau-weißen Teppichboden im viktorianischen Stil. Ich passiere eine kleine Bühne, auf der tatsächlich ein Ensemble spielen könnte, und überquere die Tanzfläche, bis ich zu einer langen Fensterfront auf der anderen Seite gelange. Dahinter liegen der begrünte Haupteingang und die gepflasterte lange Auffahrt, die von Zypressen mit Louisianamoos gesäumt ist.

Als die Musik anschwillt, erfüllt sie mich wie eine Strömung, obwohl ich immer noch keine Lautsprecherboxen entdeckt habe. Ich folge dem Klang zur Bühne in der Saalmitte, wo irgendwo die Anlage versteckt sein muss.

»Beeindruckend, nicht wahr?«

Ich zucke zusammen. Hinter mir steht eine Frau Mitte dreißig mit dichtem braunem Haar und einem seltsamen Lächeln. Ihre Augen sind rund wie Glasperlen.

Ich fahre mir mit der Hand ans Herz. »Entschuldigung – der Zutritt ist wohl nicht erlaubt?«

Sie winkt ab. »Alles gut. Hier wird nur gerade alles für eine Konferenz vorbereitet.« Sie streckt die Hand aus. »Ich bin Sofia Moreno, die Geschäftsführerin des Hotels.«

Wir schütteln uns die Hand. »Äh, Nell«, sage ich. »Nell Martin.«

»Ich weiß, wer du bist.« Sie sagt das so, als würde sie weitaus mehr als meinen Namen kennen, und ich winde mich unter ihrem eulenhaften Blick.

Meine Hand lässt sie auch nicht los.

»Nell?« Von der Flügeltür hallt die Stimme meines Vaters herüber.

»Sie ist hier«, ruft Sofia, ohne den Blick von mir abzuwenden. Sie beugt sich vor, als wollte sie mir ein Geheimnis verraten. »Wir haben dich gesucht.«

»Ja.« Ich entziehe Sofia meine Hand. »Tut mir leid.«

Dad kommt näher und zieht die Augenbrauen hoch. »Was machst du denn hier?«

»Mich umschauen?«

Er sieht mich auf diese bestimmte Weise an, die mir sagt, dass ich mit meiner guten Erziehung mehr Respekt vor geschlossenen Türen haben sollte.

Sofia räuspert sich. »Ich dachte, ich zeige Ihnen erst mal Ihr Zimmer, damit Sie sich dort einrichten können, und dann führe ich Sie herum.«

»Das hört sich gut an«, sagt Dad.

Sie gibt uns die Schlüsselkarten und ihre neonorangen Fingernägel funkeln grell im Schein der Kronleuchter. Ich streiche mit dem Daumen über die viereckige Karte, auf der das Grand bei Nacht abgebildet ist, voll erleuchtet mit riesigen altmodischen Glühbirnen. Noch eine Karte für meine Sammlung.

»Kommen Sie mit«, sagt Sofia.

Sie geleitet uns aus dem Ballsaal zu einem leeren Aufzugschacht mit schmiedeeisernem Gehäuse.

»Es dauert höchstens eine Minute, bis er kommt«, sagt sie und lächelt Dad an.

Unsichtbare Getriebe und Flaschenzüge surren in der Höhe, bis der Boden des Aufzugs erscheint. Klirrend hält er an. Eine innen liegende Tür gleitet zurück, ein weißer Handschuh erscheint, und schon werden auch die Außentüren aufgezogen und eine vierköpfige asiatische Familie steigt aus. Der kleinere Junge hat ein Eimerchen und eine kleine Schaufel zum Sandburgenbauen in der Hand. Die Gäste nicken im Vorbeigehen und lächeln uns zu, bevor Dad die vergitterte Kabine betritt.

»Guten Tag, Sir«, sagt der Liftboy, dessen flaumiges weißes Haar sich wie Zuckerwatte um seinen Zylinder kräuselt. Seinem Aussehen nach war er bereits hier, als das Hotel eröffnet wurde. »Nach oben?«

»Ja, bitte«, antwortet Dad.

Meine Zehen schweben über dem Rand des eisernen Kastens. Ich rede mir gut zu hineinzugehen, doch etwas daran fühlt sich falsch an. Mir wird regelrecht übel, als ich in die winzige Aufzugkabine starre. Mein Vater sieht mich fragend an, während Sofia mir mit ihrem Blick Löcher ins Rückgrat brennt. Aber mein Kopf ist völlig leer, ich habe vergessen, wie man sich bewegt.

Dad runzelt die Stirn. »Alles in Ordnung, Nellie-Maus?«

Irrationale Ängste. Das ist alles.

»Klar«, sage ich mit einem gezwungenen Lächeln und betrete – gefolgt von Sofia – den Käfig. »Alles bestens.«

»Welches Stockwerk?«, fragt der Liftboy.

»Viertes, bitte«, erwidert Sofia.

Der alte Mann nickt und zieht die Aufzugtüren zu. Nachdem er auf einen Knopf gedrückt hat, setzt sich das Getriebe über unseren Köpfen knirschend in Bewegung und der Aufzug schwebt mit einem sanft murmelnden Zischen aufwärts.

Während der Fahrt unterhält mein Vater sich mit dem Liftboy und fragt, woher er kommt (»auf Winslow Island geboren und aufgewachsen«) und wie lange er schon im Grand arbeitet (»Neunundsechzig Jahre, hab mit elf als Schuhputzer angefangen«), doch ihre Stimmen sind gedämpft, als würden sie unter Wasser miteinander sprechen. Mein Blick zuckt über den wirbelnden goldenen Käfig. Die Wände verformen sich langsam und wölben sich wie eine zerquetschte Dose nach innen. Der Boden drückt gegen meine Füße und die Decke sackt bröckelnd nach unten. Unter dieser Last verbiegt sich die verschnörkelte Goldverzierung des Aufzugs und blitzt im Deckenlicht wie Metallzähne.

Ganz ruhig, denke ich. *Das ist nicht echt.* Ich mustere die Gesichter von Dad, Sofia und dem Liftboy, um festzustellen, ob sie es auch bemerken – den Sauerstoffmangel, die unerträgliche Hitze. Doch sie lächeln nur und nicken einander zu, als würden wir nicht von den Wänden zerquetscht. Als würden sie nicht unsere Organe platt drücken und unsere Knochen zermahlen.

Endlich sagt der Liftboy »Vierter Stock« und öffnet die Aufzug-türen. Ich bin als Erste draußen. Dort stütze ich die Hände auf die Knie und ringe nach Luft, während ich auf meinen Vater und Sofia warte.

Plötzlich tauchen Dads Schuhe neben meinen auf, und er legt mir den Arm um die Schultern. »Nell? Geht es dir nicht gut?«

»Mir war nur schwindlig«, keuche ich. Das hört sich immer noch besser an als *Klaustrophobie*, und auch nicht so verrückt. Ich atme noch einmal tief durch und richte mich auf. »Ist schon wieder besser.«

Meinen Vater kann ich damit nicht überzeugen, doch Sofia geht bereits weiter und führt uns zu einem der sonnendurchflu-teten Flure mit Blick auf den Garten im Innenhof. Ich folge ihr und Dad um die Ecke und halte mich krampfhaft an den Schulter-riemen meines Rucksacks fest.

13. AUGUST 1905

Detective Roberts: Wie haben Sie Miss Sargent kennengelernt?

Tatverdächtiger 1: Wir sind uns am Tag ihrer Ankunft im Hotel begegnet. Ich habe ihr Gepäck und das ihrer Familie auf ihr Zimmer gebracht.

Detective Roberts: Wie würden Sie Miss Sargents Verfassung zu diesem Zeitpunkt beschreiben?

Tatverdächtiger 1: Sie wirkte ein wenig distanziert, wobei das nichts Ungewöhnliches ist. Wie Sie sich sicher vorstellen können, treten die Gäste nur selten mit dem Personal in Kontakt.

Detective Roberts: Dennoch wurden Sie beide mehr als einmal von diversen Hotelgästen zusammen gesehen. Wie genau würden Sie Ihre Beziehung zu Miss Sargent beschreiben?

Tatverdächtiger 1: Wir waren befreundet.

Detective Roberts: War es eine enge Freundschaft?

Tatverdächtiger 1: *(schweigt)*

Detective Roberts: Ich nehme an, Ihnen war bekannt, dass sie im September einen gewissen Mr Lon Van Oirschot heiraten sollte, der ebenfalls im Hotel logierte?

Tatverdächtiger 1: Ja, das wusste ich.

Detective Roberts: Und wie würden Sie Miss Sargents Haltung zu Mr Van Oirschot beschreiben?

Tatverdächtiger 1: Liegt das denn nicht auf der Hand?

Detective Roberts: Beantworten Sie bitte die Frage.

Tatverdächtiger 1: Abweisend. Ich würde sie als abweisend bezeichnen.

– Befragungsprotokoll Tatverdächtiger 1 –
Fallakte Aurelea Sargent

Kapitel Fünf

LEA

Kaum hat Mutter die Tür zu unserer Suite geschlossen, nimmt Vater mich beiseite und hält mir eine Standpauke, weil ich ihn wegen eines Aufzugs vor Gott und jedermann sonst lächerlich gemacht habe. Mutter, die stets ihren Blick abwendet, wann immer Vater Benny oder mich züchtigt, macht eine Bemerkung über das bezaubernde Wohnzimmer und betont, wie schön es sei, eine Veranda mit Blick aufs Meer zu haben. Zusammen mit Benny und seiner Kinderfrau tritt sie hinaus auf die überdachte Terrasse und ignoriert dabei völlig den festen Griff, mit dem Vater meinen Arm umschließt.

»Du wirst auf keinen Fall weiter dagegen angehen, sondern die Situation akzeptieren, Aurelea. Und solltest du irgendetwas anderes als reine Begeisterung über diese Hochzeit zeigen, dann werde ich, Gott sei mein Zeuge ...«

Aber ich bekomme nicht mehr mit, was er dann tun wird, denn sein Vortrag wird von einem Klopfen an der Tür unterbrochen.

Ich entziehe ihm meinen Arm. »Ich habe es verstanden.«

Vater presst die Kiefer aufeinander, aber er lässt mich gehen.

Ich fahre mit der Hand über meinen Ärmel, streiche den Stoff glatt und öffne dann die Tür.

Als Erstes sehe ich einen Hals. Einen sehr gebräunten Hals mit einem hervortretenden Adamsapfel und einem Schlüsselbein, das ein Stück weit unter dem blendend weißen Kragen hervorschaut. Unterhalb des Halses befindet sich eine Pagenuniform, die den Eindruck macht, als wäre sie gerade erst in aller Hast übergestreift worden. Die Jacke sitzt schief, weil das erste Knopfloch ausgelassen wurde. Mein Blick wandert wieder zu dem Hals mit dem hochstehenden Hemdkragen und dann weiter zu einem kräftigen, kantigen Kinn, hohen Wangenknochen und Lippen, die zu einem leichten Lächeln verzogen sind. Glatte dunkle Haare hängen dem Pagen über die Schläfen und umrahmen seine dunklen üppigen Augenbrauen. Und diese Augen ...

Nie zuvor habe ich so blaue Augen gesehen – wie Zwillingssaphire, und vollkommen makellos, ohne den geringsten Sprenkel. Ganz anders als meine haselnussbraunen Augen, in denen sich Braun- und Grüntöne mischen. Doch nicht nur die Farbe ist faszinierend, obwohl ich mir sicher bin, dass ich noch nicht mal einen Himmel in einem solchen Blau gesehen habe. Es ist der weiche Ausdruck, mit dem er auf mich hinabblickt, gepaart mit den Lachfältchen in seinem Gesicht. Diese Augen haben etwas Unerschrockenes, fast Gefährliches. Ein *Mehr* liegt darin.

»Miss Sargent?«, fragt der Page.

Ich räuspere mich. »Ja?«

»Ich bringe das Gepäck.« Er zeigt nach links, wo ein Gepäckwagen steht.

»Oh, richtig.« Ich zähle vier Gepäckstücke und runzele die Stirn. »Aber es ist nicht vollständig.«

Es ist nur eine Feststellung – Mutter beschuldigt mich oft, zum unpassendsten Zeitpunkt laut zu denken. Doch kaum sind mir die Worte entschlüpft, da begreife ich, dass sie vorwurfsvoll klingen könnten, als würde ich ihn verdächtigen, sich mit dem restlichen Gepäck aus dem Staub machen zu wollen.

»Ja, das stimmt«, bestätigt der Page. »Das fehlende Gepäck

wird in Kürze heraufgebracht. Wir haben zu zweit nicht in den Lift gepasst.«

»Natürlich nicht«, entgegne ich. »Wie dumm von mir.«

Er lächelt höflich. »Nein, gar nicht. Ich wäre auch sehr besorgt, wenn ich feststellen würde, dass etwas fehlt.«

»Sie sind zu freundlich. Kommen Sie herein.« Ich trete zur Seite, damit er an mir vorbeikann, überlege es mir aber anders und stelle mich ihm wieder in den Weg. »Einen Moment noch.«

Er legt den Kopf schief und seine Mundwinkel zucken.

»Ihre Uniform«, erkläre ich. »Sie ist etwas derangiert.«

Er blickt an sich hinunter und flucht leise. »Bitte entschuldigen Sie meinen Aufzug.«

»*Mich* stört das nicht«, sage ich rasch, bevor er noch einen falschen Eindruck bekommt.

Mit fliegenden Fingern knöpft er die Jacke wieder auf und ich erhasche einen Blick auf die hervortretenden Bauchmuskeln unter seinem Hemd. Unverzüglich wende ich meinen Blick ab und betrachte die Wand hinter ihm. »Mein Vater hingegen ...«

»... ist kein Freund falsch geknöpfter Uniformjacken?«

»Nicht wirklich.« Er knöpft die Jacke wieder zu, diesmal richtig.

»Haben Sie Ihre Schicht gerade erst begonnen?«, frage ich, »oder kommen Sie aus Ihrer Pause?«

Er klappt den Hemdkragen um. »Nicht wirklich«, wiederholt er meine Worte mit einem Augenzwinkern. »Wissen Sie, ich bin eigentlich kein Page.«

»Ach nein?«

»Ich bin eher eine Art Laufbursche«, erklärt er. »Ich kann beinahe jeden Job hier im Hotel übernehmen – also, jeden Job, für den man nicht studiert haben muss. Deshalb helfe ich immer dort aus, wo Not am Mann ist. Gerade komme ich vom Kartoffelschälen und heute früh habe ich auf dem Golfplatz gearbeitet.«

Ich lehne mich mit der Schulter an den Türrahmen. »Was Sie nicht sagen. Ich bin beeindruckt.«

Er streicht mit den Händen über seine Hose und glättet den Stoff, dann strafft er die Schultern und imitiert in perfekter Weise einen Soldaten bei der Musterung. »Besser?«

Ich lache. »Viel besser.«

Er entspannt sich. »Danke schön. Ganz ehrlich. Sie haben mich vor einer Blamage und wahrscheinlichen auch vor einer Herabstufung bewahrt. Ich stehe für immer in Ihrer Schuld.«

»Vorsicht. Vielleicht muss ich das einmal ausnutzen.«

Er grinst schief. »Das hoffe ich.«

Ich sehe ihn noch einen Augenblick lang an, unsicher, was ich von ihm halten soll, dann entferne ich mich ein Stück von der Tür und rufe ins Zimmer: »Die Koffer sind da.«

»Nur vier von ihnen«, ergänzt der Page, der eigentlich ein Laufbursche ist. Er zwinkert mir zu, während er den Gepäckwagen vor sich herschiebt. »Aber ein weiterer Page wird die übrigen Gepäckstücke jeden Moment bringen.«

Vater seufzt und zieht seine Brieftasche hervor, die sehr viel flacher aussieht, als ich es sonst von ihm gewohnt bin. Er drückt dem Jungen einen Dollarschein in die Hand. »Sie teilen sich das Trinkgeld, verstanden?«

»Ja, Sir«, erwidert er.

Ich drücke mich gegen die Wand, während der Junge unsere Koffer in die Schlafzimmer trägt, die Mutter uns bereits zugewiesen hat. Noch vor einem Jahr hätte jetzt ein Dienstmädchen bereitgestanden, um meine Sachen auszupacken, aber sicher schaffe ich das auch allein.

Als er fertig ist, greift der Junge nach dem leeren Gepäckwagen und will zur Tür gehen, doch Vater hält ihn auf. »Wie ist Ihr Name?«

»Alec, Sir«, sagt er. »Alec Petrov.«

Vater kneift die Augen zusammen. »Ich werde mich beim Hotelmanager nach Ihnen erkundigen, Mr Petrov, und nachfragen, ob Sie das Trinkgeld mit dem anderen Pagen geteilt haben.«

An Alecs Unterkiefer zuckt ein Muskel. »Sehr gern, Sir.« Er verbeugt sich steif zum Abschied und wirft mir noch einen Blick zu. Dann schiebt er den Gepäckwagen hinaus auf den Flur und schließt die Tür hinter sich.

»Was denkst du denn von ihm?«, sage ich zornig zu Vater.

»Dass er seinen armen Kollegen übers Ohr haut?«

Vater zieht die Augenbrauen hoch. »Achte auf deine Ausdrucksweise, Liebes. Lon soll nicht glauben, wir hätten dich auf einer Farm in Kansas aufgegabelt.«

Oh nein. So leicht kommt er mir nicht davon. »Also denkst du das wirklich?«

Er wirft mir einen vielsagenden Blick zu. »Manchmal vergesse ich, wie naiv du bist, Aurelea. Junge Männer in seinem Alter, in seiner Position – können sich geradezu animalisch verhalten.«

Ich schüttle den Kopf. »Du kennst ihn doch nicht einmal.«

»Und du schon?«

»Nein, aber ich ziehe es vor, erst einmal vom Besten auszugehen.«

Vater starrt mich noch einen Moment an und lacht dann leise. »Zieh dich um. Lon erwartet dich in einer halben Stunde im Speisesaal.«

Ich würde ihn gern fragen, ob Lons jeweilige Launen meinen *ganzen* Sommer dominieren werden, aber natürlich kenne ich die Antwort bereits.

Kapitel Sechs

NELL

Sofia führt uns durch mehrere gewundene Flure, die kein Ende nehmen wollen und nur hier und da zu dem einen oder anderen Hotelzimmer abzweigen. Dankbar nehme ich die Hinweisschilder an den Wänden zur Kenntnis, obwohl ich trotz ihrer Hilfe bezweifle, dass ich allein zur Treppe zurückfinde. Keinesfalls werde ich noch einmal den Aufzug benutzen. Sofia biegt in einen Gang ein, an dessen Ende zwei Türen liegen. »Wir sind da.« Mit ihrer Universalschlüsselkarte öffnet sie die Tür auf der linken Seite. »Home sweet home.«

Unser Zimmer ist doppelt so lang wie breit, verfügt über ein großes Bad, einen begehbaren Kleiderschrank, zwei Doppelbetten und hohe Fenster mit weißen Holzläden. Zwei gehen auf das grüne Dach des riesigen Hotels hinaus, während man durch die gegenüberliegende Fensterreihe auf ein hübsches Balkongeländer blickt. Allerdings versperrt ein großer Baum die Aussicht, dessen Äste bei einem starken Windstoß das Fenster streifen könnten. Ich wähle das Bett an der Fensterfront und lege meinen Rucksack auf der weichen Daunendecke ab.

Da unser Gepäck noch nicht angekommen ist und wir uns infolgedessen nicht umziehen oder häuslich einrichten können, bittet Dad Sofia um die angekündigte Hotelführung.

Sie klatscht in die Hände. »Gute Idee.«

Ich stecke die Schlüsselkarte in die Hosentasche, schließe die Tür und folge ihnen in den kleinen Flur. Sofia lenkt uns zu einer schmalen Treppe, die mir zuvor nicht aufgefallen war.

»Wollen wir oben anfangen und uns langsam nach unten vorarbeiten?«, fragt sie.

Dad nickt. »Klingt gut.«

Da Dad die Gäste betreut, soll er sich Sofia zufolge möglichst schnell den Grundriss des Hotels einprägen – falls zum Beispiel in einem der Zimmer ein Notfall eintritt. Ich versuche ihrer Unterhaltung zu folgen, während wir uns durch die engen Flure im vierten Stock schlängeln. Sofia zufolge lagen hier früher die Schlafräume der Zimmermädchen und Pagen, die durchgehend im Grandhotel beschäftigt waren. Doch der Blick durch die Fenster, die entweder auf den Strand oder die Auffahrt mit dem Kopfsteinpflaster hinausgehen, lenkt mich ab.

Die Dielen knarren unter meinen Schritten und ich male mir aus, wie es wohl vor hundert Jahren war, hier entlangzugehen. Ich sehe das Hotel buchstäblich vor mir, mit einem anderen Teppichboden, nicht so modern, aber auch nicht halb so flauschig wie in den unteren Etagen. Dazu eine frischere Wandfarbe, weil das Gebäude noch nicht so alt war und weniger unter dem Klima und nachlässigen Gästen gelitten hatte. Schließlich nutze ich mein Halbwissen über die Epoche, um die es hier geht. Ich stelle mir einen Mann vor, der auf mich zukommt, in einer hellbraunen Hose und einem weißen Hemd unter einer karierten Weste und einem braunen Mantel. Er lächelt mich an und tippt im Vorbeigehen an seine Ballonmütze.

»Miss«, sagt der flüchtige Bekannte in meiner Einbildung.

Ich drehe mich zu ihm um und antworte mit einem Lächeln.

Es scheint im Bereich des Möglichen zu liegen, diese Person und ihre Begrüßung in diesem Flur, den es seit über hundert Jahren gibt und durch den Tausende von Menschen gegangen sind.

Ganz so, als läge ihre Gegenwart schwer in der Luft, jedes Jahr, jeder einzelne Gast, alle gleichzeitig am gleichen Ort, aber doch auf verschiedenen Existenzebenen. Ich strecke die Hand aus und greife ins Leere, dorthin, wo der Mann aus meinen Gedanken an mir vorbeigelaufen ist.

Gab es ihn wirklich? Oder jemanden, der ihm ähnlich war? Wie viele Menschen sind über die Jahre an diesen Fenstern vorbeigekommen? Wie viele haben genau die gleiche Aussicht genossen wie ich jetzt? Was haben sie gedacht und gefühlt? Wie sah ihre Zukunft aus? Und wie ihre Vergangenheit?

Ich habe mich nie für historische Daten und Fakten wie Schlachten, Dokumente und Regierungen interessiert, doch die Gesichter, die mich von Schwarz-Weiß-Fotos oder lebensechten Porträts ansehen, werfen in meinen Gedanken immer Fragen auf: *Was ist deine Geschichte? Wie hast du gelebt? Wie bist du gestorben?*

Nach der Sache mit Mom hat sich das Bedürfnis, den Sinn des Ganzen zu erkennen, noch verstärkt. Wenn ich sehe, wie die Fäden zahlloser Leben über die Jahrhunderte hinweg miteinander verknüpft sind, möchte ich das irgendwie verstehen.

Dad ruft vom Ende des Flurs nach mir und ich beeile mich.

»Und diese Treppe«, sagt Sofia, »führt in unseren höchsten Turm.«

»Können wir raufgehen?«, frage ich und lege eine Hand auf das Geländer.

Sofia schüttelt den Kopf. »Da oben ist es dunkel und nicht sonderlich sauber. Der Turm ist aus versicherungstechnischen Gründen abgeschlossen und wird nicht mehr genutzt. Tut mir leid.«

»Kein Problem«, sage ich, doch die Enttäuschung schwingt in meiner Stimme mit.

Während wir mit der Hotelführung auf den anderen Gäste-Etagen fortfahren, passieren wir weitere Treppen. Ich brauche also nicht mal mehr in die Nähe des Aufzugs zu gehen, wenn ich nicht möchte. Je tiefer wir vordringen, umso breiter werden die Flure. Schließlich gelangen wir in den ersten Stock, der noch weitläufiger ist als die anderen. Wenn Dad, Sofia und ich mit ausgebreiteten Armen nebeneinanderstünden, könnten wir die Breite des Hauptgangs möglicherweise ausfüllen. Doch ich möchte die geschäftsmäßige Atmosphäre nicht stören, indem ich meine Theorie überprüfe.

Sofia erklärt uns, dass seit vielen Jahren die wohlhabendsten und wichtigsten Gäste auf dieser Etage absteigen.

Antike Möbel aus der Originaleinrichtung – zart geschwungene Sofas mit Samtkissen und drei Meter hohe Spiegel, aus deren Holzrahmen Efeuranken und Cherubinen hervorragen – sind an strategisch günstigen Stellen postiert. Ihr Anblick verstärkt das Gefühl, Vergangenheit und Gegenwart würden nebeneinander bestehen. Doch irgendetwas daran stört mich, als wäre ich in meinem Körper nicht wirklich zu Hause. Als würde ein Teil von mir diese Wände prägen, tief in die Bodendielen sinken und wie Tausende anderer Besucher vor mir ein Stück meiner Seele diesem Ort vermachen.

Ich frage mich, ob es sich für Dad auch so anfühlt.

Während Sofia und Dad die Aussicht auf den Garten genießen, stelle ich mich vor einen der alten schwarz angelaufenen Spiegel. Die Cherubine blicken starr zu mir hinunter, während ich mein Spiegelbild betrachte. Wer stand in all den Jahren schon davor?

Plötzlich habe ich das Bild eines Mädchens in einem roséfarbenen Ballkleid aus Satin vor Augen, das sich vor dem Spiegel dreht und lacht. Ich strecke die Hand nach ihm aus und streife mit den Fingerspitzen über das Glas, doch sie ist so schnell verschwunden, wie sie mir erschienen ist. Ich komme mir lächerlich vor, weil die Fantasie so mit mir durchgeht.

Die Führung auf dieser ersten Etage endet in der Galerie über der Eingangshalle.

»Früher haben hier die Frauen gesessen«, erklärt Sofia, während wir uns über das Geländer beugen. »Sie nahmen hier ihren Tee ein und beobachteten die Gäste in der Lobby. Von hier aus behielten sie wie in einer Daily Soap aus dem neunzehnten Jahrhundert alles genau im Auge – jede Beziehung und jedes private Drama, das durch die Flügeltüren hier Einzug hielt.«

»Faszinierend«, sagt Dad. So tief waren seine Grübchen noch nie.

Als Nächstes zeigt Sofia uns die Frühstücks- und Speisesäle sowie einen Souvenirladen. Darin kann man alles Mögliche rund um das Grandhotel kaufen, zum Beispiel Fotos von Lottie Charleston, einem Filmstar aus den 1930er Jahren. Offenbar ist sie gern hier abgestiegen und überzeugte sogar die damaligen Hollywoodgrößen, einen ihrer berühmtesten Filme hier zu drehen.

»Da«, sagt Sofia und führt uns in einen Gang mit zahlreichen Schwarz-Weiß-Fotos. »Das ist unsere Erinnerungswand.«

Die Fotos wurden vergrößert und auf Leinwände geklebt, sodass sie sehr lebendig wirkten. Auf einem Bild stehen Männer und Frauen in viktorianischer Kleidung vor dem Garten und betrachten ein Schild mit der Aufschrift »The Winslow Island Horticulture Club«. Auf einem anderen sonnen sich Frauen mit für Stummfilmstars typischen Frisuren und dunklem Augen-Make-up am Strand, und auf einem weiteren singt Lottie Charleston in einem schwarzen Glitzerkleid mit Pelzstola in ein altmodisches Mikrofon. Auf dem Foto daneben trinkt Cornelius Vanderbilt Tee auf der Veranda, die rund um das Hotel verläuft.

Doch das Foto, das mich am meisten interessiert, wurde im Ballsaal aufgenommen, den Petticoats nach zu urteilen irgendwann in den 1950er Jahren. Die altmodischen Glühbirnen der Kristalllüster leuchten wie üppige Sterne über den tanzenden Paaren, und mit einem Klick hat der Fotograf den Schwung und die Aufregung jener Nacht für zukünftige Generationen festgehalten.

Was habt ihr erlebt?

Warum wart ihr hier?

Wieso sind wir hier?

Ich könnte mir die Fotos stundenlang ansehen und vielleicht auf den Ansatz einer Antwort hoffen, doch Dad und Sofia haben sich bereits abgewandt. Da auch andere Gäste die Fotowand betrachten wollen, folge ich ihnen.

Zum Ende der Führung geht Sofia mit uns ins Souterrain. Ich habe nicht nur viele Eingangshallen in Hotels gesehen, sondern ebenso viele Keller. Deshalb erwarte ich hier unten die Wäscherei, Büros und einen Abstellraum für alte Dokumente und ausrangierte Einrichtungsgegenstände.

Damit liege ich hier vollkommen falsch.

Im Souterrain präsentiert sich eine Reihe von Geschäften, die von Designer-Sonnenbrillen, Handtaschen und Schmuck über Kleidung und Süßigkeiten bis zu Gebäck und Strandspielzeug für Kinder alles anbieten, was das Herz begehrt. Sofia beendet die Tour mit einem Blick in die Restaurants des Hotels, zeigt uns den Swimmingpool und führt uns schließlich zum Strand.

Ich ziehe die Ballerinas aus, krempele die Jeans hoch und grabe die Zehen in den sonnenwarmen Sand. Dad und Sofia bleiben weiter hinten auf dem betonierten Weg und besprechen noch einmal abschließend Dads Aufgaben. Eine kühle Brise weht aus der Meeresbrandung heran und verspricht noch kälteres Wasser, doch das ist mir egal. Ich habe meine Füße nicht mehr ins Meer gehalten, seit ich zehn war und mit meinen Eltern Urlaub auf den Outer Banks machte. Das waren die einzigen Ferien, an die ich mich erinnern kann.

Höchste Zeit, den Wellen wieder Hallo zu sagen.

Ich laufe weiter, von dem trockenen rieselnden Sand auf den nassen, dichten am Wellensaum. Die Sonne sinkt langsam herab und färbt die Wogen mit zarten feurigen Pinselstrichen. Weiter vorne am Strand hält eine Mutter ihre kreischende Tochter an der Hand, während sie auf die nächste Welle warten. Das Mädchen steckt die andere Hand in den Mund und hüpft auf und ab. Sie vertraut darauf, dass ihre Mutter sie schon auffängt, falls sie fällt oder die Flut sie mitreißen will.

Ich strecke die Hände aus, schließe die Augen und warte auf die nächste Welle. *Wir sind hier, Mom, wir haben es geschafft.* Das kalte Meerwasser rauscht über meine Haut hoch bis zu den Knöcheln, streift meine Waden und tränkt den Saum meiner aufgekrempelten Jeans.

Ich wünschte, du wärst hier.

Ich habe einen Kloß im Hals. Meine Augen brennen, ich öffne sie wieder und beiße die Zähne aufeinander, bis das Gefühl nachlässt. Dann gehe ich mit den Füßen die fünf Ballettgrundschritte durch, straffe die Hüften und richte mich auf, während sich das Meer wieder von mir zurückzieht. Die Vertrautheit der Bewegungen erdet mich. Sie verdrängt die Tränen und die schlechten Gedanken, bis ich fast glaube, es hätte sie nie gegeben.

Schließlich kehre ich dem Horizont den Rücken und will mich eigentlich Dad und Sofia zuwenden, doch der mächtige Anblick des Hotels raubt mir den Atem. Alles andere rückt in den Hintergrund – die Gäste, die sich am Strand, im Garten und im Patio vergnügen, sowie jede Bank, jeder Baum und jede Sandburg –, bis ich nur noch einen viktorianischen Palast vor mir sehe, dessen zahllose spiegelnde Fenster mich im schwindenden Sonnenschein beobachten.

***

Entsprechend unserer Umzugstradition bestellen Dad und ich beim Zimmerservice Pizza und bedienen uns, während wir auspacken. Der Großteil unserer Besitztümer ist eingelagert, bis wir eine Wohnung finden, sodass Dads Anzüge schon bald auf der linken Seite des Kleiderschranks hängen und ich meine Jeans, T-Shirts und Hoodies rechts einsortiere.

»Weißt du was?«, sagt Dad, als ich den leeren Koffer hinten in den Schrank schiebe. »Es kann gut sein, dass wir heute zum letzten Mal in ein Hotelzimmer ziehen. Ich habe nicht vor, mir noch mal woanders einen neuen Job zu suchen.«

»Ich weiß«, sage ich. »War das nicht immer der Plan? Bis zum Schluss in einem coolen Strandhotel zu arbeiten?«

»So lange vielleicht doch nicht«, antwortet Dad schmunzelnd. »Aber bis zur Rente auf jeden Fall.«

Ich schließe die Schranktür und nehme das dritte Stück Pizza aus der Schachtel.

Dad räuspert sich. »Ich wollte nur sichergehen, dass du weißt ... also, dass wir diesmal nicht wieder weggehen. Wir werden ein Weilchen hierbleiben.«

Ich setze mich im Schneidersitz auf die Bettkante und sehe ihn forschend an, nicht ganz sicher, worauf er hinauswill. »Klar.«

»Gut.« Er kratzt sich am Kopf. »Deshalb musst du dich diesmal auch nicht wieder abschotten. Du kannst Freundschaften schließen und dich in aller Ruhe hier einleben. Vielleicht denkst du über deine Zukunft nach, zum Beispiel auf welches College du gehen willst.«

Ich ignoriere die Bemerkung mit den Freundschaften und konzentriere mich auf den Teil, für den ich mir bereits eine Antwort zurechtgelegt habe. »Darüber habe ich schon nachgedacht«, sage ich. »Ich habe nach Colleges und Tanzensembles in der Gegend recherchiert. Charleston hat wirklich einen großartigen Ruf, was das Ballett angeht.«

»Das ist fantastisch«, sagt Dad und hängt seine Krawatten in den Schrank. »Aber über das Land verteilt gibt es viele renommierte Tanzensembles. Ich fände es schrecklich, wenn du dich da nur auf eine Stadt beschränken würdest.«

Ich ziehe eine Augenbraue hoch. »Wir sind gerade erst angekommen und du willst mich schon wieder loswerden?« Mein Tonfall klingt locker, doch es fühlt sich an, als hätte mir gerade jemand eine eiskalte Faust in den Magen gerammt.

Dad schüttelt den Kopf. »Natürlich nicht, Nellie-Maus. Du sollst nur nicht glauben, du müsstest mich in deine Zukunftspläne einbeziehen. Es geht mir mittlerweile wirklich sehr viel besser.«

So richtig nahm ich ihm das nicht ab.

»Ich fände es nur schön, wenn du ein bisschen mehr aus dir herausgehen würdest«, fährt er fort. »Früher warst du so kontaktfreudig und deine Mutter und ich konnten dich kaum bremsen.«

Er hält inne und ich weiß, dass er an sie denkt und sie in einer Erinnerung vor sich sieht, die ganz allein ihm gehört. Dann wendet er sich wieder mir zu. »Was ich damit sagen will, ist, dass du in die Welt zurückkehren solltest, Liebes. Es ist höchste Zeit.«

Kapitel Sieben

LEA

Nach einem ausgedehnten Mittagessen, bei dem Lon über nichts als seine Geschäfte gesprochen hat, und einer Führung über das Hotelgelände, bei der es ausschließlich um Lons unzählige Sommer auf Winslow Island ging, kehre ich in mein Zimmer zurück. Ich kleide mich für das Abendessen um und wappne mich dafür, dieselbe Tortur noch einmal durchzustehen. Mutter hilft mir, ein roséfarbenes Satinkleid mit einem Überkleid aus schwarzer Spitze anzuziehen, und tauscht mein Tageskorsett gegen ein noch engeres für den Abend aus. Der Großteil unserer wertvolleren Besitztümer ist bei Auktionen verkauft worden (natürlich in aller Heimlichkeit), doch wir haben alles behalten, was Lons Blicke auf sich ziehen soll. Mutter trägt Kleider aus der letzten Saison und Vater bessert immer wieder notdürftig einen Riss im Saum seines Smokings aus. Ich hingegen habe drei große Koffer voll mit den neuesten Haute-Couture-Kleidern dabei, obwohl ich versichert habe, dass sie nicht notwendig wären. Viel lieber hätte ich ein paar Geschenke zu Bennys Geburtstag besorgt, als alles Geld darauf zu verwenden, den äußeren Schein zu wahren.

»Sobald du verheiratet bist, bekommt Benny hundert Geschenke«, meinte Vater eines Abends, nachdem ich ihm gesagt hatte, wie lächerlich ich die Art und Weise fand, mit der er unser letztes Geld verschleuderte. »Zweihundert, wenn du willst. Doch im Moment bist nur *du allein* wichtig, also verhalte dich wie ein normales Mädchen und freu dich über die besondere Aufmerksamkeit, ja?«

Zwar sehe ich Benny nur kurz, ehe ihn Madeline für das Abendessen zum Speisesaal der Kinder scheucht, doch lange genug, um zu erfahren, dass er den Nachmittag am Strand verbracht und nach Muscheln gesucht hat. Er wirkt überglücklich, schließlich erlebt er hier ganz andere Dinge als ich.

Was würde ich dafür geben, noch einmal so klein und sorglos zu sein.

Nachdem Mutter meine Locken zu einer ansehnlichen Hochsteckfrisur aufgetürmt hat (die einzige Frisur, die ihr das ehemalige Dienstmädchen richtig beigebracht hat, bevor sie uns verlassen musste) und Vater uns zum tausendsten Mal versicherte, dass »sich alles auszahlen wird, sobald Lon und Aurelea verheiratet sind«, gehen wir hinunter zum Speisesaal. Meine Eltern nehmen den Aufzug, ich die Treppe.

Auf der Galerie im ersten Stock bleibe ich stehen, umklammere die massive Balustrade aus Eichenholz und spähe hinunter in die Lobby zu den Männern in ihren Fräcken und den mit Juwelen behängten Frauen, die sich um die Topfpalmen versammelt haben. Ober mit Tabletts voller Champagnerflöten schlängeln sich zwischen ihnen hindurch. Skeptisch erwäge ich, ob ein Sturz aus dieser Höhe tödlich wäre.

Mit einem Seufzer wende ich mich der großen Treppe zu. Unten warten meine Eltern, zusammen mit Lon und dessen Eltern.

»Darling!«, ruft Mutter, »Schau, wen wir getroffen haben.«

»... furchtbare Angst vor Aufzügen, verstehen Sie«, höre ich meinen Vater zu meinen zukünftigen Schwiegereltern sagen.

Lon hält mir den Arm hin. »Sollen wir hineingehen?«

Ich lege meine Hand auf seinen Unterarm und lächle, bleibe

aber stumm, weil ich Angst habe, dass mir die Worte »Warum? Damit du mich mit weiteren unerträglichen Geschichten langweilen kannst?« entschlüpfen.

Der Speisesaal, der schon bei Tag sehr beeindruckend gewesen ist, wirkt bei voller elektrischer Beleuchtung sogar noch prächtiger. Die Mahagonivertäfelung an Wänden und Decke spiegelt den bernsteinfarbenen Schimmer der Glühbirnen wider und die nächtliche Dunkelheit hinter den Fenstern lässt alles noch anheimelnder wirken. Die Decken auf den Tischen sind von einem blendenden Weiß und erinnern mich an den Schnee in Philadelphia, bevor dieser von den darüber hinwegrollenden Kutschen und Automobilen und dem Getrampel der Fußgänger grau und matschig wird. Ein Streichquartett steht auf einem der Podeste im Saal und untermalt unsere Ankunft mit Debussys »Rêverie«.

Lon hat die Freiheit besessen, den Tisch für unsere beiden Familien den gesamten Sommer über zu reservieren, und so dafür gesorgt, dass ich nie ohne ihn essen kann. Das ist eine äußerst unwillkommene Überraschung, wobei ich mich wohl irgendwann daran werde gewöhnen müssen, künftig jede Mahlzeit mit ihm einzunehmen.

Alles läuft so gut, wie man es nur erwarten kann. Das Essen ist köstlich – immerhin etwas –, und es gelingt mir, Interesse an den politischen Aktivitäten meines zukünftigen Schwiegervaters zu heucheln. Doch dann ist es ganz plötzlich vorbei. Ich bin stolz auf meine Fähigkeit, nie meine wahren Gefühle zu zeigen, nie erkennen zu lassen, wie unerträglich geistlos oder aufgeblasen meine jeweilige Gesellschaft ist. Heute Abend jedoch schnüren mir ihre Arroganz und ihre boshaften Scherze die Luft ab.

Der Saal kommt mir stickig vor, übervoll mit Männern und Frauen, eingehüllt in ihren Reichtum und ihre Macht. Sie lachen und kichern und sie urteilen über alles und jeden, als seien sie über jeglichen Vorwurf erhaben. Ich schäme mich, zuzugeben, dass ich einmal zu ihnen gehört habe, dass ich mir früher gleichfalls wichtig und als Maß aller Dinge vorgekommen bin, obwohl ich in meinem Leben nie irgendetwas Bemerkenswertes getan habe. Ich bin mir nicht ganz sicher, wann genau sich das geändert hat – es muss in der Zeit um den Heiratsantrag herum gewesen sein –, aber es fiel mir immer schwerer, so zu tun, als würden mir diese Welt und diese Menschen etwas bedeuten – diese wandelnden Bankkonten, die ihre abschätzigen, kritischen Blicke auf mich richten würden, wenn sie meine wahren Gefühle errieten. Als wäre *ich* hier der Witz, nicht sie.

Mein Kopf beginnt zu schmerzen und meine Muskeln verkrampfen sich. Ich kann nicht mehr frei atmen.

»Liebes«, flüstert mir Mutter ins Ohr. »Geht es dir nicht gut?«

»Nicht besonders«, erwidere ich.

Der Ober serviert den vierten Gang, ein Rinderfilet. Vor wenigen Minuten hat es noch sehr lecker geklungen, doch jetzt dreht mir der Fleischgeruch den Magen um. Ich springe auf und stoße mir dabei das Knie am Tisch.

Alle drehen sich zu mir und sehen mich an.

»Es tut mir so leid«, stammele ich. »Ich habe ein wenig Kopfschmerzen. Die lange Reise, versteht ihr? Oh, bitte bleibt sitzen.« Mit einer Geste bedeute ich meinem Vater, Lon und Mr Van Oirschot, sich wieder zu setzen. »Ich muss mich nur ein wenig ausruhen. Bitte entschuldigt mich.«

Vater funkelt mich wütend an, aber ich habe nicht die Kraft, mir über die Konsequenzen seines Zorns Gedanken zu machen, nicht wenn sich jeder noch so kleine Teil von mir darauf konzentrieren muss, einen Fuß vor den anderen zu setzen. Mein Atem geht keuchend und flach, meine Brust fühlt sich plötzlich so an, als würde sie sich nach innen wölben und auf mein Herz drücken. Doch ich behalte mein Lächeln bei und rede mir Mut zu. *Noch ein kleines Stückchen. Du hast es schon beinahe geschafft.*

Die Lobby ist fast völlig verwaist, nur ein paar Köpfe drehen sich im Vorbeigehen nach mir um. In meinem Magen schwappt die Säure und meine Ringe graben sich in die geschwollenen Finger. Ich beschleunige meine Schritte. Alles in mir schreit danach, hinaus ins Freie zu gelangen, wo ich atmen kann, bevor meine Panik mich gänzlich überrollt.

Kapitel Acht

NELL

Ich renne durch die Gänge im vierten Stock und mein Baumwollnacht-
hemd bauscht sich hinter mir. Ein kleiner Junge mit blonden Locken
saust vor mir her und ruft mir über die Schulter zu: »*Du fängst mich*
nie!«
Ich lache und der Klang hallt und klirrt wie Kristallglocken von den
Wänden. Ich verfolge den Jungen Gang um Gang durch ein endloses Laby-
rinth mit Türen und kleinen Gaubenfenstern, während die pechschwarze
Nacht an den Scheiben kratzt. Jedes Mal, wenn der Junge sich umschaut,
strahlen seine Augen heller, sind die Wangen rosiger und mir geht das
Herz auf.
Doch noch während wir Fangen spielen, weiß ich, dass es gleich vorbei
sein wird. Wir können das nicht ewig machen. Umstände, über die wir
keine Kontrolle haben, werden uns auseinanderreißen. Wir müssen uns
verabschieden.
Doch nicht heute Abend. In dieser Nacht sind wir frei wie junge Vögel
und fliegen hoch über der Welt, wo uns niemand finden kann.
Ich biege um die nächste Ecke. Der Junge ist nirgends zu sehen, doch
eine Tür in der Mitte des Gangs wird just in diesem Moment zugezogen.
Lächelnd gehe ich dorthin, drehe den Türknauf und betrete einen dunklen
Raum. Sowie die Tür hinter mir zufällt, kichert der Junge. Ich spreize die
Finger an der Wand und taste nach einem Lichtschalter. Hinter mir höre
ich den Jungen atmen, bis ich plötzlich mit dem Rücken an eine Metall-

kette stoße, die von der Decke hängt. Ich bekomme sie zu fassen und gebe ihr einen Ruck.

Eine nackte Edison-Glühbirne flammt über uns auf.

Der kleine Junge steht vor mir, doch er sieht nicht mehr jung und strahlend aus. Seine blonden Locken sind aschfarben. Spröde, leblose Strähnen, die den Anschein machen, als würden sie bei der ersten Berührung zerbröseln. Unter seinen Augen glänzt die Haut schwarz und seine rosigen Wangen wirken hohl unter den scharfen Wangenknochen. Seine Lippen sind blau und platzen beim Sprechen auf – geronnenes braunes Blut quillt durch die Risse und umrahmt seinen Mund wie Bahnschwellen.

»Es geschieht von Neuem«, murmelt er.

Mit klopfendem Herzen drücke ich mich mit dem Rücken an die Tür.

»Was denn?«

»Er will dich holen.«

»Wer will mich holen?«, frage ich. »Was redest du denn da?«

Er beugt sich vor und seine Rückenwirbel ächzen. Dann flüstert er so leise, dass ich ihn kaum verstehe, ein einziges Wort.

»Lauf.«

***

Ich schrecke aus dem Schlaf hoch und weiß nicht, wo ich bin. In Virginia? In der Stille schnarcht jemand und plötzlich fällt mir alles wieder ein. Der Hoteldiener und seine verhohlene Grimasse beim Anblick unseres Kombis, die Musik aus dem Ballsaal, der Aufzug – und der Traum.

Ich drehe mich auf die Seite und tippe auf mein Handy.

3:01 Uhr.

Ich schmiege den Kopf ins Kissen und versuche wieder einzuschlafen, doch die Bilder flackern vor meinem geistigen Auge wie eine alte Filmrolle. Der dunkle Schrank. Der kleine tote Junge und das Wort, das er über seine blutigen Lippen gebracht hat.

Lauf.

Mit einem Schnauben stehe ich auf, schnappe mir die Schlüsselkarte vom Nachttisch und meinen Rucksack aus einer Ecke und gehe ins Badezimmer. Dort hole ich eine Yogahose, ein Tanktop und meine zerschlissenen Ballettschuhe heraus, ziehe sie an, binde meine Haare zum Pferdeschwanz und schleiche auf Zehenspitzen in den Gang. Die Tür lasse ich ganz leise ins Schloss fallen.

So früh am Morgen fühlen sich die Flure wie ein Grab an. Die allgegenwärtige drückende Stille lastet so schwer, dass ich eine Gänsehaut bekomme. Ich beiße die Zähne zusammen und gebe mir alle Mühe, um nicht loszurennen. Der Boden knarrt unter meinem Gewicht, während ich eine Tür nach der anderen hinter mir lasse. Ich biege falsch ab und lande in einem weiteren langen Gang statt an der Hintertreppe.

»Wie albern«, flüstere ich, denn eigentlich kenne ich den richtigen Weg. Ich wollte ihn nur nicht gehen.

Nachdem ich tief Luft geholt habe, drehe ich um, gehe durch zwei weitere Flure und den Laubengang, der über dem Garten verläuft und im schwindenden Mondlicht silberblau leuchtet. Dann bin ich wieder im Hotel. Der Aufzug liegt direkt vor der Prachttreppe zu meiner Linken.

Das Gehäuse ist leer. Ich schlinge die Finger um die schnörkelige Goldverzierung und blicke nach unten in den Schacht. Die Kabine steht am Boden, wahrscheinlich seit der Liftboy Feierabend hat.

Das Getriebe klirrt.

Ruckartig weiche ich zurück und warte darauf, dass der Aufzug sich in Bewegung setzt. Doch es wird wieder still und der Fahrstuhl bleibt am Boden.

Das Ding ist uralt. Alte Getriebe geben ständig Geräusche von sich.

Dennoch gehe ich schnell weiter, drei Etagen hinunter in die Eingangshalle. Am Empfang steht jemand und lacht über etwas auf seinem Handy. Er ist zu sehr beschäftigt, um mich zu bemerken. Ich stehle mich die Treppe hinab und lege mit angehaltenem Atem die Hand auf die Klinke zum Ballsaal.

Als die Tür aufgeht, atme ich aus und gehe lautlos hinein.

Der Saal liegt im Dunkeln und ich muss mich erst an das schwache Licht gewöhnen, das durch die Fensterfront am anderen Ende dringt. Dann schlängele ich mich an den Tischen vorbei, von denen Porzellan und Tischdecken abgeräumt wurden.

Ich hebe den Blick zu der lang gestreckten gewölbten Decke mit den Kronleuchtern, die wie Geister in der Dunkelheit über mir schweben.

Auf der Tanzfläche hole ich mein Handy und meine Ohrhörer aus dem Rucksack und entscheide mich für meine Lieblingsplaylist. Dann lege ich los und benutze eine Stuhllehne als provisorischen Balken, während ich mich dehne und die Grundschritte durchgehe.

Nachdem Dad nach Hause gekommen ist und von seinem neuen Job erzählt hat, setzte mein Tanzlehrer in Virginia sich mit der Charleston School of Ballet in Verbindung, erklärte meine finanzielle Notlage und arrangierte einen Vorstellungstermin für ein mögliches Stipendium im Herbst. Nur wenn ich hart trainiere, habe ich überhaupt eine Chance, es zu bekommen.

Ich versuche auf die Zeit zu achten, denn auf keinen Fall will ich hier noch einmal erwischt werden. Doch dann spielt die Musik und dringt durch meine Poren in alle Adern und Muskelfasern, bis es sich anfühlt, als wäre die Melodie ein Teil von mir und der einzige Grund, warum mein Herz schlägt. Meine Ballettschuhe gleiten über das Parkett. Ich bekomme einen klaren Kopf, während die Welt in meinen Drehungen verschwimmt.

Wenn ich tanze, verliert alles andere an Bedeutung. Albträume. Unheimliche Aufzüge. Sonderbare Geschäftsführerinnen. Heimweh.

Mom.

Wirklich alles, bis auf die nächste Bewegung oder das Gefühl, wie sich meine Knochen im Rhythmus der Musik verbiegen. Darum liebe ich das so. Tanzen macht mich frei.

Als die Musik verklingt, sinke ich in eine tiefe Verbeugung und lege eine Hand aufs Herz.

Plötzlich, in der Stille zwischen zwei Musikstücken, knarrt eine Bodendiele.

Ich schaue hoch, doch der Saal ist in Schatten und Mondschein getaucht. Blinzelnd blicke ich in die Dunkelheit.

»Hallo?«, rufe ich.

Die Tür wird einen Spaltbreit geöffnet und ein goldener Streifen leuchtet auf. Jemand tritt mit dem Rücken zu mir ins Licht.

Der kleine Junge.

Nein, doch nicht. Die Gestalt ist groß und breitschultrig. Ein Mann. Er verlässt den Saal durch die Tür und geht in die Eingangshalle.

War es der Mann vom Empfang? Hat er die Musik gehört und wollte nachsehen? Wie lange hat er mir zugeschaut?

Obwohl mein Verstand mir sagt, dass der Mann mich schon hinausgeworfen hätte, wenn ich nicht hier sein dürfte, siegt der irrationale Teil meines Gehirns, in dem Albträume über kleine tote Jungen und endlose Gänge entstehen. Ich reiße meine Ohrhörer heraus, schnappe mir den Rucksack und haste an den Tischen vorbei zur Tür.

In der Lobby ist immer noch niemand außer dem Mann an der Rezeption, der mittlerweile Zeitung liest. Falls er mich bemerkt hat, scheint ihm das keine Kopfschmerzen zu bereiten.

Weil es ihm egal ist.

Dennoch macht sich ein seltsames Gefühl in mir breit. Erst als ich wieder in unserem Zimmer bin, verstehe ich, warum. Der Mann, der den Ballsaal verlassen hat, trug ein weißes Hemd.

Das Lampenlicht schien bernsteingolden durch den dünnen Stoff.

Der Mann am Empfang hingegen trug Schwarz.

13. AUGUST 1905

Detective Roberts: Erzählen Sie mir ein wenig von sich.

Tatverdächtiger 1: Was möchten Sie wissen?

Detective Roberts: *(blättert in den Unterlagen):* Hier steht, Ihr Vater sei über Ellis Island nach Amerika eingewandert?

Tatverdächtiger 1: Da war er nicht der Einzige.

Detective Roberts: Er war Russe, nicht wahr?

Tatverdächtiger 1: Das stimmt.

Detective Roberts: Eine scheußliche Sache, diese Revolution dort drüben. Wie denken Sie darüber?

Tatverdächtiger 1: Worauf wollen Sie hinaus?

Detective Roberts: Auf gar nichts. Ich dachte nur, als russischer Staatsangehöriger hätten Sie vielleicht bestimmte Ansichten.

Tatverdächtiger 1: Ich bin in Amerika geboren.

Detective Roberts: Trotzdem haben Ihre Eltern doch sicher darüber gesprochen, wie hart das Leben dort für die Arbeiterklasse gewesen ist? Vielleicht haben sie Ihnen ein paar radikale Vorstellungen vermittelt?

Tatverdächtiger 1: Was für Vorstellungen?

Detective Roberts: Sie wissen schon: Dass die Reichen dafür bezahlen müssen, was sie den armen Bevölkerungsschichten angetan haben. Dass sie jede Art von Gewalt verdient haben, und so weiter und so fort.

Tatverdächtiger 1: Nein. Ich weiß nicht, was Sie damit sagen wollen.

– Befragungsprotokoll Tatverdächtiger 1 –

Fallakte Aurelea Sargent

Kapitel Neun

LEA

Ich laufe hinunter zum Strand. Mein Kopf pocht und mein Magen revoltiert. Der Vollmond färbt den Sand silbern. Ein Stück weit entfernt zu meiner Linken erstrecken sich die gestreiften Zelte von Canvas City, so weit das Auge reicht. Sie leuchten im Licht der Straßenlaternen. Glühlampen und Lagerfeuer machen dem Mondlicht Konkurrenz, Goldfunken gegen Silberstrahlen. Am Strandabschnitt des Hotels ist niemand. Nur ich und die blauschwarzen Wellen und der Sauerstoff, der meine ausgehungerten Lungen füllt.

Das Meer sieht so kühl, so himmlisch aus, und ich bin noch immer voller Panik, sodass ich keinen Gedanken an den Sand verschwende, der an meinem Kleid haften bleiben wird. Stattdessen gehe ich schnurstracks bis zum Wellensaum und strecke mich dort im Sand aus. Auf einmal bin ich sehr müde und wünsche mir nichts sehnlicher, als hier einzuschlafen und mich vollständig dem Wasser anzuvertrauen. In letzter Zeit ertappe ich mich immer häufiger dabei, wie ich mein Leben in die Hände einer größeren, gewaltigeren Macht lege. Ich tausche meine verbliebenen Herzschläge gegen den Glauben ein, dass es einen höheren Plan für mich gibt, einen, den ich weder vollständig kenne noch verstehe. Wenn es mir bestimmt ist, vom Meer verschlungen zu werden, dann wird das Meer mich holen, und wirklich, in diesem

Augenblick kann ich mir keinen friedlicheren Weg vorstellen, um ins Vergessen abzugleiten.

Das kalte, klare Wasser überspült meine Waden, kitzelt in meinen Kniekehlen, dringt durch mein Kleid. Ich atme langsam aus, schließe die Augen und warte.

***

Ich erwache von hastigen Schritten, die auf mich zukommen. Eine Männerstimme ruft:»Miss? Miss!«

Ich halte die Augen geschlossen und denke *Oh, großes und mächtiges Meer, wenn du mich verschlingen willst, dann tue es jetzt, bevor es zu spät ist.* Es kommt mir ziemlich melodramatisch vor, aber manchmal verlangen die Umstände ein wenig Melodramatik.

Der Mann kniet sich neben mich. Sand fliegt mir ins Gesicht und ich kneife die Augen noch fester zu. Finger fädeln sich durch mein Haar, als er meinen Kopf auf seinen Schoß zieht. Dann umschließen seine Finger meinen Hals.

Ich reiße die Augen auf.»Was tun Sie da?«

Der Mann zuckt zurück.»Ich wollte Ihren Puls fühlen. Ich dachte, Sie wären verletzt.«

Ich weiche vor ihm zurück.»Mir geht es gut.«

»Warum haben Sie dann nichts gesagt? Ich habe Sie gerufen.«

»Ich habe Sie nicht gehört«, lüge ich.

Er sieht aus, als wolle er etwas erwidern, doch dann legt er den Kopf schief und betrachtet mich.»Ich kenne Sie.«

»Ach ja?«

»Sie sind heute mit Ihrer Familie angekommen. Die Sargents.«

Blinzelnd schaue ich hoch in sein vom Mondlicht silbern umrahmtes Gesicht.»Und Sie sind der Page, der eigentlich kein Page ist.«

»Zu Ihren Diensten«, sagt er atemlos.

»Belästigen Sie öfter junge Damen am Strand, Mr Petrov?«

Ihm klappt die Kinnlade herunter. »Ich habe Sie nicht belästigt! Ich dachte, Sie wären tot – ich dachte, Ihre Leiche wäre an den Strand gespült worden!«

»Das wäre schön«, sage ich, aber meine Worte sind leise, undeutlich und werden vom Rauschen der Wellen übertönt.

»Was tut Sie überhaupt hier draußen?«, fragt er.

Ich lasse mich wieder in den Sand fallen und verschränke die Arme hinter dem Kopf. Meine Strümpfe sind feucht und kleben an meiner Haut, doch das Gefühl gefällt mir. Diese Taubheit der Glieder.

»Ich bin still«, sage ich. Ein Herzschlag vergeht. »Wollen Sie mit mir still sein?«

Er öffnet den Mund. Zögert. Dann lässt er sich seufzend in den Sand sinken und legt sich neben mich.

»Vielleicht sollten Sie besser Ihre Hose hochkrempeln«, murmele ich, als die Wellen auf uns zu schießen.

Er setzt sich auf, zieht die Hosenbeine notdürftig über die Knie, dann ergießt sich das Wasser auch schon über unsere Beine.

»Jesus, Maria und Josef, ist das kalt!«

Ich lache und frage mich, wie es sein kann, dass ich diesem Jungen erst zweimal begegnet bin und er mich beide Male zum Lächeln gebracht hat – obwohl ich gerade dachte, meine ganze Welt würde um mich herum zusammenbrechen.

»Bitte verzeihen Sie diese profane Äußerung«, sagt er mit klappernden Zähnen.

»Ich mag Ihre Profanität«, erwidere ich. »Wenn Sie mich fragen, hat in meinem Umfeld niemand genug davon.«

»Dann werden Sie mir also auch verzeihen, wenn ich sage, dass Sie, Miss Sargent, ein komisches Käuzchen sind?«

»Nur wenn es nicht als Kränkung gemeint ist.«

»Ist es nicht.«

»Dann fasse ich es auch nicht als solche auf.« Ich blicke in den Himmel und atme tief ein. »Sind sie nicht wunderschön?«

»Die Sterne?«

»Nein, die Felsen«, ziehe ich ihn auf. »*Natürlich* die Sterne.«

»Das dachte ich früher auch.«

»Und jetzt nicht mehr?«

Er antwortet nicht. Die Wellen schlagen gegen unsere Füße und diesmal laufen sie länger aus und benetzen meine Hüfte. Dann schießen Worte aus seinem Mund wie Hornissen, schnell und stechend. »Mein Vater ist vor ein paar Monaten an der Grippe gestorben.«

Ich schließe die Augen. »Das tut mir leid.«

Eine Weile schweigen wir und die Stille wird nur vom Grollen der Wellen und dem Flüstern des Windes unterbrochen.

Schließlich sage ich: »Lea.«

»Wie bitte?«

Ich drehe den Kopf und sehe ihn an. »Mein Name. Eigentlich heiße ich Aurelea, aber ich mag Lea lieber.«

»Dann also Lea«, sagt er.

Noch einmal hole ich tief Luft, atme dann langsam aus und setze mich auf. »Ich sollte zurückgehen, bevor meine Eltern noch bemerken, dass ich nicht dort bin, wo ich sein sollte.«

Ich bürste mir den Sand vom Kleid und versuche mein wirres Haar zu ordnen.

»Soll ich Sie begleiten?«, fragt er.

Ich grinse. »Das würde ein schönes Getratsche geben.«

»Stimmt.« Er erhebt sich ebenfalls und klopft sich den Sand von der Hose. »Natürlich.«

»Danke fürs Gemeinsam-still-Sein.«

Und damit drehe ich mich um und gehe im Laufschritt zurück zum Hotel. Ich habe keine Ahnung, was mir dort begegnen wird, aber das spielt keine Rolle mehr. Ich habe wieder einmal meine

Sterblichkeit herausgefordert und mich lebendiger denn je gefühlt. Zumindest während dieser kurzen Augenblicke war ich keine Frau, die in der Falle sitzt.

Ich war eine freie Frau und habe jede flüchtige Sekunde genossen.

Kapitel Zehn

NELL

»Übrigens habe ich darüber nachgedacht, was du gestern Abend gesagt hast«, sage ich und löse meinen Blaubeermuffin aus dem Papier.

Dad, der gerade Frischkäse auf seinen Bagel streicht, hält in der Bewegung inne. Es ist noch früh, kurz nach sieben, und unser Frühstück kam noch heiß aus der hoteleigenen Backstube. Wir sitzen an einem Tisch, der auf den Patio und weiter auf den Strand hinausgeht. Wellen branden mit weißer Gischt auf den Sand und aufgeblähte blaugraue Wolken drohen Regen an.

»Worüber genau?«, fragt er.

»Über neue Freundschaften und mehr Kontakt. Ich dachte, ich könnte mir hier vielleicht einen Job suchen.«

»Du willst arbeiten?«

Ich zucke mit den Schultern. »Ich finde, es ist eine gute Möglichkeit, Leute kennenzulernen.«

Das ist gelogen. Es geht mir nicht darum, Leute zu treffen oder Freundschaften zu schließen, wie Dad es gern hätte, aber ich möchte ihm nicht verraten, dass ich es des Geldes wegen tue. Wir haben nie viel übrig und ich habe keine Ahnung, wie hoch das Stipendium ausfällt, falls ich es überhaupt bekomme. Dad ist sicher voll dafür, dass ich arbeite, wenn ich dadurch neue Freunde finde oder lerne, mich wie ein vernünftiges erwachsenes Wesen zu benehmen – diese typischen Elternvorstellungen eben. Doch er kann es nicht ausstehen, sich bestimmte Dinge nicht leisten zu können, zum Beispiel Ballettunterricht an einer der angesehenen Schulen oder ein Auto, mit dem ich dorthin fahren könnte.

An einem besonders miesen Tag habe ich ihn einmal daran erinnert, dass wir auch schon wenig Geld hatten, als Mom noch lebte. Erzieherinnen im Kindergarten verdienen viel zu wenig für das, was sie leisten, und Dad stand damals im Gastgewerbe noch ziemlich weit unten auf der Leiter. Aber wir kamen zurecht.

Er meinte, meine Bemerkung hätte ihm gutgetan, doch ich sah ihm an, dass meine Worte es nur schlimmer machten, und bin nie wieder auf das Thema Geld zurückgekommen. Ebenso wenig wie Dad.

Jetzt verstreicht er den Rest Frischkäse und beißt nachdenklich in seinen Bagel. Draußen zerrt der Wind an den Palmen. Paranoid, wie ich nach dem Albtraum noch bin, überlege ich, ob der aufziehende Sturm eine Art schlechtes Omen ist.

»Ein Job für die Sommerferien«, sagt Dad schließlich. »Das hört sich wirklich gut an.« Er schaut auf die Uhr. »Ich habe noch ein bisschen Zeit, bevor ich ins Büro muss. Wie wäre es, wenn wir Sofia suchen und uns erkundigen, ob sie etwas für dich hat?«

Ich atme erleichtert aus. »Super Idee. Danke, Dad.«

Der erste Blitz zerreißt den Himmel und es zuckt weiß über den Tisch.

***

Sofias Büro sieht aus, als hätte sich der Souvenirladen darin breitgemacht.

Die Bücherregale hinter ihrem Schreibtisch sind vollgestopft mit Postern, Postkarten und Reiseprospekten, Neu und Alt durcheinander. Dazwischen liegen alle möglichen Erinnerungsstücke aus den vergangenen Zeiten des Grandhotels, von altem Weihnachtsschmuck in hübschen kleinen Vitrinen über Kaffeebecher bis zu Teeservices und Gästehandtüchern. An den Wänden hängen Jugendstilbilder und Schwarz-Weiß-Fotos.

»Das da ist kurz nach der Eröffnung entstanden«, sagt Sofia, als sie merkt, dass ich ein konkretes Foto betrachte. Es ist eine Außenansicht, die weit genug aufgenommen wurde, dass zwei Seiten der riesigen Anlage auf das Foto gebannt werden konnten, darunter ein vertrauter dekorativer Balkon vor einer Reihe von Gästezimmern. »Ist dir aufgefallen, dass es kaum Bäume gibt? Viele waren damals noch gar nicht gepflanzt.«

Sie sieht mich an, als würde sie eine bestimmte Reaktion erwarten, doch mir fällt nichts anderes ein als »Ja. Wahnsinn.«

Sie verzieht die Lippen zu dem gleichen abschätzenden Lächeln wie gestern und ich werde das Gefühl nicht los, dass ich durch eine Prüfung gefallen bin.

Dad kann den Blick nicht von einem Bilderrahmen auf Sofias Schreibtisch losreißen. »Ist das eine echte Speisekarte von Eisenhowers Besuch?«

Sofia dreht sich zu ihm um. »Allerdings.«

»Ein wahres Sammlerstück.«

Sofia kichert. »Tja, ich bin auch eine wahre Sammlerin.«

Dad lacht, aber nicht auf seine gewohnte freundliche Art, die er den Menschen zukommen lässt wie eine Visitenkarte. Es ist das bewundernde Lachen, das er bisher nur für Mom reserviert hatte. Als Sofia ihre linke Hand auf seinen Arm legt, werfe ich einen Blick auf ihren Ringfinger.

Nichts. »Und was bringt euch heute Morgen in mein Büro?«, fragt sie, setzt sich hinter ihren Schreibtisch und legt die Hand um eine dampfende Kaffeetasse.

Aha, sie sind also schon per Du, stelle ich überrascht fest.

Dad setzt sich auf einen der beiden Stühle vor dem Schreibtisch und ich nehme auf dem anderen Platz. Während es in der Ferne donnert, klatschen ein paar dicke Regentropfen an die Fensterscheiben.

»Nell interessiert sich für einen Aushilfsjob für den Sommer hier im Hotel«, erklärt Dad. »Da dachten wir, wir kommen mal kurz bei dir vorbei und fragen, ob du vielleicht etwas für sie hast.«

»Dann wollen wir doch mal schauen.« Sofia setzt die Schildpattbrille, die um ihren Hals hängt, auf und wendet sich ihrem Computer zu. »Wie steht es mit Berufserfahrung?«

»Letzten Sommer habe ich gekellnert.«

Ich verrate ihr nicht, dass es sich um ein Lokal mit nur zwölf Tischen handelte, in dem knusprige Pommes frites das A und O waren, man sich um den Service nicht scherte und der »selbst gemachte« Apfelkuchen aus gekaufter Tiefkühlware bestand. Irgendwie vermute ich, dass diese Art von Erfahrung mir hier nicht viel nützt.

Sofia schnalzt mit der Zunge. »Im Moment sehe ich keine freien Kellnerjobs.«

Glück gehabt.

»Aber da fällt mir was ein.« Sofia sieht mich mit schmalen Augen von der Seite an. »Was hältst du davon, an einem besonderen Projekt mitzuarbeiten?«

»Worum geht's bei diesem Projekt?«

»Das Hotel stellt ein Museum auf die Beine, mit alten Fotos, Kassenbüchern, Originalkaufverträgen aus der Bauzeit und Möbeln. Wie die Erinnerungswand, nur größer. Es soll ein eindringliches Erlebnis für unsere Gäste werden, bei dem sie durch jedes Jahrzehnt des Hotelbetriebs spazieren können, von der Eröffnung im Jahr 1878 bis heute.«

»Als würde man durch die Zeit gehen«, sagt Dad.

Sofia lächelt. »Genau.«

Sie sehen sich lange an, bis Dad sich vorbeugt und Sofia rot wird.

Ich räuspere mich. »Und was ist das nun für ein Job?«

»Ein Historiker hier aus der Gegend leitet das Projekt – Otis Rothlesby. Es steckt noch in den Kinderschuhen. Er braucht Hilfe beim Sichten und Sortieren des ganzen Materials. Anschließend wird entschieden, was in dem Museum überhaupt ausgestellt werden soll. Mein Sohn Max hilft ihm, aber Otis braucht noch mehr Unterstützung, wenn das Museum zu unserem hundertvierzigsten Geburtstag fertig werden soll. Wir zahlen den Mindestlohn, aber du kannst arbeiten, wann du willst – vorausgesetzt, du erledigst die Aufgaben, die Otis dir für den jeweiligen Tag gegeben hat.« Sie trinkt einen Schluck Kaffee und sieht mich über den Tassenrand an. »Und? Was meinst du?«

Ich werfe Dad einen Blick zu.

»Das hört sich nach einer tollen Erfahrung an«, sagt er. »Ehrlich gesagt, bin ich ein bisschen neidisch.«

»Ich auch«, sagt Sofia. »Ich würde es sofort machen, wenn ich die Zeit hätte.«

Mit dieser Art Arbeit hatte ich nicht gerechnet, aber es hört sich interessant an und wird fair bezahlt.

Ich nicke. »Ich bin dabei.«

Kapitel Elf

LEA

Die Sonne scheint mir ins Gesicht und ich bade in ihrer Wärme. Das Kleid von letzter Nacht hängt sorgfältig vom Sand befreit im Schrank und meine Strümpfe liegen zum Trocknen auf der Rückenlehne eines Stuhls. Nicht zum ersten Mal, seit Vater den Großteil seines Vermögens bei einem katastrophalen Geschäftsabschluss verloren hat, bin ich dankbar für die Privatsphäre, die ich ohne Dienstmädchen genieße. Keiner spioniert mir nach. Keiner gaukelt mir Loyalität vor, steht aber eigentlich auf der Lohnliste meiner Eltern.

Während ich nach meinem Ausflug zum Strand durch die fast leere Lobby und die verwaisten Flure gegangen war, hatte ich mir eine Entschuldigung für meine Eltern zurechtgelegt – sollten sie entdeckt haben, dass ich nicht wie angekündigt in unsere Suite zurückgekehrt war. Ich wollte ihnen die Wahrheit erzählen. Jedenfalls zum überwiegenden Teil: dass ich frische Luft gebraucht und einen Spaziergang auf dem Hotelgelände unternommen hatte. Von meiner Begegnung mit dem Pagen mussten sie nichts erfahren. Und wenn sich herausstellte, dass meine Eltern länger auf mich gewartet hatten, als diese Entschuldigung rechtfertigte, würde ich hinzufügen, ich hätte mich auf dem Rückweg verlaufen – was um ein Haar auch geschehen wäre, deshalb wäre es nicht mal unbedingt eine Lüge gewesen. Das Hotel ist so riesig und es gibt so viele verschlungene, abzweigende Gänge – ich war bereits am Ende eines Flurs angelangt, bis ich aufgrund der abweichenden Zimmernummern begriff, dass ich mich nicht dort befand, wo ich gedacht hatte.

Wie ich meinen feuchten Rock oder den Sand an meinen Strümpfen erklären sollte, war mir ein Rätsel. Vielleicht hoffte ich, meine Eltern wären auf wundersame Weise vorübergehend mit Blindheit geschlagen.

Doch glücklicherweise bedurfte es keiner Entschuldigung. Meine Eltern waren noch nicht zurückgekehrt – zweifellos saß Vater mit den Männern beim Brandy, während Mutter mit den Damen nach dem Essen noch einen Kaffee trank – und Madeline und Benny schliefen tief und fest. Daher blieb mir nicht nur genügend Zeit, Nachthemd und Morgenrock anzuziehen, sondern auch alle Spuren des Strands von meinem Kleid und meinem Körper zu tilgen, bevor ich ins Bett schlüpfte.

Jetzt vergrabe ich das Gesicht im Kissen und rekele mich. Schließlich stemme ich mich mit einem Stöhnen aus dem Bett, ziehe ein weißes Musselinkleid mit blauem Satinband über und verberge die nach Meer riechenden Strümpfe unter meinen Röcken. Ich binde mein Haar zu einem einfachen Knoten zurück und stecke ihn mit blauen Libellennadeln fest, die im Morgenlicht glitzern. Sie erinnern mich an Alec. Beim Gedanken daran, dass er mich »komisches Käuzchen« genannt hat, muss ich lächeln. Wenn er nur ansatzweise wüsste, was mir an einem ganz normalen Tag so durch den Kopf geht, würde er meine Sonderbarkeit dann immer noch charmant finden? Oder würde er mich dann schon für verrückt erklären?

Mutter hat das Frühstück aufs Zimmer bestellt. Silbertabletts mit einem Berg Croissants, Pfannkuchen, Eiern, Schinken, Würstchen und Früchten stehen auf einem Tisch mit weißem Leinen. Sie ist damit beschäftigt, die Gesellschaftsseite zu studieren, deshalb schleiche ich mich in Bennys Zimmer, um ihn aufzuwecken, doch Madelines und seine Bettdecken sind bereits zurückgeschlagen. Das einzig Lebendige im Zimmer ist die flackernde Kerze in Bennys Leuchtkasten, die zu einem Stummel heruntergebrannt ist. Kopfschüttelnd durchquere ich das Zimmer und blase die Kerze aus. Im Grand ist offenes Feuer strengstens untersagt, da das Hotel ganz aus Holz erbaut ist. Doch Benny kann ohne den Mond und die Sterne, die der Leuchtkasten abstrahlt, nicht einschlafen. Und Mutter hat schon immer zu jenen Menschen gehört, die denken, dass Regeln für *Leute wie uns* ohnehin nicht gelten.

»Madeline ist mit Benny hinunter zum Strand gegangen, um eine Runde mit ihm zu schwimmen«, sagt Mutter, als ich Bennys Schlafzimmertür hinter mir zuziehe, »und dein Vater spielt Tennis mit Mr Van Oirschot. Da ich nicht wusste, wie du dich heute Morgen fühlst, dachte ich, wir könnten in Ruhe zusammen frühstücken.«

Ich nehme ihr gegenüber Platz und stürze mich auf die Pfannkuchen. Dabei gebe ich mir alle Mühe zu verbergen, welche Freude mir die Aussicht bereitet, die Mahlzeit ohne Lon einnehmen zu dürfen.

»Denkst du, du bist nach dem Frühstück zu einem kleinen Bummel in der Lage?«, fragt Mutter.

»Wird Lon denn nicht nach mir suchen?«

»Nein«, entgegnet sie, »er ist den ganzen Tag geschäftlich in Charleston unterwegs. Das hat er uns gestern Abend erzählt, nachdem du gegangen warst. Doch er hat versprochen, pünktlich zurück zu sein, damit er dich nach dem Abendessen zum heutigen Ball begleiten kann.«

Angesichts dieser Neuigkeit kann ich mein Lächeln nicht verbergen. Ein ganzer Tag ohne Lon und dann ein Abend mit Musik und Tanz, bei dem es nicht so leicht sein würde, sich überhaupt zu

unterhalten. Anstatt des Wunders vorübergehender Blindheit ist
mir das Wunder vorübergehenden Alleinseins gewährt worden.
Gott sei Dank missversteht Mutter den Grund meiner Freude.
»Na, siehst du«, sagt sie, »ich wusste, dass dich das glücklich
machen würde.«

Kapitel Zwölf

NELL

Sofia bringt mich zum Archiv, wo die Planung für das Museums-projekt stattfindet. Es handelt sich um ein Büro im Souterrain, das abseits des Durchgangsverkehrs rund um die Geschäfte und Restaurants gelegen und wie eine kleine Bibliothek eingerichtet ist. Die Bücherregale sind voll mit ledergebundenen Kassen-büchern, antiken Fotoalben und altmodischen Pappröhren mit Schriftrollen und Bauplänen. Die ältesten Dokumente werden zu ihrem Schutz in Wandvitrinen aus Glas aufbewahrt.

In der Mitte des Raumes steht ein großer Schreibtisch, weitere kleinere Tische mit Leselampen befinden sich in den Ecken. Ein Mann mit schütterem Haar und einer großen eulenhaften Brille hebt hinter dem großen Schreibtisch gerade drei Ringbücher aus einer Kiste und verteilt sie auf verschiedene Stapel.

Sofia räuspert sich. »Mr Rothlesby?«

Er hebt den Blick. »Ah, Miss Moreno. Was kann ich für Sie tun?«

»Ich habe Ihnen eine neue Helferin mitgebracht«, antwortet sie. »Das ist Nell Martin. Nell, das ist unser genialer Stadthistori-ker Otis Rothlesby.«

Ich trete vor und schüttele ihm die Hand. »Freut mich, Sie kennenzulernen, Mr Rothlesby.«

Er packt fester zu, als seine kurzen, dicken Finger und seine

Strickjacke mit Schottenmuster vermuten ließen.»Nenn mich doch bitte Otis. Miss Moreno bleibt nur beim Sie, weil ich sie in der Schule jahrelang unterrichtet habe. Sie besteht darauf, dass ich für immer Mr Rothlesby heißen werde.« Sofia lacht und bekommt erneut rosige Wangen.»Es fühlt sich einfach falsch an, Sie anders anzureden.«

Otis zwinkert mir zu.»Zum Ausgleich nenne ich sie deshalb *Miss Moreno*.«

»Nell ist gestern erst auf der Insel angekommen«, erklärt Sofia. »Ihr Vater ist der neue Manager für die Gästebetreuung.«

»Ach, dann seid ihr ganz neu hier eingezogen?«, fragt Otis.

»Ja, Sir.«

Er steckt die Hände in die Taschen und wippt heiter auf den Zehenspitzen.»Nun, herzlich willkommen im Grandhotel! Hast du denn Erfahrungen im Umgang mit historischen Dokumenten?«

Ich zucke zusammen.»Eigentlich nicht.«

»Keine Sorge«, sagt er.»Max kann dir zeigen, wie es geht. Max!«

Als sich hinter einem Bücherstapel etwas regt, bemerke ich unter dem untersten Regalfach als Erstes die schwarzen Chucks, dann kommt der Junge um die Ecke. Mit seinem grünen Army-Hemd, engen Jeans, einer schwarzen Brille, zerzaustem Haar und buschigen, ausdrucksvollen Augenbrauen sieht er wie eine Mischung aus Friedenskorps und James Dean aus. Er wirft mir ein schiefes Grinsen zu.

»Frisches Blut?«, fragt er.

»Nell, das ist mein Sohn Max«, stellt Sofia ihn vor.»Beachte ihn nicht weiter, wenn er seinen Charme versprüht. Das ist wie ein nervöser Tick. Sein Vater ist auch so.«

Max schüttelt den Kopf, muss aber selbst lächeln.»Vielen Dank, Mom.«

»Gerne. So, dann lass ich euch mal arbeiten.«

Nachdem sie gegangen ist, erklärt Otis, dass die Stadtbibliothek all diese Kisten mit Dokumenten, Kaufverträgen und Messtischblättern aus der Bauzeit des Hotels hier abgeladen hat. Max und ich sollen auswählen, was davon für die Museumsbesucher interessant sein könnte. Das scheint mir ein bisschen viel Verantwortung für jemanden, der nicht besonders gut in Geschichte ist und keine Ahnung vom Aufbau eines Museums hat. Otis versichert mir allerdings, dass ich als Hotelgast und menschliches Wesen im Allgemeinen in der Lage sein dürfte, einen Gegenstand mit Unterhaltungswert zu erkennen.

»Genau genommen wirst du mit deinem kritischen Blick Dokumente ohne Belang rücksichtslos aussortieren, die Max und ich als Geschichtsliebhaber einbeziehen würden. Gestern haben wir zum Beispiel zwei Briefe gefunden, einen vom Hotelbesitzer August Sheffield an den Architekten des Hotels, in dem es um den Erwerb der Baumaterialien geht, und einen von Sheffield an einen Verwandten, in dem er seine Begeisterung und seine Vision des Hotels schildert. Was würdest du sagen, welcher findet mehr Anklang?«

Ich denke kurz nach. Dad würde bestimmt beide vorschlagen, aber meine Antwort steht fest. »Der zweite.«

»Sehr gut«, erwidert Otis. »Tatsächlich werden wir in diesem Fall möglicherweise beide Briefe nehmen, aber es ist wichtig, die Ausstellungsstücke zu begrenzen, damit wir den vorhandenen Raum optimal ausnutzen. Es geht um fast hundertvierzig Jahre Geschichte und wir wollen unsere Gäste auf keinen Fall mit Informationen überfrachten.«

Nachdem Otis mir einen Tisch mit einem Stapel Mappen zugewiesen hat, rückt Max mühsam einen weiteren kleinen Tisch über den Teppichboden und stellt ihn daneben. Dann holt er seinen Stuhl dazu, an dem eine braune Schultertasche baumelt. Sie erinnert mich an die von Indiana Jones. Über seine Brillengläser wirft Otis Max einen Blick zu.

»Tja, ich kann ihr wohl kaum vom anderen Ende des Zimmers helfen, oder?«, fragt Max.

Mit einem Kopfschütteln macht Otis sich wieder an die Arbeit. Ich betrachte die Mappen. »Muss ich Handschuhe anziehen oder geht das so?«

»Noch nicht«, antwortet Max und setzt sich. »Das sind nur Kopien. Wenn wir etwas Interessantes finden, sagen wir in der Bibliothek Bescheid und sie schicken uns dann das Originaldokument.«

Ich mustere die Stapel und die Aktenschränke. »Ich hätte gedacht, das gesamte Archivmaterial würde hier aufbewahrt.«

»Hier lagert schon einiges, aber die Bibliothek und das Hotel haben vor ein paar Jahren in Teamwork die Informationen katalogisiert, und seitdem ist vieles dorthin geschafft worden. Das erleichtert auch den öffentlichen Zugang.«

»Oh.« Ich hole tief Luft und schlage die erste Mappe auf, bereit, mit der Arbeit anzufangen.

»Also«, sagt Max. »Du bist das Mädchen, das im Hotel wohnt?«

»Wie bitte?«

»Mom hat mir gestern von dir erzählt. Und natürlich von deinem Dad.«

Ich blinzele. »Ach ja?«

Max nickt.

Ich weiß nicht, was ich davon halten soll, dass Sofia über uns redet. Bestimmt hat sie nicht gelästert, sondern ihrem Sohn nur in einer ganz normalen Unterhaltung über ihren jeweiligen Tag von uns erzählt. Aber wenn sie nun nur Gutes berichtet hat? Ich meine, *so richtig* Gutes, à la Ich-habe-heute-deinen-zukünftigen-Stiefvater-kennengelernt?

»Wie gefällt es dir bis jetzt?«, fragt Max weiter.

Ich muss an den Aufzug und den Albtraum denken, aber auch an den Blaubeermuffin heute Morgen – der es schließlich fast wert war, dass ich mich vor meinem eigenen Schatten erschrecke.

»Es ist ... schön.«

Er nickt. »Als Kind wollte ich auch hier wohnen. Ich bin fast jedes Wochenende und immer nach der Schule hergekommen.«

»Und was hast du dann hier gemacht?«

»Ach, so dies und das.« Er grinst. »Und du gehst zur Highschool?«

»Jep.«

»Abschlussjahrgang oder eins darunter?«

»Abschluss«, antworte ich. »Und du?«

»Ich auch.« Er verschränkt die Finger und streckt die Arme aus. »Vielleicht haben wir ja ein paar Kurse zusammen.«

»Ja, kann sein.« Ich sehe eine Biografie über Theodore Roosevelt aus seiner Schultertasche lugen. »Du stehst auf Geschichte?«

»Total«, sagt er. »Auf dem College will ich Geschichte und Drehbuchgestaltung studieren. Ich bin davon überzeugt, dass man Geschichte für die Massen am besten über die visuellen Medien aufbereitet, oder sie auf diese Weise zumindest wieder interessant macht.« Er rutscht mit seinem Stuhl näher heran. »Deshalb war ich auch gleich so begeistert, als meine Mutter mir von diesem Projekt erzählt hat. Ich arbeite schon eine ganze Weile an einem Drehbuch über das Grandhotel, aber ich komme nicht weiter. Und da dachte ich, mir würden vielleicht ein paar neue Ideen für den Plot einfallen, wenn ich an den Primärquellen sitze.«

»Worum soll es in dem Film gehen?«

Er strahlt. »Also, das ist –«

Otis räuspert sich und gibt uns unmissverständlich zu verstehen, dass er sich von unserer Unterhaltung gestört fühlt. Max zwinkert mir zu und sagt stumm: »Später.« Er wendet sich wieder seiner Mappe zu. Ich folge seinem Beispiel und entnehme ihr einen Zeitungsartikel über die festliche Grundsteinlegung des Hotels.

Wird schon schiefgehen, denke ich, hole tief Luft und fange an zu lesen.

***

Ich hatte nicht vor, den ganzen Tag im Archiv zu verbringen, doch als ich meine Mappe um kurz nach zwölf durchgearbeitet habe und Otis meint, ich könnte gehen, nehme ich mir noch eine zweite vor. Ich bin überrascht, dass diese alten Dokumente und Zeitungsausschnitte so interessant sind. Es fühlt sich an, als würde ich eine andere Welt betreten und ein vollständigeres Bild von dem Hotel bekommen, das ich gerade erst kennenlerne.

Außerdem hat es immer noch geregnet, als Max und ich zur Backstube gingen, um uns etwas zum Mittagessen zu holen. Ich habe also nicht mal einen herrlichen Strandtag verpasst.

Bevor wir Feierabend machen, trägt Otis uns noch auf, die Kisten zur Rezeption zurückzubringen, wo sie von einem Bibliotheksangestellten abgeholt werden. Max nimmt schon mal die erste Kiste und ich helfe Otis, eine Liste von Dokumenten zu erstellen, die er aus dem Archiv der Bibliothek ausleihen möchte.

»Vorsicht da draußen«, sagt Max, als er zurückkehrt. »Der Boden ist ganz glitschig vom Regen.«

Er will die nächste Kiste fortbringen, doch Otis hält ihn zurück. »Max, wie war noch mal die Archivnummer von diesem Tagebucheintrag, den wir uns ansehen wollten?«

Ich nehme Max die Kiste ab, um mich nützlich zu machen, während er sich über den Schreibtisch beugt. Sie ist ziemlich schwer und ich kann kaum über die Aktenordner hinwegblicken. Deshalb verlagere ich sie auf meine rechte Hüfte und neige den

Kopf nach links, als ich durch die offene Tür in den Hauptgang trete. Ein Vater kommt mir mit seinem Sohn entgegen, er zieht den Jungen aus dem Weg und ich lächele ihn dankbar an.

Ich halte mich rechts an der Wand und gehe langsam durch die Menge der flanierenden Leute über den regennassen Boden. Irgendwo muss doch hier die Treppe sein.

Eine Gruppe von Kindern läuft zum Spielzeugladen. Ich achte zu sehr auf sie, um die Pfütze zu bemerken, und dann ist es zu spät. Mit dem Absatz sause ich über den Boden wie mit einem Schlittschuh. Schließlich prallt die Kiste gegen etwas Hartes und ich schreie leise auf. War das die Wand? Nein, Wände machen nicht »Hmpf«. Die Aktenordner schießen in die Höhe und ihre Deckel und die Papiere flattern durch die Luft wie aufgescheuchte Hühner. Als mir die Kiste aus der Hand fällt, hält mich jemand an den Armen fest, um mich zu stützen, doch alles gerät durcheinander und wir fallen plötzlich beide hin. Der Mann legt eine Hand um meinen Kopf und zieht mein Gesicht an seine Brust. In der Sekunde, bevor er auf mir landet, umhüllt mich ein Geruch aus Sandelholz, Zitrusblüten und frischer Wäsche. Die Hand, die meinen Kopf schützt, knallt auf den Boden.

Die Zeit läuft langsamer. Ich spüre seine gespreizten Finger in meinem Haar, die weichen Stofffasern seines Hemdes an meiner Wange und das sorgfältig abgestützte Gewicht seines Körpers, höre unseren stockenden Atem und das Echo der Ordner, die zu Boden fallen.

Dann blicke ich auf.

Seine Augen mit den dichten Wimpern weiten sich vor Schreck. Sie werden von dem glatten dunklen Haar eingerahmt, das uns wie ein Vorhang vor dem Rest der Welt verhüllt. Er öffnet den Mund und hält mich fester, während ich den Blick über sein Gesicht, die hohen Wangenknochen und das kantige Kinn mit dem Grübchen schweifen lasse. Ich betrachte es stirnrunzelnd und verspüre plötzlich das dringende Bedürfnis, mit dem Finger darüberzustreichen.

Offenbar habe ich eine Gehirnerschütterung.

»Alles in Ordnung?«, fragt er.

Ich hole tief Luft. »Ich glaube schon.«

Sein Griff wird gröber und die Sorgenfalten um seine Augen verschwinden. Er mustert mich kühl. »Pass nächstes Mal besser auf.«

Dann zieht er mich hoch und ich bin so verdattert, dass mir nichts darauf einfällt. Nur ganz allmählich, als würde ich aus einer Trance erwachen, registriert mein Verstand verschiedene Dinge auf einmal: einen trockenen Mopp auf dem Boden, ein goldenes Namensschild am Hemd meines Retters und die Pfütze, die mich von den Beinen geholt hat und die er wohl gerade aufwischen wollte. Heißt das ... er arbeitet im Housekeeping? Er sieht nicht viel älter aus als ich, um die achtzehn vielleicht. Ich frage mich, wieso ein junger Mann so einen Job annimmt, wenn er doch etwas Tolleres machen könnte, vor allem mit dem Aussehen eines Calvin-Klein-Models.

Allmählich wird mir bewusst, dass er die Ordner aufhebt und in die Kiste stopft, während ich einfach nur dastehe und ihn anglotze wie eine Zirkusattraktion.

»Das musst du nicht machen«, sage ich und gehe neben ihm in die Hocke.

Er schnappt sich den letzten Ordner und knallt ihn auf die anderen. »Zu spät.«

Dann nimmt er seinen Mopp und geht zur Treppe.

»Danke für deine Hilfe«, fauche ich ohne den geringsten Hauch von Dankbarkeit in der Stimme.

Keine Ahnung, ob er mich gehört hat, denn er geht stur die Treppe hinauf, dann nach rechts in die Lobby und dreht sich dabei nicht einmal nach mir um.

»Blödmann«, murmele ich leise. Ich warte noch ein paar Sekunden, um ihm nur ja nicht noch einmal über den Weg zu laufen, packe mir die schwere Kiste erneut auf die Hüfte und folge ihm.

Kapitel Dreizehn

LEA

Wir drehen eine Runde im Erdgeschoss, vorbei am Damen-Billardzimmer, der Bibliothek und dem Schachzimmer. An der Rezeption bleibt Mutter stehen und erkundigt sich nach dem montagnachmittäglichen Bridgeklub. Ich schlendere auf die Türen zum Innenhof zu und lasse den Blick über die Obstbäume und tropischen Pflanzen schweifen, bis ich auf einen Hotelangestellten aufmerksam werde, der gerade ein Zitronenbäumchen pflanzt. Er trägt eine braune Cordhose und Hosenträger über einem weißen Hemd, das an seinem breiten, muskulösen Rücken klebt. Er wischt sich mit dem Unterarm über die Stirn und streicht sich das Haar zurück ...

Alec.

Mein Herz schlägt schneller. Ich sehe mich nach Mutter um, aber die ist von einer Gruppe Frauen umringt und nimmt keinerlei Notiz von mir. Also hole ich tief Luft und trete hinaus in den Innenhof.

»Eine weitere Ihrer vielen Beschäftigungen, Mr Petrov?«, frage ich.

Alec sieht mich an. »Ich bin ein Mann mit vielen Talenten, Miss Sargent.«

»Das sehe ich.«

Er legt die Schaufel weg und klopft sich die erdverkrusteten

Hände an seiner Hose ab. Eine Schweißperle rinnt von seinem Hals in die Kuhle an seinem Schlüsselbein und verschwindet dann unter seinem Hemd. Unwillkürlich versuche ich ihr mit dem Blick zu folgen und bin überrascht, seine festen Bauchmuskeln unter dem dünnen, feuchten Stoff erahnen zu können.

Das Blut schießt mir in die Wangen.

»Sind Sie unbemerkt in Ihr Zimmer gelangt?«, fragt er leise.

Obwohl mir klar ist, dass wir nichts Falsches getan haben – jedenfalls nicht *wirklich* –, lässt diese Frage den vergangenen Abend sehr viel anstößiger wirken, als er eigentlich war. Vor allem, wenn jemand zufällig davon Wind bekäme, ohne den Zusammenhang zu kennen. Deshalb drehe ich den Kopf, um festzustellen, ob irgendjemand in Hörweite ist.

»Wir sind allein«, beruhigt er mich.

Er ist mir jetzt näher, ich spüre seinen warmen Atem an meinem Hals. Die Vibration seiner Stimme auf meiner Haut ruft eine kurze, unbeschreibliche Erregung in mir hervor.

»Ja«, sage ich, »unser Geheimnis ist sicher.«

Das lässt seine Augen blitzen. »Gut.«

»Warum? Wollen Sie es noch einmal tun?«, frage ich nur halb im Scherz.

Damit hat er nicht gerechnet. Er schnappt nach Luft und blickt sich um. Doch weder hat sich jemand zwischen den Bäumen versteckt, noch beobachten uns Gäste von der Galerie im ersten Stock. Er schluckt. »Tatsächlich ...«

»Ja?«

»Ach, vergessen Sie's.«

»Seien Sie nicht albern«, sage ich. »Worum geht es denn?«

»Meine Freunde und ich treffen uns heute Abend in Canvas City zum Tanz.« Sein Atem, der von der Arbeit und der Hitze bereits beschleunigt ist, geht jetzt leicht keuchend. »Würden Sie gern mitkommen?«

»Mit Ihnen?«

»Und mit meinen Freunden«, stellt er klar. »Wir wären nicht allein, also wäre auch nichts Unschickliches daran.«

»Bis auf die Tatsache, dass ich mich aus unserem Zimmer schleichen und meine Eltern anlügen müsste.«

Er zuckt zusammen. »Stimmt. Natürlich. Ich hätte nicht fragen sollen ...«

Ich lege ihm die Hand auf den Arm, um ihn zum Schweigen zu bringen, und merke zu spät, wie unangebracht die Geste ist. Rasch ziehe ich die Hand zurück. »Um wie viel Uhr?«

»Nach dem Ball«, erwidert er, »ich arbeite heute Abend als Servierkraft.«

Natürlich. Gibt es irgendeinen Job in diesem Hotel, den er *nicht* übernimmt?

Nachdenklich nicke ich. »Das passt sehr gut, ich soll sowieso am Ball teilnehmen.«

Er reißt die Augen auf. »Heißt das etwa, Sie kommen mit?«

Ich weiß nicht, was ich mir dabei denke – vielleicht denke ich gar nichts. Meine Eltern gestern Abend anzulügen war schon riskant genug, und da habe ich mich zumindest noch auf dem Hotelgelände aufgehalten. Jetzt erwäge ich ernsthaft, sie nicht nur anzulügen, sondern mich mitten in der Nacht davonzustehlen. Wenn man mich erwischt ... Ich mag mir die Strafe, die dann käme, gar nicht ausmalen.

Aber wenn ich nicht jede Gelegenheit ergreife, meine eigenen Entscheidungen zu treffen, solange ich noch die Möglichkeit dazu habe, werde ich das zweifellos für den Rest meines Lebens bereuen.

»Ja«, stoße ich blitzschnell hervor, ehe ich es mir anders überlegen kann. »Ich komme mit.«

»Aurelea?«, höre ich Mutters Stimme quer durch den Innenhof.

Ich zwinkere ihm zu, drehe mich auf dem Absatz um und gehe zurück zur Lobby.

»Was hast du da draußen gemacht?«, fragt Mutter, nimmt mich beim Arm und führt mich zur Treppe.

»Ich habe gesehen, dass der Hotelangestellte einen neuen Baum pflanzt, und wollte nachschauen, um welchen Baum es sich handelt«, erwidere ich.

Sie späht durch das Fenster in den Innenhof. »Für mich sieht es wie ein Zitronenbaum aus.«

Ich riskiere einen letzten Blick zu Alec.

Er schaut immer noch zu mir und die Schaufel liegt vergessen zu seinen Füßen.

Kapitel Vierzehn

NELL

Als ich zurückkomme, diskutieren Max und Otis immer noch, welche Archivnummer es sein könnte.

»Ganz sicher die 0035«, sagt Max.

»Wirklich?«, fragt Otis. »Ich dachte, es wäre die 0208.«

Max schaut auf, als ich die Tür schließe. »Wieso warst du so lange weg?«, fragt er.

Ich verdrehe die Augen. »Du glaubst nicht, was eben passiert ist.«

Max verzieht den Mund zu einem selbstgefälligen Lächeln. »Ausgerutscht?«

Ich sehe ihn böse an.

Er hebt entgeistert die Hände. »Schau mich nicht so an. Ich habe dir gesagt, dass der Boden nass ist!«

»Darum geht es gar nicht«, antworte ich zähneknirschend. »Ich bin mit jemandem zusammengestoßen, der nicht sehr freundlich reagiert hat.«

Max erschauert. »Mit einem Gast?«

»Nein, mit einem Angestellten vom Reinigungspersonal. Jedenfalls sah er so aus. Er hat den Boden gewischt.«

»Lass mich raten«, sagt Max. »Groß, dunkle Haare, muffige Miene, vielleicht ein, zwei Jahre älter als wir?«

Ich runzele die Stirn. »Jep. Woher weißt du das?«

»Das war Petrov.«

»Wer?«

»Alec Petrov«, erklärt er. »Er wohnt hier im Hotel, wie du und dein Dad.«

Merkwürdig. Hätte Sofia es nicht erwähnt, wenn noch jemand im Hotel wohnen würde?

»Er gehört auch nicht wirklich zum Reinigungspersonal, sondern macht sich als Mädchen für alles nützlich«, fährt Max fort. »Grundsätzlich ist er für den Garten und Reparaturen zuständig, aber manchmal springt er als Kellner oder Koch ein, wenn sich jemand krankmeldet und kein Ersatz gefunden wird.«

»Er hat also keinen richtigen Beruf?«

»Nicht dass ich wüsste.«

»Arbeiten seine Eltern etwa auch hier?«

»Wenn ja, dann habe ich sie nie kennengelernt. Ich habe meine Mom schon ein paarmal gefragt, aber sie sagt immer nur, dass mich das Privatleben anderer nichts angeht.«

»Wo sie recht hat, hat sie recht«, murmelt Otis.

Max zieht eine Augenbraue hoch. »Und das von jemandem, der sein Geld damit verdient, die Tagebücher von Verstorbenen zu lesen.«

Otis zuckt mit den Schultern.

***

Sobald wir die letzten Kisten zur Rezeption gebracht haben und Otis uns entlassen hat, gehen Max und ich zu den Büros im Erdgeschoss.

»Lieblingsfilm?«, fragt Max.

»Das ist leicht«, sage ich. »*Center Stage*.«

Er sieht aus, als würde er seinen Ohren nicht trauen. »Wie bitte?«

»Du weißt schon, der Ballettfilm? Das ist der Grund, warum ich Ballerina werden will.«

»Tja, dann kann ich ihn jetzt schlecht in der Luft zerreißen, oder? Zumindest hat er einen vernünftigen Handlungsbogen.«

»Hast du ihn gesehen?«

»Ich habe alles gesehen«, erwidert er und legt die Hände um den Schulterriemen über seiner Brust. »Du bist also eine Ballerina?«

»Jep, beziehungsweise auf dem Weg dahin.«

»Und eine Ausbildung willst du auch machen?«

»Das ist der Plan.«

»Mega. Vielleicht können wir zusammen einen Ballettfilm drehen, wenn wir später reich und berühmt sind.«

»Können wir machen«, sage ich. »Aber meinen Lieblingsfilm kannst du niemals toppen.«

»Wart's ab.« Max bleibt vor dem Büro meines Vaters stehen. »Sehen wir uns morgen?«

»Ja, ich bin dabei.«

Er atmet geräuschvoll aus. »Okay, super! Das ist ... echt toll. Ich dachte, du hättest dich vielleicht zu Tode gelangweilt. So wie die meisten Menschen.«

»Nein«, sage ich. »Mir hat das wirklich Spaß gemacht.«

»Das ist fantastisch.« Er kratzt sich am Hinterkopf. »Also, Otis wird sich freuen, meine ich.« Er neigt den Kopf und sieht mich an. Es entsteht eine peinliche Pause. »Okay, bis dann.«

»Bis dann.«

Max dreht auf dem Absatz um und geht zurück zum Büro seiner Mutter.

Dads Tür ist nur angelehnt und schwingt auf, als ich klopfe. Er sitzt an seinem Schreibtisch und tippt etwas in den Computer.

»Hey, Nellie-Maus! Wie war dein erster Arbeitstag?«

Ich nehme auf einem der beiden Stühle vor seinem Schreibtisch Platz. »Gut«, sage ich, obwohl ich ihm am liebsten berichten würde, *dass ich einen richtigen Vollidioten getroffen habe, der das Wort* Missgeschick *wohl noch nie gehört hat.* »Viel zu tun. Und bei dir?«

Er grinst. »Gut. Viel zu tun.«

»Hast du bald Feierabend?«

»Ich muss noch ein paar Sachen fertig machen, aber was hältst du von Abendessen so in einer Stunde?«

»Klingt gut.«

Dad wendet sich wieder seinem Computer zu.

»Dad?«

Er dreht sich noch einmal zu mir um.

»Dir geht es wirklich gut hier, nicht wahr?«

Er atmet tief ein und nickt. »So glücklich war ich schon lange nicht mehr.«

Mehr muss ich nicht wissen. Für sein Glück lohnt es sich, mit Albträumen und einem unhöflichen Mitarbeiter klarzukommen. Außerdem ist es nicht etwa so, als hätte mir in den letzten beiden Tagen nicht schon einiges im Grandhotel gut gefallen. Die herrliche Backstube. Der Job. Max.

Es könnte schlimmer sein.

***

Ich krame die Schlüsselkarte aus der Tasche und gehe in unser Zimmer. Es ist still, fast unheimlich, und mir fällt zum ersten Mal auf, dass ich nicht die üblichen Geräusche von anderen Gästen höre – kein Fernseher murmelt hinter der Wand, keine Schranktüren werden zugeschlagen, keine Unterhaltungen, die man bis in den Flur hört. Entweder ist das Nebenzimmer nicht belegt oder die Bauweise des 19. Jahrhunderts war schalldichter, als ich gedacht hätte.

Ich gehe ins Bad, drehe die Dusche heiß auf und ziehe mich aus. Als der Spiegel beschlägt, öffne ich das kleine Fenster. Mein Nacken entspannt sich und ich atme den Dampf tief ein, während das Wasser auf meine müden Muskeln strömt. Ich schließe die Augen und summe eine vertraute Melodie. Zunächst kann ich mich nicht erinnern, wo ich sie kürzlich gehört habe, doch dann fällt es mir wieder ein.

Im Ballsaal. Wo sie aus den unfassbar gut versteckten Lautsprechern dröhnte.

Hinter dem Duschvorhang knarrt eine Bodendiele.

»Dad?«

Keine Antwort.

Mit spitzen Fingern ziehe ich den Duschvorhang einen Spaltbreit auf. Im Dunst verschwimmen der Waschtisch und der Umriss der Tür, doch ich kann genug sehen, um sicher zu sein, dass niemand hier ist. Ich runzele die Stirn, bis mir wieder einfällt, dass das Fenster offen ist. Bestimmt hat ein Windstoß an den Fensterläden gerüttelt.

Dennoch beeile ich mich. Möglicherweise hat doch Dad das Knarren hinter der Tür verursacht, und dann möchte ich ihn nicht lange warten lassen, bis er etwas zu essen bekommt. Ich stelle die Dusche aus, schnappe mir das Handtuch und trockne mich ab, bevor ich es um mich schlinge und den Duschvorhang ganz beiseiteschiebe.

Taumelnd weiche ich zurück.

Das Badezimmerschränkchen ist aufgerissen und auf den Regalen und Ablagen herrscht Unordnung, als hätte jemand etwas in Eile gesucht und danach keine Zeit mehr gehabt, um aufzuräumen. *Dad?* Ich werfe einen Blick auf die Tür.

Sie ist von innen abgeschlossen, aber nicht von mir. Das müsste *eigentlich* bedeuten, dass derjenige, der es getan hat, noch hier mit mir im Badezimmer ist. Durch das Fenster könnte höchstens ein Kind klettern, das aber wegen der Höhe gar nicht darankäme – doch es ist niemand hier.

Ich bin allein.

Kapitel Fünfzehn

LEA

Im Ballsaal drängen sich Männer im Smoking und mit weißen Handschuhen neben Frauen in Ballkleidern. Juwelen funkeln im warmen goldenen Schein des Kristalllüsters wie Sternenstaub. Die musikalische Begleitung besteht aus Stücken von Wagner, Strauss und Mendelssohn und ich bin froh über meine volle Tanzkarte, auf der Lon nur drei Tänze ergattert hat. Eigentlich eine ungebührliche Anzahl von Tänzen, wären wir nicht verlobt, weshalb ich die Tage zurücksehne, als er mir noch den Hof machte. Fast augenblicklich entdecke ich Alec in der Menge. Mit einem Tablett voller Champagnerflöten steht er auf der gegenüberliegenden Seite des Saales und sieht in seiner Livree schlichtweg umwerfend aus. Ich beobachte ihn über die Schultern meiner Tanzpartner hinweg und er erwidert meine Blicke. Manchmal bin ich mutig genug, ihn anzulächeln oder ihm zuzuzwinkern. Dann bin ich so überwältigt von seiner Attraktivität und der Intensität seines Blickes, dass ich nichts anderes tun kann, als ihn anzustarren und die Minuten zu zählen, bis ich den Ball verlassen kann.

Um halb zwölf klage ich über Kopfschmerzen vom Champagner und teile Lon mit, dass ich etwas früher aufbrechen muss. Mutter wirkt besorgt – es sieht mir gar nicht ähnlich, einen Ball vor Mitternacht zu verlassen, erst recht nicht mit einer vollen Tanzkarte. Ich tätschele ihr beruhigend den Arm und trete dann die Flucht an. Seit Vater die Hälfte seiner Kunden verloren hat, macht sie sich immerzu Sorgen. Schuldgefühle brennen in meinem Magen wie glühende Kohle. Doch mit jedem Schritt, mit dem ich mich vom Ballsaal entferne, wird dieses Gefühl mehr und mehr erstickt, bis unter meiner Aufregung nur noch ein glimmendes Häufchen Asche davon übrig ist.

Wie am Abend zuvor schlafen Benny und Madeline bereits, als ich unsere Suite betrete. Auf Zehenspitzen gehe ich in mein Zimmer und schließe sorgsam die Tür hinter mir. Dann ziehe ich mich rasch um und schlüpfe in einen schlichten marineblauen Rock und eine weiße Bluse, löse die aufwendige Frisur und flechte meine Haare zu einem Zopf. Ich fixiere ihn mit einem Band, das farblich zu meinem Rock passt. Als Letztes forme ich meine Kissen unter meinen Decken notdürftig zur Silhouette eines schlafenden Körpers und schalte dann das Licht aus, um mein Werk zu begutachten. Das Mondlicht, das durch die Vorhänge dringt, taucht das Bett in silbrig gesäumte Schatten, was mein Täuschungsmanöver noch begünstigt.

Solange meine Eltern nicht allzu genau hinsehen, werden sie gewiss nichts Auffälliges bemerken.

Als ich am Strand ankomme, wird der Mond von einer dunklen Wolke verdeckt. Sein blasses Licht umrahmt ihren bauschigen Umriss, daher dauert es einen Augenblick, bis sich meine Augen an die Dunkelheit gewöhnt haben. Zunächst kann ich Alec nirgends entdecken und mich packt die Angst. Ist er vielleicht nicht losgekommen? Oder sind unsere Pläne aufgedeckt worden? Befinden sich meine Eltern irgendwo hier draußen und suchen nach mir? Werden sie gleich voller Wut und Enttäuschung hinunter zum Strand laufen? Oder ist es noch schlimmer als das – hat der Page mich mit unserem Rendezvous nur zum Narren gehalten? Will er gar nicht, dass ich wirklich komme? Amüsiert er sich jetzt zusammen mit seinen Freunden über das dumme reiche Mädchen, das geglaubt hat, es hätte in ihm tatsächlich einen Freund gefunden?

Doch dann zieht die Wolke weiter. Der Strand liegt im Mondschein da und ich sehe Alec auf den Felsen sitzen. Er hat seine Kellner-Livree gegen die Cordhose und die Hosenträger getauscht, die er auch bei der Gartenarbeit getragen hatte, und das Ganze mit einem blauen Chambray-Hemd kombiniert. Noch hat er mich nicht entdeckt und ich frage mich, ob ihm dieselben Fragen durch den Kopf gehen wie mir. Ob er denkt, dass ich jetzt irgendwo stecke und mich auf seine Kosten lustig mache.

Ich trete aus dem Dunkel hervor und bei meinem Anblick sacken seine Schulter erleichtert nach unten.

»Irgendwie dachte ich, Sie würden vielleicht nicht kommen«, sagt er, während ich auf ihn zugehe.

»Irgendwie habe ich dasselbe von Ihnen gedacht«, gebe ich zu.

Er springt vom Felsen auf und hält mir den Arm hin. Ich hake mich bei ihm unter und bin überrascht, wie anders er sich anfühlt im Vergleich zu den zahllosen anderen Armen, die ich über die Jahre ergriffen habe. Er ist breiter und muskulös – aber nicht die Art von Muskeln, die sich ein Gentleman bei einer Runde Tennis oder Golf zulegt: Es sind Muskeln, die ein Mann nur dann bekommt, wenn er für seinen Lebensunterhalt hart arbeiten muss.

»Nun denn«, sagt er, »bereit, Canvas City zu erkunden?«

Kapitel Sechzehn

NELL

Mom beugt sich über mein Bett und steckt die Decke fest. Sie duftet nach Rosen und Flieder und feuchter Gartenerde.

»Nur drei Tage«, sagt sie. »Dann bin ich wieder da.«

Die schwachen Streifen Mondschein, die durch die Fensterläden dringen, beleuchten den Koffer neben der Hoteltür. Dad schnarcht in dem anderen Bett, und das überrascht mich.

Er sollte nicht hier sein. Ich bin zwölf und liege in meinem eigenen Zimmer.

Doch als ich aufschaue, ist da nur eine weiße Wand statt der Regale mit Tanz-Pokalen und Teamfotos und Federboas. Rechts von meinem Bett, wo auf einem türkisfarbenen Schreibtisch mein Computer und die Schulbücher sein sollten, befindet sich eine Fensterfront mit geschlossenen Läden, die auf einen Balkon hinausgeht, der kein Balkon ist und über den hinweg Zweige an die Holzläden schlagen.

Dann fällt es mir wieder ein.

Ich bin nicht in meinem Zimmer in Virginia, sondern in einem Hotelzimmer auf Winslow Island, weil Dad jetzt hier arbeitet. Doch die dritte Person, die unsere Familie komplett macht, ist nicht hier, weil sie zu einer Lehrerkonferenz gereist und nie mehr nach Hause gekommen ist.

»Mom —«

Sie gibt mir einen Kuss auf die Stirn. »Ich komme so früh wie möglich zurück.«

Ich will die Decke abstreifen, doch sie klebt an meiner Haut und drückt mich wie ein Bleigurt herunter. »Mom, geh nicht –«

»Das ist mein Job.« Sie lächelt mich leise und wissend an. »Ich muss gehen.«

»Nein.« Das Bettzeug schlingt sich fester um mich und nagelt mich auf die Matratze. »Hör mir doch zu –«

Aber sie löst sich von mir, genau wie sie es an jenem Abend getan hat – als wäre es kein Abschied für immer. »Schlaf schön, Nellie-Maus.«

»Mom!«

Sie nimmt ihren Koffer.

»Nein!« Ich strampele in das Laken. »Mom, bitte!«

Sie öffnet die Tür. Dann schaut sie noch einmal zu mir zurück. »Du musst jetzt stark sein, Nellie.«

»Mom –«

Die Fenster öffnen sich mit einem lauten Knall und ein Windstoß, der wie ein defektes Triebwerk klingt, fährt ins Zimmer.

Sie pustet mir einen Kuss zu. »Du fehlst mir jetzt schon.«

Dann geht sie hinaus und schließt die Tür hinter sich.

»Nein!«

Als die Bettdecke in meinen Händen erschlafft, werfe ich sie ab und laufe zur Tür. Ich reiße sie auf und lasse den Blick durch den Flur wandern, doch es ist zu spät.

Sie ist weg.

»Psst.«

Der kleine Junge taucht am Ende des Flurs auf.

»Komm mit«, sagt er.

Ich wische mir die Tränen von den Wangen. »Warum?«

Er kichert. »Wir spielen was.« Seine Stimme knistert wie ein rauschendes Radio. Mittlerweile steht er mitten im Flur, obwohl ich nicht gesehen habe, wie er sich bewegt hat.

Ich schlucke und weiche zurück. »Was ist das für ein Spiel?«

Nur ein Blinzeln, und schon steht er vor mir. Das Licht fängt sich in seinem matten, spröden Haar, in seinen gesprungenen Lippen und dem Moder unter seinen Fingernägeln.

»Er darf dich nicht finden«, flüstert er und lässt seine kleine kalte Hand in meine gleiten. »Beeil dich.«

Er zieht mich durch den Flur. Der Saum des Nachthemds, das ich noch nie gesehen habe, rauscht an meinen Knöcheln. Rosa Seidenbänder schlingen sich um meine Handgelenke und meinen Ausschnitt und ich halte krampfhaft den dünnen Stoff fest.

Der kleine Junge wirft einen Blick zurück. »Hab keine Angst«, sagt er. »Ich lasse es nicht zu, dass er dich findet.«

»Wer ist er?«, frage ich. »Was redest du denn da?«

»Der Mann«, antwortet er.

Dann führt er mich über eine enge Treppe in den vierten Stock.

»Hier können wir uns verstecken«, sagt er und öffnet die Tür zur Wäschekammer.

Ich reiße mich los. »Nein.«

Das Licht flackert.

»Schnell«, sagt der kleine Junge. »Er kommt!«

Mit schweren Schritten stapft jemand die Treppe hoch.

Der Junge streckt die Hand aus und sieht mich flehend an, so wie ich früher meine Mutter. »Bitte.«

Die Schritte werden lauter.

Ich nehme den Jungen an die Hand und lasse mich in die Dunkelheit ziehen.

***

Ich schrecke aus dem Schlaf. Das Bettzeug ist kalt, klamm und zerknittert. Das gigantische Loch, das Mom in meinem Herzen hinterlassen hat, ist aufgerissen, blutet in meine Lunge und raubt mir den Atem. Tränen brennen in meinen Augen und heftiges, erstickendes Schluchzen zerreißt meine Kehle. Ich will mir gut zureden, dass es nur ein Traum war, doch meine Knochen schmerzen von dem Kampf mit dem Bettzeug und die Haut unter meinen Augen ist salzig von Tränen.

Jetzt habe ich genau zwei Möglichkeiten. Ich kann Dad wecken, ihm von dem Traum erzählen und Trost bei meinem verbliebenen Elternteil suchen. Doch dann würde ich das Glück überschatten, das Dad hier in den letzten beiden Tagen gefunden hat.

Oder aber ich schalte meine Gefühle vollkommen ab.

Ich schnappe mir meinen Rucksack und gehe ins Badezimmer.

***

Meine Indie-Rock-Playlist dröhnt in meinen Ohren, während ich *Jetés* auf der Tanzfläche übe. Obwohl es keine traditionelle Ballettmusik ist, geben mir die Instrumente und der gefühlvolle Gesang den Schub, den ich brauche, um höher zu springen, mich noch mehr zu dehnen und noch härter zu trainieren. Ich verliere mich in den Geschichten, die die Songs erzählen, und in dem Beat, der mich erfasst. Die Musik ermutigt mich, eine Show für diesen Saal abzuziehen, und für alle, die möglicherweise hier sind, persönlich oder als Porträt.

Tot oder lebendig.

Während ich einen Kreis rund um die Tanzfläche beschreibe, bin ich mir meiner Schritte kaum bewusst. *Grand Jeté, Pirouette, Arabesque.* Ich drehe mich und drehe mich, bis mein Körper sich ohne einen einzigen Gedanken bewegt.

Ich bin wie Luft, und Luft ist gefühllos.

Erst als meine Lunge nicht mehr genug Sauerstoff pumpen kann, werde ich langsamer. Mein lose gebundener Zopf hat sich längst gelöst, die Haare fallen mir ins Gesicht und kleben an dem Schweißfilm in meinem Nacken. Als der Song leise ausläuft, sinke ich in einen Knicks für mein imaginäres Publikum.

In der Stille höre ich die schwachen Klänge eines anderen Songs. Ein Blick auf mein Handy zeigt, dass die Playlist abgespielt ist. Das ist nicht meine Musik.

Ich ziehe die Hörer aus den Ohren. Es ist das Lied von gestern, das ich auch unter der Dusche gesummt habe. Diesmal ist es jedoch zusätzlich mit zahlreichen Geräuschen unterlegt – dem Klirren von Kristall, gedämpften Gesprächen und dem Knallen von Champagnerkorken. Die Melodie ist weit weg und dringt aus einem anderen Raum herein. Vielleicht aus dem Speisesaal? Ich stecke die Ohrhörer in den Rucksack und laufe zur Tür. Meine Ballettschuhe wischen über das Parkett, bis ich durch die Eingangshalle – der Mann am Empfang ist in ein Rätselheft versunken – zum Speisesaal gehe. Ich lege die Hand auf die Türklinke.

Und bleibe stehen.

Die Musik ist verklungen. Mit gespitzten Ohren gehe ich in den Ballsaal zurück, doch auch da herrscht Stille. Das einzige Geräusch kommt von dem Rezeptionisten, der ein Wort ausradiert.

Kapitel Siebzehn

LEA

Arm in Arm gehen wir an endlosen Reihen von Zelten vorbei. Das Licht der Straßenlaternen und Kochfeuer überzieht die Nacht mit einem goldenen Schein. Alec führt mich zum Tanzpavillon, aus dem der flotte Ragtime-Rhythmus der Canvas-City-Combo dringt. »Sind Sie wirklich bereit dafür?«, fragt er und die Unsicherheit in seinem Blick straft seinen lockeren Tonfall Lügen.

»Nie zuvor in meinem Leben bin ich für etwas derart bereit gewesen.«

»Na, dann wollen wir Sie keinen Moment länger warten lassen.«

Im Ballsaal des Grand war die Luft schwer vom Geruch des Geldes – jeder juwelenbehängte Hals und jede schale Unterhaltung hatte Reichtum ausgestrahlt. Die Musik war klassisch und zu trinken gab es ausschließlich Champagner. Hier im Tanzpavillon ist der Holzboden klebrig von Bier und Schweiß und die Luft geschwängert mit dem Duft von Pomade und billigem Parfüm. Schuhe aus dem Ramschladen stampfen über die verschrammten Holzbohlen, als die Kapelle eine fiebrige Melodie anstimmt.

Das ist genau das, was ich brauche.

»Alec!«

Alec dreht sich um. Ein großer, dürrer Junge, der wie ein rothaariger Kleiderständer aussieht, taucht mit einem Drink in der

97

Hand in der Menge auf. Er schlingt einen Arm um Alecs Schulter und sagt:»Wir dachten schon, du schaffst es nicht.«

Sein Blick wandert zu mir.»Und wer ist dieses Schätzchen?«

»Lea Sargent«, sage ich und strecke ihm die Hand hin.

Der Neuankömmling schüttelt sie mit festem Griff.»Fitzgerald O'Brien«, sagt er und sein Atem riecht nach Alkohol und Wacholder.»Meine Freunde nennen mich Fitz.«

»Fitz ist ein alter Freund«, erklärt Alec.

»Freut mich sehr, Ihre Bekanntschaft zu machen«, sage ich.

Fitz dreht meine Hand herum und küsst mich auf die Fingerknöchel.»Die Freude ist ganz meinerseits.«

Alec räuspert sich.»Heute Abend reizen wir die Brandschutzverordnung wirklich aus.«

»Aye«, stimmt ihm Fitz zu, hält jedoch meinen Blick.

»Und wenn ein Feuer ausbricht?«, frage ich.

Er grinst.»Dann sterben wir zumindest tanzend und betrunken.«

Ein Mädchen mit blondem Haar, so dünn und glänzend wie Maisgrannen, erscheint neben Alec und stupst ihn mit ihrem rosa Rüschenärmel gegen die Schulter.»Hallo auch, Fremder.«

»Clara«, begrüßt Alec die junge Frau, sieht sie aber nicht richtig an.»Amüsierst du dich?«

Sie spricht mit ihm, starrt aber mich an, als sie sagt:»Willst du mich deiner Freundin denn nicht vorstellen?«

Ehe Alec antworten kann, kommt ein weiteres Paar von der Tanzfläche zu uns: ein junger Mann mit schwarzem Haar und ein Mädchen mit Sommersprossen auf der Nase und einem freundlichen Lächeln.

»Wir machen eine Vorstellungsrunde?«, fragt der junge Mann. »Mit wem?«

Fitz legt mir den Arm um die Schultern.»Keinen Schritt weiter, Tommy, mein Junge. Ich habe sie zuerst gesehen.«

»Herrje«, murmelt Alec, streicht sich das Haar aus dem Gesicht und verschränkt die Hände hinter dem Kopf.

Ich unterdrücke ein Kichern.

»Na dann: Hallo«, sagt Tommy, versenkt die Daumen in den Hosentaschen und kommt einen Schritt auf mich zu. Das Mädchen neben ihm stößt ihm den Ellbogen in die Rippen.

»Ich bin Moira«, sagt sie. »Tommys Liebste.«

Alec schiebt Fitz und Tommy ein Stück von mir weg. »Vielleicht war das doch keine so tolle Idee.«

»Wieso?«, frage ich.

»Schon gut«, sagt Alec und das Haar hängt ihm bis in die Augen. »Sie müssen nicht so tun, als würde es Ihnen gefallen. Wir können auch wieder gehen.«

»Ich tue nicht so.« Und zum Beweis nehme ich Fitz das Glas aus der Hand und trinke den restlichen Gin in einem Zug aus. Alec klappt die Kinnlade runter. Ich wische mir mit dem Handrücken über den Mund. »Wie wäre es mit diesem Tanz?«

Alec grinst. »Wie Sie wünschen, Miss Sargent.«

Ich fasse seine Hand und ziehe ihn auf die Tanzfläche. Die Kapelle stimmt ein weiteres Lied an, das schnell, lässig und wild ist. Ich drehe mich zu Alec, lege ihm die rechte Hand auf die linke Schulter und verschränke meine andere Hand mit seiner. Zögerlich, als wäre er sich nicht ganz sicher, ob es auch richtig ist, legt er seine freie Hand auf meine Taille. Er sieht mich mit wachsamem, unsicherem Blick an, aber dann gewinnt die Musik an Tempo, unsere Füße fangen an sich zu bewegen und seine Bedenken verschwinden. Er wirbelt mich über die Tanzfläche und ich passe mich seinen Schritten an. So muss sich ein Komet fühlen, der mit unglaublicher Geschwindigkeit durchs Weltall fegt. Ich bin mir der Menschen um uns herum nur noch vage bewusst, gerade genug, um sie nicht anzurempeln. Während wir eine Runde über die Tanzfläche drehen, entdecke ich Tommy, Moira und Fitz, die uns zujubeln und dabei klatschen. Clara steht etwas abseits und hat die Hände in die Hüften gestemmt.

Alec dreht mich von sich weg, bis wir uns nur noch an den Fingerspitzen berühren, dann zieht er mich zurück an seine Brust. Seine Freunde pfeifen. Ich versuche etwas Abstand zwischen uns zu bringen, aber er presst mir die Hand auf den Rücken und drückt mich ganz eng an sich. Und dann fliegen wir durch das Zelt. Unsere Füße berühren jeweils nur eine halbe Sekunde den Boden, bevor wir uns wieder nach oben katapultieren. Ich nehme nichts anderes wahr als die Musik und den Duft des Zitronenbaumes, der noch immer an Alecs Haut haftet, und das Gefühl seines Körpers an meinem.

Wir werden erst langsamer, als auch die Musik langsamer wird. Und bleiben erst stehen, als das Lied zu Ende ist.

»Einen rauschenden Applaus für das Paar!«, ruft der Kapellmeister ins Mikrofon, zeigt auf uns und mir wird klar, dass wir die Einzigen auf der Tanzfläche sind.

Die Menge applaudiert.

Alec beugt sich vor. »Durstig?«

Ich nicke.

Er holt zwei Gläser Bier von der Bar und führt mich zu einem Tisch.

Mit großen Schlucken trinke ich das halbe Glas aus, knalle es auf den Tisch und lehne mich in meinem Stuhl zurück. »Sie sind ein sehr erstaunliches Geschöpf, Mr Petrov.«

»*Ich?* Ich bin nicht derjenige, der Fitz' Gin ausgetrunken hat.«

»Wo haben Sie gelernt, so zu tanzen?«

»Meine Eltern haben mir Unterricht erteilen lassen«, entgegnet er. »Mein Vater meinte, es wäre einfacher für mich, das richtige Mädchen zu finden, wenn ich tanzen könnte.«

»Ich glaube, ich hätte Ihren Vater gemocht.«

Alecs Lippen verziehen sich zu einem traurigen Lächeln.»Und er hätte Sie geliebt.«

»Und Ihre Mutter?«, frage ich.»Wann werde ich sie kennenlernen?«

Seine Brauen schießen in die Höhe.»Sie wollen meine Mutter kennenlernen?«

»Ich muss ihr für den Tanzunterricht danken«, sage ich.»Falls Sie es nicht bemerkt haben: So viel Spaß wie eben hatte ich in meinem ganzen Leben noch nicht.«

»Sie können sie jederzeit kennenlernen«, erwidert er.»Sie arbeitet auch im Grand.«

»Wirklich?«

Er nickt.»In der Wäscherei.«

Ich stütze die Ellbogen auf den Tisch – zum einen, weil es bequem ist, und zum anderen, weil mir bewusst ist, wie sehr das Mutter zuwider wäre.»Und Ihr Vater? Hat er auch im Hotel gearbeitet?«

»Er war Stallmeister. Hat sich vom einfachen Stallburschen hochgearbeitet. Meine Eltern waren sechzehn, als sie heirateten. Statt in die Flitterwochen zu fahren, haben sie ihr ganzes Geld genommen und sind in die Vereinigten Staaten eingewandert. Und als sie im Grand anfingen, war meine Mutter mit mir schwanger. Ich habe nie etwas anderes kennengelernt.«

»Kein Wunder, dass Sie sämtliche Hoteljobs übernehmen können.«

Er lächelt voller Bescheidenheit und dreht sein Glas auf der Tischplatte.

Die Kapelle wechselt jetzt zu langsameren Stücken. Ich trinke mein Bier aus.»Bereit für eine weitere Runde?«, frage ich.

Alec tut es mir nach und stellt sein leeres Glas ab.»Darauf können Sie wetten.«

Als er mich diesmal in die Arme nimmt und meine Hüften

sich unter seiner Führung leicht hin und her wiegen, spüre ich ein schwelendes Feuer tief in meiner Brust. Durch einen Schleier langer schwarzer Wimpern sieht er mir in die Augen, zieht mich noch enger an sich und sein Körper schmiegt sich an meinen. Ich spüre, wie sich etwas in mir löst, als ich seinen Blick erwidere, aber ich habe keine Ahnung, was es ist. Es ängstigt und fasziniert mich gleichermaßen.

Ich kann nicht wegsehen.

Kapitel Achtzehn

NELL

Um Viertel nach fünf mache ich mich wieder auf den Weg zu unserem Zimmer, und obwohl im Hotel noch fast alle schlafen, erwacht es langsam zum Leben. Die ersten Jogger laufen in Sportkleidung und neonfarbenen Schuhen durch die Eingangshalle, hinter verschlossenen Türen murmeln die Fernseher und der Duft von frisch gebrühtem Kaffee weht durch die Gänge. Umgeben von all diesen Lebenszeichen ist es viel leichter, tapfer zu sein und vernünftige Erklärungen für Musik aus dem Nirgendwo und eine sich selbst abschließende Badezimmertür zu finden. Meine Lieblingserklärung für die Ereignisse im Bad beinhaltet ein Erdbeben oder einen Windstoß. Vielleicht habe ich auch einfach vor Müdigkeit vergessen, dass ich die Tür abgeschlossen und das Schränkchen geöffnet hatte – auf der Suche nach ... ich weiß nicht was. Seife vielleicht.

Gut, die letzte Erklärung ist ein bisschen schwach, aber trotzdem.

Als Dad gestern Abend endlich ins Zimmer zurückkam, war ich wohl ein bisschen blass. Er fragte mich, was los sei, und wirkte verwirrt, nachdem ich mich wiederum erkundigt hatte, ob er im Badezimmer gewesen war.

»Nein, ich komme geradewegs aus dem Büro. Wieso?«

Ich sagte, ich hätte etwas gehört, aber das wäre nicht weiter wichtig. Ich denke nicht, dass er mir geglaubt hat, doch das, was wirklich geschehen war, würde er erst recht nicht glauben. *Und was ist mit der Musik?*, flüstert eine gespenstische Stimme in meinem Kopf. *Mit dem Song, den du andauernd hörst?* Ich mache mich über die Stimme lustig, denn das ist nun wirklich leicht zu erklären. Ist doch klar, dass irgendwer im Hotel – ein Angestellter oder ein Gast, was weiß ich – den Song übt, so wie ich Ballett trainiere. Ich kann nur nicht genau sagen, in welchem Raum. Möglicherweise ist es gar nicht so nah und die Musik dringt durch die Lüftungsschächte auf der anderen Seite des Hotels.

Und was ist mit den Stimmen, die du gleichzeitig gehört hast, und mit den Partygeräuschen? Was ist mit deinen Träumen?

Dafür gibt es eine viel einfachere Erklärung, die ehrlicherweise auch für die Angelegenheit im Badezimmer gilt. Doch im Moment will ich sie nicht ernsthaft in Erwägung ziehen.

Ich bin so in Gedanken versunken, dass ich die Leiter an der nächsten Ecke erst bemerke, als ich mit dem Fuß dagegenstoße. Ich packe rasch die Metallbeine und halte somit mich selbst und die Leiter im Gleichgewicht. Über mir schreit jemand mit einer tiefen Stimme erschrocken auf. Mein Blick fährt nach oben über Beine in einer Kakihose zu einem weißen T-Shirt und einem muskulösen Arm, der sich zu einer Lampenfassung streckt. Der Mann dazu hält mit einer Hand die Glühbirne, während er mit der anderen versucht, die Balance zu halten.

»Tut mir leid!«, sage ich zerknirscht.

Er dreht langsam den Kopf in meine Richtung. Sein Haar streift seine Schläfen und sein kantiges Kinn versteift sich. »Das kann doch wohl nicht wahr sein«, schnaubt er.

Alec. Petrov.

Ich weiche von der Leiter zurück. Sie wackelt und er muss sich krampfhaft an dem Lampengehäuse festhalten.

»Was tust du da oben?«, frage ich.

»Ich wechsle eine Glühbirne aus«, antwortet er mit zusammengebissenen Zähnen. »Was dagegen?«

Ich kneife die Augen zusammen. Am liebsten würde ich ihm mitteilen, er könne sich die Glühbirne sonst wohin stecken, doch die Genugtuung will ich ihm nicht geben. Eigentlich bin ich ganz froh, dass ich mit ihm zusammengestoßen bin – also, natürlich bin ich nicht froh, dass ich *buchstäblich* mit ihm zusammengestoßen bin, und das schon zum zweiten Mal. Aber wenn wir unter einem Dach leben, können wir auch Frieden schließen, und das hier scheint mir die perfekte Gelegenheit für den Olivenzweig zu sein.

»Es tut mir wirklich leid«, sage ich widerstrebend. »Es war keine Absicht.«

Er steckt die Glühbirne in die Fassung und schraubt sie fest.

»Das passiert dir offenbar häufiger.«

Ich verschränke die Arme vor der Brust. »Ich bin nicht ungeschickt, falls du das andeuten willst.«

»Der Gedanke hat mich gestreift.«

Ich grabe die Fingernägel in die Handballen. »Gibt es noch etwas, das *du mir* sagen möchtest?«

Er steigt die Leiter hinunter. »Nein.«

»Echt jetzt?«

Er sagt kein einziges Wort, während er auf dem Weg zurückgeht, auf dem ich gekommen bin. Nicht einmal Tschüs.

Jetzt bin ich *richtig* genervt.

Ich renne so schnell, dass ich vor ihm an der Tür bin und ihm den Weg abschneide. »Ich heiße Nell«, sage ich, strecke die Hand aus und versuche mein warmherziges Lächeln hervorzuzaubern. *Wenn du jemanden am liebsten erwürgen würdest*, hat Mom immer gesagt, *dann bring ihn wenigstens freundlich um.* Doch meine Zähne kleben aufeinander und ich verziehe boshaft den Mund. »Nell Martin. Freut mich.«

In seiner Wange zuckt ein Muskel. »Hast du ein Problem damit, wenn dich jemand nicht leiden kann, oder so was in der Art?«

»Nein«, erwidere ich. »Aber mit schlechten Manieren.«

Er zieht die Augenbrauen hoch. Nur ein bisschen, aber es reicht mir, um das Erstaunen über meinen Kommentar zu bemerken, bevor er mich erneut böse anfunkelt.

»Komisch«, sagt er und kommt einen Schritt näher. Seine Stimme grollt wie Donner über meine Haut. »Und das von einem Mädchen, das nicht einmal *Danke* sagen kann.«

Ich mustere ihn mit schmalen Augen. Das ist nicht der Grund, warum er so sauer ist, aber wenn er so tun will, bitte schön. »In Wirklichkeit habe ich sogar *Danke, dass du mir geholfen hast* gesagt, nachdem du abmarschiert bist. Aber du warst zu wütend, um es zu merken.«

»War's das?«

»Was?«

»War das alles, was du mir zu sagen hast?«, fragt er und starrt mich an. »Manche Leute müssen nämlich arbeiten.«

Schnaubend schüttele ich den Kopf. »Ja, das war's.«

Als er um mich herumgeht, kitzelt mich sein sauberer Zitrusduft in der Nase. Für so einen blöden Typen riecht er viel zu gut.

»Und komm mir ja nicht wieder in die Quere!«, schreie ich seinen Rücken an.

Er lacht bellend. Wutschnaubend drehe ich um und schlage die andere Richtung ein.

Was glaubt er, wer er ist? Prinz vom Grandhotel? König von Winslow? Noch nie habe ich so einen saublöden, bescheuerten, unsympathischen Typen getroffen, in meinem ganzen –

An der schmalen Treppe in den vierten Stock bleibe ich stehen und bohre mit den Fingernägeln Halbmonde in meine Handflä-

che. Seit ich hier angekommen bin, fühle ich mich völlig außer
Kontrolle, und ich weiß nicht, ob es am Umzug liegt oder am
Hotel oder an den Tabletten im Rucksack, die ich nicht genom-
men habe. Doch die ganze Zeit denke ich nur: *Nicht mit mir.*
Schließlich steige ich die Treppe hoch bis ganz nach oben
und biege rechts ab, so wie ich es aus meinem Traum erinnere.

Ich will mir selbst beweisen, dass es hier keine Wäschekammer
gibt und dass die jüngsten Albträume nur eine Manifestation
meiner Ängste sind, wie Dr. Roby es nennen würde. Und dann
werde ich die offenen Schränke und die abgeschlossene Badezimmertür vergessen, genau wie den Aufzug und den Song und Alec
Petrov.

Ich gehe rechts, rechts und noch mal rechts. Draußen verwandelt sich der Himmel langsam in eine kobaltblaue Leinwand mit
grauen Wolkenstreifen. Als hinter mir eine Diele knarrt, wirbele
ich herum.

Im Gang ist niemand.

Ich gehe weiter, biege um die nächste Ecke und –

Da ist sie. Die Tür zur Wäschekammer.

Mir bleibt das Herz stehen.

Das beweist gar nichts, rede ich mir ein. *Dein Unterbewusstsein
erinnert sich offenbar an diese Tür, weil du schon einmal hier warst. Es
bedeutet nicht das, was du denkst.*

Vor Wut werde ich mutig. Ich stolziere auf den Schrank zu und
überprüfe, ob die Tür mit einer Ziffer als Gästezimmer gekenn-
zeichnet ist – aber nein. Ich lege die Hand auf die Klinke und
zähle.

Eins ... zwei ... drei!

Dann reiße ich die Tür auf.

Drinnen finde ich Regale an den Wänden vor, auf denen frisch
gewaschene Bettwäsche und Handtücher liegen. Vor mir baumelt
eine Metallkette, die zu einer nackten Glühbirne führt. Fehlt nur

noch der tote kleine Junge mit den gesprungenen Lippen, von denen das Blut tropft.

Fluchend werfe ich die Tür zu.

Kapitel Neunzehn

LEA

Morgens um halb vier schlägt Clara vor, am Strand ein Lagerfeuer anzuzünden. Fitz zeigt mit dem Finger auf sie, sein Blick ist glasig vom Alkohol. »Ausgezeichnet. Wir werden das Feuer anbeten wie Höhlenmenschen und den Mond anheulen. Tommy!«, ruft er mit nuschelnder Stimme, »schwing deinen irischen Arsch hier rüber.«

»Wir müssen nicht mitgehen«, flüstert mir Alec ins Ohr, »ich kann Sie zurück zum Hotel bringen, wenn Sie möchten.«

»Das«, sage ich zu ihm, »ist das Letzte, was ich will.«

Wie es scheint, sind wir nicht die Einzigen in Canvas City mit dieser Idee. Es lodern bereits mehrere Feuer am Strand, deshalb vergeuden wir keine Zeit damit, unser eigenes aufzuschichten, sondern gesellen uns stattdessen zu einer Gruppe, die auf dem Banjo Musik macht und mit bloßen Füßen um ein zwei Meter hohes Feuer tanzt. Moira lächelt mir beim Tanzen aufmunternd zu, Clara hingegen beäugt mich, als wäre ich eine Diebin und Alec der Schatz, den ich ihr stehlen will.

»Ich glaube, da ist jemand ganz vernarrt in Sie«, raune ich ihm zu, als ich Clara dabei ertappe, wie sie uns beobachtet.

Alec seufzt. »Wir sind ein paar Monate lang zusammen ausgegangen. Ich glaube, sie hofft, dass wir irgendwann doch wieder ein Paar werden.«

»Gab es denn Heiratspläne?«

Er beißt sich auf die Lippen, kann sein Lachen aber trotzdem nicht ganz verbergen. »So ernst ist es nie gewesen. Clara und Fitz sind meine ältesten Freunde. Ich habe keine einzige Erinnerung, in der sie nicht vorkommen. Deshalb schien es ganz selbstverständlich, dass einer von uns Clara den Hof machen würde, doch irgendwie fühlte es sich nie richtig an. Ich glaube, Clara ging es genauso. Jedenfalls hatte sie immer nur Augen für Fitz, wenn wir zusammen waren.«

Ich ziehe die Brauen hoch. »Nun, jetzt schaut sie nur Sie an.«

Er wirft mir einen verstohlenen Seitenblick zu. »Sie hat nie gelernt, ihr Spielzeug zu teilen.«

Die nächsten beiden Stunden verbringen wir damit, um das Feuer zu tanzen und den Mond anzuheulen wie ein Rudel Wölfe, genau wie Fitz es vorgeschlagen hat. Dann zieht die Dämmerung herauf und Tommy hebt Moira hoch und wirbelt sie herum. Fitz packt Clara um die Taille und stürmt mit ihr ins Wasser. Sie kreischt, schlägt ihm auf den Rücken und schreit: »Warte nur, bis ich das deiner Mutter erzähle!«

Ich greife nach Alecs Hand und flüstere: »Danke.«

»Wofür?«

»Dass Sie mich heute Abend eingeladen haben. Sie haben keine Ahnung, wie viel mir das bedeutet.«

»Na, dann betrachten Sie das als Einladung für den gesamten Sommer. Lassen Sie mich einfach wissen, wann Ihnen wieder danach ist, sich davonzustehlen.«

»Meinen Sie das ernst?«, frage ich.

»Selbstverständlich.«

Ich wende mich wieder dem Mond zu, schließe die Augen und meine Haut nimmt sein verblassendes Licht und die kühle Seeluft auf. Im Zwielicht legt Alec seine Hand auf meine und wir bleiben so stehen, alleine neben dem erlöschenden Feuer, bis die Sonne am Horizont emporsteigt.

***

Das orangegoldene Licht der Dämmerung folgt uns auf unserem Weg zurück zum Hotelstrand. Ich blicke über die Schulter auf die verräterische Spur unserer Fußabdrücke im feuchten Sand, die wir von Canvas City bis hierher hinterlassen haben, aber die Flut kommt und ich tröste mich mit der Gewissheit, dass der einzige Beweis unserer gemeinsamen Nacht noch vor dem Frühstück fortgewaschen sein wird.

Meine Schuhe halte ich baumelnd in einer Hand und mit der anderen habe ich meinen Rock geschürzt. Ich bin wirklich dankbar, dass ich statt meines Ballkleides etwas ganz Alltägliches angezogen habe, obwohl Moira und Clara und die anderen Mädchen im Pavillon ihre besten Kleider getragen haben. Wenn meine Eltern bei meiner Rückkehr schon wach sind, kann ich meine Abwesenheit mit einem frühmorgendlichen Spaziergang am Strand erklären (sofern sie nicht die Kissen unter meinen Decken bemerkt haben).

Alec hat die Hände in den Hosentaschen vergraben und schaut mich immer wieder von der Seite an, wenn er glaubt, ich würde es nicht bemerken. Es hat den Anschein, dass er jeden Moment mit meinem Verschwinden rechnet, als hätte es mich nie wirklich gegeben – was sehr merkwürdig ist, denn ich habe mich in meinem ganzen Leben noch nie so echt gefühlt.

»Erzählen Sie mir, was es mit dem Ring auf sich hat?«, fragt er plötzlich.

Zunächst weiß ich nicht, was er meint, so sehr bin ich in den Anblick dieses Jungen vertieft, der mich tagsüber zum Lachen bringt und mir des Nachts das Gefühl gibt, ein Komet zu sein.

Doch dann deutet er auf den riesigen Smaragd, den Lon mir geschenkt hat, mit der Bemerkung, er passe zu meinen Augen, obwohl meine Augen haselnussbraun sind. »Oh. Der.«

»Es ist ein Verlobungsring.«

Es ist keine Frage, trotzdem antworte ich. »Ja.«

»Sind Sie nicht ein bisschen zu jung, um zu heiraten?«

»Unsere Hochzeit ist für das erste Septemberwochenende geplant«, erkläre ich. »Bis dahin bin ich siebzehn.«

Einen Augenblick lang schweigt er. »Das ist immer noch jung.«

Ich nicke. »Stimmt, aber es gibt besondere Umstände.«

»Lieben Sie ihn? Ihren Verlobten?«

Ich sollte sagen »Ja, natürlich liebe ich ihn«, und dass ich mich noch nie auf etwas so sehr gefreut habe, wie ich mich auf unseren Hochzeitstag freue. Ich habe diese Worte so viele Male gesagt, dass sie mir leicht über die Lippen kommen, allerdings ... möchte ich Alec nicht anlügen.

»Nein«, sage ich. »Es ist eine Ehe aus zweckdienlichen Erwägungen. Nichts weiter.«

»Und wem dient sie?«, bedrängt er mich. »Ihnen?«

»Sie stellen viele Fragen.«

»Sie weichen vielen Fragen aus.«

Ich sehe ihn mit schmalen Augen an. »Ich weiche der Frage aus, weil es sich um ein düsteres Familiengeheimnis handelt.«

»Falls Sie mich neugierig machen wollten, ist Ihnen das gelungen.«

Ich will gar nicht lächeln, aber meine Lippen zucken trotzdem. »Sagen wir einfach, meine Familie ist nicht mehr so begütert, wie sie früher einmal war, und diese Ehe wird eine Menge Probleme lösen.«

Gedankenversunken schweigt er eine Weile, sodass nichts weiter als das Rauschen der anbrandenden Wellen und das leise Tappen unserer Füße auf dem Sand zu hören ist. »Dann heiraten Sie ihn also zum Vorteil aller anderen?«

Ich antworte nicht.

Er legt mir die Hand auf den Arm und zwingt mich stehen zu bleiben. »Und was ist mit Ihren eigenen Wünschen?«

Hinter ihm färbt sich der Himmel rosa und violett und der Schaum auf dem Wasser schimmert grün. Das Licht der aufgehenden Sonne lässt seine meerblauen Augen so dunkel wirken, dass es mir vorkommt, als könnte ich ihnen alles anvertrauen, und sie würden meine Geheimnisse tief in ihrem tintenschwarzen Abgrund verbergen.

»Ich bin nur Dekoration«, sage ich. »Was ich will, zählt nicht.«

Er schüttelt den Kopf, greift nun auch noch nach meinem anderen Arm und dreht mich herum, damit ich ihn ansehe. »Aber für mich zählt es.«

»Warum?«, frage ich und das Wort ist kaum mehr als ein Hauch auf meinen Lippen. »Warum sollte Ihnen jemand wichtig sein, den Sie erst seit zwei Tagen kennen?«

»Das weiß ich nicht«, sagt er. »Aber es ist so.«

Es ist keine bewusste Entscheidung, ihn zu küssen. Die ganze Nacht scheint einem Traum entsprungen zu sein, und wenn ich träume, dann muss ich mich auch nicht um die Regeln und Etikette scheren, die meine Realität bestimmen. Wenn man in einem Traum jemanden küssen möchte, dann tut man das einfach, und ich möchte Alec hier und jetzt küssen, an diesem Strand, mit der aufgehenden Sonne eines neuen Tages im Rücken.

Ich lasse meinen Rock los und die Schuhe in den Sand fallen. Langsam hebe ich die Hände, vergrabe meine Finger in seinem Haar und ziehe ihn zu mir herunter. Er küsst mich als Erster, sein Mund presst sich auf meinen, als hätte er sein ganzes Leben darauf gewartet, mich zu küssen. Nie zuvor bin ich von jemandem so geküsst worden, und für einen Moment machen mich seine rohe Kraft und die Art, wie er seine Arme um mich schlingt und seine breiten Schultern den Rest der Welt abblocken, sprachlos.

Mein allererster Kuss war ein flüchtiger Schmatzer vom Nachbarsjungen im zarten Alter von dreizehn, nachdem wir mit unseren Eltern »Romeo und Julia« gesehen hatten. Als wir aus dem Theater kamen, fragten wir uns, warum so viel Wirbel um das bloße Aufeinanderpressen von Lippen gemacht wurde. Und nachdem wir es selbst ausprobiert und nichts Besonderes an diesem Erlebnis gefunden hatten, konnten wir es noch immer nicht verstehen.

Meinen zweiten Kuss hatte ich am Tag seines Antrags von Lon bekommen. Es war das einzige Mal, dass wir während der sechs Monate, in denen er mir den Hof machte, allein waren – und Lon hatte mich nicht einmal um Erlaubnis gefragt. Ich vermute, mein »Ja« zu seinem Antrag hatte ihm gereicht, auch wenn es ein zaghaftes »Ja« gewesen war, bei dem ich mich am liebsten auf seine Schuhe erbrochen hätte. Lon hatte seine Zunge gegen meine Lippen gestoßen und sie mir dann gewaltsam in den Mund geschoben. Es war zweifellos das unangenehmste Gefühl gewesen, das ich je empfunden hatte – als ob sich ein glitschiger Aal durch meine Zähne schlängelte. Auch da hatte ich den ganzen Wirbel ums Küssen noch immer nicht begriffen, und als er kurz nicht hinsah, musste ich mir seinen Speichel vom Mund abwischen.

Jetzt verstehe ich das Küssen.

Ich lege meine Finger um Alecs Hals und ziehe ihn noch enger an mich. Seine Hände wandern zu meiner Taille und dann weiter nach unten, und er presst meinen Körper an seinen, bis wir uns *ineinanderfügen* wie zwei Hälften eines Ganzen.

Ich will nicht aufhören, aber die Sonne ist inzwischen aufgegangen und das Hotel erwacht blinzelnd zum Leben, und wir dürfen so nicht entdeckt werden. Alec scheint denselben Gedanken zu haben, denn wir lösen uns zögernd voneinander und schnappen keuchend nach Luft.

Ich lache, hebe wieder den Rock an und greife nach meinen Schuhen. »Gute Nacht, Mr Petrov.«

Er verbeugt sich und seine Augen funkeln wie blaue Glut.

»Guten Morgen, Miss Sargent.«

Kapitel Zwanzig

NELL

Den ganzen Tag über bin ich total durch den Wind. Ich versuche mich auf meine Arbeit zu konzentrieren, doch beim Lesen der Briefe, Zeitungsartikel und Tagebucheinträge aus dem Jahr nach der Eröffnung des Grandhotels muss ich immer wieder an die Wäschekammer denken. Sofia hatte bei der Führung nicht ausdrücklich darauf hingewiesen – warum sollte sie? Und wieso war die Kammer dann in meinen Träumen aufgetaucht? Aus reinem Zufall?

Nach ihrem Tod habe ich meine Mutter überall gesehen. Manchmal sah sie genauso echt aus wie Dad, und dann dachte ich, das wäre alles nur ein großer Irrtum, weil Mom zu Hause war, gesund und munter. Manchmal erschien sie mir als eine strahlende flackernde Gestalt am Fußende meines Bettes, von wo sie über mich wachte wie ein Geist im Schatten. Oder sie war eine verstümmelte Leiche, der Blut aus der Stelle troff, wo ihr abgerissener Kopf hätte sein sollen.

Wie Dad darüber dachte, war mir nicht ganz klar. Möglicherweise hielt er es für eine Trauerphase, die vorüberginge, wenn er sie ignorierte. Doch als sich nach drei Monaten immer noch keine Entwicklung abzeichnete, nahm er Kontakt zu Dr. Roby auf. In der ersten Sitzung erklärte mir der Arzt, Halluzinationen wären eine mögliche Begleiterscheinung bei Kindern, die kürzlich ein emotionales Trauma durchgemacht hatten. Eine Begleiterscheinung. Ein Symptom. Nichts, was man mit einer therapeutischen und medikamentösen Behandlung nicht heilen könnte.

Ich wehrte mich eine Weile, denn wenn ich ihm recht gab und einräumte, dass Mom nur ein Produkt meiner Fantasie war, fühlte es sich an, als würde ich sie noch einmal verlieren. Doch dann merkte ich, was ich Dad damit antat. Das Ganze lastete auf seinen Schultern, bis er wie ein zerbeulter Kleiderbügel aussah, mit schwarzblauen Tränensäcken unter seinen blutunterlaufenen Augen und grauen Strähnen, die vor ein paar Monaten noch nicht da gewesen waren. Schließlich stimmte ich dem Behandlungsplan zu, den Dr. Roby empfohlen hatte.

Dr. Roby hatte recht. Nachdem ich die Tabletten nahm, verschwand Mom. Ich hasste ihn dafür, doch um Dads willen nahm ich die Medikamente weiter.

Aber ich konnte sie nicht ewig nehmen. Mein Kopf fühlte sich wattig an und nach einer Weile kam mir alles unwichtig vor, selbst das Ballett. Meine Lehrer stellten mich bei den Formationen hinten auf, während ich früher vorne und in der Mitte getanzt hatte. Sie beklagten sich über meinen glasigen Blick und meine schwerfälligen Bewegungen und fragten mich, was aus meiner Leidenschaft geworden war. Wo war meine Energie geblieben?

Da habe ich gemerkt, dass die Tabletten nicht mehr halfen. Ich habe sie abgesetzt, ohne Dad oder Dr. Roby etwas zu sagen. Nicht etwa, weil sie es nicht verstanden hätten, im Gegenteil. Ich bin sicher, Dr. Roby hätte mich ermuntert, wenn ich ihm von meinen Plänen erzählt hätte. Wahrscheinlich hätte er mir geholfen, es auf eine sicherere Art und Weise zu tun, mit geringeren Dosen, statt es so zu machen wie ich – an manchen Tagen Tabletten zu nehmen und an anderen nicht. Doch eine kleine trotzige Stimme in meinem Inneren, die sehr nach meinem zwölfjährigen Ich klang, wollte beweisen, dass ich die Tabletten eigentlich von Anfang an nicht gebraucht hatte. Und wenn das so war, dann könnte ich sie ja wohl ganz leicht wieder aus meinem Leben verbannen. Wie auch immer, ich habe es allein geschafft.

Dachte ich jedenfalls.

Mittlerweile bin ich mir nicht mehr so sicher. Vielleicht hat Sofia uns die Wäschekammer doch gezeigt und ich erinnere mich bloß nicht daran – die Wochen nach Moms Tod sind mir nur bruchstückhaft in Erinnerung, also wäre das nichts vollkommen Neues. Möglicherweise habe ich auch die Badezimmerschränke geöffnet und die Tür abgeschlossen. Dann wäre der Song ebenfalls eine Halluzination.

Ich will nicht glauben, dass ich so verrückt sein soll. Die einzige andere Erklärung, die mir einfällt und an der ich mich während der Arbeit festhalte, stützt sich darauf, dass ich unter verzögert auftretenden Entzugserscheinungen leide. Kann doch sein, dass ich durch das abrupte Absetzen der Tabletten versehentlich das chemische Gleichgewicht in meinem Gehirn durcheinandergebracht habe und mein Verstand auf diese Weise damit umgeht.

Entzugserscheinungen sind gut. Entzugserscheinungen gehen vorüber.

Nach dem Mittagessen kommt Sofia im Archiv vorbei und lädt Dad und mich zu dem Feuerwerk ein, das heute stattfindet.

»Es kommen vor allem Hotelgäste«, erklärt sie, »aber Max und ich versuchen, ein paarmal im Jahr solche Events auszurichten. Und einen besseren Willkommensgruß für deinen Vater und dich im Grand kann ich mir nicht vorstellen.«

»Danke«, sage ich. »Ich frag ihn.«

»Ihr müsst kommen«, murmelt Max, als Sofia mit Otis die Fortschritte des Projekts bespricht. »Mom macht mir die Hölle heiß, wenn ich es nicht schaffe, dich dorthin zu lotsen. Seit drei Tagen liegt sie mir damit in den Ohren, wie wichtig es ist, euch richtig zu begrüßen.«

Ich runzele die Stirn. »Sie redet viel über uns?«

Max zuckt mit den Schultern. »Also, es ist nicht so, als würde sie über *nichts* anderes reden, aber ja, sie fragt andauernd nach, wie es dir geht, und erzählt ständig, was für gute Ideen dein Vater für neue Gäste-Aktivitäten hat. Ehrlich gesagt glaube ich, sie mag ihn.«

Ich bekomme Magenschmerzen. »Meinst du wirklich?«

»Ja«, antwortet Max und lässt die Augenbrauen tanzen. »Vielleicht sind wir nächstes Jahr um diese Zeit schon Geschwister.«

Ich sitze wie gelähmt da, bis ich merke, dass es ein Witz sein sollte. Dann versuche ich mich mit einem Lachen zu fangen, doch es ist gezwungen und kommt viel zu spät.

Wie sich zeigt, ist Dad Feuer und Flamme – Überraschung! – und ich gehe nach der Arbeit nach oben, um mich umzuziehen. Ich erwäge zu duschen, doch obwohl ich mir eine logische Erklärung für die gestrigen Geschehnisse zurechtgelegt habe, gefällt mir die Vorstellung nicht, mich erneut länger im Bad aufzuhalten. Stattdessen stecke ich die Haare hoch, ziehe eine Caprihose und eine ärmellose Bluse an und überlege, ob ich Make-up auflegen soll. Allerdings will ich bei dieser Veranstaltung niemanden sonderlich beeindrucken.

Und wenn Alec auch kommt?, fragt meine innere Stimme.

Dann will ich erst recht niemanden beeindrucken.

Im Gegensatz zu mir geht Dad unter die Dusche und nimmt seine Lieblingsklamotten mit ins Bad. Während ich versuche, mir mit Fernsehen die Zeit zu vertreiben, bekomme ich erneut Magenschmerzen bei dem Gedanken, dass er sich für *sie* so viel Mühe gibt, als wäre das Ganze ein Date oder so etwas. Ich lege ihm einen Zettel auf den Nachttisch, nehme meine Schlüsselkarte und gehe nach unten.

***

Im hinteren Teil der Lobby ist in einem Schaukasten ein kurzer Abriss der Geschichte des Winslow Grand Hotel ausgestellt. Überrascht stelle ich fest, dass mir die meisten Informationen dank Otis nicht neu sind. Doch da ich nichts Besseres zu tun habe, lese ich etwas über den Gründer August Sheffield, der das Hotel auf Winslow Island gebaut hat, um nach dem Bürgerkrieg reiche und wohlhabende Gäste aus dem Norden in dieses Gebiet zurückzulocken. Die Menschen kamen offensichtlich von weit her, um das warme Wetter und die erquickende Seeluft zu genießen, außerdem erfahre ich etwas über Canvas City, eine Art Zeltplatz für jene, die sich das Hotel nicht leisten konnten. Eine künstlerische Darstellung zeigt eine Reihe von gestreiften Zelten, die mir sehr vertraut vorkommt. *Vier Mädchen laufen Arm in Arm, die Köpfe lachend in den Nacken gelegt, ihr Haar glänzt hell in der Sommersonne. Diese Sehnsucht, irgendwo in meinem tiefsten Inneren, eine von ihnen sein zu dürfen.*

Ich strecke die Hand nach dem Bild aus und fahre mit den Fingerspitzen über die Zeichnung von Canvas City. Das Echo unzähliger Geräusche fährt durch die Halle, erst leise, dann immer lauter, wie ein heranbrausender Güterzug. Die Brandung und die aufgeregten Rufe der Badenden und das klirrende Rasseln von Stahlrädern auf Schienen –

»Bereit?«

Ich zucke zusammen.

»Huch, nur die Ruhe, Liebes«, sagt Dad und fasst meine Schultern. »Alles okay?«

»Ja«, sage ich. »Du bist nur –«

Hinter der Schulter meines Vaters bewegt sich jemand und wirft mir einen Blick zu, bevor er in der Menge verschwindet. Diese harte abschätzende Miene würde ich überall erkennen.

Alec Petrov.

Wie lange stand er schon hier?

Dad wedelt mit der Hand vor meinem Gesicht, bis mir von seinem Eau de Cologne die Tränen kommen. »Hallo? Erde an Nell.«
Ich schüttele den Kopf. »'tschuldigung, ich war in die Textausschnitte versunken.«

»Das merke ich.« Er reicht mir den Arm. »Können wir?«
Ich nicke und hake mich bei ihm unter.

»Du hast Parfüm aufgelegt«, sage ich.

»Das mache ich immer.«

Aber nicht so viel, denke ich. »Und deine Lieblingsklamotten angezogen.«

Er sieht mich von der Seite an. »Willst du mich irgendetwas fragen, Nellie?«

Ja.

»Nein«, antworte ich. »Nichts, wirklich.«

Kapitel Einundzwanzig

LEA

Bei meiner Rückkehr schliefen meine Eltern noch, und obwohl ich Benny in seinem Zimmer herumlaufen hörte, war die Tür geschlossen. Ich zog rasch mein Nachthemd an und versteckte meine sandigen Strümpfe unter meinem Bett. Dann löste ich meinen Zopf und brachte mein Haar leicht in Unordnung, bevor ich schließlich unter die Decken glitt. Ich schloss die Augen in der Absicht, ein wenig zu schlafen, aber mein Herz raste und ich spürte noch immer Alecs Mund auf meinem. Als Mutter eine halbe Stunde später die Tür zu meinem Zimmer öffnete, war ich hellwach.

Und jetzt stehe ich am Zaun der neuesten Attraktion auf Winslow Island: einer Emu-Farm.

»Ist das nicht phänomenal?«, fragt Lon. »Ich war letzten Sommer hier, als die Emus ankamen. Sie sind in gigantischen Transportboxen den ganzen Weg von Australien bis hierher gereist.«

Ich lege den Kopf schief und betrachte die seltsam aussehenden Geschöpfe. Sie haben einen tonnenförmigen Körper und dürre Beine, zu lange Hälse und zu große Schnäbel. Ich betrachte Lon und stelle fest, dass es eindeutig Ähnlichkeiten gibt. »Ja«, murmele ich. »Wirklich phänomenal.«

»Du kannst ruhig näher rangehen«, sagt Lon und stupst mich gegen den Zaun, bis die mittlere Latte gegen meine Hüften drückt. »Sie beißen nicht.«

Es fällt mir schwer, das zu glauben, was an dem pummeligen zwölfjährigen Jungen liegt, der uns entgegenkam, als wir zum Gehege spaziert sind. Sein Gesicht war rot und er hatte einen Arm an die Brust gepresst. Sein Vater tröstete ihn mit dem Versprechen einer extragroßen Portion Eis.

Ich versuche zurückzuweichen, aber Lon legt mir die Arme um die Taille und hebt meine Füße auf die unterste Zaunlatte.

»So«, sagt er »das ist doch viel besser, oder?«

»Lon.« Ein Emu richtet den Blick auf mich, neigt den Kopf zur Seite und kommt mit langsamen, zögerlichen Schritten auf den Zaun zu. »Lon, lass mich runter.«

»Keine Angst, Darling.« Sein Griff um meine Taille wird fester. »Ich würde nie zulassen, dass dir etwas geschieht.«

Der Vogel breitet die Flügel aus.

»Lon, ich meine es ernst ...«

Der Emu fängt an zu rennen und stößt dabei ein tiefes Grollen aus.

»Lon, lass mich runter!«

Ich ramme ihm den Ellbogen in die Brust, sodass sein Atem mit einem lauten »Uff!« entweicht und er rückwärts taumelt. Dann springe ich vom Zaun und gleich darauf kracht der Emu dagegen und bricht die oberste Latte durch wie einen Zweig.

»Komm schon, Bessie, weg da!«, ruft ein junger Bursche im blauen Overall und läuft zum Zaun. »Weg!«

Emu-Dame Bessie neigt wieder den Kopf, blinzelt ihn unter langen Wimpern an und tritt dann langsam vom Zaun zurück.

»Dämlicher Vogel!«, brüllt der Junge. »Tut mir leid, Herrschaften. Bessie ist ein bisschen aggressiv. Macht mehr Ärger, als sie wert ist, wenn Sie mich fragen. Alles in Ordnung, Miss?«

»Alles bestens«, sage ich mit zusammengebissenen Zähnen.

»Sir?«

Lon sitzt auf dem Boden und hält sich den Oberkörper. Dann

rappelt er sich auf und bürstet sich den Dreck von der Hose. »Ja, ja, mir geht es gut«, blafft er. »Die Dame hat sich nur erschreckt.« Mein Kiefer tut mir weh, weil ich die Zähne mit aller Gewalt zusammenpresse. Es würde wohl kaum gut ankommen, wenn ich Lon sagen würde, dass *die Dame* sich nicht erschreckt, sondern die Sache einfach selbst in die Hand genommen hat. Wofür er dankbar sein sollte, wenn man bedenkt, dass es weitaus schlimmere Blessuren hätte geben können als seinen verletzten Stolz.

Der Junge schaut über den Zaun und schüttelt den Kopf. »Na, den hat sie aber wirklich sauber zerlegt. Ist der dritte Zaun in drei Wochen. Wenn Sie mich beide entschuldigen, ich muss meinen Werkzeugkasten holen.«

Lon hat mich noch immer keines Blickes gewürdigt, was mir durchaus recht ist. Ich will ihn auch nicht unbedingt ansehen. Nicht, bis er sich dafür entschuldigt hat, ein derart anmaßender Rüpel gewesen zu sein. Und wahrscheinlich nicht einmal dann.

»Wir sollten zum Hotel zurückkehren«, sagt er. »Ich vergaß, dass ich ein Treffen mit einem unserer Investoren habe.«

»Sehr gern.«

Schweigend gehen wir Richtung Hotel und die unausgesprochenen Worte zwischen uns verpesten die Luft um uns herum. Als wir endlich an den Türen zur Lobby angekommen sind, will ich die Treppe hochgehen, aber Lon hält mich am Arm fest und zwingt mich stehen zu bleiben. Einen Moment lang denke ich an Alec, der heute Morgen dasselbe getan hat, nur dass Lons Griff nicht sanft ist. Er ist fest und unnachgiebig. Und erinnert mich zu sehr an meinen Vater.

»Willst du dich wirklich nicht entschuldigen?«, zischt er.

Mir klappt die Kinnlade herunter. »Du willst, dass *ich* mich bei *dir* entschuldige?«

»Weil du mich in aller Öffentlichkeit gedemütigt hast? Ja, das will ich.«

»Wenn jemand gedemütigt wurde, dann doch wohl ich. Du hast mich am Zaun festgehalten, obwohl ich dir *gesagt* habe, du sollst mich absetzen ...«

»Und ich habe dir gesagt, ich würde nicht zulassen, dass dir etwas geschieht.«

»Darum geht es nicht!«

Ein paar Gäste drehen sich zu uns um.

Lon zieht mich vom Hoteleingang weg und quetscht mir mit eisernem Griff die Knochen zusammen.

»Lon, du tust mir weh ...«

Er lockert seinen Griff, lässt mich aber nicht los. Er führt mich um das Gebäude herum bis zur Rotunde des Ballsaals und stößt mich hinter eine kleine Baumgruppe, weg von neugierigen Augen.

Dann holt er tief Luft und zieht seine Weste zurecht. Ich lehne mich an die Mauer der Rotunde.

»Ich hoffe, dir ist klar«, sagt er mit gepresster, beherrschter Stimme, »dass ich mir solche Unverschämtheiten nicht mehr bieten lassen werde, sobald wir verheiratet sind.«

Mir ist bewusst, dass ich ihn jetzt um Verzeihung bitten sollte – zumindest erwartet er das, und mein Vater würde es auch wollen. Doch das Blut rauscht in meinen Ohren und mein Arm schmerzt von Lons Schraubstock-Griff, und vielleicht ist etwas von dem Feuer in meine Adern gesickert, um das ich vergangene Nacht getanzt bin. Denn als ich den Mund öffne, kommt stattdessen ein »Dasselbe gilt auch für mich« heraus.

»Was genau habe *ich* Unverschämtes getan?«

»Du meinst, abgesehen davon, dass du mich in eine Lage gebracht hast, in der ich mich unwohl fühlte? Und du das vollkommen ignoriert hast, obwohl ich dich darüber in Kenntnis gesetzt habe?«

»Du musst lernen, mir zu vertrauen«, sagt Lon und macht einen Schritt nach vorne. »Oder ich werde dich dazu *bringen*, es zu lernen.«

Ich stoße ein höhnisches Lachen aus. »Was willst du denn tun? Mir das Vertrauen einprügeln?«

Er lässt meinen Arm los, legt mir die Hände auf die Schultern und seine Finger graben sich wie Zähne in mein Fleisch. »Was ist nur in dich gefahren? Du hast dich zuvor noch nie so benommen.«

Entschuldige dich, hallt eine Stimme durch meinen Kopf, die genau wie die meines Vaters klingt. *Tu es. Das ist deine Chance.*

»Lon. Ich werde es dir nicht noch einmal sagen: Lass. Mich. Los.«

Endlich tut er, worum ich ihnen gebeten habe, atmet scharf aus und flucht leise. »Vielleicht sollten wir uns eine kleine Auszeit nehmen, um uns ein bisschen zu beruhigen«, sagt er. »Und die Situation neu überdenken.«

Ich hebe meinen Rock an und gehe um ihn herum. »Klingt nach einer guten Idee.«

»Aurelea.«

Ich bleibe stehen.

»Ich will, dass du etwas begreifst«, sagt er mit leiser Stimme. »Ich bin ein sehr beschäftigter, sehr wichtiger Mann. Ich brauche eine Frau, die mich unterstützt und sich mir in allen Belangen unterordnet. Wenn dir das nicht gelingt, dann sollten wir vielleicht auch unsere Verlobung neu überdenken.«

Er lässt mir keine Zeit zu antworten, was gut ist, denn ich bin mir nicht ganz sicher, was ich sagen soll. Stattdessen stürmt er an mir vorbei, tritt aus dem Schatten des Wäldchens und eilt in Richtung Lobby. Während ich ihm hinterhersehe, durchfährt mich ein flüchtiges Hochgefühl von Freiheit.

Vielleicht schaffe ich es jetzt endlich. Vielleicht kann ich weglaufen. Ich könnte die nächste Fähre nehmen, meinen Ring verpfänden und mit dem Zug irgendwohin fahren, wo mich niemand je finden würde – Montana vielleicht, oder Wyoming – in irgendeine kleine Stadt mitten im Nirgendwo. Allein mit dem Geld für den Ring wäre ich an einem solchen Ort wahrscheinlich monatelang gut versorgt, und ich scheue mich nicht vor harter Arbeit, obwohl ich noch nie wirklich welche verrichtet habe – es sei denn, man zählt die Tanzstunden in meinen jüngeren Jahren dazu, von denen ich Schwielen an den Füßen bekam, oder die Kopfschmerzen vom stundenlangen Herumlaufen mit einem Buch auf dem Kopf.

Ich könnte es tun. Ich könnte jetzt verschwinden. Von vorn anfangen. Mindestens eine Stunde lang würde niemand auf die Idee kommen, nach mir zu suchen. Außer ...

Ich kann Mutter und Benny nicht zurücklassen und sie dem geballten Zorn über mein selbstsüchtiges Verhalten ausliefern. Und wenn man mich zwänge, vollkommen aufrichtig zu sein, müsste ich außerdem zugeben, dass der Gedanke wegzulaufen mir Angst macht – obwohl ich nicht weiß, warum. Es ist nicht so, als hätte ich außer dem Komfort und der Vertrautheit, an meinem zugewiesenen Platz zu verharren, sonst noch irgendetwas zu verlieren. Dennoch fürchte ich mich noch mehr vor dem, was *da draußen* ist, als vor Vater – trotz der Wut, in die er zweifellos geraten wird, wenn er herausfindet, dass Lon unsere Verlobung noch einmal »überdenkt«. Ich hole tief Luft, werfe einen letzten Blick aufs Wasser und die Möglichkeiten, die jenseits davon liegen. Dann trete ich auf den Fußweg. Ich nicke einem Paar zu und gehe langsam Richtung Eingang.

Meinem vertrauten und bequemen Schicksal entgegen.

Kapitel Zweiundzwanzig

NELL

Am Strand brennen drei Lagerfeuer. Um das eine sitzen größtenteils ältere Paare auf Campingstühlen und trinken Wein und Martini. Das nächste wird von Familien umringt, die Marshmallows und Hotdogs rösten und ihre Kinder anschreien, sie sollen nicht zu nah ans Feuer gehen. Und um das dritte scharen sich Jugendliche und Kinderlose Anfang zwanzig. Sie haben Lautsprecher dabei, aus denen laute Musik dröhnt.

Dorthin steuern Max und ich, während Dad und Sofia zu den älteren Gästen gehen. Sofia hatte recht – die meisten Leute sind tatsächlich Hotelgäste, aber es sind auch ein paar Angestellte mit ihren Kindern gekommen. Max stellt mich einer Freundin namens Tara vor, die in einem der Hotelrestaurants bedient. Offensichtlich kommt sie direkt von der Arbeit, denn sie trägt noch eine schwarze Hose und eine weiße Bluse und hat ihre Zöpfe zu einem ordentlichen Knoten hochgesteckt.

»Nell geht ab September auf die Winslow High«, sagt Max zu ihr, schaut mich an und reckt den Daumen zu Tara. »Tara ist auch in unserer Stufe. Aber sie ist eine sichere Kandidatin für die Homecoming-Queen und deshalb vielleicht darüber erhaben, mit uns zu reden –«

Tara stößt ihn mit dem Ellbogen an. »Vielleicht nicht mit *dir*. Nell ist cool, das sehe ich.«

»Ich weiß nicht, wer schlimmer verletzt ist«, sagt Max und hält sich die Seite. »Mein Stolz oder mein Brustkorb.«

Tara verdreht die Augen. »Er übertreibt gern.«

Als es dunkler wird, kommen immer mehr Leute. Ein Jugendlicher öffnet Wasserflaschen, die offensichtlich mit Bier gefüllt wurden. Max schüttelt den Kopf. »Irgendwer zieht immer so etwas ab«, sagt er. »Bisher wurde noch niemand erwischt, aber das ist nur eine Frage der Zeit, vor allem wenn sie nicht aufpassen und überall hinkotzen.«

Der Typ bietet mir etwas an, doch ich lehne ab. Nachdem ich zum ersten und letzten Mal Bier probiert hatte, war ich am nächsten Tag beim Ballettunterricht zu nichts zu gebrauchen und hatte das schreckliche Gefühl, nach Brauerei zu stinken. Ganz davon zu schweigen, dass ich tatsächlich auch sehr kurz davor war, mich auf das glänzende Parkett im Studio zu übergeben – nicht gerade ein Gefühl, das ich noch einmal erleben möchte.

Schließlich wird die Musik lauter und die Sterne scheinen wie Kamerablitze zu uns hinunter. Nachdem einer angefangen hat, ums Feuer zu tanzen, hüpfen plötzlich alle darum herum. Tara nimmt meine Hand und wir mischen uns unter die Menge, kicken barfuß Sand hoch, und es ist fast, als hätte ich das schon mal gemacht.

Der Saum eines Kleides mit vielen Petticoats schlingt sich um einen schlanken Knöchel. Ein Kopf mit feinen blonden Haaren dreht sich im Feuerschein. Ein anderes Mädchen tanzt neben mir, doch während die Brünette lächelt, sieht die Blonde mich misstrauisch an.

Ein Holzscheit knackt wie ein Schuss im Feuer und die Vision verschwindet.

Mir schwirrt der Kopf und ich halte mich an Tara fest.

»Geht's?«, fragt sie stumm.

Ich nicke. »Nur ein bisschen schwindelig.«

Sie runzelt die Stirn, weil sie mich bei der lauten Musik nicht hören kann. Ich tue so, als wollte ich etwas trinken, und sie reckt den Daumen.

Meine Haut brennt und ich bin wie ausgedörrt, als ich mich vom Feuer entferne. Tara folgt mir und wir holen uns jede eine Flasche aus einer Kühlbox.

Max sitzt am Wasser und tippt etwas in sein Handy.

»Textest du einer heimlichen Freundin, Maxi?«, fragt Tara und lässt sich neben ihm in den Sand fallen.

Ich erhasche einen Blick auf eine Notiz-App, bevor Max sie wegklickt.

»Nein«, antwortet er. »Ich hatte plötzlich eine Idee für mein Drehbuch. Die musste ich aufschreiben, bevor ich sie wieder vergesse.«

»Ach ja, *das Drehbuch*«, sagt Tara und legt sich auf den Rücken. »Hat die Arbeit mit Otis deine Schreibblockade schon gelöst?«

Max steckt das Handy ein. »Kann sein.«

Tara dreht sich zu mir um und sieht mich an. »Hat er dir schon verraten, worum es geht?«

»Noch nicht«, antworte ich und setze mich auf Max' andere Seite.

Tara richtet sich auf. »Oooh, darf ich es ihr erzählen?«

»Meinetwegen«, sagt Max und tut dann so, als würde er mir etwas ins Ohr flüstern. »Sie steht gern im Mittelpunkt. Tara möchte Theaterwissenschaft studieren.«

Tara boxt ihn auf den Arm. »Unsere Geschichte beginnt«, sagt sie, »mit der Legende um Alec Petrov.«

Ich mache große Augen. »Moment, Alec Petrov? Derselbe –?«

»Den du überfallen hast?«, fragt Max. »Genau der.«

Tara wirft mir einen fragenden Blick zu. »Du hast Alec Petrov überfallen?«

»Gar nicht. Wir sind zusammengestoßen. Nicht so wichtig.«

»Hat sich bei dir aber so angehört«, sagt Max.

Jetzt boxe ich ihn auf den Arm.

»Aua!«

Tara gibt ihm zu verstehen, dass er still sein soll. »Max hat dir doch bestimmt erzählt, dass Alec im Hotel wohnt, oder?«

Ich nicke.

»Tja, im Ort wird gemunkelt, dass er nicht gerade *vor Kurzem* eingezogen ist. Angeblich soll er schon seit über hundert Jahren im Hotel wohnen. Also, eingecheckt, ohne je wieder auszuchecken.«

»Er hat nicht eingecheckt«, sagt Max. »Er hat hier gearbeitet.«

Tara wischt seinen Kommentar mit einer Handbewegung beiseite. »Ist doch das Gleiche.«

»Und was ist er dann?«, frage ich. »Ein Geist?«

»Kann sein«, sagt Tara mit weit aufgerissenen Augen. »Oder er ist *unsterblich*.«

Ich beuge mich vor und fange Max' Blick auf. »Das meint ihr nicht ernst, oder?«

»Natürlich nicht«, erwidert er. »Er gibt einfach ein gutes Opfer ab. Es war nur eine Frage der Zeit, bis jemand Gerüchte über ihn verbreitet.«

»Was willst du damit sagen?«

Max streckt die Beine aus. »Kaum jemand weiß was über ihn, und das ist ungewöhnlich für Winslow Island. Dazu kommt, dass er sich so gut wie nie mit jemandem unterhält, und, na ja, dass Menschen eben gemein sein können.«

Schuldgefühle steigen in mir auf.

Tara schüttelt den Kopf. »Nicht alle halten es für ein Gerücht. Mein Onkel hat hier gearbeitet, als er in der Highschool war, also vor einer halben Ewigkeit. Er behauptet, da wäre Petrov auch schon hier gewesen, oder zumindest jemand, der ihm sehr ähnlich sah.«

»Vielleicht war es ja Petrovs *Onkel*«, meint Max. »Oder ein anderer Verwandter, der so aussieht.«

Ich nicke. »Das klingt schon plausibler.«

Tara stemmt sich aus dem Sand hoch. »Ach, vergesst es einfach. Ihr habt einfach keine Ahnung von einer guten Story. Ich gehe mal wieder zur Party. Bis später, ihr Loser.«

Kaum ist sie außer Hörweite, wende ich mich Max zu: »Jetzt sag mir bitte, dass du nicht wirklich an so etwas glaubst. Das ist unmöglich.«

»Nein, nein«, wiederholt Max. »Aber der Stoff ist gut. Denk doch mal nach. Was jemand wie er alles erlebt haben könnte, was er alles vermissen würde. Das klassische Drama der Unsterblichkeit. Super, du lebst ewig, aber was bringt dir das, wenn du der Einzige bist? Wenn alle, die du kennenlernst oder in die du dich verliebst, sterben, während du immer noch hier bist? Was soll das Ganze dann?«

»Aber wenn du doch deine Geschichte hast, was hat es dann mit der Schreibblockade auf sich?«

Max nimmt eine Handvoll Sand und lässt ihn durch die Finger rinnen. »Ich verstehe einfach nicht, wieso jemand wie er in einem Hotel leben sollte, und dann ausgerechnet in diesem Hotel.«

»Das erklärt die Legende nicht?«

Er schüttelt den Kopf. »Darum ist es ja hier in der Gegend nur so ein blödes Gerücht, das nicht totzuschlagen ist. Es gibt viele Theorien, aber das ist alles Quatsch.«

»Zum Beispiel?«

»Also, die eine kennst du ja schon. Dass er ein Geist ist.«

»Ich kann bezeugen, dass er alles andere als körperlos ist.«

Max lacht. »Außerdem gibt es die Theorie, er wäre ein Alien und der Hyperdrive seines Raumschiffs wäre kaputt.«

»Ernsthaft?«

»Die beste«, fährt er fort, »geht davon aus, dass er verflucht wurde. Niemand weiß, von wem oder wieso. Die Arbeit mit Otis hat mich auf einige Ideen gebracht, über die ich noch genauer nachdenken möchte, aber ich hoffe eigentlich immer noch, dass ich bei der Recherche auf etwas Eindeutiges stoße.«

»Geh doch einfach zur Quelle.«

»So verrückt bin ich nun auch nicht. Der Typ könnte mich so verprügeln, dass ich nicht mehr hochkomme. Abgesehen davon, Gerüchte hin oder her, irgendetwas stimmt nicht ... mit Petrov.«

Ich verdrehe die Augen.

»Das heißt nicht, dass ich glaube, er wäre ein Geist oder so was«, sagt Max rasch. »Aber ein Geheimnis hat er schon.«

Ich denke an meine Mutter, Dr. Roby und die Möglichkeit, dass ich allmählich wirklich den Verstand verliere, und an die Tabletten in meinem Rucksack, die das verhindern können. »Es ist nicht verboten, Geheimnisse zu haben.«

»Da hast du wahrscheinlich recht.« Er holt sein Handy heraus. »Stört es dich, wenn ich das eben zu Ende aufschreibe? Ich hatte echt einen Ideenflow.«

»Mach ruhig.«

Ich lege mich in den Sand, während er tippt, und schließe die Augen. Ich höre das Tastenklicken und die Brandung, doch meine Gedanken übertönen sogar Max und das Meer.

Kapitel Dreiundzwanzig

LEA

»Hast du *vollkommen* den Verstand verloren?«, brüllt Vater, knallt die Tür hinter sich zu und stapft wütend ins Zimmer. Er lässt seinen Tennisschläger auf den Boden fallen. Er war unterwegs, um abermals eine Partie Tennis mit Lons Vater zu spielen – oder zumindest war das der Plan. Seine recht kurze Abwesenheit legt nahe, dass er runter zu den Tennisplätzen gegangen ist, nur um festzustellen, dass Lon die Verlobung gelöst und Mr Van Oirschot darum eigentlich keinen Grund mehr hat, sich noch länger mit Vater und dessen unterdurchschnittlichen Tenniskünsten abzugeben.

Mutter erhebt sich. »Edmund ...«

Er bringt sie mit einem Blick zum Schweigen, durchquert das Zimmer und tritt dabei Bennys Blechsoldaten um. Benny springt auf und will protestieren, aber Madeline bedeutet ihm, still zu sein, nimmt ihn bei der Hand und führt ihn aus dem Zimmer.

Vater steht jetzt direkt vor mir und schüttelt seinen knallroten Kopf. »Du wirst jetzt sofort zu Lon gehen und dich entschuldigen. Es ist mir vollkommen egal, wie du es anstellst, es ist mir vollkommen egal, was du sagen musst, damit es funktioniert, aber du wirst ihn anflehen, dich zurückzunehmen. Hast du das verstanden?«

»Ist es dir auch egal, warum er die Verlobung überhaupt gelöst hat?«

»Oh nein, Aurelea, das ist mir ganz und gar nicht egal. Wenn meine Tochter ihren Verlobten in aller Öffentlichkeit demütigt, den Mann, von dem das gesamte Wohlergehen ihrer Familie abhängt, dann interessiert mich das sogar sehr.« Unter seinem strengen Blick krampft sich mein Magen vor Angst zusammen, aber ich gebe nicht klein bei. »Du willst dir meine Seite der Geschichte also nicht mal anhören?«

Das hätte ich nicht sagen sollen. Vater ballt die Hände zu Fäusten. Die Adern an seinem Hals pulsieren. »Muss ich dich noch einmal daran erinnern«, sagt er, »was uns erwartet, wenn du Lon nicht heiratest? Willst du mit ansehen, wie deine Mutter in einer Fabrik Hemden näht? Willst du erleben, wie Benny mit rußverschmierten Wangen und einem Schornsteinfegerbesen über der Schulter herumläuft? Willst du mit ansehen, wie ich betteln gehe?«

Ich hole tief Luft. »Nein, aber es muss doch noch einen anderen Weg geben ...«

»Den gibt es nicht. Das ist der Weg, Aurelea. Also hör auf, so verdammt selbstsüchtig zu sein, schluck deinen Stolz runter und entschuldige dich.« Er muss keinen weiteren Satz mit »Sonst ...« beginnen. Seine geballten Fäuste und die Erinnerung an die vielen blauen Flecken an Stellen, wo sie niemand sehen kann, sprechen für sich.

»Ja, Vater.«

Es gibt nichts weiter zu sagen.

***

Ich finde Lon auf den Tennisplätzen zusammen mit seinem Vater. Im Gegenlicht ist seine athletische Gestalt ein langer gewellter

Strich. Lons Hemd klebt an seinem Rücken, als er den Ball in die Luft wirft. Der Ball schwebt einen Moment in der Luft, dann saust er zur Erde und Lon schwingt seinen Schläger mit einer beängstigenden Kraft. Der Ball schießt über das Netz und prallt seinem Vater beinahe gegen die Halsschlagader.

»Nimm das Tempo raus, verdammt noch mal!«, brüllt Mr Van Oirschot.

Lon wischt sich mit dem Handrücken übers Gesicht, wo sich der Schweiß über seiner Oberlippe sammelt.

»Noch mal«, sagt er.

Sein Vater seufzt. »Wir sind jetzt schon seit Stunden an diesem Punkt.«

Lon funkelt ihn wütend an. »Noch mal.«

Mr Van Oirschot holt tief Luft, schüttelt den Kopf und wirft den Ball in die Luft. Seine Gestalt ist nicht annähernd so kräftig wie die seines Sohnes und die Erschöpfung hat seine Muskeln geschwächt. Der Ball fliegt gerade so übers Netz. Das *Plopp* von Lons Tennisschläger hallt über den Platz und zum ersten Mal nehme ich seinen trainierten Körperbau wirklich wahr. Aber nicht wohlwollend wie Mutter oder meine Freundinnen, sondern so wie jemand, auf dessen Haut seine Finger bereits blaue Flecken hinterlassen haben. Lons barbarische Machtdemonstration heute Morgen hat bewiesen, dass es ihm nichts ausmacht, eine Frau zu schikanieren. Und wenn Vater mich mit seinen verkümmerten Muskeln schon so züchtigen kann, was wird mir dann dieser Mann mit seinem lang gestreckten, raubkatzenartigen Körper antun?

Mir dreht sich der Magen um. Ich krümme mich und stütze mich mit der Hand am papiernen Stamm einer Palme ab. *O Gott. Dieser Mann wird mein Ehemann sein.*

Es ist nicht das erste Mal, dass mich diese Erkenntnis überkommt. Genauso wenig wie ich die sich anschließende Panik nicht zum ersten Mal verspüre. Beim allerersten Mal dachte ich, ich würde sterben. Und selbst in dem Wissen, dass es nur mein Körper ist, der mich anfleht wegzulaufen, fragt sich in mir noch immer etwas, ob es das jetzt gewesen ist – ob das die Art ist, wie ich sterben werde. Unter der warmen Sonne South Carolinas, die Wange auf das kühle grüne Gras gepresst und mit dem Klang der Brandung in meinen Ohren. Die Leute würden schreien und Lon würde zu mir laufen, aber ich wäre bereits außerhalb seiner Reichweite und würde hoch über den Wolken fliegen.

Ruhig, befehle ich meinem Herzen. *Nur ruhig.*

Ich zwinge mich einzuatmen und stoße die Luft dann wieder aus wie ein Blasebalg. Das Geräusch des aufprallenden Balls auf dem Platz lässt die Sekunden verstreichen. Nach zehn Schlägen fällt es mir nicht mehr so schwer zu atmen. Mein Herzschlag wird langsamer, mein Magen beruhigt sich und mein Körper findet wieder zu sich. Schließlich drücke ich den Rücken durch und zwinge meine widerspenstigen Füße vorwärtszugehen.

»Lon.«

Er dreht sich um. Bei meinem Anblick beben seine Nasenlöcher. Meine Hände zittern und ich verschränke sie rasch hinter dem Rücken.

»Kann ich dich sprechen?«

Kapitel Vierundzwanzig

NELL

Alec Petrov spaziert mit mir am Strand entlang, während die Sonne hinter uns aufgeht. Wir graben die Zehen in den Sand und hinterlassen Fußspuren. Alles andere ist verschwommen – das Wasser, der Strand, das Hotel –, alles außer Alec und dem Sand unter seinen Füßen und dem feurigen Horizont hinter uns.

Er sieht anders aus. Die Hände hat er in die Taschen gesteckt, die Schultern vorgezogen, sein Gesicht ist sanft und ein wenig müde. Er trägt eine lässige Hose, die er bis zu den Waden aufgekrempelt hat, dazu Hosenträger über einem blauen Hemd. Die Haare fallen ihm in die Augen wie neulich, als wir zusammengestoßen sind und er die Arme um mich geschlungen hat, um meinen Kopf vor dem Aufprall auf dem unnachgiebigen Boden zu schützen.

»Hast du dich gut amüsiert?«, fragt er und seine Augen zwinkern wie die letzten strahlenden Sterne am Himmel im Morgengrauen.

»Ja«, antworte ich.

Ich weiß gar nicht, wovon er redet, doch er lächelt, also war es wohl die richtige Antwort.

»Deine Freunde sind unglaublich«, sage ich mit einer vagen Erinnerung an tanzende Paare in der Mitte einer rappelvollen, klebrigen Tanzfläche.

Er lacht. »Das kann man wohl sagen.«

Ich beuge mich vor und flüstere: »Ich mag sie.«

Das scheint ihn zu überraschen, aber dann verwandelt sich sein schüchternes Lächeln in ein breites Grinsen, bei dem mir das Herz wehtut. Ich schließe die Augen, weil er mich dann vielleicht küsst, und –
Werde ruckartig wach.

Ich wälze mich im Bett auf die andere Seite, weigere mich, die Enttäuschung in meiner Brust zuzulassen, und tippe auf mein Handy.

3:17 Uhr.

Vergeblich versuche ich wieder einzuschlafen, weil mir nur noch Alec durch den Kopf geht. Sein Lächeln, sein Lachen, seine Stimme, sanft und warm und tröstlich. Wie die ersten Sonnenstrahlen sich in seinem Hemd gefangen haben, in seinem Haar und auf seinen Lippen. Wie seine harten Muskeln unter dem Stoff zum Vorschein kamen. Diese vollen, grinsenden Lippen –

Ich schiebe diese Vorstellung beiseite, bevor sie noch mehr Schaden anrichtet, springe aus dem Bett und greife nach meinem Rucksack.

***

Da ich frühmorgens meine Ballettübungen mache und sonst im Archiv arbeite, verfliegen die letzten Junitage im Nu. Wegen der Albträume erwache ich immer noch vor allen anderen im Hotel, doch der Schlafmangel stört mich nicht. Hauptsache, ich kann weiter ungestört im Ballsaal trainieren.

Wahrscheinlich liegt es nur am Ballett, dass ich noch nicht vollkommen durchgedreht bin.

In den vergangenen fünf Tagen bin ich jeweils um drei Uhr morgens wach geworden, mit Adrenalin im Blut, das Bettzeug klamm und schweißnass. Entweder quält mich derselbe Albtraum wie in jener ersten Nacht und ich werde von leeren, endlosen Gängen und einem kleinen Jungen verfolgt, der an meiner

Hand zieht. Oder aber ich stecke wie gelähmt in der Dusche fest, während Botschaften auf dem beschlagenen Spiegel erscheinen – *Hallo Nell, ich warte schon auf dich. Sollen wir etwas Schönes unternehmen?*

Manchmal träume ich auch von Alec.

Wenn ich wach bin, sehe ich nicht viel von ihm. Max hat recht – Alec hält sich im Hintergrund. Wenn er irgendwo auftaucht, kommt er mir wie ein Geist vor, der an den Rändern unserer Welt schwebt, und wenn er mich – selten genug – tatsächlich eines Blickes würdigt, liegt darin nichts von der Vertrautheit aus meinen Träumen.

Im Schlaf jedoch läuft er mit mir durch die Gänge, reißt die Badezimmertür auf und zieht mich unter der Dusche hervor, während auf dem Spiegel weiterhin wie von Geisterhand geschriebene Worte erscheinen. Oder er rennt mit mir im Mondschein über den Innenhof hinaus zum Strand, obwohl ich keine Ahnung habe, wovor wir weglaufen. Er sagt nie etwas, beobachtet nur, lauscht und beschützt mich.

Er lässt mich nicht aus den Augen.

Tagsüber werde ich hin und wieder von Visionen wie der im Geschenkladen oder am Strand heimgesucht. In solchen Situationen fällt es mir besonders schwer, die Tabletten in meinem Rucksack nicht einfach zu nehmen. Als ich einmal von Dads Büro zur Lobby ging, meinte ich im Garten eine Frau zu sehen, die in einem langen Kleid mit hochgeschlossenem Kragen und einem großen Federhut am Zitronenbaum lehnte. Doch nach einmal Blinzeln war die Frau verschwunden. In einer anderen Nacht glaubte ich ein weißes Pferd vor einer schwarzen Kutsche zu sehen, direkt vor der Tür zur Eingangshalle. Ich fragte sogar Sofia, ob das Hotel Kutschfahrten anbietet.

»Manchmal in den Ferien«, antwortete sie.

»Das heißt, zurzeit stehen da draußen keine?«

Daraufhin erkundigte sie sich mit einer seltsamen Miene, aus der ich nicht schlau wurde, ob es mir gut geht.

Und als ich heute Morgen aus dem Fenster blickte, war unser Baum nicht mehr da.

Ich schloss die Augen, zählte bis drei und schlug sie wieder auf.

Der Baum war da.

Sofort fielen mir die Tabletten in meinem Rucksack ein und diesmal kramte ich sie sogar hervor und strich mit dem Daumen über das Etikett.

Es wäre kein Problem, das Ganze noch mal umgekehrt zu machen und die Dosis allmählich so zu steigern, bis ich nichts mehr spüre. Allerdings müsste ich weit mehr nehmen als verschrieben, um mich für den Rest meines Lebens so zu fühlen wie beim Tanzen.

Wie Luft.

Es wäre ganz leicht, dorthin zurückzukehren, doch wahnsinnig schwer, wieder wegzukommen. Ich wäre beim ersten Mal schon fast auf der Strecke geblieben. Deshalb steckte ich die Packung wieder in den Rucksack und beschloss, noch ein wenig zu warten. Wenn man auf Entzug ist, wird es immer erst schlimmer, bevor sich eine Besserung einstellt, oder nicht? Das habe ich doch irgendwo gelesen.

Dennoch bringt es mich nicht weiter, wenn ich mein Problem einfach ignoriere. Im Laufe der letzten Woche habe ich mir angewöhnt, schon auf dem Weg zum Ballsaal die Ohrhörer einzustecken und sie drinzulassen, bis ich zurück auf unserem Zimmer bin, damit ich auf keinen Fall diesen schrecklichen Song hören kann. Manchmal will er zwischen zwei Liedern durchsickern, vorbei an den runden Metallknöpfen in meinen Ohren, doch dann beginnt schon der nächste Song auf meiner Playlist und die unheimliche Melodie stößt auf das Stampfen und Kreischen von Heavy Metal, die lässigen Rhythmen der Top 40 oder das Crescendo einer Mozartsinfonie. Dann kann ich beinahe so tun, als hätte ich gar nichts mitbekommen.

An diesem Morgen, während ich die Tablettendose praktisch noch in der Hand spüre, und mit dem Rasseln der weißen Pillen im Ohr, treibe ich mich noch gnadenloser an und wirbele durch den Saal wie ein durchgeknallter Duracell-Hase, bis meine Beine zittern, meine Knie weich werden und mir die Sicht verschwimmt. Meine Arme sind nass vor Schweiß, der mir auch von den Schläfen tropft und den Nacken hinabrinnt.

Ich weiß, dass ich aufhören sollte. Normalerweise mache ich mich vor Sonnenuntergang auf den Rückweg, doch heute färbt sich der Himmel schon rosarot. Jederzeit kann jemand hereinkommen und mich erwischen, doch sobald ein Song zu Ende ist, denke ich: *Nur noch einer.*

Noch ein Song, und ich fühle mich wieder wie ich selbst.

Noch ein Song, und ich habe den Beweis, dass ich auch ohne die Pillen high werden kann.

Noch ein Song, und die Normalität kehrt zurück.

Doch als der nächste Song beginnt, ist es nicht meine Musik. Die ersten unheimlichen Takte der Melodie, die ich nun schon so oft gehört habe, dröhnen erneut durch meine Ohrhörer. Ich werfe einen Blick auf meine Playlist, die eigentlich »Für Elise« spielen sollte, doch da stimmt kein einziger Ton.

Ich reiße die Ohrhörer heraus, doch die Musik wird nur noch lauter. Um mich herum herrscht Stimmengewirr und die Lampen an den Wänden flackern. Der Kronleuchter verblasst, bis ich geradewegs hindurchschauen kann, und auf der gegenüberliegenden Seite sehe ich abwechselnd Panoramafenster, die ich gewohnt bin, und mehrere kleinere, schmalere Fenster, die nebeneinander angeordnet sind.

Und dann übertönt eine Stimme alle anderen.

»Nell.«

Eine leise Stimme, die sich in meine Ohren züngelt und immer weiter hinunter das Rückgrat entlang.

Ich weiche einen Schritt zurück.

»Nell«, ertönt es erneut, diesmal in meinem Rücken. Etwas streift meine Schulter und eine meiner Locken wird angehoben und in der Luft gezwirbelt, als würde sie jemand um seinen Finger drehen. »Wir haben auf dich gewartet.«

Blitzschnell drehe ich mich um. Meine Kopfhaut schmerzt, wo die Locke ziept, doch da ist niemand.

Dann geht das Licht an. Die durchsichtigen Umrisse von Männern in Smokings und Frauen in Ballkleidern gleiten aus den Wänden in die Saalmitte. Dann wird das Licht wieder ausgeschaltet und sie sind verschwunden. Im nächsten Augenblick knistert es, als würde man alte Kabel verbinden, bis die Lampen erneut aufflackern. Die Silhouetten sind näher gekommen und umzingeln mich. Ein Mann löst sich aus der Menge und streckt die Hand aus. Obwohl ich sein Gesicht nicht erkennen kann, strahlt er etwas aus, das mich abstößt.

»Komm«, sagt er. »Tanz mit uns.«

Ich schreie.

Das Licht geht wieder aus und ich renne zur Tür.

»Nell«, sagen sie, während sich das Licht im Kreis dreht. »Geh nicht.«

Die Glühbirnen bersten. Im Rennen halte ich mir die Ohren zu, um ihre Stimmen und das zersplitternde Glas auszublenden. An der Tür reiße ich die Flügel an beiden Klinken auf. Es ist mir ganz egal, ob mich jemand sieht, und ich halte erst an, als ich wieder in unserem Zimmer bin und Dad unter der Dusche Frank Sinatra singt. Ich ringe nach Luft, schließe die Tür ab und lasse mich daran zu Boden gleiten. Obwohl mein Verstand sagt, ich bräuchte die Tabletten nicht und alles würde gut, will ich sie aus dem Ruck-

143

sack holen – denn mein Verstand ist ein Verräter. Ich kann ihm nicht mehr trauen.

Doch mein Rucksack ist nicht da, ich habe ihn im Ballsaal gelassen. Leise fluchend schlage ich den Kopf an die Tür.

Ich muss noch mal zurück.

Kapitel Fünfundzwanzig

LEA

Lon wischt sich mit dem Unterarm über die Stirn und lässt den Ball aufprallen, wieder und immer wieder. »Ich glaube, wir haben uns alles Nötige gesagt.«

»Das sehe ich anders.«

Er lacht freudlos. »Was könntest du mir denn noch zu sagen haben?«

Am liebsten würde ich ihm ins Gesicht spucken. Am liebsten würde ich ihm sagen, dass ich froh über die Lösung unserer Verlobung bin und dass ich ihn von Anfang an nicht heiraten wollte.

Stattdessen sage ich: »Ich würde mich gerne entschuldigen.«

»Ach, wirklich?«

Ich beiße die Zähne zusammen. Er wird es mir nicht leicht machen. »Ja.«

»Warum? Weil dein Vater es dir befohlen hat?«

Ich bin so überrascht über seine Worte, dass ich beinahe mit der Wahrheit herausplatze. Aber ich bremse mich gerade noch rechtzeitig, bevor sie mir über die Lippen kommt. »Nein«, lüge ich, »ich möchte mich entschuldigen, weil« – ich hole tief Luft – »mir klar geworden ist, dass ich mich falsch verhalten habe.«

Er kneift die Augen zusammen, sieht mir forschend in die Augen, und ich versuche eine überzeugende Mischung aus Bedauern und Schuld in meinen Blick zu legen. Offensichtlich funktioniert es, denn er schlägt seinem Vater vor, eine Pause zu machen. Mr Van Oirschot bricht vor Erleichterung über diese Worte beinahe zusammen. Lon übergibt seinen Schläger an einen Balljungen, versenkt die Hände in den Hosentaschen und spaziert schweigend Richtung Strand. Ich folge ihm und gehe meine vorbereitete Ansprache im Kopf noch mal durch.

Lon läuft so lange, bis wir alle anderen hinter uns gelassen haben und nur noch er und ich und der Sand und das Meer übrig sind. Er stemmt die Hände in die Hüften. »Na gut. Entschuldige dich.«

Ich kneife die Augen gegen die blendende Sonne zusammen. »Ich weiß nicht, was heute Morgen in mich gefahren ist. Ich habe ... Ich habe Höhenangst, das weißt du ja«, sage ich und denke daran, wie Vater diese Ausrede an unserem ersten Abend im Hotel gebraucht hat, als ich statt des Aufzugs die Treppe genommen habe. »Und dann hast du mich auf die Zaunlatte gehoben und der Emu kam auf mich zu und ich – ich war vor Angst völlig außer mir.« Er ist noch immer kein bisschen weich geworden, ich muss ihm schmeicheln. »Ich hätte wissen müssen, dass mir in deiner Obhut nichts geschieht, aber, nun ja, es ist noch relativ neu für mich« – die Worte sind wie zähflüssiger Schlick in meinem Mund –, »was ich für dich *empfinde*. Du musst verstehen: Einer Frau, die aus Gewohnheit auf sich selbst aufpasst, fällt es in einer Notlage vielleicht nicht gleich ein, dass sie nun einen Mann hat, der sie beschützt.« Ich zwinge mich zu lächeln. »Bestimmt werde ich mich daran gewöhnen, wenn wir erst einmal verheiratet sind, zumal wir ja den ganzen Sommer zusammen verbringen werden. Das heißt, falls du mich noch immer willst.«

Er zögert. »Und was ist mit deinem Vater?«

»Er ist mit unserer Verbindung nach wie vor einverstanden.«

Lon schnaubt. »Natürlich ist er das. Nein, was ich eigentlich meinte, war: Ist er in deiner Kindheit denn nicht für dich da gewesen? Du sagtest eben, du seist nicht daran gewöhnt, dass ein Mann dich beschützt. Aber hat dein Vater nicht genau das all die Jahre über getan?«

Es ist mir vollkommen egal, wie du es anstellst, es ist mir vollkommen egal, was du sagen musst, damit es funktioniert, aber du wirst ihn anflehen, dich zurückzunehmen, verstanden?

Also schön, Vater. Wenn schon mein gesamtes Leben mit Lon eine Lüge sein wird, kann ich ihm zumindest diese eine Wahrheit erzählen.»Mein Vater hat nicht groß an meinem Leben teilgenommen. Wenn er nicht gerade im Büro ist oder sich zu Hause in seinem Arbeitszimmer vergräbt, ist er auf Geschäftsreise. Wir haben seit Jahren nicht so viel Zeit als Familie verbracht wie hier im Hotel. Du siehst also, ich hatte nie einen solch ... *starken* Mann in meinem Leben. Du hast mich ganz durcheinandergebracht, als du« – ich kann nicht fassen, dass ich das jetzt sage – »als du mich so angefasst hast. Und dann habe ich um mich geschlagen, anstatt das zu tun, was ich eigentlich tun wollte.«

»Und das war *was?*«

Ich werfe ihm unter halb gesenkten Liedern einen Blick zu. »Die Alternative erkunden.«

Seine Schultern sacken ein bisschen nach unten und seine Augen, die vor wenigen Augenblicken noch schwarz vor Zorn waren, sind jetzt wie flüssiger Rauch. Er kommt einen Schritt auf mich zu, bis wir uns beinahe an der Brust berühren.»Was ist denn die Alternative?«

Ich hoffe, er hält die von der Sonnenhitze herrührende Röte auf meinen Wangen für Schamesröte.»Bitte, Lon, zwing mich nicht dazu, es auszusprechen ...«

Er fasst nach meinen Händen und küsst sie.»Sag es.«

Ich wende den Blick ab und schaue hinaus zu den treulosen brandenden Wellen, die so unbeständig und doch nicht willens waren, mich mit sich zu nehmen, als ich mich ihnen dargeboten habe. *Es war im großen Plan des Lebens nicht vorgesehen*, geht mir eine leise Stimme durch den Kopf.

Zur Hölle mit dem Plan. Wenn das Meer mich davongetragen hätte, dann müsste ich mich jetzt nicht so erniedrigen. *Aber dann hättest du die vergangene Nacht auch nicht mit Alec verbracht.*

Seltsamerweise ist es Alecs Gesicht, das mir deutlicher vor Augen steht als die von der Sonne gebleichte Landschaft um mich herum. Es verleiht mir die Kraft, zu Lon zu sagen: »Küss mich und hilf mir, meine Angst zu überwinden.«

Er braucht keine weitere Ermutigung. Sein Mund presst sich auf meinen und lässt mich verstummen. Mit einem Stöhnen zwängt er seine Zunge zwischen meine Lippen, umschlingt mich mit den Armen und hebt mich hoch.

Alec. Denk an Alec.

Ich stelle mir vor, dass dies Alecs Hände auf mir sind, Alecs Körper an meinem, und meine Muskeln entspannen sich. Es ist nicht dasselbe wie heute Morgen – ich verschmelze nicht mit Lon und unsere Körper *fügen* sich auch nicht *ineinander* wie zwei Hälften eines Ganzen. Aber im Vergleich zu dem anderen Kuss mit Lon werde ich immerhin nicht stocksteif und es muss ihm jetzt so vorkommen, als sei ich zumindest interessiert.

Lon lässt eine Hand auf meinem Rücken liegen, drückt mich weiterhin fest an sich und fährt mir mit der anderen Hand durchs Haar. Er fasst es zu einem Schopf zusammen, reißt meinen Kopf nach hinten und küsst mich auf den Hals. Seine Bartstoppeln brennen auf meiner Haut.

»Wenn ich könnte, würde ich dir jetzt das Kleid vom Leib reißen.« Mit den Zähnen zerrt er am Ausschnitt meines Kleides. »Vielleicht tue ich es tatsächlich.«

Ich funkele ihn wütend an. »Wage es ja nicht.«

»Willst du denn nicht zeigen, was du hast, Darling?«

»Lon, ich habe mich noch nie vor jemandem nackt gezeigt, und schon gar nicht an einem Strand voller Leute«, sage ich. Und dann, mit etwas leiserer Stimme: »Ich möchte mit dir allein sein, wenn du mich das erste Mal ausziehst.«

Er stöhnt wieder und saugt an meiner Unterlippe. »Du ahnst nicht, was du mit mir anstellst, Aurelea. Ich weiß nicht, wie ich den Sommer überstehen soll.«

Mein Herz gerät in Panik und flutet meine Adern mit Eis. Es gefällt mir nicht, welche Wendung dieses Gespräch nimmt. Wenn ich nicht aufpasse, sind wir Ende dieser Woche verheiratet. Ich schiebe ihn ein Stück von mir weg und verziehe mein Gesicht zu einer Miene, die hoffentlich Bedauern ausdrückt. »Ja, aber wir müssen uns darein ergeben. Unsere Mütter haben bereits die Einladungen verschickt und wir dürfen es nicht riskieren, unsere Gäste zu verärgern, insbesondere da so viele von ihnen eure Geschäftspartner und Kunden sind. Wir wollen doch nicht, dass sie die Van Oirschots für lasterhafte Menschen halten, die sich mehr von Gefühlen als von Anstand leiten lassen.«

Lon seufzt. »Du hast recht. Natürlich hast du recht. Siehst du, deshalb sind wir so ein fantastisches Paar. Du weißt genau, wie du mich lenken musst, damit ich auf Kurs bleibe.«

»Dann heißt das also, wir sind wieder verlobt?«

Er setzt mich ab und birgt mein Gesicht in seinen Händen. »Nie zuvor habe ich etwas mehr gewollt, als dich zu heiraten, Aurelea Sargent. Ich musste einfach nur wissen, ob du dasselbe empfindest.«

Ein bitterer Geschmack steigt mir die Kehle hoch. »Das tue ich.«

Er grinst, zieht meinen Kopf zu sich heran und drückt seine Lippen schmatzend auf meine.

»Komm«, sagt er, »wir sollten zum Hotel zurückkehren, bevor noch jemand merkt, dass wir beide ganz allein sind.«

Ich nehme seinen Arm. Mein Gesicht fühlt sich an, als hätte ich es mit Lauge geschrubbt.

»Nun, wo das geklärt ist«, sagt er und tätschelt mir die Hand, »kann ich dir auch von meiner Überraschung für heute Abend erzählen.«

»Ah ja?«

Er nickt. »Heute Abend essen wir nicht im Hotel. Wir machen bei Sonnenuntergang einen Törn auf meiner Jacht. Nur wir beide.«

»Aber ist das denn nicht unschicklich?«

»Es werden mehrere Crewmitglieder an Bord sein und noch jemand, der das Essen serviert.« Er beugt sich zu mir und flüstert: »Ich verspreche, mich tadellos zu benehmen.«

Ich seufze. »Ein Jammer.«

Er wirft den Kopf zurück und lacht. Ich schenke ihm mein aufgesetztes Lächeln und er bemerkt nicht einmal den Unterschied. Was auch immer daraus werden wird: Ich sitze wieder im Käfig. Das Mindeste, was ich jetzt noch tun kann, ist, mich zu amüsieren – bevor die Tür endgültig zufällt.

Kapitel Sechsundzwanzig

NELL

Ich haste durch die Gänge. Es ist schon halb acht und das Hotel erwacht allmählich zum Leben. Wie konnte ich nur so dumm sein? Wieso bin ich überhaupt so lange geblieben? Und warum habe ich mich von einer weiteren Halluzination derart erschrecken lassen?

Erde an Nell. Nichts davon ist wirklich passiert.

Ich nehme den kürzesten Weg, schlittere über den Laubengang und am Aufzug vorbei. Dort stoße ich beinahe mit einer Frau in Sportkleidung zusammen. Sie steht mit einer Tasse grünem Eistee am Treppenabsatz im ersten Stock.

»'tschuldigung!«

»Das geht auch langsamer!«, ruft die Frau mir nach.

Doch ich behalte das Tempo bis zur Eingangshalle bei. Erst vor der Tür des Ballsaals gehe ich langsamer, als hätte ich alles Recht der Welt, ihn zu betreten. Wenn ich eins aus dem Fernsehen gelernt habe, dann das: Man kommt mit fast allem durch, solange die Leute denken, man wüsste, was man tut.

Ich zögere mit der Hand auf der Klinke.

Das war nicht echt. Das war nicht echt. Das war nicht echt.

Nachdem ich tief Luft geholt habe, öffne ich die Tür und schlüpfe durch den Spalt.

Glück gehabt. Noch war niemand da und die Glühbirnen sind

unversehrt. *Siehst du?*, ermahne ich mich, *nur eine Halluzination.* Mein Rucksack liegt dort auf dem Fußboden, wo ich ihn vergessen habe. Still durchquere ich den Saal, doch ich bin alles andere als die Ruhe in Person. Eine Ader pocht wie wild an meinem Hals und mein Herz rast. Schließlich bücke ich mich, hebe den Rucksack auf und werfe ihn über die Schulter. Ein Stück Klebeband streift die Innenseite meines Arms und ich zucke bei der Erinnerung an die phantomhafte Berührung eben zusammen.

Nein, rede ich mir gut zu. *Das war nicht die Berührung, die ich gespürt habe. Die Berührung, die ich in meiner Fantasie gespürt habe, weil sie nämlich nicht echt war. In Wirklichkeit ist das alles nicht geschehen.*

Und dann sage ich, um meinem Verstand dabei zu helfen, es zu begreifen: »Der Saal ist leer. Ihr wart alle nicht echt.«

Ich warte, ohne zu wissen, worauf. Es werden wohl kaum ein paar Geister erscheinen, um mich vom Gegenteil zu überzeugen. Der Kronleuchter wird nicht wieder verschwinden. In meiner Nähe knarrt eine Diele, doch es ist nichts als das Ächzen dieses alten viktorianischen Schlosses.

Auf dem Weg zu unserem Zimmer rasseln die Tabletten lauter als je zuvor in meinem Rucksack. Sie singen mir ins Ohr, während ich dusche und mich für die Arbeit umziehe, und versprechen mir seliges Vergessen – vorausgesetzt, ich hisse die weiße Flagge. Allein meine Sturheit hält mich davon ab, sie zu nehmen, eine Eigenschaft, von der meine Mutter immer meinte, sie würde mich je nach Stimmung beflügeln oder behindern. Ich weiß nicht, wofür ich mich in diesem Fall entschieden habe, doch ich habe schon zu große Fortschritte gemacht, um jetzt aufzugeben.

Ich lasse den Rucksack auf dem Bett liegen, stecke die Schlüsselkarte in die Hosentasche und gehe hinunter ins Archiv.

Kapitel Siebenundzwanzig

LEA

In der Lobby herrscht reges Treiben. Männer und Frauen sind auf dem Weg zum Speisesaal oder warten auf ihre Wagen, um den Abend außer Haus zu verbringen. Lon ist bereits zehn Minuten zu spät, um mich zu seiner Jacht, der *Alloy Grace*, zu bringen, aber ich versuche meine Begeisterung zu zügeln. Es wäre zu viel des Guten, darauf zu hoffen, dass ihm irgendein schrecklicher Unfall zugestoßen ist und deshalb sowohl unsere Verabredung zum Abendessen als auch unsere Heirat ausfallen muss.

So viel Glück habe ich nicht.

Zehn weitere Minuten vergehen, bis der Erste Maat der *Alloy Grace* auftaucht, um mich zum Schiff zu bringen. Er teilt mir mit, dass Lon in einer kurzfristig anberaumten Besprechung festsitzt, doch er wird mir so bald als möglich Gesellschaft leisten. Ich verberge meine Enttäuschung hinter meinem einstudierten Lächeln und frage mich, wie viel Zeit meines Lebens ich von jetzt an damit verbringen werde, Fröhlichkeit vorzutäuschen, obwohl ich nichts weiter als allumfassende Verzweiflung verspüre.

Das weiche Abendlicht taucht alles in ein dunkles Rosa. Im Schein der sinkenden Sonne verdunkelt sich das Wasser, während Finger aus Licht blutrote Streifen an den Himmel malen. Mein Begleiter führt mich hinunter an den Pier zu Lons Jacht und hilft mir auf das dümpelnde Schiff.

»Sobald Mr Van Oirschot eintrifft, legen wir ab«, sagt er zu mir. »Bis dahin schicke ich Ihnen den Steward mit ein paar Erfrischungen, wenn Sie möchten.«

»Danke«, erwidere ich. »Das wäre nett.«

Der Maat tippt sich an die Mütze und verschwindet unter Deck. Ich spaziere über die Decksplanken, stelle mich an die Reling und blicke über das Wasser. Ich habe keine Ahnung, wie sich ein Mensch binnen vierundzwanzig Stunden so verändern kann, aber ich bin nicht mehr dasselbe Mädchen, das vergangene Nacht in Canvas City getanzt hat, und ich bin auch nicht mehr dasselbe Mädchen, das bei Sonnenaufgang einen Jungen geküsst hat. Und schon gar nicht bin ich das Mädchen, das heute Morgen draußen vor dem Hotel gestanden und über Flucht nachgedacht hat – nur um zu erkennen, dass sie viel ängstlicher ist, als sie sich selbst je eingestehen wollte.

Ich bin ein Phantom, der Geist all dieser Mädchen. Von Tag zu Tag verblasse ich mehr und steuere auf den Moment zu, in dem ich nicht länger von dem Namen definiert werde, mit dem ich geboren wurde und den ich fast siebzehn Jahre lang getragen habe, sondern von dem Namen Mrs Van Oirschot, Frau von Lon Van Oirschot und Mutter seiner Kinder. Ich werde kein Individuum mehr sein, das noch immer seine Bestimmung sucht. Ich werde eine Frau sein, die in einer arrangierten Ehe gefangen ist. Und dann wird Aurelea Sargent wie ein sterbender Stern erlöschen.

Ich höre Schritte hinter mir. Eine vertraute Stimme fragt: »Darf ich Ihnen ein Glas Champagner anbieten, Miss?«

Alec.

Ich fahre herum. Er sieht so unverschämt gut aus im Abendlicht: Die untergehende Sonne verleiht seiner Haut einen Kupferton und wirft Schatten unter seine Wangenknochen und in das Grübchen auf seinem Kinn. Fast verschlägt es mir die Sprache.

»Was tust du denn hier?«

Er macht einen weiteren Schritt auf mich zu, verschränkt eine Hand hinter dem Rücken und hält mir mit der anderen ein Silbertablett mit einer Champagnerflöte aus Kristallglas hin. »Mr Van Oirschot hat nach einem Steward verlangt, und da ich sonst nichts zu tun hatte, habe ich mich gemeldet.«

Ich schüttle den Kopf und nehme das Glas vom Tablett. Es ist so filigran wie Zuckerwatte. »Gönnen Sie sich denn nie eine Pause, Mr Petrov?«

»Bitte nennen Sie mich Alec«, sagt er und zwinkert mir zu.

Sein Name schmilzt wie Honig auf meiner Zunge. »Alec.«

Er atmet langsam aus, als hätte er die Luft angehalten. »Was soll ich sagen? Ich bin ein Mann mit Träumen, und für Träume braucht man entsprechende Mittel.«

»Was für Träume?«

Er schaut hinaus aufs Wasser und verzieht die Lippen zu einem selbstironischen Lächeln. »Du wirst mich auslachen.«

»Das würde ich niemals tun.«

Sein Lächeln wird breiter und er lässt den Blick übers Deck schweifen. Der Rest der Crew ist unten und bereitet die Jacht zum Ablegen vor, dennoch spricht er leise. »Ich möchte mich an der medizinischen Fakultät bewerben.«

»An der medizinischen Fakultät?«

Er nickt. »Bei der letzten Grippe-Epidemie sind sehr viele Menschen gestorben, mein Vater eingeschlossen. Aber ein großer Teil der Erkrankten wurde auch verschont, und das kam mir furchtbar ungerecht vor. Warum blieben sie am Leben, während wir meinen Vater begraben mussten? Zunächst hielt ich es schlichtweg für Schicksal oder reine Glückssache, doch dann fing ich an, mich zu fragen, ob es vielleicht einen Grund gab, warum ihr Organismus die Krankheit bekämpfen konnte und der meines Vaters nicht? Und was wäre, wenn dieser Grund dazu verwendet werden könnte, jene zu retten, die ansonsten sterben würden?«

»Du willst ein Heilmittel gegen die Grippe finden?«

»Ja, aber es ist nicht nur das. Ich möchte verstehen, wie der menschliche Körper funktioniert, wie Krankheiten entstehen und wie sie sich so rasch ausbreiten und dann wieder verschwinden können. Ich möchte den Menschen helfen.« Er blickt auf seine Füße. »Das klingt albern, oder? Dass der Sohn eines Stallmeisters und einer Wäscherin Arzt werden will?«

Ich gehe einen Schritt auf ihn zu. Obwohl mir bewusst ist, dass der Anstand diese Nähe verbietet, bringe ich es nicht über mich, darauf Rücksicht zu nehmen. »Das ist ein nobler Traum, Alec Petrov«, sage ich. »Und lass dir von niemandem etwas anderes einreden.«

Er öffnet den Mund, stößt ein dankbares Lachen aus. Als er ansetzt, etwas zu sagen, ertönt zu unserer Rechten eine Pfeife. Wir rufen uns wieder zur Ordnung und treten beide einen Schritt zurück.

»Also, warum bist du hier?«, fragt er. »Ist dieser Van Oirschot ein Freund von dir?«

»Oh.« Mir war gar nicht in den Sinn gekommen, dass der Junge, den ich im Morgengrauen geküsst habe, und der Verlobte, der mich am späteren Vormittag misshandelt hat, einander so nah kommen würden. Noch dazu auf einem Schiff. »Äh …«

»Darling!«

Wenn man vom Teufel spricht.

Lon schreitet über den Pier, gefolgt von drei Männern in Anzügen. Er springt an Deck, legt die Arme um mich und küsst mich flüchtig auf die Wange. »Bitte entschuldige meine Verspätung. Unser Treffen hat etwas länger gedauert als gedacht. Und als ich erfuhr, dass unsere Lieblingskunden noch keine Pläne für das Abendessen hatten, habe ich sie eingeladen, uns Gesellschaft zu leisten.«

Einer der Männer lupft den Hut und drückt ihn an seine Brust. »Ich hoffe, wir stören Sie nicht.«

Ich verziehe meine Lippen zu dem strahlenden Lächeln, das meine Mutter mich so gut gelehrt hat. »Natürlich nicht.«

Danach machen wir uns miteinander bekannt. Die drei Männer sind Kunden aus Pittsburgh – Architekten, die ihre Verträge mit der Van Oirschot Stahlcompany verlängern wollen, um Wolkenkratzer wie in Chicago und New York City zu bauen. Lon hatte sie neulich beim Frühstück erwähnt und gesagt, es gäbe andere Stahlfirmen, die sie im Preis unterböten, die Architekten erhofften sich aber einen besseren Geschäftsabschluss mit Lon und seinem Vater.

»Aurelea, das sind Mr Grant« – der Mann, der seinen Hut abgenommen hat, deutet eine Verbeugung an, sodass eine kahle Stelle auf seinem Kopf sichtbar wird – »Mr Sully« – ein korpulenter Mann mit roten Wangen und rot geäderten Augen – »und Mr Cartwright.«

Mr Cartwright, der Älteste der drei, tätschelt mir die Hand wie ein liebevoller Großvater. »Freut mich, meine Liebe.«

Die ganze Zeit über spüre ich Alec hinter mir wie einen Magneten. Mein Körper ist ein zum Leben erwachter Draht, Stromstöße knistern durch meine Adern. Es fühlt sich derart falsch an, ihn so gut zu kennen und ihn dennoch nicht in unsere Unterhaltung miteinzubeziehen, dass ich mir auf die Lippen beißen muss, um ihn den anderen nicht vorzustellen.

»Sie da«, sagt Lon zu Alec und ich bin so dankbar, Alec endlich ansehen zu dürfen, dass ich meine Maske fallen lasse und mein Lächeln einen Augenblick lang echt ist. »Bringen Sie uns ein paar Martinis, ja?«

Alec verbeugt sich steif. »Ja, Sir.«

Ich sehe Lon an. »Du musst nicht mit ihm reden, als wäre er ein Hund«, raune ich ihm leise zu.

Dass er mich gehört hat, erkenne ich lediglich an der leichten Abwärtskurve seiner Mundwinkel. Lon schlägt den drei Männern einen Rundgang auf seiner Jacht vor. Ich bleibe ein paar Schritte hinter ihnen, als er vom Entstehungsprozess der Jacht erzählt, von der großen Summe, die in das Schiff geflossen ist, und der großen Summe, die ihr Unterhalt verschlingt. Alec bringt die Martinis, und nachdem er sie verteilt hat, spaziert er neben mir über das Deck. Unsere Schultern berühren sich. Unsere Arme. Unsere Handrücken.

»Beeindruckend«, sagte Mr Cartwright. »Wenn Sie genügend Geld haben, um eine Schönheit wie diese bauen zu lassen, dann haben Sie doch sicherlich auch genügend Kapital, um Ihren Stammkunden einen beträchtlichen Preisnachlass zu gewähren.«

Lon grinst. »Nun, meine Herren, ich dachte, wir wären uns einig, dass wir meine Verlobte nicht mit unseren Geschäften langweilen wollen.«

»Eigentlich finde ich das gar nicht langweilig«, sage ich und kann mich gerade noch bremsen hinzuzufügen: *Jedenfalls nicht im Vergleich zu den Ausführungen über das handgeschnitzte italienische Steuerrad.*

Wieder lächelt Lon unsere Gäste an, dann nimmt er mich beim Ellbogen und sagt in einem vorgetäuschten Flüsterton, den selbst der Kapitän im Steuerhaus verstehen kann: »Nun, ich fürchte, die Summen und Beträge würden deinen Horizont übersteigen, Darling.«

Die anderen Männer schmunzeln. Mir aber steigt die Hitze in die Wangen. Am liebsten würde ich ihm genau erklären, wo er sich seine Summen und Beträge hinstecken kann. Stattdessen sage ich: »Du hast natürlich recht. Ich weiß nicht, was ich mir dabei gedacht habe.«

»Schon in Ordnung, mein Schatz.« Wieder drückt er mir einen Kuss auf die Wange und wendet sich dann erneut seinen Kunden zu. »Also dann: Wer würde sich gern das handgeschnitzte italienische Steuerrad anschauen?«

Neben mir hat Alec die Kiefer fest aufeinandergepresst. Das Tablett in seiner Hand wackelt leicht. Einen Moment lang denke ich, dass er Lon eine verpassen wird, doch dann gehen die Männer unter Deck und ich lege Alec die Hand auf die Schulter.

»Schon gut«, sage ich. »Ich bin daran gewöhnt.«

»Deshalb ist es aber noch lange nicht in Ordnung.«

Ich starre auf die Tür, durch die Lon verschwunden ist. »Ich weiß.«

**

Nach dem Abendessen machen es sich die Männer in einem blaugrauen Nebel aus Zigarren, Brandy und Pokerspielen gemütlich. Ich entdecke Alec am Heck des Schiffes. Er blickt hinaus aufs Wasser. Die Sonne ist schon lange untergegangen und hier draußen auf See – weit weg vom Hotel und den Lichtern von Canvas City – leuchten die Sterne noch heller als vergangene Nacht am Strand. Sie hängen tief über uns, Tausende und Abertausende von ihnen, wirbelnde Lichtpunkte, die die samtschwarze Leere durchdringen.

Meine Absätze klappern auf den Holzplanken, als ich neben ihn trete.

»Ich kann mich nicht erinnern, wann ich zum letzten Mal einen solchen Sternenhimmel gesehen habe.«

Alecs Stimme ist tief und grollend wie die Wellen, die gegen den Schiffsrumpf schlagen. »Du hast einen anderen Mann verdient als diesen.«

Ich stütze die Ellbogen auf die Reling, die kühle Nachtluft überzieht meine nackten Arme mit einer Gänsehaut. Dabei streife ich ganz leicht die Ärmel seiner Uniformjacke. »Was für einen Mann verdiene ich denn?«

Meine Worte sind eigentlich als Neckerei gemeint. Tatsächlich klingen sie müde. Bleiern. Geschlagen.

»Zunächst einmal verdienst du jemanden, der dich nicht so runterputzt, sei es nun in aller Öffentlichkeit oder im stillen Kämmerlein«, sagt Alec. »Jemanden, der jede Sekunde zu würdigen weiß, in der er das Glück hat, deine Gesellschaft zu genießen. Für den du mehr wert bist als irgendein Geschäftsabschluss. Jemanden, der ...« Er sieht mich an und fährt sich mit der Zunge über die Lippen, als wäre ihm der Mund trocken geworden. »Der nicht mehr klar denken kann, wenn er mit dir zusammen ist, weil er sich fragt, was du als Nächstes sagen wirst. Der nicht mehr klar denken kann, wenn er von dir getrennt ist, weil er sich fragt, wann er dich endlich wiedersehen wird.«

Ich lehne mich zu ihm. »Und wo könnte ich einen solchen Mann finden, Mr Petrov?«

Langsam und zögerlich greift er nach meiner Hand. Unsere behandschuhten Finger verschränken sich und ich verfluche den Stoff, der eine Berührung Haut auf Haut verhindert.

»Ich kann nicht mehr aufhören, an dich zu denken, Lea«, flüstert Alec. »Nicht eine Sekunde lang.«

Und obwohl dieses Geständnis riskant ist, da es keine Zukunft für uns gibt und es daher auch gar keinen Sinn hat, es zu offenbaren, murmele ich: »Ich kann auch nicht mehr aufhören, an dich zu denken.«

Denn wenn ich schon ein sterbender Stern bin, dann will ich verdammt sein, wenn ich nicht so hell leuchte wie jene über mir am Himmel, bevor ich für immer verschwinde.

Kapitel Achtundzwanzig

NELL

Eine Woche später sind wir mit unserer Recherche schon zum Anfang des 20. Jahrhunderts vorgedrungen. Otis lobt uns für unsere Effizienz und verkündet, dass es uns zu dritt vielleicht tatsächlich gelingt, das Museum zur Feier des hundertvierzigsten Hotelgeburtstags fertigzustellen.

An diesem Morgen bin ich besonders froh über den Job. Er beruhigt meine Gedanken und ich halte es nicht für einen Zufall, dass ich im Archiv bisher noch nie von Halluzinationen heimgesucht wurde. Ich vertiefe mich in die Artikel, Briefe und Fotos, bis ich das Gefühl habe, selbst dabei gewesen zu sein, unter all diesen Menschen, die lange vor meiner Geburt gelebt und geträumt haben und schließlich gestorben sind. Ich überlege, was wohl aus ihnen geworden ist, aus den vielen Namen und Gesichtern, die durch das Hotel hindurchgegangen sind wie durch einen Seelenbahnhof, eine öffentliche Haltestelle auf den Schienen ihres Lebens. Mein eigenes Leben erscheint mir bedeutungslos, wenn es sich mit ihrem vermischt, und meine Sorgen klein.

Als ich eine Mappe mit Fotos aufschlage, verschlucke ich mich fast. Auf dem ersten Foto geht ein Mann mit einem weißen Haarschopf und dichtem Schnurrbart im Beisein von zahlreichen Zuschauern die Vordertreppe hinauf. Auf der Rückseite steht mit ausgeblichenem Bleistift: »4. Juli 1905. Der berühmte Schriftsteller Mark Twain stattet dem Winslow Grand Hotel anlässlich eines Abendessens am Unabhängigkeitstag einen Besuch ab.«

Ich streiche zart über das Bild. Es ist kein gutes Foto von Mark Twain. Er hat das Gesicht nicht ganz der Kamera zugewandt und das Foto ist an den Rändern schärfer als in der Mitte, aber Otis wird sich freuen.

Zu dem Bild gehört die Kopie eines Zeitungsartikels, in dem ausführlich über die Feiern zum Unabhängigkeitstag und den Besuch des Schriftstellers berichtet wird. Ich lese ihn zweimal durch, schließe die Augen und stelle mir wieder vor, ich wäre dabei gewesen, inmitten der roten, weißen und blauen Wimpel, hätte Entenbraten und Prinzesskartoffeln gegessen, während ein Orchester im Hintergrund »Yankee Doodle Dandy« angestimmt hätte.

Als ich mich vorbeuge, um den Artikel und das Foto auf den Stapel mit den Dokumenten zu legen, die wir aufbewahren wollen, fällt mir ein Fleck unten auf der Seite auf.

Doch es ist kein Fleck, sondern eine Schlagzeile.

JUNGE FRAU AUS DER HIGH SOCIETY IM LUXUSHOTEL ERMORDET.

Dazu ein Datum: 13. August 1905.

Ich sehe mir den Artikel genauer an. Anscheinend wurde er von einem dieser alten Mikrofiche-Geräte abfotografiert. Die Linse muss ein wenig zu weit nach unten gerutscht sein und hat deshalb mehr als den Artikel zum Unabhängigkeitstag abgelichtet. Ich lege den Artikel beiseite und krame in der Mappe, ob diese Schlagzeile noch einmal auftaucht, jedoch vergeblich.

»Hey, Otis?« Ich stehe auf und gehe quer durch den Raum zu ihm. »Schau dir mal die Schlagzeile hier unten auf der Seite an. Weißt du, worum es da geht?«

Er wirft einen forschenden Blick über den Brillenrand. »Ach ja.

Aurelea Sargent. Tragische Geschichte. Sie wurde mit ihrem Verlobten im Hotel ermordet. Der Fall wurde nie gelöst.«

»Ermordet?«

Otis nickt. »Zahllose Hobbydetektive haben versucht, Licht ins Dunkel zu bringen, aber es ist so gut wie unmöglich. Sämtliche Beweise wurden bei einem Brand in der Polizeiwache in den 1930er Jahren vernichtet und Hinweise wie diese Schlagzeile muss man mit der Lupe suchen.«

»Redet ihr über 'relea 'argent?«, fragt Max, der den Mund voll Chips hat.

Otis sieht ihn über seine Brille hinweg an. »Wehe, du fasst mit diesen fettigen Fingern irgendwelche Primärquellen an.«

Max kommt einen Schritt näher, schaut Otis über die Schulter und liest die Schlagzeile. Zeitgleich mit einem gewaltigen Schluckgeräusch hüpft sein Adamsapfel auf und ab. »Angeblich hat einer der Detectives einen erweiterten Selbstmord in Betracht gezogen. Die beiden betroffenen Familien haben ihm aber verboten, es in den Bericht aufzunehmen, weil das einen Skandal nach sich gezogen hätte.«

»Und wer sollte dem Detective zufolge der Mörder sein?«, frage ich Max. »Die junge Frau oder ihr Verlobter?«

Er zuckt mit den Schultern. »Das weiß niemand.«

»Weil das alles nur unsinnige Verschwörungstheorien sind«, meint Otis und gibt mir den Zeitungsartikel zurück. »Trotzdem ist es eine bedeutende Episode in der Geschichte des Grandhotels. Die Schlagzeile werden wir mit Sicherheit vergrößern und mit weiteren Informationen in unserem Museum ausstellen. Allerdings bezweifle ich, dass sich viel darüber finden lässt.«

Mit einem hohlen Gefühl gehe ich zu meinem Schreibtisch zurück. Selbstverständlich wusste ich, dass die Menschen, über die ich hier lese und die ich auf Schwarz-Weiß-Fotos betrachte, längst gestorben sind. Ich wäre jedoch nie darauf gekommen, dass jemand hier im Hotel sein Leben verloren haben könnte, und schon gar nicht auf so entsetzliche Weise. Nach einem letzten eindringlichen Blick auf die Schlagzeile – *Was ist mit dir passiert?* – lege ich den Artikel auf den Museumsstapel.

Obwohl ich mir in der nächsten Stunde alle Mühe gebe, kehre ich in Gedanken immer wieder zu dem Mord zurück. Wurden die beiden von ein und derselben Person getötet oder war es wirklich ein erweiterter Selbstmord, wie Max angedeutet hat? Und wenn es so war, wer hatte dann wen ermordet? Und warum? Ich denke an Otis' Stimme und mein Magen krampft sich zusammen – *Aurelea Sargent ... im Hotel ermordet ... nie gelöst.* Sie schraubt sich tiefer und tiefer, bis ich kaum noch Luft bekomme. Als ich merke, dass ich denselben Brief bereits dreimal durchgelesen und immer noch keine Ahnung habe, was drinsteht, packe ich zusammen. Zum ersten Mal, seit ich für Otis arbeite, gehe ich schon vor dem Mittagessen.

Er fragt nicht nach.

***

Ich liege im Bett, als er mich weckt. Sehen kann ich ihn nicht, aber hören. Es ist der Mann aus dem Ballsaal.

»Nell.« Seine Stimme ist sanft, aber kühl. »Komm her.«

Die silberweißen Strahlen des Mondes ergießen sich durch die Lamellen der Fensterläden und werfen Lichtstreifen auf den Boden. Dad hat den Kopf auf dem Kissen in den Nacken gelegt und schnarcht mit offenem Mund.

Als ich mich aufsetze, raschelt das Bettzeug, das langsam zu Boden gleitet.

»Nell.« Unsere Zimmertür wird geöffnet, doch niemand steht davor. »Ich habe dich vermisst.«

Ich stehe auf.

Nein, *denke ich*. Das ist falsch. *Aber mir schwirrt der Kopf und der Gedanke verfliegt wie ein Ballon, der in den Himmel aufsteigt. Ich gehe durchs Zimmer in den Flur. Die Tür schlägt leise hinter mir zu.*

Während ich der Stimme zum Ende des Gangs folge, schlurfen meine nackten Füße träge über den Teppichboden.

»Nell«, ruft die Stimme von der Treppe in den vierten Stock. Ich sehe gerade noch, wie ein Hosenbein um die Ecke verschwindet.

Zunächst gehe ich bereitwillig die Treppe hoch und stütze mich rechts und links mit beiden Händen an der Wand ab, doch dann zögere ich. Mir fällt ein, dass ich mich vor der Stimme gefürchtet habe. Das war im Ballsaal – aber warum hatte ich Angst?

Flackernde Lampen. Die gespenstischen Umrisse von längst verstorbenen Männern und Frauen. Eine ausgestreckte Hand, die Aufforderung, mitzutanzen –

Ich schüttele den Kopf, so verschwommen sind meine Gedanken. War das echt? Ist das hier echt? Ich lehne mich an die Wand. Ich weiß, dass ich das nicht tun sollte, aber jedes Mal, wenn ich mich beinahe an den Grund erinnere, ist wieder alles wie weggewischt.

»Nell.« Die Stimme hallt durchs Treppenhaus nach unten. »Ich kann dir deine Fragen beantworten.«

Die Stimme packt mich wie ein eisiger Windstoß und treibt mich weiter nach oben. Nach den letzten Stufen stehe ich im Gang der vierten Etage. Ein Fenster ist offen. Ich bekomme am ganzen Körper eine Gänsehaut und schlinge die Arme um mich. Es fühlt sich plötzlich falsch an, dass ich noch die Shorts und das Tanktop trage, mit denen ich schlafen gegangen bin. In diesen Träumen bin ich doch sonst immer im Nachthemd?

Ein Traum, es ist nur ein Traum. Diese Stimme kann mir nichts tun, und wenn der Mann mir nichts tun kann, kann ich ihn genauso gut fragen, was er weiß.

»Nell«, ruft er mir von draußen vor dem Fenster zu. »Hier bin ich.«

Ich bohre die Fingernägel in das Holz des Fensterrahmens. Im Dunkeln kann ich nichts sehen, aber es muss ein Sims oder so etwas geben, auf dem der Mann steht. *Der Wind weht mir die Haare aus dem Gesicht und sticht wie Dolche in meine Augen. Ich beuge mich vor.*

»Nell!«

Ich drehe mich um. Jemand ruft meinen Namen, aber ich kann niemanden erkennen. Die Stimme ist nicht dieselbe, die mich hierhergelockt hat, aber doch vertraut.

»*Du hast es gleich geschafft*«, *ruft die Stimme von draußen.* »*Komm jetzt zu mir, dann werden all deine Fragen beantwortet.*«

Ich hieve meinen Oberkörper aus dem Fenster und stütze ein Knie auf die Fensterbank.

»NEIN.«

Arme umschlingen mich, ziehen mich zurück. Eine Hand schirmt meinen Kopf ab, eine Sekunde bevor ich rücklings auf dem Boden lande.

Schlagartig bin ich wach.

Alec liegt auf mir – im Gang im vierten Stock, nicht etwa in meinem Bett, wo ich eigentlich sein sollte. Der Wind fegt durch das offene Fenster über uns hinein, es ist eiskalt.

Durch dieses Fenster wäre ich beinahe geklettert.

Ich kralle meine Finger in Alecs Hemd. »Was zum Teufel passiert hier mit mir?«

Kapitel Neunundzwanzig

LEA

In den folgenden Wochen lassen Alec und ich uns nur von unseren Pflichten und von neugierigen Blicken trennen. Wir verbringen jeden Moment zusammen, den wir erübrigen können, und tatsächlich ergeben sich immer mehr Gelegenheiten dazu: Die Zahl von Lons geschäftlichen Besprechungen steigt stetig und meine Familie frönt anderen Unternehmungen, die ihre Zeit beanspruchen. Mutter trifft sich mit verschiedenen Klubs, Benny verbringt so viel Zeit am Strand, wie Madeline ihm erlaubt, und Vater geht auf die Jagd, treibt Sport und knüpft neue, einflussreiche Freundschaften, wo immer er kann.

Canvas City ist unser Zufluchtsort.

Tagsüber schwimmen und angeln wir und erfreuen uns an neuen Eiskreationen und fettigen Tüten mit gebuttertem Popcorn. Tommy, Moira, Fitz und Clara leisten uns oft Gesellschaft, und obwohl Clara mich nach wie vor misstrauisch beäugt, verrät sie mich nicht. Ich habe keine Ahnung, ob das daran liegt, dass Alec sie darum gebeten hat, oder weil sie weiß, dass ich die Insel Ende des Sommers als verheiratete Frau verlassen werde. Was auch immer der Grund ist: Ich zeige ihr meine Dankbarkeit, indem ich für sie Ingwerplätzchen aus dem Hotel stehle, nachdem Alec mir ihre Schwäche dafür verraten hat. Und als ich ihr eines Morgens eine kleine Schachtel mit belgischer Schokolade mitbringe, die mir Lon am Abend zuvor geschenkt hat, ernte ich sogar ein klitzekleines Lächeln.

Nachts tanzen wir im Pavillon, amüsieren uns bei Gassenspielen und trinken billiges Bier am lodernden Strandfeuer. Wir sechs sind eine Gruppe in der Blüte unseres Lebens – nicht länger Kinder, aber auch noch nicht ganz erwachsen. Wir strahlen wie die Sonne und leuchten wie der Mond. Wenn wir zusammen sind, besinnen wir uns nicht auf die Vergangenheit und sorgen uns genauso wenig um die Zukunft. Für uns gibt es nur diese Augenblicke zwischen dem Erwachen und dem Schlafengehen. Für uns gibt es nur Lachen und Atmen, Leichtsinn und Genügsamkeit.

Für uns gibt es unendliche Möglichkeiten.

Doch meine liebsten heimlichen Momente sind die, in denen Alec und ich alleine sind. Wenn wir durch die verlassenen Flure schleichen und uns in der Wäschekammer im vierten Stock verstohlen küssen. Wenn ich im Wasser meine Beine um seine Taille schlinge, während die Wellen über uns zusammenschlagen. Wenn ich in seinen Armen zur Musik der Canvas-City-Kapelle auf der Tanzfläche herumwirbele. Wenn ich mich selbst mit seinen Augen betrachte, als begehrenswerte Frau. Und ich weiß, dass diese Momente aus vielerlei Gründen riskant sind. Ich weiß, wir könnten entdeckt werden, und ich weiß, wir könnten beide alles verlieren. Vielleicht werden wir auch nicht erwischt und niemand erfährt je etwas davon, auch wenn wir den gesamten Sommer zusammen verbringen. Doch selbst dann weiß ich nicht, wie ich ihm Auf Wiedersehen sagen soll oder wer ich sein werde, wenn ich nicht mehr mit ihm zusammen bin.

Ich muss wahnsinnig sein, anders lässt es sich nicht rechtfertigen. Mein Leben lang habe ich getan, was man von mir erwartet hat, und sobald ich Mrs Lon Van Oirschot bin, wird auch mein letztes bisschen Unabhängigkeit vollständig verschwinden. Doch meine Erinnerungen werden bleiben. Ich werde immer noch

Inseltage und Inselnächte und das Bild eines Jungen haben, der die Welt betrachtet und nur mich gesehen hat.

Vielleicht hat mich auch die bevorstehende Heirat aller Vernunft beraubt – denn die Gefahr, die unseren Unternehmungen anhaftet, ist nicht Grund genug, um mich von ihm fernzuhalten.

Kapitel Dreißig

NELL

Keuchend drückt Alec seine harte Brust gegen meine. Er sieht mich forschend an, die Haare fallen ihm in die Augen. In diesem Licht wirken seine Wangenknochen und die Kieferpartie noch akzentuierter, wie Rasierklingen. Vielleicht liegt es aber gar nicht am Licht, sondern daran, dass sein Gesicht so sehr angespannt ist wie sein übriger Körper.

»Hast du dir wehgetan?«, fragt er zwischen zwei heftigen Atemzügen.

»Mir geht's gut«, stoße ich mühsam hervor. »Und jetzt beantworte die Frage, verdammt.«

Er legt einen Arm um meine Taille und zieht uns beide hoch. Der Blick, den er über meinen Körper wandern lässt – zweifellos, um sich zu vergewissern, dass alles in Ordnung ist –, ist so intensiv, dass er Flammen auf meine Haut wirft. Er hält mich gut fest, als hätte er schreckliche Angst, dass ich doch noch aus dem Fenster springe, wenn er mich loslässt.

Endlich und doch viel zu früh löst er sich von mir, geht einen Schritt zurück und schließt das Fenster. »Du bist schlafgewandelt«, sagt er. »Auf dem Weg hier hoch bist du an mir vorbeigekommen und ich bin dir gefolgt, damit dir nichts passiert.«

Ich atme stoßweise aus. *Schlafgewandelt?* Ich schließe die Augen, kneife mich an der Nasenwurzel und stöhne laut auf.

»Wahnsinn, ich glaube, ich drehe wirklich langsam durch. Nicht zu fassen, dass ich beinahe ...« Ich breche ab. »Moment.«

Ich öffne die Augen. Alec lehnt am Fenster, die Finger um die Fensterbank geschlungen. Aus irgendeinem Grund meidet er meinen Blick.

»Wieso warst du wach?«, frage ich.

»Ich schlafe schlecht.«

Ich verschränke die Arme. »Trotzdem, soll das Zufall sein, dass du wach und dann auch noch in meiner Nähe bist? Du hättest genauso gut in einer anderen Etage oder auf der anderen Seite des Hotels sein können, oder –«

»Glück gehabt, würde ich sagen.« Er richtet sich auf. »Komm, ich bringe dich zu deinem Zimmer zurück.«

Er streckt die Hand aus, doch ich weiche zurück. »Was verschweigst du mir?«

»Nicht so laut«, flüstert er. »Du weckst noch alle auf.«

Ich mag es nicht, wie er mich herumkommandiert, und hätte beinahe zurückgeschrien, er solle sich verziehen. Andererseits will ich selbst nicht auffallen und senke tatsächlich meine Stimme.

»Du weißt, was mit mir los ist, stimmt's?«

»Nell –«

Ich mache einen Schritt auf ihn zu und lege den Kopf in den Nacken, um ihm in die Augen zu sehen. »Sag es mir. Bitte. Ich muss –« Dann zögere ich kurz. *Ach, zur Hölle damit.* Ich stelle mich auf die Zehenspitzen, beuge mich vor und verrate ihm mit einer Stimme, die nicht mehr ist als ein Hauch, meine tiefste, schlimmste Angst. »Ich muss sicher sein, dass ich nicht verrückt bin.«

Alec schließt die Augen. Er runzelt die Stirn und knirscht so sehr mit den Zähnen, dass ein Muskel in seinem Kiefer zuckt. Als ich schon glaube, dass er es mir sagt, flüstert er: »Ich kann nicht.«

»Was?«

»Ich kann es dir nicht sagen.«

»Du kannst mir nicht garantieren, dass ich nicht verrückt bin?«, frage ich. »Oder kannst du mir nicht verraten, was hier läuft?«

»Ich kann dir nicht verraten, was hier passiert.«

»Warum nicht?«

»Weil du dann erst recht verrückt wirst. Du musst dich selbst erinnern.«

»Woran muss ich mich erinnern?«

Er bietet mir seinen Arm. »Wenn du mit mir zu deinem Zimmer zurückgehst, erzähle ich es dir.«

Ich verdrehe die Augen und gehe an ihm vorbei. »Meinetwegen.«

Schweigend folgt er mir die Treppe hinab. Es macht mich wahnsinnig, wie sehr ich mir seiner Gegenwart bewusst bin, sogar während er hinter mir geht. Ich spüre jeden Schritt, jeden Atemzug. Als wäre er die Sonne und ich würde nur in seiner Umlaufbahn schweben.

Vor meiner Tür drehe ich mich zu ihm um. »So, woran soll ich mich nun erinnern?«

Er sieht mich an. Sein Blick wird weich und er streicht zögerlich mit den Knöcheln über meine Wange. Meine Nerven liegen blank. Dann beugt er sich vor und seine gletscherblauen Augen strahlen sanft, während er seine Wange an meine schmiegt und mit den Lippen beinahe mein Ohrläppchen berührt. »An mich sollst du dich erinnern.«

Ein Schauer läuft mir über den Rücken. »Das verstehe ich nicht.«

»Das kommt noch«, erwidert er. »Du bist nicht verrückt.«

Mit diesen Worten macht er auf dem Absatz kehrt und verschwindet. Ich müsste die richtigen Worte finden, um ihn zum Bleiben zu bewegen. Müsste ihn dazu bringen, mir zu verraten, was genau mit mir geschieht. Doch in meinem Kopf herrscht Chaos. Als mir endlich etwas einfällt, beschränkt es sich auf ein Wort: »Warte.«

Doch er ist schon weg.

Kapitel Einunddreißig

LEA

»Er ist da! Er ist da!«, ruft ein kleines Mädchen, als die Kutsche vor dem Hotel vorfährt. Sie wirft sich gegen das Verandageländer und beugt sich vor, um besser sehen zu können.

Mark Twain steigt aus der Kutsche. Die Menge, die sich auf der Veranda und dem Rasen vor dem Hotel versammelt hat, bricht in frenetischen Jubel aus. Kinder wie Erwachsene drücken ihr Lieblingsbuch von Mr Twain an ihre Brust und hoffen auf ein Autogramm.

Alec beugt sich zu mir und flüstert: »Ich könnte alle zur Seite schubsen, damit du näher an ihn herankommst.«

Ich pariere sein nicht ernst gemeintes Angebot mit gespieltem Zorn. »Sie würden die Kinder doch gewiss nicht so grob behandeln, Mr Petrov.«

Er zuckt mit den Schultern. »Kinder sind robust.«

Ich lache, viel lauter, als es sich gehört. Ein paar Frauen schauen zu mir hin, aber dann gibt es einen Blitz und einen lauten Knall. Der Fotograf, der den ganzen Morgen auf Mr Twains Ankunft gewartet hat, macht sein Foto, und die Frauen wenden sich wieder dem Autor zu.

Die Kinder drängen sich um ihn, sobald er die Veranda betritt. Alec sieht mich mit hochgezogener Augenbraue an, aber ich schüttle den Kopf. »Es gibt keinen Grund, sich flegelhaft zu benehmen. Ich bin mir sicher, dass ich bei der Feier heute Abend Gelegenheit haben werde, mit ihm zu reden.«

Alec seufzt. »Du sollst nur wissen, dass ich es für dich tun würde, wenn du mich darum bätest.«

»Es gibt nicht viel, was Sie nicht für mich tun würden, nicht wahr, Mr Petrov?«

Sein Lächeln verblasst. »Es gibt nichts, was ich nicht für dich tun würde, Lea«, sagt er leise.

Meine Lungen brennen und ich muss mir in Erinnerung rufen, weiterzuatmen.

»Hast du heute Nachmittag irgendwelche Verpflichtungen?«, fragt er.

Ich schüttle den Kopf. »Wieso?«

»Ich habe da eine Idee.«

***

Alec hat ein Picknick vorbereitet und reitet mit mir zum Leuchtturm. Ich trage ein Kleid, das ich mir von Moira geborgt habe, und einen breitkrempigen Sonnenhut, um mich vor etwaigen Hotelgästen zu tarnen. Alec hat sich eine Schiebermütze tief in die Stirn gezogen, doch eigentlich sind die vielen Urlauber ein Segen. Niemand sieht den anderen richtig an, so beschäftigt sind die Leute damit, sich für eine Leuchtturmführung anzustellen oder den perfekten Picknickplatz zu finden.

Wie nehmen unser Mittagessen auf einem Fleckchen Gras im Schatten einer großen Zypresse ein. Mit Blick auf den Horizont, wo man nichts als Wasser und Himmel sieht, kann man leicht denken, wir würden am Rand der Welt sitzen.

»Ich möchte, dass du meine Mutter kennenlernst«, sagt Alec unvermittelt. »Heute Abend, nach dem Essen. Meinst du, du kannst dich davonstehlen?«

Ich zögere. An jenem Abend im Tanzpavillon, als Alec und ich uns gerade erst kennengelernt und noch nicht so tiefe Gefühle füreinander empfunden hatten, war es sehr viel einfacher gewesen, einen Besuch bei Alecs Mutter zu erwägen. Jetzt macht mir der Gedanke Angst. Was ist, wenn sie mich nicht mag? Was ist, wenn meine Nerven mich in eine Närrin verwandeln?

»Das sollte klappen«, sage ich und reiße einen Grashalm ab. »Aber hältst du das wirklich für eine gute Idee? Je mehr Leute über uns Bescheid wissen, desto riskanter wird alles.«

»Sie würde nie etwas sagen. Sie würde nie etwas tun, was mir schadet oder wodurch ich meinen Job verlieren könnte. Sie hat mich neulich gefragt, was mich in letzter Zeit so glücklich macht, und ich möchte es ihr zeigen. Ich möchte, dass sie dich kennenlernt, Lea, und dass du sie kennenlernst.«

Angst verknotet mir den Magen. Wenn ich irgendjemand anders wäre, vielleicht so wie Moira oder Clara, dann würde ich Alecs Mutter wahrscheinlich längst kennen. Vielleicht hätten wir sogar insgeheim Witze über seine Marotten gemacht – zum Beispiel, wie er sich mit der Hand durch die Haare fährt, wenn er nervös ist, oder wie er sich Essen in den Mund schaufelt, als wäre er ständig kurz vor dem Verhungern, obwohl er ganz eindeutig gut bei Kräften ist. Aber ich bin nicht wie Moira oder Clara – und werde es nie sein. Und so gerne ich sie auch treffen möchte, um mehr über Alecs Herkunft zu erfahren, fürchte ich doch, dass seine Mutter zu dem Schluss kommen könnte, ich sei nicht gut genug für ihren Sohn.

Mir liegt schon eine Ausrede auf den Lippen, doch dann sieht mich Alec mit solch hoffnungsvollen Augen an, dass ich nicht Nein sagen kann.

Kapitel Zweiunddreißig

NELL

Ich kann nicht schlafen, bin zu aufgedreht, nachdem ich beinahe in den Tod gesprungen wäre. Schlaf fühlt sich jetzt wie ein Feind an. Außerdem läuft in meinen Gedanken das Gespräch mit Alec in Dauerschleife, während ich im Dunkeln liege und warte, dass die Sonne aufgeht. Ich überlege, mich in den Ballsaal zu schleichen, doch auch Ballett bietet mir nicht mehr dieselbe Zuflucht wie früher. Denn wenn ich mir das alles tatsächlich nur einbilde, dann hält es die Visionen auch nicht ab, wenn ich mich im Tanz verliere. Und wenn Alec recht hat – wenn er überhaupt selbst echt war und diese Unterhaltung tatsächlich stattgefunden hat –, dann spielt sich hier noch eine ganz andere Geschichte ab und ich bin nirgends sicher, bevor ich nicht herausgefunden habe, was es damit auf sich hat.

An mich sollst du dich erinnern.

In welchem Zusammenhang, bitte?

Im Morgengrauen stehe ich auf, hole mir aus der Backstube einen Kaffee und einen Bagel und gehe zum Archiv. Da die Tür abgeschlossen ist, lasse ich mich an der Wand zu Boden gleiten und mache es mir im Schneidersitz gemütlich.

Als Otis endlich kommt, bin ich mit meinem Kaffee und Bagel längst fertig und habe in dem Versuch nachzudenken gefühlte Stunden in den leeren Becher gestiert. In dem Versuch, *mich zu* erinnern. Doch alles, was mein Gedächtnis zu bieten hat, ist die Erinnerung an mein aufgeschürftes Knie, als ich von der Fensterbank gezogen wurde, sowie das Gefühl, als Alec seine Wange an meine geschmiegt hat.

Ich kann dir nicht verraten, was hier passiert.

Warum nicht?

Weil du dann erst recht verrückt wirst. Du musst dich selbst erinnern.

Plötzlich ragt Otis über mir auf.

»Nell?«, fragt er. »Alles in Ordnung?«

Ich schaue zu ihm hoch. Meine Stimme knirscht wie Kies. »Ich konnte nicht schlafen.«

Er fischt den Schlüssel aus der Hosentasche. »Möchtest du dann vielleicht lieber ins Zimmer zurückgehen und dich noch einmal hinlegen?«

»Nein«, sage ich und komme auf die Beine. »Ich will arbeiten.«

Er seufzt, als wollte er widersprechen, wüsste aber, dass er kein Recht dazu hat. »Na dann.«

Ich folge ihm ins Archiv. Er weist mir eine Kiste zu, die gestern Nachmittag aus der Bibliothek geliefert wurde. Ich nehme sie mit an meinen Schreibtisch, der noch genauso aussieht wie gestern, als ich so eilig verschwunden bin. Unter dem Zeitungsartikel über den Unabhängigkeitstag, der noch ganz oben auf dem Museumsstapel liegt, lugt das Schwarz-Weiß-Foto von Mark Twain hervor.

Ich ziehe es heraus und betrachte eindringlich das Gesicht des Schriftstellers. »Wetten, dass du nie solche Probleme hattest?«

Ich lasse den Blick noch ein wenig länger auf seinem Gesicht verweilen und wünsche mir schon fast, dass er mir in Form einer weiteren Halluzination antwortet. Mit einem Seufzer will ich das Foto auf den Stapel zurücklegen, doch dann fällt mir noch etwas auf.

Im Hintergrund an der Veranda, und zwar hinter einem Kind, das halb über dem Geländer hängt, und einer Frau, die ihr Haar zu einer wolkengleichen Frisur aufgetürmt hat, steht ein Mädchen, das komischerweise aussieht wie ich. Ich schalte die Schreibtischlampe an und schaue genauer hin. Auch sie hat ein herzförmiges Gesicht und ein spitzes Kinn. Da sie beim Lachen die Augen zusammenkneift, kann ich an der Stelle unsere Ähnlichkeit nicht beurteilen, aber am Hals hat sie einen Fleck, der ein Schatten sein könnte – oder aber ein mir wohlbekanntes Muttermal.

Meine Hände fangen an zu zittern. Ich kann mich nicht von dem Foto losreißen. Ist sie eine Vorfahrin, von der ich nichts wusste? Eine Doppelgängerin? Ein Trugbild, das mein unter Schlafentzug leidendes Gehirn heraufbeschworen hat?

An mich sollst du dich erinnern.

Mein Blick wandert zu dem jungen Mann, der neben ihr steht. Sein Gesicht ist von der Frau mit der Turmfrisur halb verborgen, doch das Lächeln und diese tief liegenden Augen würde ich überall wiedererkennen.

Alec.

Plötzlich schießt ein scharfer Schmerz durch meinen Kopf. Ich habe das Gefühl, mein Schädel zerspringt. Ich schreie auf und presse die Hände auf die Schläfen. Vor meinem inneren Auge erscheinen Bilder, wie ein Film im Schnelldurchlauf.

Wellen klatschen gegen einen Schiffsrumpf. Das Hotel taucht vor mir auf und ich verspüre das überwältigende Bedürfnis zu springen.

Ein Mann mit schwarzem Haar, das er mit Pomade zurückgekämmt hat, und einem zu breiten Lächeln begrüßt mich in der Eingangshalle. Ich muss einen Schritt zurückweichen, weil ich mich sonst über seine teuren Schuhe übergebe.

Ein Page, der kein echter Page ist, bringt mich zum Lachen, liegt mit mir im Mondschein am Strand und schenkt mir einen klitzekleinen Hoffnungsschimmer, den ich mir nicht erklären kann.

»Nell?«, fragt Otis. »Geht es dir nicht gut?«

Ich beiße die Zähne zusammen, um den Schmerz auszuhalten.

Die Bilder kommen in rasendem Tempo. *Ein Tanz im Ballsaal, während ich Ausschau nach jemandem in der Menge halte. Ein Streit mit dem Mann, der zu sehr lächelt und mich schlagen möchte, was er aber niemals in der Öffentlichkeit tun würde.*

Schwimmen und Angeln und Reiten und verschlungene Körper an geheimen verborgenen Orten.

Eine Entscheidung.

Ein Plan.

Ein Gewehr.

Dann verblassen die Bilder und aus den Kopfschmerzen wird ein dumpfes Pochen.

Otis legt mir eine Hand auf die Schulter. »Soll ich deinen Vater rufen?«

»Nein«, antworte ich und lasse meine flatternden Hände sinken. Ich balle sie zu Fäusten, bis die Knöchel weiß werden. »Nein, ich, äh ... glaube, ich muss wirklich schlafen, wie Sie gesagt haben. Es geht mir nicht besonders.«

»Kein Problem«, sagt Otis. »Nimm dir den Tag frei. Max und ich schaffen das heute auch ohne dich.«

Als ich den Blick hebe, sieht er einen Moment lang nicht wie Otis aus. Sein Gesicht verwandelt sich in jemanden, den ich nicht wiedererkenne, und aus seiner legeren Hose und dem Schottenpulli wird ein altmodischer Tweedanzug. Ich kneife die Augen zusammen und reiße sie wieder auf.

Mit gerunzelter Stirn schaut Otis in seinem gewohnten Schottenkaro zu mir herab.

Ich verliere eindeutig den Verstand.

»Okay«, sage ich und stehe schwankend auf. »Danke.«

»Soll ich dich vielleicht zu deinem Zimmer begleiten?«

»Nein«, antworte ich, obwohl meine Beine wie Wackelpudding sind. »Geht schon.«

Irgendwie gelingt es mir, zur Tür und in den Hauptgang im

Souterrain zu gehen, ohne umzukippen, obwohl sich immer noch alles dreht. In meinem Magen geht es drunter und drüber und der kalte Schweiß steht mir auf der Stirn, als müsste ich mich gleich übergeben. Doch das ist meine geringste Sorge.

Jeder, der an mir vorbeikommt – von kleinen Kindern in Badekleidung über Hotelangestellte bis zu Paaren vor den Schaufenstern –, verwandelt sich wie Otis eben vor meinen Augen. Doch im Gegensatz zu Otis nehmen sie nicht wieder ihre normale Gestalt an, sobald ich die Augen schließe. Sie nehmen verschiedene Gesichter und Körperformen an, unterschiedliche Kleidung und Frisuren. Lange Röcke und Tweedanzüge verwandeln sich in kurze Flapperkleider und Nadelstreifenanzüge. Tellerröcke aus den Fünfzigerjahren und Buntfaltenhosen bei Männern wechseln sich mit Schlaghosen, Paisley-Blusen und fransigen Lederjacken ab. Big Hair, auftoupierte Frisuren, und neonfarbene Hüfttaschen werden gegen Kapuzenjacken und Jeans, kurze Jäckchen und Shorts ausgetauscht.

Sie drehen sich wie ein Karussell im Kreis. Ich schließe die Augen, lege die Hand an die Wand und taste mich zur Treppe vor. Jemand fragt: »Meinst du, dem Mädchen geht es nicht gut?«, und bekommt die Antwort: »Wahrscheinlich gestern ein bisschen zu viel gefeiert.«

Niemand bleibt stehen, um mir zu helfen.

Sobald ich das Geländer unter meinen Fingern spüre, öffne ich wieder die Augen. Auf der Treppe ist niemand.

Ich renne los.

Geht gleich wieder, dir geht's gut, alles ist gut, rede ich mir ein. *Du hörst jetzt auf, so verdammt stur zu sein, und nimmst die Pillen. Und dann rufst du Dr. Roby an, auch wenn du dir geschworen hast, das niemals zu tun. Geht gleich wieder, dir geht's gut, alles ist gut –*

Die Eingangshalle kommt mir wie ein Gruselkabinett vor. Hier sind viel zu viele Leute, und sie verwandeln sich alle. Männer werden zu Frauen, Frauen zu Männern, und es ist, als hätte jeder eine Diashow aus den Fotos im Archiv übergestülpt. Allerdings ändern sich auch die Bilder zu schnell, um sie näher zu betrachten. Ich will einen Schritt nach vorn machen, doch mein Sichtfeld verengt sich.

»Bitte.« Meine Stimme klingt so leise und weit weg, als käme sie nicht von mir. Ich versuche es noch mal. »Bitte ... helft mir.«

Ich strecke die Hand nach einem alten Mann aus, der mich ansieht wie eine entsprungene Geisteskranke. Er verwandelt sich im Vorbeigehen in einen jüngeren, schlankeren Mann mit Zylinder und Monokel, dann in eine Frau mit kurzem schwarzem Haar und tiefrotem Lippenstift und weiter in einen untersetzten Mann in einer weiten Wathose und mit einer Angel in der Hand. Als Nächstes wird er zu einer platinblonden Frau mit Perlenkette, einer Jugendlichen mit lila Glitzer-Lidschatten in einer leuchtend grünen Strumpfhose unter einer abgeschnittenen Jeans und einem Mann in seinen Zwanzigern, der eine karierte kurze Hose und ein weißes Polohemd unter einem mintgrünen Pullover trägt. Schließlich kehrt der alte Mann zurück.

Es sind so viele verschiedene Menschen, doch sie alle sehen mich mit einer Mischung aus Erstaunen und Ekel an.

Wenn ich versuche einzuatmen, fühlt es sich an, als hätten meine Lungenflügel vergessen, sich zu weiten. »Ich ... bekomme keine ... Luft.«

Die Dunkelheit an den Rändern meines Sichtfelds breitet sich aus.

»Nell?«

Alec taucht vor mir auf. Auch seine Kleidung ändert sich wie bei allen anderen – er trägt eine Pagenlivree, eine Cordhose mit Hosenträgern über einem engen blauen Hemd oder eine hochtaillierte Hose zu einem Caban, eine Schlaghose mit einem Button-up-Hemd und eine Kakihose zu einem Pullover mit Zopfmuster –, doch im Gegensatz zu allen anderen bleibt sein Gesicht unverändert.

Er bleibt immer derselbe.

Als meine Knie nachgeben, schlingt er die Arme um mich und drückt mich an seine Brust.

»Keine Angst«, sagt er. »Ich hab dich.«

Sein Duft – nach Sandelholz, Zitrusblüten und frischer Wäsche – hüllt mich ein, während mein Herz rast und mein Körper sich unendlich schwer anfühlt, so als würde ich zum Erdkern sinken, sobald Alec mich fallen ließe. Doch ich bekomme wieder Luft und bin nicht mehr am Ertrinken.

13. AUGUST 1905

Detective Roberts: Bitte setzen Sie sich. Es stört Sie doch nicht, dass unsere Sekretärin unser Gespräch protokolliert?

Tatverdächtiger 1: *(schüttelt den Kopf)*

Detective Roberts: Gut. Also dann: Würden Sie noch kurz Ihren Namen zu Protokoll geben, ehe wir beginnen?

Tatverdächtiger 1: Alec Petrov.

Detective Roberts: Und ist Ihnen klar, Mr Petrov, dass Sie zugleich Zeuge und möglicher Verdächtiger in diesem Fall sind? Denn Sie sind der Letzte, der Aurelea Sargent lebend gesehen hat.

Tatverdächtiger 1: *(antwortet nicht)*

– Befragungsprotokoll Tatverdächtiger 1 –
Fallakte Aurelea Sargent

Kapitel Dreiunddreißig

LEA

Nach dem großen Festmahl zum Unabhängigkeitstag gibt es auf dem Rasen vor dem Hotel ein Feuerwerk und ein Sinfoniekonzert. Ich täusche wieder einmal Kopfschmerzen vor und überzeuge Mutter davon, dass ich mich hinlegen muss, damit ich für den Ball am späteren Abend wieder frisch bin. Es gefällt ihr nicht, doch da die beiden Männer, die sich gewöhnlich sehr für meinen Verbleib interessieren – mein Vater und Lon –, ohnehin damit beschäftigt sind, sich bei Industriemagnaten und anderen wichtigen Geschäftsleuten einzuschmeicheln, nimmt sie es hin.

Wie geplant treffe ich Alec im vierten Stock neben der Wäschekammer. Zur Begrüßung nimmt er mich in den Arm und wirbelt mich herum. Ich schlage ihm auf die Brust.

»Jemand könnte uns sehen.«

»Alle sind draußen«, erwidert er.

Mein Herz klopft schneller. Er umfasst mit der Hand mein Kinn und neigt meinen Kopf nach hinten. Zunächst küsst er mich zärtlich, aber dann entfährt meiner Kehle ein Stöhnen und ich kralle mich an seinem Rücken fest. Ich will mehr. Er drückt mich gegen die Wand und hält mich mit seinem großen, schlanken Körper fest. Unter seiner Kleidung sind seine Muskeln hart wie Granit. Unsere Münder verschmelzen, bis wir ein Atem, eine Seele, ein Wesen sind.

Schließlich löst er sich von mir und schnappt nach Luft. Sein Atem geht stoßweise vor Verlangen. Er lehnt seine Stirn an meine und schließt die Augen.

»Ist dir eigentlich klar, was du mit mir anstellst, Aurelea Sargent?«

»Wenn es nur die Hälfte von dem ist, was du mit mir anstellst, dann musst du wohl deinen Verstand verlieren.«

»Ich habe meinen Verstand *und* mein Herz an dich verloren, Lea.« Er öffnet die Augen wieder. »Du hast mich verhext.«

Ich lächle. »Komm jetzt. Deine Mutter wartet auf uns.«

***

Seine Mutter teilt sich das Zimmer mit einer anderen Wäscherin, aber die ist unten und genießt die Musik und das Feuerwerk. Das Zimmer ist gemütlich und mit zwei Betten, zwei Kommoden und zwei Waschtischen möbliert. Mitten im Raum steht ein kleiner runder Tisch mit vier staksigen Stühlen. Ich entdecke eine Kanne Tee und einen Teller mit Scones, die offensichtlich vom gestrigen Hotelfrühstück stammen.

Alecs Mutter Orya, eine kleine, blasse Frau mit weißblonden Haaren und graublauen Augen, mustert mich, während Alec uns miteinander bekannt macht. Zu spät fallen mir die wehen Stellen um meine Lippen und meine Nase ein, wo mich Alecs Bartstoppeln gekratzt haben. Ich kann nur beten, dass die Beleuchtung zu schwach ist, sodass ihr meine gerötete Haut nicht auffällt.

»Soso«, sagt Orya nach einem kurzen Schweigen. »Sie sind also das Mädchen, das meinen Sohn während der vergangenen paar Wochen so glücklich gemacht hat.«

Obwohl sie seit fast zwanzig Jahren in den Vereinigten Staaten lebt, spricht sie noch immer mit starkem russischem Akzent. Alec hat mir erzählt, dass sich sein Vater rasch an das Leben in Amerika angepasst hatte. Seinen Akzent verlor er beinah völlig, noch ehe Alec alt genug war, um die Veränderung zu bemerken. Seine Mutter hingegen weigerte sich, ihre Kultur ganz aufzugeben. Sie hielt an ihrem Akzent fest, als wäre er aus Gold, beging nach wie vor die russischen Feiertage und hatte stets ein kleines Kreuz der russisch-orthodoxen Kirche in der Tasche.

»Wollte deine Mutter nicht nach Amerika auswandern?«, hatte ich ihn einmal gefragt, als wir am Strand von Canvas City lagen und die Sonne unsere nassen Körper trocknete.

»Es war schwierig für sie«, antwortete Alec. »Sie sah ein, dass ihre wachsende Familie hier mehr Möglichkeiten hatte. Doch meinem Vater und mir diese Möglichkeiten einzuräumen bedeutete eben auch, von allen Menschen Abschied zu nehmen, die sie sonst noch liebte. Ihre gesamte Familie lebt noch immer in Russland. Sie schicken sich wöchentlich Briefe, aber es dauert so lange, bis sie ankommen, dass wir die Neuigkeiten von drüben erst spät erfahren, und umgekehrt ist es genauso. Es macht es ihr etwas leichter, aber Fotografien und Worte auf Papier sind eben nicht alles.«

»Hat sie jemals überlegt zurückzugehen?«

Er zuckte mit den Schultern. »Kann schon sein, aber sie weiß, ich würde hierbleiben. Und ich glaube nicht, dass ihr der Gedanke gefällt, mich allein zu lassen – egal, wie alt ich bin.«

Jetzt bedeutet seine Mutter uns mit einer Handbewegung, uns hinzusetzen. Ich nehme mir einen Scone. Er schmeckt altbacken und die Zuckerglasur bröckelt bereits, aber ich esse ihn, als wäre es der beste Scone, den ich je gekostet habe.

Ein beklommenes Schweigen hängt im Zimmer.

»Orya«, sage ich in dem Versuch, ein Gespräch anzufangen. »Alec hat mir erzählt, dass Sie aus Russland stammen. Ich wollte schon immer einmal dorthin reisen. Die Architektur ist so wundervoll.«

Ihre Augen werden schmal. »Für Sie bin ich Mrs Petrov.«

»Natürlich.« Meine Hände fangen an zu flattern wie Vögel – eine nervöse Angewohnheit, von der ich dachte, Mutter hätte sie mir schon vor Jahren abgewöhnt. »Bitte verzeihen Sie mir.«

Alec sieht seine Mutter stirnrunzelnd an. Ich merke, dass er etwas zu meiner Verteidigung sagen will, und lege ihm die Hand aufs Knie, um ihn davon abzuhalten.

Mrs Petrov entgeht die Geste nicht. »Dann seid ihr beiden also ... befreundet?«

»Ja«, antworte ich, »tatsächlich sind wir ziemlich gute Freunde geworden.«

»Aber ihr kennt einander nicht sehr lange«, stellt sie fest.

»Manchmal muss man jemanden nicht sehr lange kennen, um in sein Herz zu blicken.«

Wieder betrachtet sie mich, aber ich kann beim besten Willen nicht sagen, was in ihr vorgeht. Schließlich sagt sie: »Das ist wahr.«

Alec stößt den Atem aus, als hätte er die Luft angehalten. Er erzählt ihr von den Nächten, die wir in Canvas City verbracht haben, und ich danke ihr wie versprochen für seine Tanzstunden. Sie hört uns wortlos zu. Ihre Miene ist ausdruckslos. Sie trinkt weder ihren Tee noch isst sie einen Scone. Sie sitzt reglos wie eine Statue, bis zu dem Moment, in dem Alec gedankenverloren den Arm um die Lehne meines Stuhls legt, während er ihr von unserem mittäglichen Picknick erzählt.

Mrs Petrovs Gesicht rötet sich und sie schließt die Augen. »Es tut mir leid, Alec, das reicht mir jetzt.«

Alec zieht die Brauen zusammen. »Mutter ...«

»Nein«, sagt sie. »Ich will nichts mehr hören.«

Sie steht vom Tisch auf und ringt die Hände.

»Denkst du etwa, ich sehe den Verlobungsring an ihrem Finger nicht?«, fragt sie. »Oder das teure Kleid, das sie trägt? Glaubst du, ich wüsste nicht, dass sie hier Gast ist und du deinen *Leben* aufs Spiel setzt mit dieser Tändelei?«

Alec springt auf. »Lea ist keine Tändelei ...«

»Wie würdest du es denn nennen, wenn du deine Ze.

einem Mädchen verbringst, das bereits einem anderen versp chen ist?«

»Bitte entschuldigen Sie mich«, sage ich und stehe auf. »Ich sollte zum Fest zurückkehren.«

»Ja, das sollten Sie«, erwidert Mrs Petrov kühl.

»Sie muss nicht gehen!«, brüllt Alec. Dann wendet er sich zu mir und wiederholt es noch einmal, aber leiser. »Du musst nicht gehen.«

Ich blicke zu Mrs Petrov. »Ich glaube, deine Mutter hätte jetzt gern ihre Ruhe.«

Er will widersprechen, doch ich schüttle den Kopf.

»Schon gut. Wir sehen uns morgen.«

Am liebsten würde ich mich mit einem Kuss von ihm verabschieden, wie ich es seit unserem ersten Ausflug nach Canvas City jede Nacht getan habe. Doch es würde seine Mutter nur noch mehr aufregen, wenn sie wüsste, dass wir bereits so unverhohlen Zärtlichkeiten austauschen. Also wünsche ich Mrs Petrov eine gute Nacht und schlüpfe dann hinaus auf den Flur.

»Wie konntest du nur so mit ihr reden?«, dringt Alecs Stimme durch die Tür.

»Du kannst sie nicht haben«, antwortet seine Mutter, so leise, dass ich mich anstrengen muss, um es zu verstehen. »Je eher du das begreifst, desto eher kannst du dich von ihr lösen, bevor deine Gefühle für sie zu stark werden.«

Ich würde gern bleiben und lauschen, obwohl mir die Augen brennen und mein Magen sich verkrampft. Aber dann höre ich Schritte den angrenzenden Flur entlangkommen und weiß, dass meine Zeit um ist.

Ich gehe zu unserer Suite, um mich zu sammeln, wasche mir das Gesicht mit kaltem Wasser und reibe mein Kinn mit einer Pflegelotion ein, um die Rötung von Alecs Küssen zu lindern. Erst als ich nicht länger das Gefühl habe, jeden Moment in Tränen auszubrechen oder mein Abendessen von mir geben zu müssen, kehre ich auf die Wiese vor dem Hotel zurück und sehe mir zusammen mit meinem Verlobten das Feuerwerk an. Dabei denke ich unablässig an den Jungen, der mir seit Wochen Teile meines Herzens stiehlt, und an dessen Mutter, die es in Sekundenschnelle in Fetzen gerissen hat.

Kapitel Vierunddreißig

NELL

Alec trägt mich in den Garten. Die Luft ist frisch und blumig und kühlt meine fiebrige Haut. Er setzt mich auf einer weißen Bank ab, die vom Morgentau noch ein wenig feucht ist, und geht vor mir in die Hocke. Seine Kleidung verändert sich nicht mehr, doch der Schaden lässt sich nicht mehr beheben. Mein Magen macht einen Satz, als ich mich vorbeuge und das Gesicht in den Händen vergrabe.

»Mir ist schlecht.«

»Atme«, sagt er und zeichnet zarte Kreise auf meine Knie.

Ich neige den Kopf, um seinen Blick aufzufangen. »Du warst auf dem Foto.«

Er schweigt.

»Du warst auf dem Foto mit ...«

Sag schon.

Doch das kann ich nicht, es ist einfach lächerlich.

»Mit einer, die aussah wie ich«, schließe ich lahm.

Er schüttelt den Kopf. »Sie sah nicht aus wie du.« Er lässt den Blick durch den Garten schweifen, doch wir sind allein, und das kommt mir auf einmal vertraut vor, wie eine Erinnerung, die ich nicht ganz zu fassen bekomme.

Ein Zitronenbaum. Eine Schaufel. Schweiß glänzt auf trainierten Muskeln. Es zieht tief in meinem Bauch und ich werde rot.

Ein wissendes Lächeln. Eine holprige Einladung. Und diese tiefliegen-den leidenschaftlichen Augen, mit denen er mich ansieht, als wäre ich ein Glas Wasser und er am Verdursten.

»Was geschieht mit mir?«, frage ich.

Alec wendet den Blick ab und flucht leise. »Du fängst an, dich zu erinnern.«

»Aber wolltest du nicht genau das?«

»Ich *will* nichts von alledem.«

Meine Augen brennen, so barsch ist seine Stimme. »Na gut.« Ich spreize die Hände auf seiner Brust, stoße ihn weg und stehe auf. Wenn er mir so nah ist, kann ich nicht klar denken. »Ich habe dich nicht um Hilfe gebeten, nur dass du es weißt.«

Als ich langsam zur Eingangshalle zurückgehe, zittern meine Beine zwar, doch sie tragen mich.

Alec stöhnt und legt eine Hand um meinen Ellbogen. »Warte.«

Ich drehe mich zu ihm um. Meine scharfe Zunge ist bereit für ihren Einsatz, doch meine Knie lassen mich im Stich und ich sinke gegen ihn.

Einen Augenblick lang steht er vollkommen still, die Arme um mich geschlungen. Und dann – legt er die Hand an meinen Hinterkopf.

Wir tanzen auf Holzdielen, in seinen Armen fege ich wie ein Komet über den Bretterboden. Wir wirbeln herum, drehen uns immer weiter, bis ich nicht mehr weiß, wo oben und unten ist.

Alecs Miene wird sanfter und seine Lippen, die eben noch ein grimmiger Strich waren, wirken plötzlich voller. Er öffnet den Mund und packt mich fester.

Dieses Lächeln, das mein einst hoffnungsloses Herz tanzen lässt. Sein Lachen, das über seine Lippen kommt, noch bevor seine Schultern zucken, seine Augen sich in Fältchen legen. Es gibt mir das Gefühl, der tollste Mensch auf der Welt zu sein, weil ich ihn so zum Lachen bringen kann.

Ich strecke die Hand aus – wie in Zeitlupe – und lege meinen kleinen Finger auf das Grübchen in seinem Kinn. Es fühlt sich fremd und wunderschön an, gleichzeitig aber wie etwas, das ich schon tausendmal getan habe.

Diese Lippen, die mit meinen verschmelzen, rauben mir im vergoldeten Licht der Morgendämmerung den Atem, mein Schicksal und meine Seele. Sie finden mich in verlassenen Gängen und leeren Räumen und streichen im Dunkeln über meinen Hals, während Alec mit den Fingern über die Bänder meines Korsetts fährt. Das tiefe verzweifelte Begehren steigt in mir auf, die Stoffschichten zwischen uns mögen fallen, damit ich mit ihm zusammen sein kann, jetzt, bevor wir uns für immer voneinander verabschieden müssen.

Ich hauche seinen Namen. »Alec ... was geschieht mit mir?«

Sein Lächeln ist schwermütig, gebrochen, besiegt. Er gibt mir einen Kuss auf den Scheitel und hält mich umfangen wie ein menschlicher Schutzschild, als würde ich vor seinen Augen zu Staub zerfallen, sobald er mich losließe.

»Komm mit«, flüstert er. »Hier können wir nicht reden.« Er wirft einen scharfen Blick auf die Gänge und Balkone, die über uns aufragen. »Man weiß nie, wer zuhört.«

***

Wir gehen an den Strand, weil Alec meint, die Brandung würde unsere Stimmen übertönen. Aber es ist ohnehin noch früh am Morgen und nur wenige Leute sind mit uns am Wasser, suchen Muscheln oder führen ihre eigenen Gespräche. Andererseits werde ich das Gefühl nicht los, dass es nicht diese Menschen sind, von denen er nicht belauscht werden will.

Ich warte darauf, dass er als Erster das Wort ergreift und mir erklärt, was denn nun mit mir los ist. Doch er läuft nur stumm neben mir her und blickt stur auf den Sand, die Hände hinter dem Rücken verschränkt.

»Wer ist das Mädchen auf dem Foto?«, frage ich.

Er muss schlucken. »Welches Foto war es genau?«

»Mark Twain. Auf der Veranda.«

»Ah.«

Mehrere Möwen fliegen übers Wasser und versenken ihre langen, eleganten Schnäbel wie Dolche in die Wogen.

Statt einer Antwort stellt er mir eine weitere Frage. »Woran erinnerst du dich?«

Daran, wie ich im Speisesaal sitze und an den Erwartungen, die an mich gestellt werden, ersticke. Unter den scharfen Augen der Tratschtanten, die auf der Galerie im ersten Stock wie herausgeputzte, Tee trinkende Wasserspeier sitzen, ziehe ich eine Show ab. Ich erlaube dem Mann mit dem zu breiten Lächeln und dem zurückgekämmten Haar, meine Hand zu nehmen und über unsere Zukunft zu reden, als wüsste er, was ich mir wünsche. Lasse mich von ihm küssen, wenn keine Anstandsdame dabei ist, obwohl mir von seinem teuren Geruch und seinem anzüglichen Benehmen übel wird.

»Momentaufnahmen«, antworte ich. »Hier ein bisschen, da ein bisschen. Es ergibt keinen Sinn. Sie fühlen sich wie Erinnerungen an, doch ich habe keine Ahnung, woher sie kommen. Der einzige Mensch, den ich erkenne, bist du, und wir haben schließlich nie –« *Geknutscht.* Nein, ich werde bestimmt nicht zugeben, dass wir in meinen Visionen inzwischen etwas miteinander angefangen haben. Nach einem tiefen Atemzug mache ich einen neuen Anlauf. »Ich weiß nicht, wie mir geschieht, aber ich glaube, ich kann es wieder in Ordnung bringen.«

Er zieht eine Augenbraue ein so winziges Stück hoch, dass ich es nicht bemerkt hätte, wenn ich ihn nicht so genau beobachten würde. »Ach ja?«

Ich nicke. »Das passiert mir nicht zum ersten Mal.«

Diesmal verbirgt er seine Überraschung nicht mehr. »Ach nein?«

»Ich habe eine Dose mit Tabletten im Rucksack. Seit Monaten habe ich sie nicht genommen, aber früher haben sie mir in solchen Situationen geholfen.«

Alec bleibt stehen. »Was glaubst du denn, was mit dir los ist?«

»Halluzinationen«, erwidere ich. »Hervorgerufen durch – keine Ahnung. Schlafmangel vielleicht oder unsachgemäßes Absetzen der Pillen oder ... irgendetwas anderes.« Ich lache, spröde und freudlos, der reine Hohn. »Wahrscheinlich bilde ich mir auch diese Unterhaltung gerade ein.«

Alec packt mich am Arm. »Du bildest dir nichts ein. Die Visionen, die dich heimsuchen, sind keine Halluzinationen. Es sind *tatsächlich* Erinnerungen.«

Ich reiße mich los und gehe weiter. »Unmöglich. Ich bin noch nie im Leben hier gewesen.«

»Doch«, sagt er so leise, dass ich ihn kaum verstehe. »Vor sehr langer Zeit.«

Ich drehe mich zu ihm um. Hinter ihm steht das Hotel Wache, eine Gestalt in Grün und Weiß, die uns und das Meer beobachtet, wie es seit mehr als hundert Jahren alle und jeden beobachtet hat, die hier vorbeigekommen sind.

»Alec.«

Er hält meinem Blick stand.

»Wer ist das Mädchen auf dem Foto?«

»Aurelea Sargent.«

Eine Entscheidung.

Ein Plan.

Ein Gewehr.

Meine Zunge fühlt sich mit einem Mal wie ein ausgedörrter Wüstenboden an. »Das ermordete Mädchen?«

Er nickt.

»Und der junge Mann?«, frage ich, weil ich es von ihm hören will. »Der neben ihr steht?«

Sein Blick nagelt mich an Ort und Stelle fest.

»Das bin ich.« Er geht einen Schritt auf mich zu. »Und ich stehe neben dir.«

Kapitel Fünfunddreißig

LEA

Den ganzen nächsten Tag hält Mutter mich mit Hochzeitsvorbereitungen auf Trab, sodass ich Alec erst bei unserem mitternächtlichen Rendezvous am Strand treffen kann. Er sieht so erschöpft aus, wie ich mich fühle – vielleicht hat er die vergangene Nacht genau wie ich damit verbracht, sich im Halbschlaf hin und her zu werfen. Er nimmt mich in den Arm und lässt mich auch nicht los, als ich ein Stück zurückweiche. Dann atmet er tief ein, so als wollte er den Duft meines Haares für immer im Gedächtnis behalten.

»Alec? Was ist denn los?«

Er antwortet nicht.

»Es tut mir leid, dass das gestern Abend so unglücklich gelaufen ist«, sage ich und die Angst lässt mich schneller sprechen. »Kann ich etwas tun, um es wieder in Ordnung zu bringen?«

Schweigen.

»Wenn mich deine Mutter vielleicht erst einmal besser kennenlernt ...«

»Das würde nichts nützen.« Er lässt die Arme fallen und tritt einen Schritt zurück. Seine verzweifelte Umarmung hat mir bereits vor wenigen Sekunden Angst gemacht, doch jetzt löst der entschlossene Blick in seinen Augen Panik in mir aus. Seine aufeinandergepressten Kieferknochen. Sein durchgedrückter Rücken. »Sie hatte recht. Ich kann dich nicht haben.«

Ich schüttle den Kopf.»Nein.« Ich versuche seine Hand zu nehmen, aber er macht sich los und entfernt sich von mir, bis es sich so anfühlt, als läge ein ganzer Ozean zwischen uns.»Warum sagst du so was?«

»Weil es wahr ist. Das hier … Wir …« Er schluckt.»Wir können nie mehr als das sein.«

Mein Kopf fühlt sich an, als hätte jemand Wattebäusche zwischen meine Ohren gestopft, die verhindern, dass ich seine Worte in mich aufnehme.»Ich verstehe das nicht. Du … du wusstest doch, dass ich verlobt bin.«

Er weicht meinem Blick aus.»Ich weiß.«

»Was hat sich dann verändert?«

Verzweifelt reißt er die Arme hoch.»Ich habe mich in dich verliebt, Lea. *Das* hat sich verändert.«

»Doch bis gestern Nacht war alles gut. *Uns* ging es gut!«

»Was soll ich denn darauf sagen? Dass ich, solange es mir möglich war, so getan habe, als wäre dieser Sommer keine Lüge? Dass wir uns im September nicht Lebewohl sagen müssen?«

Unsere Stimmen übertönen die Brandung und mir ist bewusst, wie gefährlich es ist, in aller Öffentlichkeit ein solches Gespräch zu führen – so nahe am Hotel, wo uns jeder hören könnte. Aber es gelingt uns nicht, uns zu beruhigen.

»Aber genau deshalb sollten wir unsere Zeit doch nicht damit vergeuden, zu streiten oder an die Zukunft zu denken. Uns bleibt nur das Jetzt, *dieser Augenblick.* Willst du diese Zeit wirklich so verbringen?«

Er stellt sich nah vor mich.»Denkst du etwa, das hier bringt mich nicht um? Denkst du etwa, ich möchte dir Lebewohl sagen? Aber es wird passieren, Lea. Dieser Ring an deinem Finger ist wie eine Totenglocke. Immer wenn ich dich umarme, dich küsse, dich *will*, erinnert sie mich daran, dass du nicht mir gehörst. Du wirst mir nie gehören.«

»Aber uns bleibt das Jetzt.« Tränen verschleiern mir die Sicht. Sie verfangen sich in meinen Wimpern und laufen mir über die Wangen. »*Jetzt* gehöre ich dir.«

Alec fährt sich mit den Händen durchs Haar und presst sie am Hinterkopf zusammen. »Das reicht nicht.«

Meine Schultern sacken nach unten und alle Luft entweicht meinen Lungen, während mein Herz in sich zusammenfällt. Meine Stimme ist ein leiser Winterhauch. »Es ist alles, was ich dir geben kann.«

Er schüttelt den Kopf. »Tut mir leid.«

Er kehrt mir den Rücken zu.

»Du bist ein Feigling, Alec Petrov«, flüstere ich. Ich atme tief ein – die salzige Luft dringt wie Messerstiche in meine Lungen – und schreie: »Hast du mich gehört? Du bist ein *Feigling*!«

Er blickt sich nicht mal um, während er davongeht und mein Herz und meine Seele mit sich nimmt und nur die schiere Hülle des Mädchens zurücklässt, das ich einmal gewesen bin.

Kapitel Sechsunddreißig

NELL

Alec will meine Hand nehmen, doch ich weiche taumelnd zurück. »Du bist ja genauso verrückt wie ich.« Wieder gebe ich ein falsches Lachen von mir. Es klingt verzweifelt. Dann drehe ich auf dem Absatz um und gehe weiter. »Oder das Ganze ist ein Traum. Ja, genau. Ich schlafe wohl noch.«

»Hör auf, Nell.«

»Ich muss einfach nur aufwachen. Ich muss nur –«

Plötzlich erstarre ich. Verwirrt blicke ich auf meine Beine. Der letzte Schritt fühlte sich an, als wollte ich durch eine Mauer gehen. Ich probiere es noch mal, komme aber nicht vom Fleck.

»Hier endet das Hotelgrundstück«, sagt Alec, bleibt neben mir stehen und blickt auf den Strandabschnitt, der vor uns liegt. »Diese Grenze kannst du nicht überschreiten.«

»Und warum nicht?«

»Weil der Fluch dich nicht lässt.«

Der Fluch? Beinahe hätte ich erneut gelacht. »Okay, jetzt bist du endgültig irregeworden. Ich kann hier weggehen, wann immer ich will.« Mit zusammengebissenen Zähnen dränge ich mit meinem vollen Gewicht nach vorn und rechne fest damit, gleich ein Opfer der Schwerkraft zu werden und hinzufallen.

Doch es hat keinen Zweck. Ich bin nicht einen Zentimeter vorangekommen.

Alec amüsiert sich offenbar. »Hast du seit deiner Ankunft schon einmal versucht, das Hotel zu verlassen?«

»Nein«, gestehe ich. »Aber nur, weil es noch keinen Anlass gab.«

Er verschränkt die Arme und grinst mich schief an, bis mein Herz einen Purzelbaum macht.

Küsse, Berührungen, Verlangen, Begehren ... Kann nicht aufhören, will nicht aufhören ... Er ist die Luft, die ich atme, und die Gedanken, die ich denke ... Er ist das Blut in meinen Adern und die Tränen in meinen Augen ...

»Und das findest du nicht seltsam?«, fragt er.

Ich schüttele den Kopf, um wieder klar denken zu können. Wenn es sich um einen Traum handelt oder um eine Halluzination, wieso fühlen sich diese Gedanken – diese wahllosen und doch lichten Gedanken – tatsächlich wie Erinnerungen an? »Wir hatten viel zu tun«, sage ich zähneknirschend.

»Sobald du hier bist, findet das Hotel Gründe, dich hier festzuhalten, bis es geschafft ist.«

»Bis *was* geschafft ist?«

Er hört auf zu lächeln. »Vielleicht sollten wir uns lieber hinsetzen.«

»Das will ich aber nicht.«

Er sieht mich an wie ein Kleinkind. »Nell, *bitte.*«

»Na gut«, sage ich schnaubend.

Wir setzen uns knapp vor den Wellensaum, Alec mit angezogenen Knien zum Wasser gewandt, ich im Schneidersitz ihm gegenüber.

Er weicht meinem Blick aus, während er spricht. »Du bist nicht zum ersten Mal hier«, sagt er. »Und du bist nicht zum ersten Mal zurückgekommen.«

Ich runzele die Stirn. »Das verstehe ich nicht.«

Doch das stimmt nicht, irgendwie weiß ich, was er sagen will, und setze das Puzzle bereits zusammen. Ich spüre sie – *Aurelea* –, die laut an die Tür meines Verstandes klopft und es mir erzählen und zeigen will. Doch Logik und Vernunft wehren sich gegen diese Person mit den Erinnerungen und Gefühlen, die in meine eigenen eindringen.

»Es ist das siebte Mal, dass du zurückkommst, seit ...« Alec hält inne. »Seit Aurelea gestorben ist.«

Erwartet er wirklich, dass ich ihm glaube, ich wäre nicht nur schon einmal in diesem Hotel gewesen, sondern *sieben Mal?* Und was macht das aus mir? Eine wiedergeborene Aurelea Sargent?

Meine Stimme ist schwach wie ein Kolibri, den der Wind herumschubst. »Seit sie ermordet wurde, wolltest du sagen.«

Alec schweigt.

»Wie ist es passiert?«, frage ich, denn wenn er will, dass ich ihm diese Wahnsinnsgeschichte abkaufe, muss er rasch ein paar Erklärungen liefern.

Er atmet aus. »Ich wünschte, ich dürfte es dir erzählen, doch du musst dich selbst erinnern.«

Ich sehe ihn mit schmalen Augen an. »Du machst dich über mich lustig, oder? Das ist doch ein Scherz, nicht wahr?«

»Was? Nell, nein –«

Ich rappele mich auf. »Mann, bin ich bescheuert. Das ist deine Art, es mir heimzuzahlen, stimmt's? Hasst du mich wirklich so sehr?«

»Nell –«

»Ich bin krank. *Ehrlich.* Und du wagst es, das gegen mich zu verwenden?«

»Ich kann dir nicht verraten, was geschehen ist«, sagt er. »Das habe ich schon mal gemacht und es ist nicht gut gegangen.«

Damit habe ich nun gar nicht gerechnet. »Was?«

Er sieht weg.

»Wann?« Ich lasse mich wieder im Sand nieder. »Wann hast du es mir gesagt?«

Alec zögert. »Als du zum ersten Mal zurückgekommen bist, im Sommer 1921. Damals war dein Name Alice.« Er hebt einen zerbrochenen Sanddollar auf, der neben seinen Füßen liegt, streicht mit dem Daumen darüber und untersucht die Risse. Dann holt er aus und wirft ihn zurück ins Meer. »Aus der Zeit kommen auch noch Erinnerungen auf dich zu, wie aus allen Zeiten, in denen du zurückgekehrt bist. Zuerst langsam, dann in immer schnellerer Abfolge, bis es dir vorkommt wie ein Damm, der bricht. Du gelangst an einen Punkt, an dem du es nicht mehr leugnen kannst. Früher oder später ist es so weit, aber je früher, desto einfacher wird es.«

»Wieso wird es dann einfacher?«

»Weil wir dann mehr Zeit haben.«

Ich sehe ihn verwirrt an. »Mehr Zeit wofür?«

Jetzt lenkt er den Blick vom Wasser zu mir zurück.

»Um zu verhindern, dass du ein weiteres Mal stirbst.«

Kapitel Siebenunddreißig

LEA

Nach dem Frühstück bettelt Benny Vater an, mit ihm nach Canvas City zu gehen, um am Modellbootrennen teilzunehmen. Vater ist guter Laune, deshalb sagt er zu Benny, er solle loslaufen und sein Segelboot holen. Mutter beschließt, gleich einen richtigen Tagesausflug daraus zu machen. Sie packt ein Picknick zusammen und lädt Lon ein, uns zu begleiten.

»Du bist heute ungewöhnlich still«, bemerkt Lon, während wir uns unter die übrigen Zuschauer mischen.

Das ist eine Untertreibung. Ich bin ein Geist, eine Wiedergängerin, Rauchschwaden einer erloschenen Flamme.

Ich rede nicht, sondern beantworte lediglich unvermeidbare Fragen in kurzen, abgehackten Sätzen. Alles andere würde mich ein unerträgliches Maß an Energie kosten, zumindest fühlt es sich so an. Ich hatte gehofft, Lon würde es gar nicht auffallen, und bin deshalb ausnahmsweise einmal dankbar für seine prahlerischen Anekdoten und seine Unfähigkeit, von etwas anderem als von sich selbst zu sprechen. Aber vermutlich kennt er meine Reaktionen auf ihn inzwischen schon etwas besser – und damit auch das Fehlen derselben.

»Ich bin mit den Gedanken woanders«, sage ich ehrlich.

»Was beschäftigt dich denn?«

Die Sonne strahlt wie zum Hohn vom Himmel herab. Ich beschirme meine Augen mit der Hand und suche Benny in der Traube von Kindern, die darauf warten, ihre Segelboote loszuschicken.

»Die Hochzeit natürlich.«

»Aha.« Lon schlingt seinen Arm um meine Taille, seine Finger kreisen über meine Hüfte. »Du weißt ja, es ist nie zu spät zum Durchbrennen.«

»Und *du* weißt, dass wir bereits darüber gesprochen haben, *wie* töricht das wäre.«

Er erstarrt. Meine flinke Zunge hat seinen Stolz gekränkt. Ich sollte mich entschuldigen, doch ich bringe nicht den Willen auf, mir darum Gedanken zu machen.

Statt sich von mir zurückzuziehen, wie ich es erwarte, stellt Lon sich hinter mich, drückt seine Brust an meinen Rücken und seine Beine an meine Schenkel. Er umfasst mit beiden Händen meine Hüften und zieht mich ganz eng an sich. »Ist dir klar«, murmelt er in mein Ohr und sein Atem riecht sauer nach Räucherfisch, »dass unsere Hochzeit schon in zwei Monaten ist? Du könntest sogar bei der Hochzeit schwanger sein und niemand würde es erfahren.«

Ich kann mein höhnisches Lächeln kaum verbergen, als ich mich zu ihm umdrehe. »Was ist das denn bitte für ein Vorschlag?«

Er atmet tief ein und sein ganzer Körper erschauert. »Komm heute Nacht in mein Zimmer.«

Ein Schuss ertönt. Die Segelboote werden hinaus aufs Wasser geschickt. Ich nutze die Gelegenheit, um einen Schritt zur Seite zu treten, und applaudiere wie der Rest der Menge.

»Ich weiß nicht, für welche Sorte Mädchen du mich hältst«, weise ich ihn zurecht und lächle dabei, denn Mutter beobachtet uns. »Aber ...«

»Ich halte dich für meine zukünftige Frau«, erwidert Lon. »Was spielt es da für eine Rolle, ob wir unsere Ehe jetzt oder in unserer Hochzeitsnacht vollziehen?«

»Und was ist, wenn du es dir anders überlegst und mich am Altar stehen lässt? Dann wäre ich ruiniert.«

»Du weißt, dass ich so etwas nicht tun werde.«

Ich muss etwas unternehmen. Ihm schmeicheln. Seine Gedanken in eine andere Richtung lenken. Ihn dazu bringen zu glauben, es wäre *seine* Idee, wenn wir bis zu unserer Hochzeitsnacht warten. Doch als ich den Mund öffne, spritzen die Worte wie Gift daraus hervor. »Meine Antwort lautet Nein. Und wenn du mich jetzt bitte entschuldigen würdest, ich will meinen Bruder anfeuern.«

Ich rechne damit, dass Lon mir hinunter zum Wasser folgt, aber Mutter spürt wohl seine Wut und die Szene, die er mir machen will. Sie fängt ihn ab und ermöglicht mir die Flucht, die ich bitter nötig habe. Ich dränge mich durch die Menge bis ganz nach vorne und rufe Bennys Namen. Sein Segelboot liegt augenblicklich an vierter Stelle, und Gott weiß, wie lange ich nicht mehr ein derart breites Grinsen auf seinem Gesicht gesehen habe.

»Dein Bruder?«, fragt das Mädchen neben mir und ihr bitterer Ton kommt mir vertraut vor.

Clara.

»Ja«, erwidere ich.

»Alec war gestern Nacht vollkommen am Boden zerstört.« Sie mustert ihre Fingernägel und pult an den Sandkörnern, die sich darunter festgesetzt haben. »Seit sein Vater gestorben ist, habe ich ihn nicht mehr so viel trinken sehen.«

Es ist ein Risiko, hier darüber zu sprechen, aber ich sehne mich verzweifelt nach einer Nachricht von ihm. Die Augen weiter starr auf Benny gerichtet, frage ich leise: »Was hat er gesagt?«

»Dass er beschlossen hat, dem Ganzen ein Ende zu bereiten, bevor ihr beide zu tief drinsteckt. Nach drei Drinks fragte er sich, ob er das Richtige getan hat, und ich habe ihn darin bestärkt.«

Unwillkürlich sehe ich sie an und rechne mit einer schadenfrohen oder überheblichen Miene, aber ich entdecke nichts von beidem. Clara wirkt ernst und ich frage mich, ob ich mir das Mitgefühl in ihren Augen nur einbilde.

»Ich weiß, es ist schwer für dich, das einzusehen«, fährt sie fort, »und dafür kannst du nichts. Du lebst in einer anderen Welt. Er aber war derjenige, bei dem von Anfang an klar war, dass er verletzt werden würde. Ende des Sommers wirst du deinen Prinzen heiraten und in einem Schloss leben, dich in Juwelen und Pelze hüllen, und Alec bleibt mit leeren Händen zurück. Er wird noch immer hier sein und ein Leben dritter Klasse führen – umgeben von Menschen erster Klasse, die freundlich tun, sich aber nicht mal die Mühe machen, sich seinen Namen zu merken.«

Nicht für immer, möchte ich gern sagen. *Eines Tages wird er Arzt sein.*

Aber das spielt keine Rolle. Es ändert nichts an der Tatsache, dass Clara recht hat. Ich bin ein egoistisches Biest von einem Mädchen, dem es wichtiger war, welche Gefühle ein Junge in ihm geweckt hat, als sich darum zu scheren, wie dieser Junge sich schlussendlich fühlen würde.

»Das ist der Grund, warum ich nie richtig mit dir warm geworden bin«, sagt Clara und blickt hinaus aufs Wasser. »Ich wusste, dass du Alec nur wehtun würdest. Das tun Leute wie du nun einmal. Aber du sollst wissen, wenn das nicht gewesen wäre, hätten wir Freundinnen werden können.«

Meine Kehle ist wie ausgedörrt und ich muss schlucken. »Liebst du ihn?«

»Ich weiß es nicht«, erwidert sie. »Aber vielleicht werde ich es herausfinden, wenn du erst mal verschwunden bist. Doch wie dem auch sei: Alec verdient es, mit mir oder mit einem Mädchen wie mir zusammen zu sein. Einem Mädchen, das er wirklich haben kann.«

Die Segelboote überqueren die Ziellinie. Bennys Schiff läuft als zweites ein – hinter dem eines Jungen in einem geflickten Overall und mit dreckverschmiertem Gesicht. Benny schüttelt dem Jungen die Hand und gratuliert ihm zum Sieg.

»Wenn dir Alec wirklich etwas bedeutet«, sagt Clara, »dann hältst du dich von ihm fern.«

Benny sucht in der Menge nach mir. Ich zwinge mich zu lächeln und breite die Arme aus. Clara verschwindet zwischen den Zuschauern, als Benny auf mich zurennt und mir die Arme um die Taille schlingt.

»Hast du das gesehen? Ich hab den Sieg nur *haarscharf* verpasst.«

»Du warst fantastisch, mein Süßer«, sage ich zu ihm. »Absolut fantastisch.«

Vater kommt auf uns zu und klopft Benny auf die Schulter. »Gut gemacht, Sohn. Hättest ihn beinahe gekriegt.«

Ich übergebe Benny an Vater, der ihn auf die Schultern hebt und ihn über den Köpfen der Menge hinweg zu Mutter trägt. Einen Augenblick lang stehe ich nur da und blicke ihnen hinterher.

Wenn dir Alec wirklich etwas bedeutet, dann hältst du dich von ihm fern.

Seufzend schürze ich mein Kleid und folge den beiden. Lon scheint immer noch wütend auf mich zu sein, aber ich lege ihm beschwichtigend die Hand auf den Arm und lächele ihn kokett an. Keine Ahnung, wie ich je glauben konnte, ich könnte meinem Schicksal entkommen, aber ich bin entschlossen, Alecs Wünsche zu akzeptieren.

Ich werde ihn weder länger ausnutzen noch ihm weiteren Schaden zufügen.

Kapitel Achtunddreißig

NELL

»Wie meinst du das – verhindern, dass ich ein weiteres Mal sterbe?«

»Alle sechzehn Jahre«, erklärt Alec knapp, »kehrst du zu mir zurück. Und alle sechzehn Jahre muss ich mit ansehen, wie du stirbst.«

Ich muss lachen. Es gefällt mir gar nicht, wie manisch es klingt, doch ich kann nichts dagegen tun. »Okay, jetzt übertreibst du allmählich. Woran soll ich denn sterben? An einem Fluch?«

Ich fürchte, dass er sauer wird, weil ich lache. Doch wenn wir uns streiten, gibt er vielleicht endlich zu, dass es ein grausamer Witz ist. Keine Ahnung, woher er das mit meinen Halluzinationen weiß oder wie er es schafft, eine derart lange Geschichte daraus zu spinnen. Doch genau das muss es sein. Eine Geschichte. Ein Scherz.

Ein Albtraum.

Doch Alec schaut auf den Sand. Seine Stimme ist schwach, als käme sie von ganz woanders. »Jedes Mal kann ich mir nicht vorstellen, wie ich das noch mal überleben soll«, sagt er. »Und dann lebe ich doch weiter und stecke hier fest, bis du wiederkommst.«

Er atmet geräuschvoll aus. »Das ist der Fluch. Ich bin zu immerwährender Gefangenschaft verurteilt. Ich kann nicht sterben und du bist dazu verflucht, alle sechzehn Jahre zurückzukommen und die Ereignisse dieses Sommers noch einmal zu durchleben.«

»Wenn das stimmt, warum hast du dich dann nicht total gefreut, mich zu sehen? Wieso warst du so distanziert?« Ich rutsche näher an ihn heran und stupse mein Knie an seins. Meine Stimme trieft von Vorwürfen. »Wenn du sechzehn Jahre auf mich gewartet hast, wieso siehst du mich dann nie länger als zwei Sekunden an?«

Alec steht auf. »Meinst du etwa, das wäre leicht für mich? Glaubst du, ich *wollte* das so? Beim letzten Mal dachten wir, wir bekommen es hin. Wir waren so sicher, dass der Fluch gebrochen ist – wir haben es sogar schon *gefeiert*. Wir haben Pläne geschmiedet und im Sonnenaufgang über unsere Zukunft gesprochen.« Sein Blick ist kalt, die Augen dunkle Höhlen, während er mit mir spricht. »Du bist in meinen Armen gestorben, Katie, und ich konnte nichts dagegen tun. Also entschuldige bitte, wenn ich nicht so begeistert bin, dich zu sehen, aber ich kann diese Hoffnung nicht noch einmal aufbringen, nur damit sie mir wieder genommen wird. Das kannst du nicht von mir verlangen.«

Ich verziehe das Gesicht. Das Schweigen dehnt sich.

»Nell«, sagt er schließlich. »Nell, wollte ich sagen.«

Ich stehe auf, weil ich überhaupt nicht mehr weiß, was ich sagen soll. Ich bin mir immer noch nicht sicher, ob ich nicht in einem Traum feststecke oder verrückter bin, als ich dachte, und ob ich gerade mit der Luft statt mit Alec spreche oder irgendwo in einer Gummizelle den Kopf an die Wand schlage. Eins weiß ich aber genau: Alec glaubt, was er sagt. Es ist kein Scherz und er will mich nicht reinlegen. Dafür ist der Schmerz in seiner Stimme zu echt.

»Hör zu, ich bin ja kein Experte, aber es klingt so, als hättest du ein großes Problem«, sage ich. »Vielleicht solltest du dich behandeln lassen. Ich könnte meinen ehemaligen Therapeuten anrufen und fragen, ob er jemanden in der Gegend empfehlen kann. Vielleicht könnten wir zusammen –«

Er macht einen Schritt nach vorn, bis er so dicht vor mir steht, dass ich nur noch ihn sehe. »Ich bin nicht verrückt.«

»Hab ich auch nicht behauptet. Vielleicht bist du einfach ein bisschen verwirrt.«

Vor Anspannung wirkt es so, als wollte er mich am liebsten schütteln, doch er hält die Fäuste an seinen Seiten geballt.

»Besteht irgendwie die Möglichkeit«, frage ich stockend, »dass du ... keine Ahnung ... mich mit jemandem verwechselst?«

»Du hast das Foto selbst gesehen. Du hast Visionen. Und du hast gerade am eigenen Leib erfahren, dass du das Hotelgelände nicht verlassen kannst«, antwortet er. »Aber ich soll dich verwechselt haben?«

Ich sehe ihn eindringlich an. Eine unmittelbare Gefahr geht von ihm aus, doch trotz seines Zorns habe ich keine Angst vor ihm. Tief in meinem Inneren weiß ich, dass er mir nie wehtun würde. Doch warum ich so etwas über einen Fremden wissen sollte, übersteigt meinen Horizont.

Es sei denn, es stimmt, was er sagt. Es sei denn, dies ist keine Halluzination.

Es sei denn, ich bin – *war* – Aurelea Sargent, und er ist gar kein Fremder.

»Und was passiert als Nächstes?«, frage ich.

»Wir warten darauf, dass deine Erinnerungen zurückkehren.«

»Und dann überlegen wir uns einen Plan, damit ich nicht wieder sterbe?« Es sollte wie ein Scherz klingen, doch die Worte hängen schwer in der Luft.

Alec knirscht mit den Zähnen, weicht zurück und blickt aufs Meer hinaus.

»Alec? Wir denken uns doch etwas aus, oder nicht?«

Er nimmt sich für die Antwort viel Zeit. Und als er sie mir endlich gibt, ist sie kein großer Trost.

»Das machen wir immer.«

***

Früher, als ich noch ein kleines Mädchen mit Hoffnungen, Träumen und Märchen im Kopf war, hätte ich Alecs Erklärung wahrscheinlich gar nicht hinterfragt. Wenn man ignorierte, wie verrückt das Ganze klang, ergab die Geschichte schließlich Sinn. Doch dieses Mädchen war in tausend Stücke zersprungen, als das Flugzeug, in dem seine Mutter saß, vom Himmel gefallen war. Ich glaube nicht an Märchen und ich glaube nicht an Flüche. Und an Schicksal glaube ich schon mal gar nicht. Wenn ich aus dem Tod meiner Mutter irgendetwas gelernt habe, dann, dass diese Welt ein furchterregender Ort ist. Wir sitzen hier unsere Zeit ab, bis wir entweder eines natürlichen Todes sterben oder einer Tragödie zum Opfer fallen. Darum klammere ich mich auch so an meinen Vater und er sich wohl auch an mich – weil wir wissen, dass uns der andere jeden Augenblick entrissen werden kann. So ist es nun mal. Deshalb kann ich nicht plötzlich denken, dass es eine Art Plan gäbe und das Schicksal oder Gott sich so viel Mühe machen würde, zwei Menschen alle paar Jahre wieder zusammenzubringen, um einen Fehler aus der Vergangenheit auszubessern. Das würde gegen alle meine Glaubenssätze verstoßen.

Ich lasse Alec am Strand stehen und kehre in mein Zimmer zurück. Ich muss meine Gedanken sortieren, doch das funktioniert einfach nicht, wenn er mich ansieht, als wäre alles, was er sagt, wahr.

Du hast das Foto selbst gesehen. Du hast Visionen. Und du hast gerade am eigenen Leib erfahren, dass du das Grundstück nicht verlassen kannst. Aber ich soll dich verwechselt haben?

Es ist noch nicht einmal zwölf Uhr, daher habe ich unser Zimmer für mich allein. Ich überlege, mich hinzulegen und eine Runde zu schlafen. Doch obwohl ich mich fühle, als würde ich jeden Moment zusammenbrechen, habe ich zu viel im Kopf, um abzuschalten. Vielleicht sollte ich ein paar Tabletten nehmen – nur so viel, bis ich mich beruhigt habe. Oder auch noch ein paar mehr. Eine andere Patientin von Dr. Roby hat mir erzählt, dass die richtige Anzahl einen tiefen traumlosen Schlaf herbeizaubern kann. Andererseits gehöre ich nicht zu den Leuten, die eine Überdosis riskieren. Wenn da etwas schieflaufen würde und Dad ohne mich mit der Welt fertigwerden müsste, würde ich mir das nie verzeihen.

Es erscheint mir klug, die Pillen zu nehmen, aber wenn, dann auch richtig. Ich suche Dr. Robys Kontaktdaten in meinem Handy. Bestimmt hat er gerade einen Patienten, doch er hört seine Mailbox regelmäßig ab und wird sich unverzüglich bei mir melden. Zumindest wenn ich behaupte, es wäre ein Notfall, ich würde Dinge sehen, die gar nicht da sind, und hätte mich beinahe schlafwandelnd aus einem Fenster im vierten Stock gestürzt. Und dass ich möglicherweise in meiner Einbildung mit jemandem rede, um meine Wahnvorstellungen zu erklären, und zudem die Tabletten seit Januar nicht genommen habe.

Ich lasse den Daumen zögernd über dem Anrufsymbol schweben, öffne dann aber leise fluchend den Browser. Ich tippe: *Aurelea Sargent, Winslow Grand Hotel.*

Dort finde ich auch nicht viel mehr als das, was Otis mir bereits erzählt hat. Das meiste stammt ohnehin aus lokalen Legenden und Verschwörungstheorien, die nicht gerade vertrauenswürdig sind. Aber die wichtigsten Punkte stimmen in allen Quellen überein: Aurelea Sargent und ihr Verlobter Lon Van Oirschot wurden in Aureleas Suite mit Schusswunden tot aufgefunden, und zwar in den frühen Morgenstunden des 13. August 1905, genau zwei Tage vor ihrem siebzehnten Geburtstag – *meinem Ge-*

burtstag – und drei Wochen vor ihrem Hochzeitstag. Obwohl es damals mehrere Verdächtige gab, wurde niemand verhaftet. Es gab auch schon Gerüchte über einen erweiterten Selbstmord, die noch plausibler erschienen, nachdem Aureleas Freundinnen zu Hause in Philadelphia verrieten, dass sie Lon nur ungern heiraten wollte. Weitere Gerüchte drehten sich um die brenzlige finanzielle Lage ihrer Eltern, doch all das wurde nie betätigt und die Familie erstickte sie rasch als ehrenrührigen Klatsch im Keim.

Die letzte Information stößt etwas in meinem Hinterkopf an – *drei Schrankkoffer voll mit Kleidern, die wir uns nicht leisten können –*, doch die Empfindung verschwindet so schnell, wie sie erschienen ist.

Der nächste Suchanfrage lautet: *Todesfälle Winslow Grand Hotel*.

Ich durchforste die Ergebnisse. Wenn Alec die Wahrheit sagt und ich Aurelea bin, die alle sechzehn Jahre in das Hotel zurückgekehrt und erneut gestorben ist, muss es doch Berichte oder Spekulationen darüber geben, warum wiederholt sechzehnjährige Mädchen im Grandhotel den Tod finden.

Doch ich finde rein gar nichts.

Ich würde gerne triumphieren, vor allem nachdem ich erfahren habe, dass Aurelea am gleichen Tag Geburtstag hat wie ich – was ein bisschen unheimlich ist. Doch eigentlich bedeutet es nur, dass entweder Alex so verwirrt und verstört ist wie ich oder dass ich mir unser Gespräch nur eingebildet habe, um mich selbst zu beruhigen. War Alec überhaupt in der Eingangshalle? Hat er mich wirklich in den Garten und an den Strand mitgenommen? Vielleicht bin ich irgendwo ohnmächtig geworden und habe das alles nur geträumt.

Es klopft an der Tür und ich zucke zusammen. Zunächst vermute ich, dass Dad seinen Schlüssel vergessen hat, doch es ist erst halb zwei – recherchiere ich hier wirklich schon fast zwei Stunden? –, und dann denke ich:

Alec.

Ich stecke das Handy ein, werfe auf dem Weg zur Tür einen flüchtigen Blick in den großen Spiegel und streiche meine Haare glatt.

Tief Luft holen.

Ich öffne die Tür.

Max lächelt mich an. »Hey, Schwänzerin. Otis hat mir erzählt, dass es dir nicht gut geht, deshalb habe ich dir Suppe mitgebracht.« Er zeigt mir eine braune Papiertüte aus einem der Hotelrestaurants.

»Wow«, sage ich und versuche meine Enttäuschung zu verbergen. »Danke.«

Max zuckt mit den Schultern. »Otis hat bezahlt und ich habe es ausgenutzt und mir auch ein Sandwich gekauft. Der gute Wille zählt, nicht wahr?«

Ich lache gekünstelt. »Absolut.«

»Und? Soll ich dir ein bisschen Gesellschaft leisten oder lieber mit dem Sandwich abdampfen und es einsam und allein essen, wie der letzte Loser, der keine Freunde hat?«

Ich ziehe die Tür weiter auf. »Komm rein.«

Wir stellen unser Mittagessen auf den kleinen Tisch an eins der Fenster. Während Max vorsichtig den Deckel von meiner Suppe hebt und mir einen Plastiklöffel reicht, fragt er, wie es mir geht.

»Besser«, lüge ich. »Ich musste nur ein bisschen schlafen.«

Das muntert ihn auf. »Super! Ich wollte heute Abend einen Film sehen, aber meine Freunde haben alle keine Lust darauf und da dachte ich, wir zwei könnten vielleicht ... aber als Otis meinte, du wärst krank, bin ich davon ausgegangen, dass du dir die Seele aus dem Leib kotzt oder so.«

Ich höre gar nicht richtig zu. Meine Gedanken schweifen immer wieder zu Aurelea, den Visionen und zu Alec. »Nicht doch«, sage ich und brösele geistesabwesend Kräcker in meine Suppe. »So schlecht war mir nicht.«

Max nimmt sein Sandwich aus der Verpackung. »Und? Wie sieht's aus?«

Ich sehe ihn stirnrunzelnd an. »Wie sieht was aus?«

»Willst du heute Abend mit ins Kino?«

Ich bin kurz davor, Ja zu sagen. Kino klingt genau richtig, um mich von alldem abzulenken, und es würde mir vielleicht auch guttun, einmal aus dem Hotel rauszukommen. Doch dann fällt mir der Strand wieder ein, die Grundstücksgrenze, und wie ich dort zur Salzsäule erstarrt war, als hätte jemand meine Bewegungsfähigkeit ausgeschaltet. *Das war nur eine Halluzination. Es gibt keinen Fluch, der mich davon abhält, ein Grundstück zu verlassen.*

Trotzdem möchte ich diese Theorie nicht in Max' Beisein testen.

»Ich glaube, ich sollte es langsam angehen lassen«, antworte ich. »Hundertprozentig fit bin ich immer noch nicht.«

»Oh.« Er verzieht niedergeschlagen das Gesicht.

»Aber ... wir könnten hier einen Film zusammen schauen, wenn du magst.«

Er macht große Augen. »Echt?«

»Klar. Mein Vater hat bestimmt nichts dagegen.«

»Okay«, sagt Max. »Wann soll ich rüberkommen?«

»Um sechs?«

Er nickt. »Passt.«

Einige Minuten vergehen, während wir schweigend essen. Irgendwann halte ich es nicht mehr aus und stelle Max die Frage, die mir schon die ganze Zeit durch den Kopf geht. »Was denkst du über Reinkarnation?«

»Wie kommst du darauf?«

Ich zucke mit den Schultern. »Ich dachte, du könntest so was vielleicht in dein Drehbuch einbauen.«

Ich konnte nicht immer so gut lügen. Meine Mutter merkte sofort, wenn ich die Unwahrheit sagte, weil meine Ohren rot anliefen und mein Blick abschweifte und ich schneller redete als sonst. Deshalb wusste sie, dass ich mit sechs Jahren die Kristallvase kaputt gemacht hatte, obwohl ich eisern der Katze die Schuld in die Schuhe schob (es war natürlich auch wenig hilfreich, dass ein Kristallsplitter in meinem Fußball steckte). Aber im Laufe der vergangenen vier Jahre, in denen Dr. Roby ständig Fragen stellte und Dad mich beobachtete, als könnte ich von einem Augenblick auf den anderen Amok laufen, habe ich gelernt, meine Gefühle hinter Lügen zu verbergen – glatt wie Glas und überzeugend wie die Wahrheit.

Max verzieht nachdenklich das Gesicht. »Auf die Idee bin ich noch gar nicht gekommen.«

Ich kratze mit dem Löffel über den Boden der Suppenschale. »Aber meinst du, es wäre möglich?«

»Regel Nummer eins, wenn man eine Geschichte erzählt«, sagt er. »Alles ist möglich.«

Kapitel Neununddreißig

LEA

Die folgende Woche ist die längste meines Lebens. Ich stürze mich in die Hochzeitsvorbereitungen, Bridgeklub-Treffen und Geselligkeiten mit den neuen Freundinnen meiner Mutter und den Familien von Lons Geschäftspartnern. Dabei spiele ich die Rolle der braven Tochter und Verlobten. Ich bin gut darin, den Schmerz wegzuschieben. Beinahe bemerke ich nicht, dass mir die Hälfte meiner Seele fehlt – gäbe es da nicht die eisernen Klammern, die mein Herz *fester und fester* umschließen und in den unpassendsten Momenten Schwindelgefühle auslösen und mir die Luft abschnüren.

Ich lächle, während Mutter mit mir über die Gäste, die bereits zugesagt haben, und über eine geeignete Sitzordnung spricht. Ich lache sittsam, wenn eine ihrer neuen Freundinnen mich nach meiner Aussteuer fragt. Während der ersten Kleideranprobe steigen mir unwillkürlich Tränen in die Augen, aber Mutter und die Schneiderin schreiben das fälschlicherweise meiner Liebe für Lon zu. Nachts liege ich wach und versuche mich selbst damit zum Narren zu halten, dass diese Ehe das größte Abenteuer meines Lebens sein wird und dass ich Lon vielleicht sogar irgendwann lieben lerne oder zumindest irgendeine Art von Zuneigung zu ihm fasse. Ich gebe mir die größte Mühe, Alec Petrov zu vergessen. Doch jedes Wort, jede Berührung und jeder Kuss verfolgen mich.

Die Liebe hat mich zu einer Besessenen gemacht.

Dass ich ihm mindestens einmal am Tag begegne, macht die Sache auch nicht besser. Als Page, als Servierkraft, als Gärtner, als Mitarbeiter am Empfang. Seine Gegenwart fließt wie Blut durch die Adern des Hotels, und es ist unmöglich, ihn nicht zur Kenntnis zu nehmen. Doch genau das tue ich. Wann immer sich unsere Blicke treffen, wann immer mein Herz danach schreit, ihm nahezukommen und ihn anzuflehen, es sich anders zu überlegen und jede Minute, die uns noch bleibt, zusammen zu verbringen, drehe ich mich auf dem Absatz um und suche das Weite. Es gibt keinen Grund, es uns beiden noch schwerer zu machen als nötig.

In manchen Momenten frage ich mich, ob ich ihm wirklich so viel bedeutet habe wie er mir. Vielleicht waren es auch einfach nur leicht dahingesagte Worte unter den Sternen, die im Tageslicht unmöglich Bestand haben. Vielleicht wollte ich nur unbedingt an die wahre Liebe glauben und habe mir deshalb eingebildet, dass Alec sich so schnell in mich verliebt hat wie ich mich in ihn.

Die einzige Antwort, die mir dazu einfällt, ist folgende: *Ich bin ein törichtes Mädchen.* Es ist schließlich ganz offensichtlich, dass meine Gefühle nicht auf Gegenseitigkeit beruhen, denn sonst hätte er es nie geschafft, sich von mir zurückzuziehen. Ich bin ein törichtes Mädchen, denn wie habe ich jemals glauben können, dass ich in der Lage sein würde, Alec am Ende des Sommers Lebewohl zu sagen? Wie konnte ich glauben, dass meine Seele nicht in tausend Stücke zerbrechen würde, in jenem Augenblick, in dem ich mich öffentlich zu Lon bekennen und mit seinem Ehering am Finger Winslow Island verlassen würde? Es war ein Fehler, alles, von Anfang an. Alec hatte recht.

Ich war nie die Seine und er nie der Meine.

***

»Beeil dich, Aurelea!«, ruft Mutter von der Tür her. »Wir wollen die Van Oirschots nicht warten lassen.«

»Ich komme«, erwidere ich und stecke meine Haare fest. Auf Mutters Anordnung hin trage ich die roséfarbene Abendrobe mit dem Überkleid aus schwarzer Spitze. Dabei habe ich verzweifelt versucht, das Kleid nach dem letzten Tragen ganz hinten in meinem Schrankkoffer zu verstecken, weil Lon mir gesagt hatte, es wäre wie geschaffen dafür, es zu zerreißen. »Geht schon mal vor.«

»Das werden wir ganz gewiss nicht!«, erwidert Mutter nachdrücklich.

Ich verdrehe die Augen und suche nach den dazu passenden Schuhen, die ich auch irgendwohin gestopft habe, in der Hoffnung, sie würden dort vergessen. Doch mir fällt beim besten Willen das Versteck nicht mehr ein. *Das habe ich wirklich gut hingekriegt.*

Während der letzten zwanzig Minuten ist Vater am Eingang der Suite ungeduldig hin und her getigert. Ich sage das Einzige, wovon ich weiß, dass es ihn besänftigen wird: »Wir treffen uns am Aufzug.«

Heute Abend findet das wichtigste Abendessen statt, das wir bisher am Tisch der Van Oirschots eingenommen haben. Uns wird eine Gruppe von Investoren Gesellschaft leisten, die Vater einen möglichen Geschäftsabschluss in Aussicht gestellt haben. Er wird nicht all unsere Schulden decken – nicht mal annähernd –, aber es ist ein entscheidender Schritt, einer, der es meiner Familie in Kombination mit meiner Heirat fast sicher ermöglichen wird, den Lebensstil fortzusetzen, an den sie sich gewöhnt hat. Ganz zu schweigen davon, dass der Name Sargent wieder zurück in den Mittelpunkt des gesellschaftlichen Interesses rückt.

Mein Einsatz macht sich bezahlt. Bei dem Gedanken, dass ich endlich meine »Angst« vor dem Aufzug überwunden habe, klingt

Vater fast jovial. »Also schön. Komm jetzt, Margaret«, sagt er zu Mutter.

Sie gehen und die Tür schließt sich hinter ihnen.

Ich finde die Schuhe ganz unten in Bennys Koffer, schlüpfe hinein und renne dann zur Tür. Ich bin nur eine Minute später losgegangen als meine Eltern, doch mein Schritt ist länger als der meiner Mutter und ich rechne damit, sie an der nächsten Flurbiegung einzuholen.

Plötzlich packt mich eine Hand am Arm und zieht mich in einen kurzen Korridor, der vor zwei identisch aussehenden Suite-Türen endet. Ich schnappe nach Luft. Eine zweite Hand legt sich auf meinen Mund.

»Ich bin's.«

Alec.

Er dreht mich zu sich herum und ich reiße die Augen auf. »Was tust du da?«

»Ich muss mit dir reden.«

Ich blicke zu den beiden Türen am Ende des Korridors und dann hinter mich zum belebten Hauptflur dieser Etage. »Ist dir klar, wie gefährlich das ist?«

»Lass uns heute Nacht treffen«, sagt er. »In der Wäschekammer.«

»Ich muss jetzt gehen ...«

»Lea, *bitte.*«

Und damit ist es um mich geschehen. Mein Name auf seinen Lippen lässt meine Entschlossenheit bröckeln, als wäre sie aus Sand.

»Ich weiß nicht, ob ich mich loseisen kann.«

»Ich warte die ganze Nacht, wenn es sein muss«, entgegnet er.

Ich blicke ihm noch einen Moment lang in die Augen. »Ich werde sehen, was ich tun kann.«

Und damit raffe ich meine Röcke, trete zurück auf den Flur.

Irgendwie weiß ich, dass sich heute Nacht etwas verändern wird: Was auch immer Alec mir zu sagen hat, wird eine Weiche für meine Zukunft stellen. Der Gedanke daran ängstigt mich mehr als alles andere, denn ich habe keine Ahnung, wohin mich das führen wird.

Kapitel Vierzig

NELL

Max kommt wie verabredet um sechs mit der Pizza. Ich bin so in Gedanken, dass ich zusammenzucke, als er klopft. Im ersten Moment weiß ich gar nicht, was er hier will. Auch sein Anblick verwirrt mich, denn er hat sich umgezogen. Jetzt trägt er eine Skinnyjeans, einen grauen Pullover über einem weißen Button-up-Hemd und eine rote Beanie, die lässig auf dem Hinterkopf sitzt. Er riecht nach Parfüm und Waschmittel.

Er lässt die Schultern hängen. »Du hast es vergessen.«

»Nein«, lüge ich und überlege kurz, ob ich ihn mit der Ausrede, mir wäre doch noch schlecht, wieder wegschicken soll. Aber ich habe Kopfschmerzen und lasse mich gerne von Max ablenken. Ich deute auf meinen Pferdeschwanz, mein ungeschminktes Gesicht und die abgehangenen Klamotten, in denen ich heute Morgen schon ausgeflippt bin. »Mir war nur nicht klar, dass wir uns schick machen.«

Max wird rot. »Äh, ja, ich hab was auf mein anderes Hemd gekleckert. Kaffee.«

»Oh.«

»Also ... kann ich reinkommen?«

»Äh, ja.« Ich mache Platz. »Klar.«

Während Max die Pizza und die Pappteller auftischt, schreibe ich Dad eine Nachricht.

Damit du Bescheid weißt: Max ist hier, wir gucken einen Film.

»Was wollen wir uns denn ansehen?«, fragt Max mit der Fernbedienung in der Hand.

»Kannst du dir aussuchen.« Beim Anblick der Pizza wird mir leicht übel. Ich weiß, dass ich heute zu wenig Kalorien zu mir genommen habe, aber nach Essen steht mir nun wirklich nicht der Sinn. »Du kennst dich doch mit Filmen aus.«

Mein Handy piept und ich lese Dads Nachricht.

Kein Problem, ich arbeite heute Abend sowieso etwas länger mit Sofia an einem Projekt. Viel Spaß ☺

Ich weiß nicht, wie ich es bei allem, was hier los ist, auch noch schaffe, mich darüber zu ärgern. Doch bei der Vorstellung, dass mein Vater so viel Zeit mit Sofia verbringt, knirsche ich mit den Zähnen. Mit Sofia, die keinen Ring und keinen Typen hat, mit Sofia, die von den gleichen Dingen besessen ist wie er.

Max sucht irgendeinen Indie-Film aus, der seiner Meinung nach völlig zu Unrecht unter dem Radar gelaufen ist. Wir sehen ihn uns im Schneidersitz auf der Bettkante an und ich zwinge mir zwei Stücke Pizza rein.

Max isst die anderen sechs.

Obwohl ich wirklich versuche, mich auf den Film zu konzentrieren, kehren meine Gedanken immer wieder zu Alec und Aurelea zurück. Erst nach der Hälfte des Films, als das Bett quietscht, weil Max näher heranrutscht und meinen Arm streift, kapiere ich, was hier läuft.

»Das ist die Einstellung, von der ich dir erzählt habe«, sagt Max und drückt sein Knie an meins, während er sich begeistert vorbeugt. »Siehst du, dass sie hier das Weitwinkelobjektiv benutzen, um zu zeigen, wie heftig die Figur mit sich kämpft?«

Er hat mir etwas erzählt? Wann war das denn?

»Äh, ja«, antworte ich. »Absolut.«

Er lehnt sich wieder zurück und versteift seine Schulter, als er an meine stößt, doch er rückt nicht wieder weg. Und dann streift er ganz, ganz langsam mit dem Handrücken über meine Fingerknöchel. Ich halte den Atem an und blicke auf seine Hand, die offen neben meiner liegt.

Oh. Mein Gott. Ist das ... Hat er vor ... Glaubt er, das wäre ein Date?

Jetzt habe ich noch einen Grund, gestresst zu sein. Wir verharren so, bis der Film zu Ende ist. Unsere Arme, Beine und Hände berühren sich ganz leicht. Max verlagert hin und wieder das Gewicht und dreht seine Hand noch mehr zu meiner, doch ich nehme diese offensichtliche Einladung nicht an. Nach dem Film schnappt Max sich die leere Pizzaschachtel und geht zur Tür.

»Das hat Spaß gemacht«, sagt er so schnell, dass die Worte übereinanderpurzeln. »Können wir wieder machen.«

Ich würde ihn am liebsten fragen, welchen Teil er meint – als ich ganz offensichtlich mit meinen eigenen Problemen beschäftigt war, sodass ich ihn gar nicht wahrgenommen habe, oder als ich mich geweigert habe, Händchen zu halten? Stattdessen halte ich ihm die Tür auf und sage nur: »Ja, unbedingt.«

»Na dann.« Er schluckt. »Gute Nacht.«

»Nacht.«

Ich sehe den Kuss nicht kommen, und schon drückt er seinen Mund auf meine Lippen. Sein Atem schmeckt nach Tomatensoße und Chiliflocken. Der Kuss ist zärtlich – sanfter Druck, ohne Zunge – und unter anderen Umständen hätte ich es vielleicht ganz schön gefunden. Doch mein einziger Gedanke, während Max' Unterlippe über meine tanzt, gilt Alec.

Plötzlich sticht es in meiner Brust, als hätte mir jemand eine Kugel ins Herz geschossen. Ich hole scharf Luft und löse mich von Max.

Er runzelt die Stirn. »Was ist?«

»'tschuldigung.« Der Schmerz ist wieder vergangen, aber mir ist noch ganz schwindelig von der Erinnerung. »Ich, äh ...« Ich schüttele den Kopf. »Ich glaube, mir geht's immer noch nicht richtig gut.«

»Oh.« Er räuspert sich. »Dann hoffe ich, dass es bald besser wird.«

»Danke.«

Er will gehen und mir ist klar, dass ich ihn am besten ziehen lassen sollte, doch der Ausdruck der Zurückweisung in seinen Augen ist zu viel für mich.

»Max.«

Er wirft einen Blick zurück.

»Das war ein schöner Abend.«

Er lächelt verhalten. »Fand ich auch.«

***

Mein Kopf ist der reinste Bienenstock. Es summt, als Dad reinkommt und von seinem Tag berichtet, summt, als ich meinen Schlafanzug anziehe und mir das Gesicht wasche, und summt, als ich in mein Bett gehe und Dad in seins, von wo er das Licht ausschaltet.

An mich sollst du dich erinnern.

Erinnern.

Erinnern.

Schließlich halte ich es nicht mehr aus und schlüpfe aus dem Bett. Ich nehme mir einen Becher vom Fernsehtisch, schnappe meinen Rucksack und gehe ins Bad. Dort hole ich die Dose heraus und schüttele zwei Tabletten auf meine Hand.

Ich zögere.

Scheiß drauf.

Dann stecke ich die Pillen in den Mund und fülle den Becher mit Wasser.

Damit schlucke ich die Tabletten.

Und bringe die Stimmen zum Schweigen.

Kapitel Einundvierzig

LEA

Mein Herzschlag pocht in einem wilden Rhythmus in meinen Ohren, als ich die Treppen bis in den vierten Stock hinaufgehe. Während des gesamten Abendessens und des anschließenden Tanzens im Ballsaal hat Mutter mich mit Argusaugen beobachtet. Ich konnte mich erst wegstehlen, nachdem wir in unsere Suite zurückgekehrt und meine Eltern zu Bett gegangen waren. Gefühlte Stunden lag ich im Bett, bis ich irgendwann schließlich meinen Morgenrock übergestreift und mich aus meinem Zimmer geschlichen habe. Jetzt weiß ich nicht, wovor ich mich mehr fürchte: davor, dass Alec nicht länger auf mich wartet, oder davor, dass er tatsächlich die ganze Zeit auf mich gewartet hat.

Mein Nachthemd raschelt beim Gehen um meine Knöchel und ich trete vorsichtig auf die Holzdielen, um zu testen, ob sie knarren. Ich biege um die Ecke und ...

Da ist er. Er sitzt auf dem Boden vor der Wäschekammer, seine Arme ruhen auf den angezogenen Knien und den Kopf hat er an die Tür gelehnt. Ich gehe auf ihn zu, ohne nachzudenken. Ein Dielenbrett ächzt unter meinen Füßen.

Alecs Kopf schießt ruckartig nach vorne. Bei meinem Anblick atmet er erleichtert auf und seine Lippen verziehen sich zu einem Lächeln. Er rappelt sich hoch und geht mir entgegen. »Ich dachte, du würdest nicht kommen«, murmelt er.

»Ich konnte mich nicht eher wegschleichen.«

Er nimmt meine Hände, legt seine Stirn an meine. Dann schließt er die Augen und atmet tief durch. Ich weiß, ich sollte ihn bremsen, ihm in Erinnerung rufen, warum wir das hier nicht tun wollen – oder dass jeden Augenblick jemand aus seinem Zimmer kommen und uns entdecken könnte. Doch sein Duft umgibt mich und sämtliche Gründe, warum wir nicht zusammen sein sollten, haben keine Chance gegen das überwältigende Bedürfnis, ihm nahe zu sein. Mich an seinen Körper zu schmiegen und seinen Duft in mich aufzunehmen.

»Komm mit«, sagt er. »Ich möchte dir etwas zeigen.«

Er führt mich durch die Flure im vierten Stock und ein paar Stufen zu einer Tür empor. Dann zieht er einen Schlüssel aus der Tasche und dreht ihn im Schloss. Die Tür geht auf. Alec betätigt den Lichtschalter und ich sehe ein kleines rundes Zimmer mit einem Bett, einer Kommode, einem Stuhl und einem Waschgestell. Überall türmen sich Bücher – sie stapeln sich entlang der gekrümmten Wände und liegen ausgebreitet um sein Bett herum. Im Lampenschein leuchten die Titel auf den Buchrücken. »Der Graf von Monte Christo«, »Die Brüder Karamasow«, »Diskurs über die Ungleichheit«, »Grays Atlas der Anatomie«. Es gibt Bücher über Chemie und Theologie, Kunstgeschichte und Ökonomie, Politikwissenschaft und Biologie. Ich fahre mit den Fingern über die Exemplare, die auf der Kommode gestapelt sind, und greife nach einem meiner Lieblingsbücher. »Grashalme«.

Alec räusperte sich.

»Mr Sheffield gibt mir immer Bücher, die ich lesen soll.«

»Du hast die alle gelesen?«, frage ich. Er nickt.

»Dann bist du der belesenste Medizinstudent im ganzen Land«, sage ich beeindruckt.

»Das bezweifle ich. Manchmal habe ich das Gefühl, kaum mithalten zu können.«

Er sagt nicht, *mit Leuten wie dir* – Leuten aus vornehmem Hause, die mit Bibliotheken voller Bücher wie diesen geboren wurden und Zugang zur besten Ausbildung haben, die man für Geld kaufen kann –, aber ich höre die Worte trotzdem. Sie erinnern mich daran, warum ich mich von ihm ferngehalten habe.

Ich wusste, dass du Alec nur wehtun würdest. Das tun Leute wie du nun einmal.

Ich lege das Buch weg. »Ich sollte nicht hier sein«, sage ich und wende mich zum Gehen, doch Alec verstellt mir den Weg.

»Tritt beiseite«, befehle ich ihm.

»Bitte hör dir an, was ich zu sagen habe.«

»Das spielt keine Rolle.« Ich versuche, stark zu klingen, doch mir schnürt sich die Kehle zu und meine Worte sind kraftlos. »Du hast bereits alles gesagt, was du mir sagen musst.«

»Da irrst du dich.« Alec greift nach mir und nimmt meine Hand in seine. »Ich habe dir nicht gesagt, dass es mir nicht gelungen ist, dich aus meinen Gedanken zu verbannen. Dass ich mich nach deiner Nähe sehne. Dass mich von dir abzuwenden, obwohl du noch immer hier bist, das Schwierigste und Dämlichste war, was ich je getan habe. Dass du mich in jeder wachen Stunde heimsuchst und in jedem meiner Träume vorkommst. Du bist überall. Der Versuch, dich zu ignorieren, ist wie der Versuch, nicht zu atmen. Ohne dich ersticke ich.«

Tränen treten mir in die Augen, heiß und unwillkommen. »Aber du hattest doch recht. Was wir hier tun, führt zu nichts. Unsere Geschichte endet in Liebeskummer, da gibt es nichts zu leugnen. Zu dieser Erkenntnis hat mir Clara verholfen, und deine Mutter ...«

»Du hast mit Clara gesprochen?«

Ich nicke.

»Wann?« Er runzelt die Stirn. »Was hat sie gesagt?«

Ich versuche an ihm vorbeizukommen und weigere mich, ihn dabei anzusehen. »Das ist doch jetzt völlig gleichgültig ...«

»Das ist es verdammt noch mal nicht.« Er packt meine Schultern und hält mich fest. »Was hat sie zu dir gesagt, Lea?«

Mit flatternden Augenlidern sehe ich zu ihm auf. Unser keuchender Atmen erfüllt die Luft zwischen uns. »Dass ich dir am Ende nur wehtun würde.« Meine Kehle wird noch enger. Ich schlucke, trotzdem laufen mir die Tränen übers Gesicht. »Sie hatte recht.«

»Das Ende ist mir egal.«

»Das ist es nicht. Und mir auch nicht.«

Er schüttelt den Kopf. »Für mich zählt nur das hier.« Seine Hände gleiten von meinen Schultern in mein Haar und seine Finger legen sich um meinen Kopf. »Wir.« Ich schließe die Augen und mein Körper schmilzt unter seiner Berührung dahin. Er küsst mein rechtes Auge und dann mein linkes. Seine Lippen sind so zart wie Rosenblütenblätter. »Jetzt.«

»Alec.«

Sein Name ist ein geflüstertes Gebet auf meinen Lippen, mich freizugeben oder mich zu nehmen – hier, zwischen den Büchern und Erinnerungen, die ihn zu diesem Mann geformt haben. Er ist all das, wovon ich zuvor nicht gewusst habe, dass ich es wollte. *Um Himmels willen, beende dieses Fegefeuer, in dem ich während der vergangenen Woche gelebt habe.*

Er nimmt mich.

Sein Mund presst sich auf meinen, er hebt mich hoch, legt meine Beine um seine Hüften und wirbelt mich herum, bis mein Rücken die Wand berührt. Sein Körper, so schlank und fest und stark, drückt sich an meinen, bis sich unser Atem und unsere Herzschläge vereinigen. Seine Finger öffnen meinen Morgenrock und streifen ihn ab, entblößen mein fast durchsichtiges Nachthemd darunter und dann fallen unsere Kleidungsstücke nacheinander zu Boden, bis es nur noch eines gibt: Er und ich und alles, was wir sind, alles, was wir sein sollten, wenn wir zusammen sind.

Er trägt mich zum Bett und dort im Dunkeln vermählen wir uns miteinander auf die einzige Art, die wir kennen, indem wir unsere Seelen für den Moment und für immer miteinander verflechten. Es ist Begrüßung und Abschied und Ewigkeit, alles zusammen. Es ist alles, was uns zugestanden hätte, wenn nur unser Schicksal nicht bereits für uns bestimmt worden wäre.

Kapitel Zweiundvierzig

NELL

In den Ballsaal kann ich nicht mehr gehen, nachdem ich tief und traumlos geschlafen habe, völlig erschöpft und unter dem Einfluss der Antipsychotika. Doch ich frage mich, was gestern echt war. Deshalb probiere ich es heute mit dem Speisesaal, der wegen der Tische für mein Training zwar weniger geeignet ist, aber zumindest habe ich hier keine rachsüchtigen Gespenster gesehen. Die Playlist ist eine Mischung aus Hardrock und Heavy Metal, perfekt gegen laute Gedanken und bibbernde Knochen. Ich packe all meine Wut, Verwirrung und Selbstverachtung in den Tanz und vergesse dabei beinahe das schlechte Gewissen, das mich heute Morgen überfallen hat, weil ich die Tabletten wieder nehme.

Sieben Monate.

Ich habe nur sieben Monate durchgehalten.

Aber es hat doch funktioniert, oder? Du hast nicht geträumt und bist nicht schlafgewandelt. Du hast nicht einmal den Song gehört – diesen schrecklich schönen vampirmäßigen Song. Vielleicht hattest du die ganze Zeit recht und alles, was gestern geschehen ist, war nur eine Halluzination. Möglicherweise hast du das, was in dir vorging, so lange nicht beachtet, bis dein Verstand in ein Dutzend scharfer Scherben zerbrochen ist. Die ausgesandten elektrischen Impulse konnten daraufhin nirgendwo mehr ankommen, bis die kleinen weißen Pillen – die gesamte Kavallerie – dein Gehirn wieder zusammengeflickt haben.

Das ist die logische Version, aber sie gefällt mir ganz und gar nicht. Schließlich beinhaltet sie auch, dass ich nicht stark genug bin, um ohne Medikamente zu leben. Und dass ich ernsthaft gestört bin und alles, was mich ausmacht, alles, wofür ich gearbeitet habe, zusammenbrechen kann.

Was für ein schmaler Grat. Wie schwer es doch ist, das Gleichgewicht zu halten.

Ich drehe mich, schneller, schneller und immer noch schneller, bis meine Zweifel und Ängste schwinden und ich nur noch aus einem pumpenden Herzen, wirbelnden Gliedern und einer prallen Lunge bestehe. Ich bin ein wildes Wesen, das über den Holzboden rast – gefährlich, unbesonnen. Eine falsche Bewegung, ein falscher Schritt und ich falle vielleicht, zertrümmere mein Bein, meinen Traum. Und verstreue die Scherben im Wind.

Doch ich kann nicht aufhören.

Damit es mir gut geht, muss ich weniger sein als die Summe meiner Einzelteile.

Mein Handywecker, der dafür sorgen soll, dass ich vor dem Morgengrauen wieder in meinem Zimmer bin, dröhnt in meinen Ohren. Nachdem ich das Handy aus der Tasche geholt und den Wecker sowie die Musik ausgemacht habe, ziehe ich die Ohrhörer raus und verstaue alles zusammen im Rucksack. Ich hänge ihn mir um, will zur Tür gehen – dehnen werde ich mich gleich in der Sicherheit unseres Zimmers – und zucke zusammen.

Alec steht in einer Ecke des Speisesaals und lehnt an einem alten Konzertflügel.

»Du warst immer schon eine hinreißende Tänzerin«, sagt er.

Adrenalin rast durch meine Adern. Ich schlage die Hände vor die Brust. »Also, du könntest dich ruhig bemerkbar machen, wenn du einen Raum betrittst.«

»Als ob du mich gehört hättest«, erwidert er. »Außerdem könnte ich das Gleiche zu dir sagen.«

»Was meinst du damit?«

Er zuckt mit den Schultern. »Dass ich als Erster hier war.«

»Klar, du hängst um halb vier morgens einfach so hier rum.«

Er wirft mir einen vielsagenden Blick zu. »Du ja offensichtlich auch.«

»Darum geht es nicht.«

Er grinst zu unverschämt für diese Uhrzeit.

»Also gut.« Ich gehe quer durch den Saal, bleibe vor ihm stehen und verschränke die Arme. »Was wolltest du so früh morgens hier?«

»Ich konnte nicht schlafen.«

»Ist das deine Standard-Antwort?«, frage ich mit hochgezogener Augenbraue.

»Schlaflosigkeit ist ein gründlich erforschtes Phänomen, das häufig von Ängsten oder wie in meinem Fall von Albträumen ausgelöst wird.« Er neigt den Kopf. »Aber davon hast du ja keine Ahnung, was?«

Ich ignoriere seine Frage und stelle stattdessen eine Gegenfrage. »Aber wieso solltest du hier runterkommen? Dir steht ein ganzes Hotel zum Umherwandern zur Verfügung.«

»Ich bin hier, weil jemand meinen üblichen Schlupfwinkel fürs morgendliche Balletttraining beansprucht.«

Ich runzele die Stirn. »Den Ballsaal?«

Er nickt.

Mir fällt der Mann im weißen Hemd wieder ein. »Du warst das, der mich an dem Morgen im Ballsaal beobachtet hat. Stimmt's?«

Alec verdreht die Augen. »Du stellst mich wie den letzten Stalker hin. Ich kann nur noch mal sagen, dass ich als Erster hier war –«

Also schwebte Alec schon an den Rändern meiner Welt, bevor es mir überhaupt bewusst wurde. Ich sollte mich entschuldigen – weil ich seinen Zufluchtsort für mich beansprucht und ihn praktisch als Spanner bezeichnet habe –, doch ich bin einfach zu stur.

»Ich sage nicht, dass es mir leidtut.«

Er saugt die Lippen zwischen die Zähne, als würde er sich das Lachen verkneifen, doch er verrät sich durch das Funkeln in seinen Augen und das unterdrückte Kichern. »Das hätte ich mir auch niemals träumen lassen.« Er sieht mich forschend an. »Hast du einen Moment Zeit?«

Meine Muskeln zucken. Als ich das letzte Mal Zeit mit Alec verbracht habe – ob in Wirklichkeit oder nicht –, hat er mein Gehirn aufgeribbelt wie eine Garnrolle. Vielleicht ist es nicht fair, ihm die Schuld dafür zu geben, dass ich gestern nach so langer Zeit wieder Tabletten genommen habe – andererseits vielleicht auch doch.

Und wenn das gestern alles *doch* stattgefunden hat und er mich wirklich für die auferstandene Aurelea Sargent hält, dann ist er dermaßen verrückt, dass ich ihm kein Vertrauen schenken darf. Und wer im Glashaus sitzt, sollte nicht mit Steinen werfen, oder?

»Wozu?«, frage ich, während mein Körper mich laut auffordert abzuhauen, wenn ich weiß, was gut für mich ist.

Entweder bemerkt Alec das alles nicht oder es ist ihm egal. »Ich möchte dir gern etwas zeigen.«

Obwohl ich eigentlich genau weiß, dass ich ablehnen sollte, schaffe ich es nicht – und das, obwohl sich die Tablettendose in meinen Rücken bohrt.

Kapitel Dreiundvierzig

LEA

Wann immer ich während der nächsten drei Wochen nicht mit Alec zusammen bin, ersinne ich Möglichkeiten, bei ihm zu sein – verstohlene Augenblicke auf verwaisten Fluren und im mondbeschienenen Garten. Wenn ich mit ihm zusammen bin, ersinne ich Möglichkeiten, eine Minute, eine halbe Minute, eine Sekunde länger zu verweilen, als ich sollte. Ich verbringe jede Nacht in seinen Armen und schleiche mich erst in der Morgendämmerung in mein Zimmer zurück. In manchen Nächten reden wir, bis die Sonne aufgeht, als wollten wir sämtliche Gespräche einer jahrzehntelangen Ehe in unserer begrenzten Zeit unterbringen.

In manchen Nächten reden wir gar nicht.

Lon ahnt nichts. Er ist zu sehr damit beschäftigt, potenzielle Kunden im Auge zu behalten, um auf mich zu achten. Und bei den wenigen Gelegenheiten, wenn wir zusammen sind, ist er mit sich selbst beschäftigt und merkt gar nicht erst, dass ich ihm weder zuhöre noch einen einzigen Gedanken an ihn verschwende. Tatsächlich schenke ich ihm immer nur dann Aufmerksamkeit, wenn er versucht, mich allein abzupassen, und ich tue alles in meiner Macht Stehende, um solche Gelegenheiten zu verhindern. Denn wenn es geschieht – wenn Lon und ich allein sind –, behandelt er mich wie einen Gegenstand. Ein Spielzeug, das er noch nicht haben kann.

Und da er in einer Welt groß geworden ist, in der ihm nichts je verweigert wurde, ist das sehr gefährlich für mich.

Mehr als einmal ertappt Alec Lon dabei, wie er mich anfasst. Er sieht, wie Lon sich an mich presst, wenn er sich unbeobachtet wähnt. Wie er mich beherrschen will. Mich kontrollieren. Mich besitzen. Mir ist klar, dass Alec jedes noch so kleine Quäntchen Willensstärke aufbringen muss, über das er verfügt, damit er Lon nicht von mir wegreißt – vor allem, wenn ich »Nein« und »Hör auf« und »Du musst etwas behutsamer sein, Liebling« sage. Nie zuvor habe ich die Fingerknöchel eines Menschen so weiß werden sehen wie die von Alec, wenn er uns aus der Ferne beobachtet. Und heute Morgen dachte ich, er würde Lon umbringen, weil der mich nach dem Frühstück in den Garten geführt und mich dann an den Haaren nach hinten gerissen hatte, damit ich den Mund öffnete. Als mir ein Schmerzensschrei entfuhr, erstickte Lon ihn mit seiner Zunge.

Ich bin mir nicht mal sicher, wo Alec sich genau aufhielt, doch ehe ich mich's versah, lief er schon mit großen Schritten auf uns zu. Sein Gesicht war vor Wut verzerrt, sodass er nicht länger einem von Vernunft und Logik gesteuerten Menschen glich, sondern eher einem instinktgetriebenen wilden Tier. Sein Atem strömte durch seine geweiteten Nasenlöcher wie bei einem Stier und seine Hände waren zu Fäusten geballt – Hämmer, bereit, auf Fleisch und Knochen einzuschlagen.

Ich tat das Einzige, was mir einfiel, um ihn daran zu hindern.

Ich riss mich von Lon los und blaffte ihn an: »Was gibt es da zu starren, Bursche?«

Meine Stimme klang schrecklich. Es war die Stimme, die meine Mutter gebrauchte, wann immer sie einen Bediensteten herumkommandierte. Es war eine Stimme, in der Überlegenheit, Geld und Verachtung mitschwangen, und sie ließ Alec abrupt innehalten.

Lon drehte sich um. Als Alec mir nicht sofort antwortete, sagte er:»Meine Verlobte hat Ihnen eine Frage gestellt.«

Alec blinzelte und schüttelte den Kopf, als wäre er sich nicht ganz sicher, wer er war.

Als wäre er sich nicht sicher, wer *ich* war.

Dann räusperte er sich.»Bitte verzeihen Sie. Ihre Mutter sucht nach Ihnen, Miss Sargent.«

Ich zog eine Augenbraue hoch.»Dann sagen Sie ihr, dass ich gleich komme.«

Alec nickte.»Sehr gern.«

»Meinst du, er wird deiner Mutter etwas sagen?«, fragte Lon und sah Alec hinterher. In seiner Stimme schwang nicht der Hauch einer Sorge mit, nur eine leichte Nachdenklichkeit. Er hätte genauso gut überlegen können, ob es heute regnen würde. »Ich könnte ihn feuern lassen.«

Jähe Panik ergriff mich.»Nicht nötig«, sagte ich, hakte mich bei Lon unter und ging Richtung Lobby.»Ich kümmere mich darum.«

Jetzt liegen Alec und ich auf seinem Bett und meine Wange ruht auf der festen Wölbung seiner Brust. Manchmal, wenn uns Worte unnötig erscheinen, verfallen wir in angenehmes Schweigen. Doch heute Nacht ist das Schweigen zwischen uns ein Ungeheuer, das mit jeder Sekunde größer wird und allen Sauerstoff im Zimmer verbraucht.

Bis Alec endlich sagt:»Es gefällt mir nicht, wie er dich anfasst.«

Darauf kann ich nichts erwidern. Alles, was mir in den Sinn kommt – *Mir auch nicht. Es wird alles gut. Ich komme damit zurecht* –, fühlt sich falsch an. Weil es mir zwar nicht gefällt, aber es nichts gibt, was mir daran ändern kann, das ich nicht bereits tue. Weil nicht alles gut werden wird: In einem Monat werde ich Mrs Lon Van Oirschot sein und Alec und ich werden das tun müssen –

leb wohl, leb wohl, leb wohl –, was wir bislang ignoriert haben. Wir schieben es so weit von uns weg, bis wir beinahe so tun können, als würde es gar nicht geschehen. Weil ich *nicht* damit zurechtkomme.

Ich komme nicht damit zurecht, Lon künftig jeden Abend in mein Bett einzuladen und mir dabei zu wünschen, er wäre Alec. Doch einen dieser Sätze auszusprechen hieße, den Zauber zu brechen, der dieses Zimmer zusammenhält. Unseren Zufluchtsort, weit weg von neugierigen Augen, bösen Zungen und den gesellschaftlichen Grenzen, die uns trennen. Eine Welt, die nur uns allein gehört. Deshalb sage ich stattdessen: »Wie soll unsere Hochzeitstorte schmecken?«

Mit diesem Spiel haben wir am Ende einer Nacht begonnen, als wir beide erschöpft waren, aber noch nicht schlafen wollten. Ein Spiel, bei dem wir unsere Hochzeit planen, die nie stattfinden wird; unsere Flitterwochen an Orten, die wir nie zusammen erkunden werden; unser Leben als Mann und Frau in einem hübsch eingerichteten Stadthaus in der Nähe des Krankenhauses, in dem Alec arbeiten wird, und in der Nähe der Zeitung, für die ich schreiben werde – eine Klatschspalte vielleicht oder eine Ratgeberkolumne. Die habe ich immer schon am liebsten gelesen.

Aber er spielt nicht mit. »Mr Sheffield hat mich heute in sein Büro gebeten.«

Plötzlich bekomme ich keine Luft mehr. Ich stütze mich auf die Ellbogen und sehe ihn an. »Weiß er Bescheid?«

»Nein«, antwortet Alec. »Zumindest glaube ich, dass er keine Ahnung hat. Er wollte mit mir über meine Zukunft sprechen. Er weiß von meinen Plänen, Arzt zu werden. Obwohl das ein lobenswertes Ziel ist, wird es mich Jahre kosten, genug Geld anzusparen, um die medizinische Fakultät besuchen zu können.«

»Aber du sparst doch schon jahrelang. Sicher hast du das Geld bald zusammen.«

Er schüttelt den Kopf. »Ich brauche noch mindestens zwei Jahre.«

»Zwei Jahre sind halb so wild.«

Er streicht mir eine Locke aus dem Gesicht. »Mr Sheffield hat mir ein Stipendium angeboten ...«

Strahlend setze ich mich auf. »Alec, das ist wunderbar!«

»... um Wirtschaft zu studieren«, fährt er fort. »Er meint, ich sei von all seinen Angestellten der klügste, einschließlich der studierten Mitarbeiter im Büro. Und dass ich mehr über das Hotel wüsste als dessen Erbauer. Er denkt, mit einer anständigen Ausbildung könnte ich seine rechte Hand werden und eines Tages vielleicht sogar das Hotel übernehmen.«

»Aber ...« Ich runzele die Stirn. »Aber du willst doch Arzt werden.«

»Das ist eine einmalige Chance.« Auch Alec setzt sich nun auf und ergreift meine Hände, fährt mit den Daumen über meine Handrücken. »Ich würde nicht für die Ausbildung bezahlen müssen. Ich könnte das ganze Geld, das ich bisher gespart habe, für dich verwenden. Und wenn ich den Abschluss in der Tasche habe, wartet ein guter Job mit Aufstiegsmöglichkeit auf mich.« Er schluckt. »Ich könnte für dich sorgen, Lea. Wir könnten zusammen sein.«

»Nein.«

Er macht ein langes Gesicht. »Nein?«

Ich schüttle den Kopf und stemme mich vom Bett hoch. »Nein. Du wirst Arzt. Es ist mir egal, ob ich in einer Hemdenfabrik arbeiten muss, du wirst deinen Traum nicht aufgeben.«

»Nun, du sagst das, als hättest du irgendeine Ahnung, was das bedeutet. Dabei hast du noch nicht einen Tag in deinem Leben gearbeitet.«

Er klingt nicht gemein, aber seine Worte verletzen mich trotzdem. »Ich weiß, aber ich bin mehr als nur tüchtig. In jedem Fall könnte ich als Sekretärin arbeiten.«

Er rutscht vor zur Bettkante und stützt die Ellbogen auf den Knien ab. »Aber du würdest nichts davon tun müssen, wenn ich Mr Sheffields Angebot annähme. Wahrscheinlich kann ich dir nie all das bieten, was *dein Verlobter* dir bieten kann« – bei dem Gedanken an Lon ballt er die Hände zu Fäusten –, »aber du wirst ein gutes Leben führen.«

Ich stelle mich vor ihn und fahre ihm mit den Händen durchs Haar. »Wir können zusammen ein gutes Leben führen.«

Alec legt den Kopf in den Nacken. Er sieht zu mir auf, schlingt die Arme um meine Taille, zieht mich an sich und drückt seine Wange gegen meinen Bauch. »Sagst du da gerade wirklich, was ich glaube, dass du sagst?«

Tue ich das? Der Gedanke wegzulaufen hat mir immer Angst gemacht – als würde ich mich unwägbaren Winden überantworten und dafür beten, dass ich irgendwo sicher landen würde. Aber zusammen mit Alec ...

Zusammen mit Alec muss ich mir keine Sorgen machen, sicher zu landen. Er ist der Boden unter meinen Füßen.

»Ja«, flüstere ich. Meine Zustimmung ist nicht lauter als das Zischen einer Kerzenflamme, aber sie fährt wie ein Peitschenknall durch die Luft, scheint weit genug zu tragen, dass es jeder im Hotel hören kann. Es ist der Laut einer schicksalsbestimmenden Entscheidung, die in den stillen Gewässern meines Lebens heftige Strömungen hervorrufen wird.

Alec blickt strahlend zu mir hoch, dann steht er auf, geht zu seiner Kommode, öffnet die oberste Schublade und nimmt eine hübsche kleine Schachtel heraus. »Ich habe gehofft, dass du das sagen würdest.«

Er fällt vor mir auf die Knie und ich schlage die Hände vor den Mund, um ein Keuchen zu unterdrücken. »Alec?«

»Lea Sargent«, sagt er und greift nach meiner Hand. »Ich kann dir nicht alles versprechen, was ich dir gern versprechen würde.

Ich kann dir nicht versprechen, dass du ein leichtes Leben haben wirst. Ich kann dir keine Reichtümer oder Juwelen oder ein eigenes Haus versprechen, zumindest nicht in naher Zukunft. Aber ich kann dir versprechen, dass ich hart arbeiten werde, bis ich dir all diese Dinge ermöglichen kann. Ich kann dir ein Leben voller Liebe, Lachen und endloser Hingabe versprechen. Und ich kann dir versprechen, dass, wenn ich ohne dich an meiner Seite durchs Leben gehen muss, ich immer nur ein halber Mensch sein werde. Denn wo du auch hingehst, mein Herz wird stets bei dir sein.«

Er öffnet die Schachtel, in der ein Ring aus Papier liegt. Klebstoff und eine Extraschicht dickeren Papiers geben ihm die nötige Stabilität. Über das Papier verläuft in schräger Handschrift ein Zitat aus einem von Alecs Lieblings-Gedichtbänden, aus dem er mir Nacht für Nacht vorliest, wenn wir zusammen in seinem Bett liegen, die Gliedmaßen ineinander verschlungen, unsere pochenden Herzen aneinandergeschmiegt. Eine Zeile aus Walt Whitmans »An einen Fremden«.

Ich will darauf achten, dass ich dich nicht wieder verliere.

Tränen tropfen von meinen Wimpern und strömen über meine Wangen.

»Im Moment kann ich dir noch keinen richtigen Ring geben«, sagt er, »aber ich verspreche, dir eines Tages den Ring zu schenken, den du verdienst.«

»Bist du blind?«, stoße ich lächelnd und unter Tränen hervor. »Dieser Verlobungsring ist mit nichts zu vergleichen, Mr Petrov.«

Mit blitzenden Augen sieht er zu mir hoch. »Ist das ein Ja, Miss Sargent?«

»Ja.«

Alec atmet erleichtert auf, mit einem so breiten Grinsen, dass ich befürchte, es könnte sein Gesicht in zwei Hälften spalten.

»Aber ich möchte eines klarstellen«, sage ich und hindere ihn daran aufzustehen. »Ich heirate dich nicht wegen der Aussicht auf Geld oder Juwelen oder ein eigenes Haus. Ich hatte all diese Dinge bereits und ich kenne ihren wahren Wert.« Ich knie mich vor ihn hin, verschränke meine Finger in seinem Nacken und sehe ihm in die Augen. »Ich heirate dich, weil ich keinen einzigen Tag ohne dich überstehen könnte. Und weil ich weiß, dass uns nichts in der Welt aufhalten kann, solange wir einander haben.«

Alec schlingt seine Arme um meine Taille und küsst mich auf die Stirn. »Ich liebe dich so sehr.«

»Ich liebe dich auch.«

Er nimmt den Ring aus der Schachtel und schiebt ihn mir vorsichtig auf den Finger.

»Wann sollen wir weglaufen?«, frage ich ihn.

»Ich dachte an morgen Nacht während des Balls, genau wie an dem Abend, an dem du mit mir nach Canvas City gekommen bist. Wenn wir Glück haben, bemerkt bis zum Morgen keiner dein Verschwinden. Wenn nicht, bleiben uns immerhin ein paar Stunden, bis deine Eltern in ihre Suite zurückkehren.«

»Und wohin gehen wir?«

»Tommys Cousin ist Priester in Savannah. Tommy wird sich den Wagen seines Onkels leihen und er und Moira werden mit uns kommen, um unsere Trauzeugen zu sein. Wenn es uns gelingt zu heiraten, bevor deine Eltern uns finden, können sie nichts mehr unternehmen.«

»Du hast also bereits alles bedacht.«

Er grinst. »Seit Tagen liege ich Tommy damit in den Ohren.« Er zieht die Brauen hoch. »*Mrs Petrov.*«

Ich seufze und bin mir ziemlich sicher, dass kein Name je so liebreizend geklungen hat. »Ich weiß nicht, ob ich so lange warten kann, deine Frau zu werden.«

Er birgt mein Gesicht in seinen Händen und küsst mich. »Du bist bereits meine Frau, Lea. Ich habe zu Gott gebetet, um dich zu bekommen, und ich habe mich schon vor langer Zeit zu dir bekannt. Die Heirat ist reine Formsache.«

Ich habe keine Ahnung, wie ich die Zeit bis morgen Nacht überstehen soll, bis meine Ewigkeit mit ihm beginnt. Zum ersten Mal, seit ich Alec Petrov kenne, zähle ich die Minuten, bis die Sonne am Horizont auftaucht, bete, die Zeit möge schneller vergehen und mich aus diesem Zimmer und durch den Tag bringen. In ein Ballkleid und dann in ein Auto.

Im Schutz der Dunkelheit nach Savannah und dann endlich, *endlich*, in die Arme meines Mannes.

Kapitel Vierundvierzig

NELL

Wir nehmen die Treppe in den vierten Stock und noch eine weitere, die Sofia bei der Führung als gesperrt bezeichnet hatte. Als wir vor einer Tür stehen bleiben, schlägt mein Herz plötzlich im Galopp.

Verschlungene Körper, schwer atmend, die Seelen entflammt.

Es gibt keinen Scanner für die Schlüsselkarte, sondern nur einen Knauf mit einem altmodischen Schloss. Alec fischt den passenden Schlüssel mit schartigen Zacken aus seiner Tasche. Hinter der Tür liegt ein kleiner runder Raum, in dem sich vom Boden bis zur Decke Bücherregale aneinanderreihen. Ansonsten besteht die Einrichtung nur noch aus einem schmalen Holzbett, einer dazu passenden Kommode und einem Nachttisch mit Lampe. Doch all diese Dinge bemerke ich nur am Rande, denn sobald ich einen Blick auf die Bilder geworfen habe, nehmen sie mich voll und ganz gefangen.

Wie Schneeflocken an Schnüren hängen Polaroidfotos von der Decke. Ihr Glanz funkelt im Schein der Lampe, während sie sich im Luftzug drehen. Ich betrachte sie forschend.

»Alec?«

Ich werfe einen Blick über die Schulter und warte auf eine Erklärung, doch er schließt nur die Tür und lehnt sich an die Wand. Er hält die Arme verschränkt und den Blick gesenkt.

Auf der Kommode stehen weitere gerahmte Fotos. Sepiafarbene und schwarz-weiße, manche in verblichenen Pastellfarben und dann schärfere Bilder mit satteren Farben wie aus der Zeit, als meine Eltern klein waren.

Auf allen Fotos sehe ich nur mein Gesicht.

Ich nehme das älteste Bild in die Hand, eine ovale Miniatur in verschiedenen Brauntönen. Das Mädchen, das so aussieht wie ich, lächelt, doch es ist nicht dasselbe Lächeln wie auf dem Mark-Twain-Foto. Dieses ist angespannt, kontrolliert und einstudiert. Ich streiche mit dem Daumen über das Glas.

»Aurelea?«, frage ich gepresst, weil ich einen dicken Kloß im Hals habe.

Alec gibt keine Antwort, muss er auch nicht. Ich stelle den Rahmen zurück und betrachte die anderen Bilder auf der Kommode. Die Mädchen, die mich daraus ansehen, tragen je nach Epoche andere Kleidung und Frisuren, und doch ist eindeutig immer dieselbe Person abgebildet.

Ich.

Nach einem tiefen Atemzug wende ich mich den Polaroidfotos zu.

Durch hundert winzige Fenster in andere Leben strahlt mich *mein* Lächeln an, das ich seit vier langen Jahren nicht mehr an mir selbst gesehen habe: Alec und ich, wie wir Marshmallows über einem Lagerfeuer am Strand rösten; Alec, der mich huckepack durch den Garten trägt; unsere einander zugewandten Gesichter aus nächster Nähe, unsere Köpfe auf den Kissen in Alecs Bett. Bilder flackern wie eine Diashow, überlagern sich, werden allmählich scharf.

Verschlungene Körper an geheimen, verborgenen Orten.

Eine Entscheidung.

Ein Plan.

Ein Gewehr.

Erinnern.
Erinnern.
ERINNERN.

ZWEITER TEIL

Kapitel Fünfundvierzig

LEA

Lon ist heute Abend besonders unausstehlich. Er trinkt ein Glas Champagner nach dem anderen und presst mich beim Tanzen viel zu fest an sich. Ich kann den Widerschein der funkelnden Lichter des Ballsaals in seinen glasigen Augen sehen und den schwappenden Schampus in seinem Magen hören. Doch heute Nacht fällt es mir leichter als je zuvor, meine Maske der Höflichkeit zu wahren, weil mein Herz die ganze Zeit im Takt von *Ich verlasse dich, ich verlasse dich, ich verlasse dich* pocht.

Um halb zwölf Uhr klage ich über Kopfschmerzen und entschuldige mich wie geplant vom Ball. Vater unterhält sich mit Mr Van Oirschots Partnern über Geschäfte und Mutter plaudert mit ihren Freundinnen. Keiner von beiden zeigt auch nur das geringste Anzeichen von Müdigkeit oder Unruhe. Garantiert werden sie noch mindestens eine weitere Stunde hier bleiben.

Lon ist nicht erfreut über meinen Abgang, aber er ist zu betrunken, um groß zu protestieren. Vor allem, als einer seiner Freunde ihm den Arm um die Schultern legt und ihm einen Brandy anbietet.

In unserer Suite ist niemand – Benny und Madeline übernachten in einer anderen Suite bei einem von Bennys Freunden –, deshalb muss ich mir keine Mühe geben, leise zu sein. Ich ziehe Reisekleidung an und packe rasch meine Sachen, nehme nur das

Nötigste mit – ein paar Röcke, Blusen und frische Unterwäsche; meine Haarbürste und Haarnadeln; mein Lavendel-Rosen-Parfüm und ein Stück Seife. Als ich fertig bin, lasse ich den kleinen Reisekoffer zuschnappen.

Im warmen Lampenschein funkelt mich Lons Verlobungsring an. Ich betrachte ihn einen Moment lang und erwäge, ihn zu behalten, um ihn irgendwo in einem Schmuckgeschäft zu versetzen. Allein das Geld für diesen Ring könnte Alecs Ausbildung finanzieren und würde es uns ermöglichen, seine Ersparnisse in eine kleine Wohnung zu investieren, die wir dann unser Eigen nennen könnten. Aber ich möchte Lon nicht noch mehr Anlass geben, mir nachzujagen, als er ohnehin schon haben wird, deshalb nehme ich den Ring ab. Das Phantomgewicht, das er hinterlässt, ist nichts im Vergleich zu der Last, von der meine Brust nun befreit ist.

Ich lege den Ring – *meine Leine, meine Fessel, mein Gefängnis* – auf den Sekretär und fische Alecs Papierring aus seinem Versteck in meinem Reisekoffer. Das federleichte Schmuckstück singt mir von Freiheit. Freiheit, ich selbst zu sein. Freiheit, zu lieben, wen auch immer ich mir aussuche. Freiheit, in dieser Welt meinen eigenen Weg zu gehen. All das hat Alec mir gegeben und noch vieles mehr – und umgekehrt verhält es sich genauso. Jeder für sich waren wir düstere Wolken, die schwermütig und verdrossen über einen freudlosen Himmel zogen. Zusammen sind wir der Sturm, der es mit den Widrigkeiten und Verwerfungen unserer beider Leben aufnehmen kann.

Zusammen können wir unser Schicksal selbst gestalten.

Die Uhr zeigt jetzt zehn vor zwölf. Tommys Auto wird Schlag Mitternacht am Hintereingang des Hotels auf uns warten. Er wird nur fünf Minuten lang dort halten; jede Verzögerung könnte unnötiges Aufsehen erregen und möglicherweise unsere Chance auf eine weitere Flucht zunichtemachen. Ich sehe mich ein letztes Mal in meinem Zimmer um, betrachte die teuren Kleider, die in meinem Schrank hängen, und die exquisiten Möbel um mich herum. So viel Extravaganz in einem Zimmer. So viele schöne Sachen, mit denen ich mein Leben lang gesegnet war, und doch bedeutet am Ende nichts davon wirklich etwas. Nicht wenn man es mit dem so elementaren und doch so schwer zu erlangenden Recht auf wahre Liebe und Freiheit vergleicht.

Mit einem Seufzer greife ich nach meinem Reisekoffer und wende mich zum Gehen.

»Wo soll es denn hingehen, Darling?«

Lon steht in der Tür und lässt den Blick über meine Reisekleidung, meinen kleinen Koffer und den Verlobungsring auf dem Sekretär schweifen.

»Was machst ...« Meine Stimme zittert. Ich hole tief Luft und beginne noch einmal von vorne. »Was tust du hier, Lon?«

Er betrachtet mich mit ausdrucksloser Miene. »Als du gegangen bist«, sagt er und macht einen Schritt ins Zimmer, »schien mir das die perfekte Gelegenheit für uns beide zu sein, ein bisschen Zeit zusammen zu verbringen. Allein.« Er schmunzelt, fährt sich mit dem Daumen über die Unterlippe und schüttelt den Kopf. »Aber wie es aussieht, hattest du andere Pläne.«

Leugne es, ruft eine innere Stimme, ein Schutzinstinkt. Und vielleicht wäre ich damit sogar durchgekommen, wenn ich mich nicht bereits umgezogen hätte. Wenn mein Schrank vom Packen nicht ganz unordentlich wäre. Wenn Lons Ring noch immer an meinem Finger steckte.

Aber so gibt es nichts zu leugnen.

»Wohin, glaubst du, könntest du gehen, ohne dass ich dich finde?«, fragt er leise.

»Colorado«, lüge ich. »In Colorado Springs ist eine Stelle als Lehrerin frei.«

»Willst du ganz allein durch das halbe Land reisen?«

»Ja.«

Sein Blick bleibt an dem Papierring an meinem Finger hängen. »Ich schätze es nicht, angelogen zu werden, Aurelea. Es ist dieser Page, nicht wahr?«

Ich reiße verblüfft die Augen auf.

Lon lacht. »Ja, ich weiß über euch Bescheid. Die tratschsüchtigen alten Schachteln von der ersten Etage haben mir alles erzählt. Du bist nicht halb so schlau, wie du denkst, Darling.«

»Aber ...« In meinem Kopf dreht sich alles. Ich kann nicht mehr klar denken. »Aber wir haben nie ...« Wir haben unsere gegenseitige Zuneigung nie in der Öffentlichkeit gezeigt. Nur nachts am Strand und im Tanzpavillon von Canvas City, wenn wir wussten – oder zu wissen glaubten –, dass keiner aus dem Hotel in der Nähe war. Es ist also unwahrscheinlich, dass sie irgendetwas gesehen haben, das ich nicht erklären könnte. »Wir sind Freunde, Lon. Das ist alles.«

Er schnaubt verächtlich. »*Freunde.* Ja, ich dachte mir schon, du würdest so was sagen. Aber es ist die Art, wie ihr euch anseht, die euch bei den alten Weibern verraten hat. Außerdem habt ihr sehr viel Zeit zusammen verbracht. Habt geangelt und seid picknicken gegangen. Wirklich, ich staune, wie du die Energie aufgebracht hast, überhaupt noch Zeit mit mir zu verbringen.«

Ich mache einen Schritt zurück Richtung Fenster und ein Plan reift in meinem Kopf. »Wenn du tatsächlich dachtest, dass ich hinter deinem Rücken mit einem Pagen anbandele, warum hast du dann nichts dagegen unternommen?«

»Ich hielt es für eine vorübergehende Laune«, antwortet Lon. »Eine Sommerliebelei. Ich schäme mich nicht, zuzugeben, dass ich mich diesen Sommer ebenfalls mit einer beachtlichen Anzahl von Dienstmädchen vergnügt habe. Und ich würde zur schlimmsten Sorte von Heuchlern gehören, wenn ich von dir vollkommene

Keuschheit erwartete.« Er macht einen Schritt auf mich zu und seine Muskeln treten hervor. Ein Raubtier, bereit anzugreifen. »Aber wie es scheint, hat er dir Flausen in den Kopf gesetzt, mir davonzulaufen, und das kann ich nicht dulden.« Die Kiefer fest aufeinandergepresst kommt er näher. Ich schmettere meinen Reisekoffer, so fest ich kann, gegen die Fensterscheibe, die unter dem Aufprall zerbirst. Glassplitter regnen zu Boden. Lon hält inne, reißt die Augen auf und blickt mich schockiert an.

Ich greife nach einer schartigen Glasscherbe und halte sie als Waffe vor mich. »Bleib weg von mir.« Doch meine Hand zittert und das Glas bohrt sich in meine Handfläche.

Im Schein der Lampe funkeln seine Augen gefährlich. »Es wird mir viel Spaß machen, deine wilde Seite zu zähmen, mein Schatz.«

»Lon ...«

Er stürzt sich auf mich.

Ich lasse den Arm durch die Luft sausen und das Glas schneidet einen roten, wütenden Schmiss in seine Wange. Er taumelt von mir weg und fasst sich an die Wunde. Seine Finger verschmieren das Blut wie Farbe.

Einen Augenblick lang starren wir uns nur stumm an. Uns beiden wird klar, dass damit eine Grenze überschritten ist. Dass er über meine Aufsässigkeit nicht hinwegsehen kann.

Ich renne los.

Mit der Faust umschließt er ein paar Strähnen meines Haares und reißt mich zurück. Wieder gehe ich mit der Scherbe auf ihn los, doch diesmal duckt Lon sich weg und wirbelt um mich herum. Mit einer Hand packt er mich am Hals, mit der anderen umklammert er mein Handgelenk und verdreht es, bis mir die Scherbe aus den Fingern gleitet und klirrend zu Boden fällt. Dann begrapscht er mich, zerreißt meine Bluse und haucht mir mit schnapsgetränktem Atem grässliche Dinge ins Ohr. Dass er mir Manieren beibringen und mich auf meinen Platz verweisen wird.

An der Tür der Suite klopft es dreimal kurz hintereinander, gefolgt von zweimaligem langsamem Klopfen.

Alec.

Lon drängt mich zum Bett. Ich falle auf den Rücken und kratze ihm mit den Fingernägeln über die Augen. Zischend entweicht der Atem seiner Kehle. Er presst sich die Handflächen auf die Augen, seine trunkenen Bewegungen sind unsicher auf der weichen Matratze. Ich ramme ihm das Knie fest zwischen die Beine.

Er schreit auf, fällt zur Seite und hält sich den Schritt. Ich ergreife meine Chance, springe vom Bett auf und haste zur Tür. Obwohl ich weiß, dass eine Flucht jetzt aussichtslos ist, weil Lon uns folgen und vielleicht sogar die Polizei rufen wird. Obwohl ich weiß, dass wir es womöglich nicht aus dem Hotel schaffen, sondern vorher geschnappt werden, weil ich mit zerfetzter Bluse und blutbefleckten Händen herumlaufe.

Ich weiß nur, dass ich hier nicht bleiben kann.

Ich entriegele die Tür der Suite – Lon muss sie nach seinem Eintreten verschlossen haben – und drücke den Griff herunter. Die Tür geht einen Spalt weit auf, da prallt Lon mit Wucht von hinten gegen mich und wirft mich zu Boden. Im Fallen stoße ich mit dem Kopf gegen etwas Scharfkantiges – einen Tisch? –, ich sehe Sterne und die Welt um mich herum verschwimmt.

Alec platzt ins Zimmer und seine Faust landet direkt auf Lons Unterkiefer. Lon stolpert rückwärts, aber Alec lässt nicht von ihm ab. Seine Fäuste sind wie Paukenschlegel, die Lons Gesicht zu Brei schlagen. Die Wut hat ihn in ein wildes Tier verwandelt.

Ich versuche mich aufzusetzen, aber mein Kopf ist ganz benebelt und mir wird schwarz vor Augen. Als ich wieder zu mir komme, weicht Lon Alecs Schlägen aus, greift selbst an und gewinnt das Gleichgewicht zurück. Brüllend rammt Alec mit voller Wucht Lons Oberkörper, sodass sie beide zu Boden stürzen. Ich höre sie miteinander kämpfen, höre, wie sich Fäuste ins Fleisch bohren, aber ich kann die beiden nicht sehen, weil sie sich hinter einem Möbelstück befinden.

Plötzlich endet der Kampf abrupt und ein metallisches Klicken ertönt. Es ist ein vertrautes Geräusch, eines, das ich in meiner Kindheit unzählige Male gehört habe. Nämlich jedes Mal, wenn Vater als Vorbereitung für die Jagd schießen übte. Doch hier, in diesem kleinen vollgestopften Zimmer, in dem es keine Tiere gibt, auf die man Jagd machen kann, klingt das Geräusch falsch.

Alec rappelt sich vom Boden auf und streckt die Arme von sich. Als Nächstes sehe ich Lon mit Vaters Jagdgewehr, wie er Alec ins Visier nimmt.

Ich schnappe nach Luft.

»Ich lasse nicht zu, dass du sie bekommst«, knurrt Lon wütend.

Alecs Stimme ist leise und beruhigend. »Sie wollen das nicht tun.«

»Wenn du jetzt verschwindest«, sagt Lon. »Dann lasse ich dich am Leben. Wenn nicht, schieße ich dir eine Kugel ins Herz und sage der Polizei, ich hätte dich im Zimmer meiner Verlobten überrascht. Bei dem Versuch, sie zu vergewaltigen.«

An Alecs Kiefer zuckt ein Muskel. »Ich gehe nicht ohne Lea.«

Lon lacht. »Da bin ich anderer Meinung.«

Ein wohlbekanntes, entschlossenes Funkeln blitzt in seinen Augen auf und ein breites Grinsen huscht über sein Gesicht. Er spannt den Hahn. Alles, was ich denke, ist, dass er nicht schießen wird, wenn ich mich schützend vor Alec stelle. Er kann vielleicht Alecs Tod als Notwehr hinstellen, aber meinen wird er nicht erklären können.

Ohne auf den reißenden Schmerz in meinem Kopf zu achten, rapple ich mich vom Boden auf – *schieß nicht* – und springe vor

Alec – *schieß nicht, schieß nicht, schieß nicht.* Der Schuss hallt durch das Zimmer. Einen winzigen Moment lang glaube ich, Lon hätte danebengeschossen. Doch dann breitet sich ein scharfes, brennendes Gefühl wie flüssiges Feuer in meiner Brust aus. Ich schaue an mir herab, sehe, wie meine Bluse sich rot färbt.

Dann geschieht alles ganz langsam. Alec fängt mich auf und ruft meinen Namen. Er birgt mich an seiner Brust.

Auch Lon schreit auf, aber er kommt nicht näher. Sein Atem geht stoßweise und seine teuren Schuhe klackern auf dem Parkett, während er hin und her läuft und vor sich hin murmelt. Jähe Panik erfasst mich. Mir wird klar, dass ich Alec ganz und gar nicht gerettet habe, dass Lon noch immer das Gewehr nachladen könnte, dass er vielleicht jetzt gerade nach Patronen sucht. Ich halte nach ihm Ausschau, um festzustellen, was er macht, aber Alec schirmt mein Gesicht mit der Hand ab und zwingt mich, ihn anzuschauen.

»Sieh mich an«, sagt er. »Bleib bei mir.«

Ich strecke die Hand nach ihm aus, aber meine Hände und Unterarme sind taub. Genau wie meine Füße bis hinauf zu meinen Knien. Ich erschauere, denn Eiseskälte schwappt durch meine Adern.

Nie zuvor ist mir so kalt gewesen.

Ein weiterer Schuss ertönt, so laut, dass mein durchbohrtes Herz einen Satz macht, und dann fällt etwas Schweres zu Boden. Alec hält mich weiter fest, flüstert noch immer meinen Namen, was nur eines bedeuten kann ...

Lon hat sich erschossen.

Der Geschmack von Schießpulver vermischt sich mit dem Kupfergeschmack auf meiner Zunge. Alec wiegt mich wie ein Baby, seine Tränen fallen auf meine Brust. Mein Verstand sagt, dass ich sie spüren müsste, aber ich fühle nichts.

Ich fühle gar nichts.

Alec streicht mir das Haar aus dem Gesicht. »Verlass mich nicht.«

Aber ich bin schon weg, ich falle und löse mich langsam auf. Blut gurgelt in meiner Kehle, dick und zähflüssig. Er lässt keinen weiteren Atemzug zu.

»Ich liebe dich«, versuche ich hervorzustoßen, aber alles klingt ganz weit weg, und ich weiß nicht, ob er mich gehört hat. Ich versuche es noch einmal, spüre meine Lippen die Worte formen, doch dann rasselt mein Atem in meiner Kehle und ich sinke

sinke

sinke

ins Dunkel.

Kapitel Sechsundvierzig

NELL

Wir sitzen am Strand. Ich schmiege mich an Alecs Brust, er lehnt mit dem Rücken an einer Palme, während sich der Himmel in verschiedenen Blautönen im Osten lichtet. Der Morgen eines neuen Tages dämmert. Am 13. August 2001.

Ich habe es geschafft.

Ich heiße Katie und habe innerhalb von hundert Jahren sechs Mal gelebt, als Aurelea, Alice, Evelyn, Penny, Gwen und Ashley. Ich habe Epochen erlebt, die andere Sechzehnjährige höchstens aus Büchern und Filmen kennen.

1905. 1921. 1937. 1953. 1969. 1985.

Jedes Leben komplett anders als das davor, und doch war das Ende immer gleich: hier im Winslow Grand Hotel, verursacht durch etwas, das ich einst als Fluch betrachtete. Jetzt halte ich es für einen Segen, denn Alec schlingt die Arme um mich und am Horizont geht das Versprechen einer Zukunft auf. Ein Segen, der es von Anfang an gewesen ist – eine zweite Chance, die uns immer wieder geschenkt wurde, um am Ende alles richtig zu machen.

Endlich, endlich haben wir verstanden, wie es geht.

Alec legt das Kinn auf meinen Scheitel, haucht in mein Haar und schlingt die Arme fester um mich. »Ich kann es kaum glauben, dass du wirklich hier bist«, *murmelt er.*

Ich drehe mich in seinen Armen und gehe auf die Knie, um ihn anzu-

sehen und die Stirn an seine zu legen. »Ich bin da«, sage ich. »Es ist fast vorbei.«

Wir wissen nicht, was geschehen wird, wenn die Sonne aufgeht. Wir haben keine Ahnung, ob Alec, der wie achtzehn aussieht, aber in Wirklichkeit hundertvierzehn Jahre alt ist, von nun an ganz normal altern oder etwa unsterblich sein wird. Vielleicht werden die Jahre auch über ihn hereinbrechen und ihm die Zeit rauben, die er nie erleben durfte. Vielleicht löst er sich sogar vor meinen Augen auf oder verschwindet einfach.

Doch ich will das nicht glauben. Ich will nicht glauben, dass ich nach all diesen Jahren diesmal überlebe und er stirbt. Was sollte das Ganze dann? Warum sollten wir uns immer wiederfinden, nur um uns am Ende zu verlieren?

Ich will es nicht glauben.

Ich will nicht.

Wir halten uns aneinander fest und sehen zu, wie die Sonne aufgeht – als könnten wir die Welt davon abhalten, uns auseinanderzureißen, indem wir uns weigern loszulassen. Schließlich erscheint die Sonne am Horizont und färbt den Himmel rosa, lavendelblau und orange. Es ist das Schönste, was ich je gesehen habe.

Denn Alec ist noch da, ist immer noch bei mir.

Wir haben es geschafft.

Alec springt auf, zieht mich mit und wirbelt mich herum. Er heult die Sonne an, wie wir eines Nachts gemeinsam den Mond angeheult haben, fällt vor Freude auf die Knie und lässt mich los. Wie in Zeitlupe spüre ich, wie seine Arme sich lösen und das Band zwischen uns reißt. Mein Herz krampft schmerzhaft in meiner Brust und kommt quälend zum Stillstand.

Und dann ...

... falle ich.

Das Letzte, was ich sehe, ist Alec. Schreiend beugt er sich über mich, doch ich höre ihn nicht, weil Eis meine Adern sprengt.

Aufhören, denke ich, während mir schwarz vor Augen wird und der Atem in meiner Brust stecken bleibt. Aufhören.

*Doch wie Rauch quillt die Dunkelheit vor meine Augen und erstickt
das Licht.*

Ein neues Leben,

eine neue Chance,

eine neue Zukunft.

Vorbei.

***

Ich erinnere mich.

Ich erinnere mich.

Ich erinnere mich.

Nicht an alles. Es gibt noch Lücken, Nebelfelder, Übergänge
und Brücken, die ich nicht miteinander verbinden kann, aber es
reicht. Alec sieht mich quer durch den Raum eindringlich an und
wartet mit einem Hoffnungsschimmer in den Augen darauf, dass
ich etwas sage.

Wie ein Gebet kommt sein Name über meine Lippen. »*Alec.*«

Ich werfe mich in seine Arme und rechne damit, dass er sich
an mich schmiegt und mich an sich zieht wie der Mond die Gezei-
ten. Ich warte darauf, dass er mich auf den Scheitel küsst, auf die
Wange, auf den Mund. Ich denke, wir halten uns im Arm und
sagen wie schon so oft Hallo und Auf Wiedersehen.

Doch Alec steht nur da und lässt die Arme hängen. Als ich mich
von ihm löse, funkelt er mich so böse an wie einen Feind. Seine
Augen drücken aus, was er fühlt: *Vorsichtig vorgehen, leise sprechen,
aufpassen.*

»Du hast die Fotos behalten«, sage ich, damit er endlich mit
mir spricht. Er soll mich beruhigen und an sich ranlassen.

»Ich wollte sie herunterreißen.«

»Aber das hast du nicht getan.«

Ich erinnere mich daran, wie ich sie an einem ungewöhnlich

kalten und verregneten Vormittag im August aufgehängt habe. Damals habe ich zu Alec gesagt, er könne mich auf diese Weise in seiner Nähe behalten, falls unser Plan doch nicht aufgeht. Ich war so sicher, dass es funktionieren würde, und habe es nur für den Fall der Fälle gemacht. Später würden wir darüber lachen. Stattdessen hängen sie hier seit sechzehn Jahren über seinem Bett, über seinem Leben.

Ich kann diese Hoffnung nicht noch einmal aufbringen, nur damit sie mir wieder genommen wird. Das kannst du nicht von mir verlangen.

Ich weiche zurück. »Du freust dich gar nicht, dass ich wieder da bin«, flüstere ich. »Habe ich recht?«

Alec sieht mich gequält an. »Doch, natürlich. Es ist nur so ...« Er fährt mit den Fingern durch seine Haare und holt stockend Luft. Ihm kommen die Tränen. »Ich glaube, ich stehe das einfach nicht noch einmal durch.«

Ich nehme seine Hände, wie er es in jener Nacht vor hundert Jahren getan hat. Damals hat er mich angefleht, bis zum Ende des Sommers möglichst viel Zeit mit ihm zu verbringen, und unser Schicksal dadurch angestoßen. »Wir haben keine andere Wahl.«

Er schließt die Augen, holt tief Luft. Dann legt er endlich einen Arm um mich und zieht mich an seine Brust. So bleiben wir aneinandergeschmiegt stehen, gefangen in Erinnerungen, Kummer und Angst, den Zweifel im Herzen. Doch wir dürfen den Glauben nicht verlieren. Den Glauben an uns, an eine zweite Chance. Und an die Liebe.

Wir müssen kämpfen.

»Was machen wir jetzt?«, frage ich.

»Keine Ahnung«, sagt Alec und legt das Kinn auf meinen Scheitel. »Möge Gott mir helfen, ich weiß es nicht.«

Kapitel Siebenundvierzig

NELL

Die nächste Stunde verbringen Alec und ich aneinandergeschmiegt in seinem Zimmer und durchforsten die Erinnerungen, die meinen Verstand überfluten. Er füllt die Lücken, verbindet die Fragmente aus so vielen Leben und verzahnt die Rädchen, die in der langen Zeit verloren gegangen waren. Seine Stimme wird immer kräftiger, als würde er allein durchs Sprechen Sicherheit schöpfen, eine Bestimmung finden und das Gefühl bekommen, etwas Sinnvolleres zu tun, als tatenlos auf das Ende zu warten. Doch er meidet immer noch meinen Blick und zuckt wie ein verwundetes Tier zusammen, wenn ich ihn anspreche.

Er hat so sehr gelitten und ich weiß nicht, wie ich es besser machen soll.

1921 kehrte ich zum ersten Mal zurück. Ich hieß Alice und war ein aufgewecktes junges Ding, ein Jazzbaby der wilden Zwanziger. Meine Kindheit war von dem heraufziehenden Krieg überschattet. Nachdem sich mein Bruder John nach Europa eingeschifft hatte und ich mich an dem Tag für immer von ihm hatte verabschieden müssen, gab ich mich häufig teuflischem Absinth und glanzvollen Partys hin. Meine Eltern trieb ich auf diese Weise an den Rand des Wahnsinns, doch es war mir egal. Nur so wurde ich damit fertig, dass viele Jungen, die ich einst gekannt oder geliebt hatte, an die Front gingen und nie zurückkamen.

Ihnen zu Ehren wollte ich mein Leben bis zur Neige auskosten, selbst wenn ich mich an gewisse Momente nicht erinnern konnte. Wenn mir nachts im Dunkeln der Kopf schwirrte und ich von Schluchzern geschüttelt wurde, wusste ich insgeheim, dass ich nur feige war. Mit meiner Lebensweise versteckte ich mich vor allem, was geschehen war, aber auch vor allem, was ohne John niemals geschehen würde.

Schließlich beschlossen meine Eltern im Winslow Grand Hotel Urlaub zu machen, und ich hatte nichts dagegen. Was könnte schöner sein als Sommertage am Strand und Sommernächte, die ich zum Ragtime Beat der Canvas-City-Combo durchtanzen wollte?

Alec hatte sechzehn lange Jahre in der Gefangenschaft des Hotels verbracht, ohne zu wissen, dass er nicht der Einzige war, auf dem der Fluch lastete. Als ich eines kühlen Morgens im Juni durch die Tür spazierte, war ihm deshalb auch nicht bewusst, dass ich mich von allein an mein früheres Leben erinnern musste. Zunächst nutzte er jede Möglichkeit, mit mir allein zu sein, um mich davon zu überzeugen, dass ich schon einmal im Hotel zu Besuch gewesen war. Anfangs hielt ich ihn für verrückt, doch dann kamen die Erinnerungen zurück und die Grenzen zwischen Fantasie und Wirklichkeit verschwammen noch weiter als durch den Absinth, den ich in einer unauffälligen Flasche verbarg. Schließlich war ich es, die den Verstand verlor.

Lons Geist, der mir genau wie jetzt nachjagte und mich verfolgte, machte es auch nicht besser. Er versuchte mich umzubringen, bevor Alec und ich überhaupt eine Chance hatten, die Dinge richtigzustellen.

1921 hatte er Erfolg und ich sprang schon in den Tod, bevor der Fluch sich erfüllt hatte.

1937 hieß ich Evelyn. Alec hielt sich von mir fern, denn er war zu der Überzeugung gelangt, dass meine Rückkehr nur Teil seines Fluchs war und das Schicksal ihn auf diese Weise quälte, ohne uns eine echte Chance zu geben. Er glaubte, so könnte er mich davor beschützen, noch einmal die schrecklichen Ereignisse von vor zweiunddreißig Jahren zu durchleben. Doch die Erinnerungen kamen trotzdem zurück. Als sich die Welt veränderte und ich mich im Jahr 1905 wiederfand – denn genau das wird am Ende des Sommers geschehen, wir gehen immer wieder zurück –, wusste ich genauso wenig wie Alec, wie ich das Ende verhindern sollte.

1953 hieß ich Penny und wohnte mit meiner Familie in einem Häuschen auf Winslow Island. Einen Urlaub im Grandhotel hätten wir uns nur mit einem Lottogewinn leisten können und Alec versuchte zu verhindern, dass ich das Hotel betrat. Er wusste zu dem Zeitpunkt noch nicht, dass es keine Rolle spielen würde. In dem Augenblick, als ich einen Fuß auf das Grundstück des Hotels gesetzt hatte – dem Augenblick übrigens, in dem ich wiedergeboren wurde –, war es bereits zu spät.

1969 war mein Name Gwen. Alec wollte mich retten, indem er sich zwischen mich und das Gewehr warf, doch die Kugel bohrte sich trotzdem in meine Brust und Alec kehrte allein in die Gegenwart zurück.

1985 war ich unter dem Namen Ashley wieder da. Alecs nächster Versuch bestand darin, mich vor Lon zu verstecken. Schließlich würde er mich nicht töten können, wenn er mich gar nicht erst fand. Doch auch in unserem abgewandelten 1905 war Lon Bestandteil des Hotels. Er konnte mit den Wänden reden, die ihm unser Geheimversteck schließlich verrieten.

Im Jahr 2001 kamen wir endlich auf die Idee, den Fluchtplan in dieser tragischen Nacht zu ändern. Statt um Mitternacht zu verschwinden, warteten wir bis ein Uhr morgens. In der Zwischenzeit hatte Lon sich so viel Alkohol in den Rachen gekippt, dass er auf keinen Fall mehr die Kraft hatte, in sein Zimmer zurückzukehren – geschweige denn, mir in meins zu folgen. Meine Tasche lag gepackt unter dem Bett. Nachdem ich über Kopfschmerzen geklagt und den Ballsaal verlassen hatte, traf ich mich im Laubengang der ersten Etage mit Alec. Wir gingen zusammen zu meiner Suite und er hielt an der Tür Wache, während ich mich umzog. Doch als wir verschwinden wollten, stand Tommys Auto nicht da. Wir beschlossen zu seinem Haus zu laufen, konnten das Hotelgelände jedoch nicht verlassen.

Aus diesem Grund waren wir am Strand gelandet. Wir hatten den Sonnenaufgang erlebt und geglaubt, wir hätten den Fluch endlich, endlich besiegt und müssten nur darauf warten, in die Gegenwart zurückzukehren, wie Alec es schon so oft getan hatte. Wir haben uns geirrt.

»Offenbar gibt es etwas, das wir tun sollen, aber nicht getan haben«, sage ich und schaue zu, wie sich die frühe Morgensonne in Alecs Haar fängt und mahagonifarbene Strähnen in dem dunklen Braun zum Leuchten bringt. Am liebsten würde ich mit den Fingern hindurchfahren. Doch jedes Mal, wenn ich ihm zu nahe komme, holt er scharf Luft, als würde es ihm körperliche Schmerzen bereiten. Eine Erkenntnis schlägt eine tiefe Wunde in mein Herz:

Er will mich hier nicht haben.

Alec schüttelt den Kopf und lacht dunkel und grausam. »Kapierst du es nicht, Lea? Wir haben nichts *versäumt*. Es ist einfach nicht vorgesehen, es richtig zu machen.«

»Doch.« Ich will seine Hand nehmen, aber er zieht sie weg, deshalb schlinge ich die Arme um meine angezogenen Knie.

»Erzähl mir, wie es dir ergangen ist«, flüstere ich. »Nachdem ich zum ersten Mal gestorben bin.«

Er schweigt einen Moment, doch dann beginnt er leise zu berichten. »Deine Eltern sind in die Suite zurückgekehrt und haben mich dort mit dir in meinen Armen vorgefunden. Wahrscheinlich waren Stunden vergangen, die mir wie Sekunden vorgekommen waren. Ich habe ihnen erzählt, was geschehen war, doch sie glaubten mir nicht oder wollten mir nicht glauben, was im Grunde aufs Gleiche hinausläuft. Ich war der einzige Verdächtige. Die Beamten wollten mich zum Verhör auf die Polizeiwache bringen, doch als sie versuchten, mich aus dem Gebäude zu bringen ...«

»... ging das nicht«, flüstere ich.

Er steht vom Bett auf. »Mr Sheffield, der Hotelbesitzer, hat mich immer schon gemocht und wie einen eigenen Sohn behandelt. Er bot den Polizisten für das Verhör ein leer stehendes Büro im Hotel an. Danach wollten sie mich immer noch auf die Wache schicken, doch Mr Sheffield hatte damals großen Einfluss. Ich weiß nicht, was er getan oder gesagt hat, um sie von meiner Unschuld zu überzeugen, doch es hat gewirkt. Die Polizei machte sich auf die Suche nach weiteren Verdächtigen, doch sie fanden natürlich nichts. Und die Sargents und Van Oirschots sorgten wiederum dafür, dass die Möglichkeit des erweiterten Selbstmords gar nicht erst in Betracht gezogen wurde.«

Die Sprungfedern der Matratze quietschen, als ich vom Bett gleite. Zögerlich mache ich einen Schritt auf Alec zu. Ich will ihn in den Arm nehmen und den Jungen trösten, der vor all den Jahren so sehr gelitten hat und seit hundert Jahren diese Qual ertragen muss. Doch ich bleibe lieber neben ihm stehen und mustere sein Gesicht, während er die Menschen betrachtet, die fünf Etagen weiter unten vorbeigehen.

»Wie ist es dir gelungen, so lange hier zu leben, ohne entdeckt zu werden?«, frage ich.

Alec verzieht den Mund. »Oh, es ist schon aufgefallen. Hast du die Gerüchte nicht gehört?«

»Doch«, antworte ich. »Aber mehr als das ist es auch nicht. Man sollte meinen, nach hundertelf Jahren hätte jemand Beweise gesammelt.«

»Das geht auf Mr Sheffields Konto. Auch damals gab es im

Hotel eine hohe Fluktuation unter den Angestellten und diejenigen, die nur ein paar Jahre blieben, stellten keine Gefahr dar. Den anderen wurde unmissverständlich nahegelegt, nicht zu hinterfragen, warum ich nicht älter wurde, weil sie sich sonst einen neuen Job suchen mussten. Ich weiß, dass dies auch zu meinem Schutz geschah, vor allem aber zum Schutz des Hotels. Überleg mal, was hier los wäre, wenn mein Geheimnis jemals aufgeflogen wäre.« Er wendet sich vom Fenster ab, von der Welt, die er nicht betreten kann.»Mit den Jahren kannten immer weniger Menschen mein Geheimnis. Dem Hotel zuliebe weiß seit geraumer Zeit immer nur eine Person über meine Unsterblichkeit Bescheid.«

Ich runzele die Stirn.»Wer?«

Er sieht mir in die Augen.»Der Geschäftsführer.«

»Sofia?«

Alec nickt.»Einige ältere Angestellte, die seit Jahrzehnten hier beschäftigt sind, haben es vielleicht auch erraten. Aber du wärst erstaunt, wie sehr sich die Einwohner für das Grandhotel ins Zeug legen.«

»Wird deshalb nirgends darüber berichtet, dass in diesem Hotel mehrere Jugendliche gestorben sind? Wurde das irgendwie unter den Teppich gekehrt?«

Er lehnt sich wieder an die Wand und verschränkt die Arme.

»Alec?«

»Das war gar nicht nötig«, erwidert er.»Es ist Teil des Fluchs. Niemand ...«, er schüttelt leise fluchend den Kopf,

»... erinnert sich an dich, wenn du stirbst. Weder deine Familie noch das Hotelpersonal. Niemand – außer mir.«

Ich atme stoßweise aus.»Was? Wie –?« Zu viele Fragen schießen mir durch den Kopf. Ich hole tief Luft und zwinge mich, langsam durch den Mund auszuatmen.»Niemand erinnert sich an mich?«

Er schluckt. »Es ist, als ob ... als ob du dein Leben nur behalten darfst, wenn du die Rückkehr hierhin überlebst. Andernfalls ist es, als hätte es dich nie gegeben.«

»Das heißt, mein Vater ...«, frage ich beklommen, »würde sich nicht an mich erinnern?«

Alec sieht mich nicht an, was Antwort genug ist.

»Ich muss los«, sage ich und löse mich vom Fenster. Die Sonne ist schon vor mindestens einer Stunde aufgegangen. »Mein Vater wird sich fragen, wo ich bin.« Meine Augen brennen und der Kloß im Hals erstickt beinahe meine Worte.

Alec packt mein Handgelenk und hält mich fest. Ich drehe mich noch einmal zu ihm um. Mehr als hundert Jahre Kummer, Liebe und Verlust stehen ihm ins Gesicht geschrieben, als sich unsere Blicke treffen.

»Ich kann dich nicht noch einmal verlieren, Lea.«

Ich schenke ihm ein leises Lächeln. Es soll ihn aufmuntern, doch es fühlt sich zu traurig an, wie ich meine Hand an seine Wange schmiege. »Ich bin nicht mehr Lea«, sage ich. »Auch nicht Katie oder Alice oder sonst jemand. Und ich werde auch nicht das gleiche Ende finden. Ich bin Nell. Und ich habe mein eigenes Schicksal.«

Nun küsse ich ihn und Tränen tropfen von meinen Wimpern. Er öffnet den Mund und saugt sanft an meiner Unterlippe, bis wir uns voneinander lösen und ich meine Augen trockne, während ich zu ihm hochblicke.

»Wir lassen uns etwas einfallen«, sage ich. »Hauptsache ... du gibst nicht auf.«

Alec nickt.

Ich drücke fest seine Hand und gehe.

In den acht Leben von Aurelea Sargent bis zu Nell Martin habe ich meine Familie immer geliebt. Meine jeweiligen Eltern waren keineswegs perfekt, manche sogar ausgesprochen gestört. Doch sogar als Lea mit einem gewalttätigen Vater und einer Mutter, die den sozialen Status über das Glück ihrer Tochter stellte, fühlte ich mich ihnen verbunden. Sie waren immer noch die Menschen, die mein Leben prägten. Die Sargents konnten sich an mich erinnern, doch was war mit den anderen? Sie machten weiter, als hätte es mich nie gegeben. Einige von ihnen lebten wahrscheinlich noch irgendwo und würden mich nicht mal erkennen, wenn ich plötzlich bei ihnen vor der Tür stünde.

Und ja, wenn meine Mutter noch da wäre, würde mein Vater vielleicht zurechtkommen, wenn es auch diesmal böse ausginge und ich einfach verschwände. Doch in den letzten Jahren waren wir füreinander der Klebstoff, der uns zusammenhielt. Wie einsam wird er sein, wenn er eines Tages ohne seine Tochter aufwacht? Würde er es verkraften oder erneut in die Depression verfallen, die uns beide in der Vergangenheit beinahe zerstört hätte? Bedeutet sein Flirt mit Sofia, dass er bereit ist, eine neue Beziehung einzugehen? Oder ist er nur bereit, weil er sich auf mich verlassen kann?

Als Alice war ich davon überzeugt, dass meine Eltern ohne mich besser dastünden. Ich war eine Enttäuschung für sie und von meiner eigenen Trauer um John derart überwältigt, dass ich ihnen nicht die Stütze sein konnte, die sie so dringend benötigt hätten.

Selbstsüchtig, selbstsüchtig, selbstsüchtig.

Doch mittlerweile habe ich verstanden, dass es nicht stimmte. Sie brauchten mich damals, und mein Vater braucht mich jetzt auch. Es geht hier nicht nur um mich und Alec. Und so ist es immer schon gewesen.

Diesmal müssen wir es einfach schaffen.

Kapitel Achtundvierzig

NELL

Nach dem Frühstück hole ich mir ein Notizheft aus dem Geschenkladen und gehe ins Archiv. Ich bin früh dran – Otis teilt noch die neuen Kisten auf, die am Vorabend aus der Bibliothek geliefert wurden, und Max ist noch gar nicht da. Deshalb setze ich mich an den Schreibtisch und liste stichpunktartig auf, woran ich mich aus jeder Nacht meines Todes erinnere, angefangen mit Aurelea und endend mit Katie. Dann schreibe ich in fetten Großbuchstaben: WAS HABEN WIR ÜBERSEHEN???

Mit einem Seufzer hole ich mein Handy heraus und tippe *Lon Van Oirschot* in die Suchmaske.

Damit lande ich wesentlich mehr Treffer als mit dem Mord. Anstatt um Lon geht es jedoch meistens um dessen Großvater Alfred Van Oirschot, der sich vom Trapper im Westen zu einem erfolgreichen Immobilienmagnat hochgearbeitet hatte, oder aber um Lons Vater, der sein Erbe in vielversprechende neue Technologien sowie Eisenbahnen und Stahl investierte. Lons tragischer Tod überschattet seinen eigenen Beitrag zum Familiengeschäft. Er hatte damals seine Kunden dafür gewonnen, im ganzen Land neue Wolkenkratzer mit Van-Oirschot-Stahl zu bauen. Aurelea wird nur in der Hälfte der Beiträge namentlich erwähnt, während sie in der anderen Hälfte höchstens als *seine Verlobte* vorkommt, die ebenfalls getötet wurde.

Max lässt sich an seinem Schreibtisch nieder und stellt einen Stapel ledergebundener Bücher mit einem dumpfen Knall dort ab. »Hey, Ballerina«, sagt er und zeigt auf die Hotelregister. »Es ist so weit, Otis lässt uns endlich hier reinschauen. Welche willst du übernehmen?« In verschnörkelten goldenen Zahlen und Buchstaben stehen Daten auf den Buchrücken. Von Januar 1878 bis Dezember 1912.

Mutter betritt zum ersten Mal mit mir die Eingangshalle und ruft: »Oh, Aurelea, ist die nicht wunderschön?« Vater steuert die Rezeption an und unterschreibt in einem Gästebuch. Lon taucht auf und riecht nach dieser abscheulichen Mischung aus zu viel Parfüm, Kaffee und Zigarren, von der mir schwindelig wird.

»Nimm du doch die von 1878 bis 1900«, antworte ich, als wäre das Ganze eine nebensächliche Aufgabe oder als würde ich ihm mit meiner Wahl einen Gefallen tun. »Dann übernehme ich die zweite Hälfte von 1901 bis 1912.«

Max sieht mich forschend an. Einen Moment lang glaube ich, dass er mich durchschaut hat und meine Neugier aus meinem Vorschlag herauszuhören war. Gleich wird er mich fragen, was an den späteren Jahren so interessant sein soll.

Doch dann sagt er nur: »Passt«, und reicht mir die obere Hälfte des Stapels. Unsere Finger berühren sich und er verzieht den Mund zu einem schiefen Lächeln. Ich war so mit den Ereignissen dieses Morgens beschäftigt, dass ich den Kuss vollkommen vergessen habe, doch jetzt fällt mir alles wieder ein.

Ich reiße ihm die Bücher ein wenig zu brüsk aus der Hand.

Kurz darauf habe ich Lons Unterschrift gefunden, die auf den 31. Mai 1905 datiert ist – genau eine Woche bevor ich selbst angekommen bin. Allein der Anblick lässt mich erstarren und ich bohre die Fingernägel in meine Handflächen. Was würde ich nicht alles dafür geben, wenn ich dem blöden Scheißkerl eine reinhauen könnte!

»Ich hab was«, sage ich und schiebe das Register näher zu Max heran.

Er steht auf und beugt sich über meinen Stuhl. Mit der einen Hand stützt er sich auf den Schreibtisch, die andere legt er mir auf die Schulter.

Ich räuspere mich und zeige auf die Mitte der Seite. »Lon Van Oirschots Unterschrift.«

Max macht große Augen. »Wow.« Mit gerunzelter Stirn lässt er den Blick über die Seite schweifen. »Hast du Aurelea auch gefunden?«

Ich mustere ihn auf der Suche nach einem Anzeichen, ob Sofia ihn in das Geheimnis eingeweiht hat. Doch entweder ist er ein begnadeter Lügner oder er hat wirklich keine Ahnung. »Sie wird kaum persönlich unterschrieben haben, aber hier –« Ich blättere ein paar Seiten vor. »Das ist die Unterschrift ihres Vaters.«

Mir tut das Herz weh, als ich ihn beim Unterschreiben vor mir sehe. Ich stöhne leise auf und huste rasch, um es zu vertuschen.

Edmund Sargent war kein toller Vater, nicht einmal ein guter. Es sei denn, man hielte ihm zugute, dass ich ein Dach über dem Kopf und genug zu essen hatte, was manche Leute sicher tun würden. Doch ich hatte ihn immer noch gern, und egal ob diese Zuneigung nun aus Liebe oder einem tiefenpsychologisch begründeten Widerstand herrührte, so wollte ich ihn doch nie im Stich lassen. Ja, meine Eheschließung mit Lon hätte es ihm erlaubt, sein Vermögen zurückzugewinnen. Doch es gab eine Zeit, bevor er wie ein Metzger sein bestes Stück Fleisch an den Meistbietenden verhökerte. Da kam er an meinen Geburtstagen hin und wieder früher von der Arbeit nach Hause und feierte mit mir. Zu Weihnachten gab es Geschenke, die er liebevoll ausgewählt hatte, und nach einem besonders guten Geschäftsabschluss tanzte er mitunter mit mir im Vestibül unseres Hauses.

Er war mein Vater, der sicher sehr unter meinem Tod gelitten hat. Vielleicht hätte er mir niemals verziehen, dass ich mit Alec davonlaufen wollte, vielleicht auch doch. Dank Lon werde ich es nie erfahren.

Max stupst mich mit der Schulter an. »Jetzt weiß ich, warum du dir diese Jahre ausgesucht hast.«

Ich zucke mit den Schultern. »Kann sein, dass sie mir nicht aus dem Kopf gegangen ist.«

»Das verstehe ich«, sagt er. »Schwer zu glauben, dass hier so etwas Schreckliches passieren konnte.« Er holt tief Luft und drückt sanft meine Schulter. »Komm, das zeigen wir Otis. Möglicherweise will er sie in die Ausstellung bringen.«

»Warte, Max.«

Er sieht mich fragend an. »Was ist denn?«

Ich werfe einen schnellen Blick auf Otis, der Mappen auf verschiedene Stapel sortiert, ohne uns die geringste Aufmerksamkeit zu schenken. Dennoch senke ich die Stimme. »Können wir reden?«

Er lässt die Augenbrauen tanzen. »Machen wir das nicht gerade?«

»Unter vier Augen, meine ich.«

»Oh.« Er runzelt die Stirn. »Okay, klar.«

Ich stehe auf und gehe zur Tür. »Wir holen uns was aus der Backstube«, sage ich im Vorbeigehen zu Otis. Max folgt mir mit den Händen in den Hosentaschen.

»Bringt mir was Süßes mit«, murmelt Otis, ohne von seiner Arbeit aufzublicken.

Im Hauptgang ist zwar niemand, doch hier könnte uns trotzdem jemand hören. Deshalb verlasse ich mit Max das Hotel und biege auf den Weg zum Strand ein.

»Es geht um gestern Abend«, sagt Max und kickt unterwegs ein Steinchen vom Weg. »Oder?«

»Ja.«

»Um den Kuss?«

Ich nicke.

Er seufzt. »Tut mir leid, ich weiß nicht, was ich mir dabei gedacht habe. Also ... ich mag dich einfach, Nell, und es fühlte sich irgendwie richtig an. Aber vielleicht war das gar nicht so, ich weiß ja, dass es dir gestern nicht besonders gut ging. Und ich Blödmann küsse dich dann auch noch –«

»Ich habe dich nicht davon abgehalten«, sage ich, weil es stimmt. Weil ich ihn in diesem Augenblick auch küssen wollte, um mir zu beweisen, dass ich doch nicht so viel für Alec empfinde. Ich hätte gern so getan, als gäbe es das alles gar nicht. »Aber ... da ist noch etwas.«

Er zuckt zusammen. »Ist klar, hätte ich mir denken können. Aber ich dachte, weil du umgezogen bist und so –« Er schüttelt den Kopf und atmet tief aus. »Ihr führt also eine Fernbeziehung?«

Das überrascht mich. Ich hätte nie gedacht, dass Max auf die Idee kommen würde, es ginge um jemanden aus Virginia. Es wäre wirklich leicht, ihn jetzt anzulügen. Und irgendwie wäre es auch nicht so verletzend. Um nicht zu sagen menschlicher, weil Max den fraglichen Jungen nicht kennen würde und niemals treffen müsste. Doch das Risiko ist zu groß, dass Max mich mit Alec sieht, und ich denke nicht daran, unsere Beziehung in diesem oder dem nächsten Leben noch einmal geheim zu halten.

»Es ist niemand von früher«, erkläre ich. »Sondern Alec Petrov.«

Max bleibt der Mund offen stehen. »Petrov? Aber ... wie das denn? Wann? Du meintest doch, dass er dich angeblich wie den letzten Dreck behandelt hat.«

Er ist total geschockt und das überzeugt mich endgültig davon, dass er nichts über meine Vergangenheit oder meine Verbindung zu Alec weiß. Wir gehen am Zugang zum Strand vorbei und weiter auf dem Rundweg zum Hotel zurück.

»Stimmt«, sage ich. »Aber dann sind wir uns nähergekommen.«

Max wirft mir einen kritischen Blick zu. »Aber erzähl mir bitte nicht, dass du auf Bad Boys stehst und glaubst, er hätte sich geändert, und dann behandelt er dich schlecht, bis du dich selbst nicht mehr ausstehen kannst.«

»Nein, überhaupt nicht. Es war ein Missverständnis, neulich morgens.«

Besonders überzeugt wirkt er nicht. »Also, das sage ich jetzt nicht, weil ich eifersüchtig bin – obwohl ich es schon ein bisschen bin –, sondern weil ich dich toll finde und dein Freund sein möchte, egal was gestern Abend gelaufen ist oder was als Nächstes passiert. Sei ... einfach vorsichtig, ja? Ich möchte nicht, dass er dir wehtut.«

Beinahe hätte ich gelacht. Wenn er wüsste!

»Versprochen.« Ich atme tief aus. »Und es tut mir wirklich leid.«

Mit einem Seufzer schlingt Max einen Arm um meine Schulter. »Du brauchst dich für nichts zu entschuldigen, Ballerina. Alles gut zwischen uns.«

»Echt?«

Er zwinkert mir zu. »Echt.«

Ich bin so erleichtert, dass ich mich an ihn lehne. »Der Kuss war wirklich toll.«

Max lacht laut, während wir ins Hotel zurückgehen.

Kapitel Neunundvierzig

NELL

Ich stehe in meinem ehemaligen Hotelzimmer. Dort hat Lon mich in der Nacht aufgespürt, in der ich davonlaufen wollte. Es sieht genauso aus wie vor all den Jahren. Ich streiche über die dicken Rillen in dem reich verzierten Kleiderschrank und über die seidenglatten polierten Messinggriffe. Es fühlt sich sehr echt an, es riecht sogar wie damals, nach Meer und Mutters Parfüm und einem Hauch Kerzenwachs von Bennys Leuchtkasten.

Ich glaube beinahe, dass ich wirklich hier bin und es ohne Alec geschafft habe oder gar nicht erst fortgegangen bin.

Ein warmer Atemhauch streift mein Ohr. Ich schließe die Augen und eine Träne läuft über meine Wange, als Lon seinen starken Raubtierkörper an meinen Rücken schmiegt und flüstert: »Ist sie nicht schön? Diese Welt, in der wir lebten? Ich hätte dich darin auf Händen getragen bis ans Ende unserer Tage.«

Ich beiße die Zähne zusammen. »Zu welchem Preis?«

Seine Hände fahren über meine Schultern und schließen sich um meinen Hals. »Alles hat seinen Preis, Darling.«

Ich mache einen Schritt nach vorn, bevor er mir die Luft abdrücken kann. »Du kennst mich schlecht, wenn du glaubst, ich würde mich dir kampflos ergeben.«

Er gluckst leise. »Das hat nun wirklich keinen Zweck. Du kannst nicht gewinnen, Aurelea«, *sagt er.* »Ich würde dich niemals gewinnen lassen.«

Er spannt den Kiefer an. »Komm schon. Gib deinem Verlobten einen Kuss, dann verzeihe ich dir deine früheren Verfehlungen vielleicht.«

Er kommt wieder näher. Ich weiche an die Tür zurück und taste nach dem Knauf. Schließlich lege ich die Hand auf das kalte Metall und drehe ihn hastig um.

Meine Leiche liegt mitten im Salon in einer trocknenden Blutlache. Lons Körper ist an der Wand zusammengesackt, das Hirn weggeblasen und auf der Tapete verspritzt.

»Dem kannst du nicht entkommen«, sagt Lon. Er taucht schon wieder neben mir auf und betrachtet das Blutbad, das er angerichtet hat.

Etwas Warmes, Nasses breitet sich auf meinem Nachthemd aus und klebt den Stoff an meine Brust. Ich senke den Blick und lege die Hand auf die sämige rote Flüssigkeit, die aus meinem Brustkorb gepumpt wird.

Eine vertraute Stimme hallt durch den Salon. »Du endest wie wir alle, Liebes.«

Sie steht mir gegenüber, sieht aber ganz anders aus als damals. Heute ist sie eine Leiche, die seit Langem in der Erde vergraben ist, in zerfetzter Kleidung, mit schütterem, strohigem Haar. Vater und Benny stehen neben ihr. Ihr verwestes Fleisch hängt wie zerschlissene Vorhänge an ihren Knochen und ihrer fauligen Trauerkleidung.

»Mutter?«

»Vor dem Tod gibt es kein Entrinnen«, sagt Aureleas Mutter – meine Mutter – zu mir.

In einer Ecke taucht noch jemand auf, eine große blonde Frau. Sie trägt denselben Pullover und Bleistiftrock wie vor vier Jahren, als sie das Flugzeug bestiegen hat. Erst lächelt sie mich an, doch dann flackert ihr Bild wie in einem alten Fernseher mit schlechtem Empfang und ihr überdehntes Lächeln enthüllt ihre Backenzähne und den Kieferknochen.

Ihr Gesicht ist blutüberströmt.

»Mom!« Ich will zu ihr stürmen und bleibe doch wie angewurzelt stehen. Allmählich fließt mein eigenes Blut über meine Brust in meine Ärmel, herab zu meiner Taille und weiter auf den Boden. Lon kommt noch

einen Schritt näher und taucht die Arme in die rote Flüssigkeit, die lang-
sam zu dicken dunklen Klumpen gerinnt. Lon küsst mich auf den Hals
und schiebt mein Haar beiseite.

»Ich werde dir kein Happy End gönnen«, sagt er zu mir. »Schließlich
hast du mir mein Glück gestohlen.«

Dann kommt Vater mit ausgestreckten Armen auf mich zu. Ein Wurm
schlängelt sich aus seinem Ohr und kriecht auf seine zerschlissene Schul-
ter. »Es wird Zeit, nach Hause zu kommen, Liebes.«

Schließlich ist auf meinem Kleid kein Fleckchen Weiß mehr zu sehen
und doch tropft das Blut immer weiter auf den Boden.

Benny nimmt meine Hand. Seine Lippen sind gesprungen und seine
toten Augen glasig: »Es tut nur ganz kurz weh, Lea. Dann ist es wie fliegen.«

Mir kommen die Tränen. Ich bücke mich zu ihm hinunter und
schmiege meine Hand an seine kalte knochige Wange. »Es tut mir leid,
dass ich dich allein lassen musste, Benny.«

Er hebt den Kopf und lächelt Lon zu, als hätten sie sich verschworen.
Doch dann beugt er sich vor, legt die Hände um den Mund und flüstert mir
dasselbe Wort zu wie in der Wäschekammer:

»Lauf.«

***

Mit klopfendem Herzen werde ich wach. Es ist stockdunkel. Ich
nehme mein Handy vom Nachttisch und leuchte mir damit taumelnd den Weg ins Bad, während ich mir alle Mühe gebe, nicht zu
hyperventilieren.

Im Badezimmer schalte ich das Licht an und untersuche meinen Schlafanzug, doch weder darauf noch auf meiner Brust finde
ich Blut. Ich lege die Stirn an die Tür und lasse mich dann auf die
kalten Fliesen gleiten, so erleichtert bin ich, dass es nur ein Traum
war. Und wütend, weil ich es zugelassen habe, dass Lon mir so
zusetzen konnte.

Und entsetzt darüber, was aus meiner Familie geworden ist. Die Genugtuung, mich weinen zu sehen, will ich dem Dreckskerl nicht gönnen. Dennoch kommen mir die Tränen, heiß und drängend, bis ich kaum noch Luft bekomme.

Im Zimmer nebenan quietscht die Matratze meines Vaters und ich drehe hastig den Wasserhahn auf, um mein Schluchzen zu übertönen. Es fehlt mir gerade noch, das alles erklären zu müssen. Dabei hätte Dad bestimmt Verständnis für einen Albtraum, oder wenn ich fälschlicherweise behaupten würde, es wäre wegen Mom. Doch er würde sich in jedem Fall Sorgen machen, und das soll er nicht, nicht mehr.

Ich halte inne und blicke auf mein Handy. Das Display ist über und über mit roten Fingerabdrücken bedeckt.

Nein.

Ich drehe meine Hand, die ich im Traum auf meine Brust gedrückt habe.

Die Hand, die sich rot gefärbt hat von gerinnendem Blut.

Kapitel Fünfzig

NELL

»Nell?«, fragt Dad. »Alles okay?«

Ich blicke von dem Bagel auf, den ich nicht angerührt habe. Dad sitzt mir mit Sorgenfalten im Gesicht gegenüber. Langsam nehme ich auch den Rest des Zimmers wahr, sodass die Bilder meiner verwesenden Familie und eines Kleids aus Blut mehr und mehr verblassen.

»Hm?«

Dad runzelt die Stirn noch mehr. »Geht es dir gut?«

»Oh. Äh, ja.« Ich schüttele den Kopf, als wäre nichts. »Schlecht geträumt.«

Dad isst den letzten Bissen seines Sandwichs. »Kann ich dir irgendwie helfen?«

»Geht schon«, sage ich und knabbere an meinem Bagel. »Sinnloses Zeug.«

Er nickt, lehnt sich wieder zurück, verschränkt die Hände hinter dem Kopf und schaut aus dem Fenster, um den Sonnenaufgang zu betrachten. »Ist es nicht einfach toll hier?«

Das finde ich auch, ist das nicht verrückt? Als ich an jenem Junitag 1905 mit der Fähre ankam, sah ich in dem Hotel nur den Ort, in dem ich die letzten Monate als Aurelea Sargent verbringen würde – bevor ich meine Freiheit für immer aufgeben und eine Van Oirschot werden musste. Doch die Begegnung mit Alec hat alles verändert. Canvas City, der Strand, das Geheimnis, verborgene Orte im Grandhotel, wo wir ungestört allein sein konnten – in dieses Winslow Island habe ich mich verliebt.

Und unabhängig davon, was seitdem geschehen ist, hat das Hotel mich doch immer wieder zu Alec zurückgebracht. Es hat uns mehr gemeinsame Zeit beschert, als Lon mit seiner Kugel beabsichtigt hat. Es ist ein magischer Ort.

Ich will ihn nicht verlassen.

»Hey, Liebes«, sagt Dad. »In zwei Wochen ist dein Geburtstag. Hast du schon darüber nachgedacht, was du unternehmen willst?«

Mein Geburtstag, am 15. August. Das ist zwei Tage nach Aureleas Ermordung, zwei Tage nachdem Alec und ich ins Jahr 1905 zurückkehren und alles von vorne losgeht.

Ich möchte daran glauben, dass ich hier bin, um ihn zu feiern. Ich möchte daran glauben, dass wir es diesmal wirklich schaffen, den Fluch zu brechen. Doch es ist Lons Spiel. Er hat es schon sechsmal gespielt und immer gewonnen. Ich höre praktisch seine schmierige Stimme, mit der er mir rät, nichts zu planen, weil ich dann längst tot sein werde. Und mein Vater wüsste nicht einmal, dass er eine Tochter zu betrauern hätte.

Als würde ich Lon einen gigantischen Mittelfinger zeigen, antworte ich deshalb: »Jep, ich bin für eine Pizzaparty. Nur wir beide.«

»Mehr nicht, bist du sicher?«

Ich schaue aus dem Fenster auf die üppigen Palmen und die leuchtenden tropischen Blumen, die in der Brise wehen, und auf den unberührten Sand und die anbrandenden Wellen mit der weißen Gischt.

»Absolut.«

***

Mein Beitrag für Otis hält sich heute in Grenzen, aber er scheint es nicht zu merken. Und obwohl er selbst gesagt hat, es würde sich nichts ändern, schenkt Max mir seit unserem Gespräch gestern deutlich weniger Aufmerksamkeit. Zu jeder anderen Zeit würde mich das stören, doch es stellt sich heraus, dass Max viel produktiver ist, wenn er nicht andauernd flirtet. So macht er ganz nebenbei meine Versäumnisse wieder wett.

Es ist gar nicht so, dass ich nichts geschafft bekommen will, doch ich bin in Gedanken im vorigen Jahrhundert. Immer wenn ich mich auf die Dokumente und die Fotos konzentrieren möchte, zuckt eine neue Idee wie ein Kamerablitz vor meinem geistigen Auge auf. All das schreibe ich heimlich in mein Notizheft.

Außerdem sammele ich immer noch neue Erinnerungen, wenngleich sie vage und schemenhaft sind. Wenn ich in einem Augenblick noch etwas aus meiner Zeit als Flapper erlebe, fällt mir im nächsten wieder ein, wie ich mein Haar zu ungeahnten Höhen toupiert habe, und sehe Lons starrenden Blick im Spiegel. Deshalb bin ich nicht einmal sicher, ob meine Ideen neu sind oder aus diesen Erinnerungen stammen, ob wir sie schon ausprobiert oder zumindest in Erwägung gezogen haben – aber ich schreibe sie trotzdem alle auf. Am Ende dieses Tages sind es schon fünf. Fünf Möglichkeiten, den Fluch zu besiegen. Allerdings habe ich keinen Schimmer, ob irgendetwas davon funktionieren kann.

Alec wird es wissen.

Ich finde ihn im Garten, wo er die Rosensträucher zurückschneidet. Es fühlt sich richtig an, hier nach ihm Ausschau zu halten, wo ich ihn immer schon gefunden habe.

»Alec?«

Er schaut mich über die Schulter an und wischt mit dem Unterarm über seine feuchte Stirn. Wie bei unseren letzten Treffen verraten seine Augen einen Moment lang, dass er sich freut.

Doch diese Freude ist fast augenblicklich wie weggewischt, ersetzt durch so viel Leid, Angst und Zweifel, dass es mir das Herz bricht.

Ich räuspere mich. »Mir sind ein paar Sachen eingefallen«, sage ich und halte ihm das Notizbuch hin. »Wie wir es schaffen könnten ... du weißt schon, was.«

Er holt tief Luft und nickt. »Komm, wir gehen woandershin.«

Ich folge ihm an den Strand. Diesmal weiß ich, von wem er nicht belauscht werden will. Lon ist im Hotel allgegenwärtig.

»Okay«, sagt Alec. Wir stehen am Wellensaum und unser Gespräch wird von der Brandung und den fröhlichen Rufen der Kinder, die ins Wasser waten, übertönt. »Was sind das für Ideen?«

Ich schlage das Notizheft auf und biege es so, dass ich es mit einer Hand festhalten kann.

»Wie wäre es, wenn wir Lon aus dem Hotel austreiben?«

»Wie einen Geist?«

»Eher wie einen Dämon.«

Er schüttelt den Kopf. »Ich glaube nicht, dass das funktioniert. Es ist keine freie Entscheidung von Lons Geist, hier zu bleiben. Er sitzt genauso in der Falle wie wir. Das würde seine Wut höchstens noch anstacheln.«

»Okay ...« Ich hole einen kurzen Stummelbleistift aus der Tasche und streiche die erste Idee durch. »Und wenn wir etwas aus der Gegenwart mit zurücknehmen? Kann uns das helfen?«

Alec verschränkt die Arme vor der Brust. »Zum Beispiel?«

»Weiß auch nicht, eine Pistole? Etwas, womit wir uns wehren können?«

»Bisher hat es keine Rolle gespielt, was wir in der Gegenwart tragen oder in den Taschen haben. Ich habe jedes Mal genau das Gleiche an wie am 12. August 1905 und kann nichts anderes mit zurücknehmen.«

Ich seufze. Obwohl ich nicht mit Sicherheit wissen konnte, dass eine Pistole gegen Lon etwas ausrichten würde, hätte ich mich besser gefühlt, wenn ich zum Ausgleich etwas anderes als meine Fäuste oder eine Glasscherbe zu bieten hätte. »Das heißt, das würde uns genauso wenig bringen?«

Mit einem Blick zum Horizont schüttelt Alec den Kopf.

Das streiche ich also auch.

»Und wenn wir einfach nicht weglaufen?«

»Du meinst, du bleibst im Ballsaal, ich in meinem Zimmer und wir gehen schlafen und lassen Lon glauben, du würdest diesmal bei ihm bleiben?«

Ich schneide eine Grimasse. »Haben wir das schon ausprobiert?«

Alec nickt. »Wenn wir dann wiederkommen, benimmt sich Lon trotzdem genauso wie an jenem Tag. Er sagt die gleichen Dinge, hält sich an den gleichen Plan. Er wird dich immer noch in deiner Suite aufsuchen.« Er schluckt. »Er wird dich immer noch umbringen.«

»Und wenn wir ihm zuvorkommen und ihn töten?«

»Das lässt der Fluch nicht zu«, sagt er. »Alles bleibt gleich, bis Lon uns aufspürt. Erst dann ist alles möglich.«

Ich hebe frustriert die Hände. »Kannst du wenigstens *versuchen*, auch etwas beizusteuern?«

Alec schweigt und sieht mich niedergeschlagen an. Schließlich fragt er: »Was soll ich tun? Lügen?«

Meine Augen brennen, doch ich blinzele die Tränen weg. Geweint habe ich genug. »Mein Leben steht auf dem Spiel, Alec, und das scheint dir ganz egal zu sein.«

Er spannt den Kiefer an. Dann kommt er mir so nah, dass ich meine Nase beinahe in sein Schlüsselbein bohre. Als er keuchend auf mich hinabblickt, sind seine Augen eiskalt. »Sag nicht noch mal, dass es mir egal ist«, sagt er. »Du bist mir wichtig, Nell, viel zu wichtig. Genau deshalb bringe ich es nicht noch mal über mich.«

»Wie du willst«, fauche ich zurück. »Dann mache ich es eben ohne dich.«

Er sieht mich einen Augenblick länger an, als wollte er noch sehr viel mehr dazu sagen, würde aber keinen Sinn darin sehen. Er flucht leise.

Und dann geht er weg.

Ich rufe ihm nicht nach. Ich kann ihn ohnehin nicht mehr erreichen.

Kapitel Einundfünfzig

NELL

Ich werde nicht weinen. Ich werde nicht weinen. Ich werde nicht weinen.

Auf dem Weg zu meinem Zimmer wiederhole ich diesen Satz wie ein Mantra. Auf der Treppe, die sich drei Etagen um den Aufzugschacht windet, in Erinnerung daran, wie ich mich in diesem goldenen Käfig gefühlt habe und mein Herz so schnell schlug, als wollte es weglaufen und nie mehr stehen bleiben. In der Erinnerung daran, wie verloren ich war, bis ich Alec traf. Und jetzt ...

Jetzt bin ich wieder mutterseelenallein.

Am Treppenabsatz im dritten Stock biege ich rechts in den Laubengang mit Blick auf den Garten ab. Jemand hat die Fenster geöffnet, um die frische Brise hereinzulassen, und ich tigere davor auf und ab, während die Luft meine fiebrige Haut kühlt.

Es geht mir gut, alles wird gut. Ich finde eine Lösung.

Ich *muss* eine Lösung finden.

In meinem Notizheft ist eine letzte Idee verzeichnet. Außerdem bleiben mir noch zwei Wochen, um mir etwas anderes auszudenken, falls das nicht funktioniert. Es ist noch zu früh, um aufzugeben, auch wenn Alec es schon getan hat.

Laute Schritte erklingen hinter mir. Ich bleibe stehen und ringe mir ein Lächeln ab, weil ich vermute, dass es ein Gast ist. Doch da ist niemand. »Hallo?«

Plötzlich schlagen die Fenster zu. Das Glas springt und wölbt sich nach innen, bis der Druck zu stark wird und die Scheiben bersten. Scherben prasseln in den Laubengang, funkelnd in der Sonne. Die Wucht der Explosion wirft mich gegen die Wand, während die Splitter mein Gesicht zerkratzen und Wunden in meine Arme und Beine schlagen. Schreiend wälze ich mich auf dem Boden, mache mich ganz klein und lege schützend die Arme über den Kopf.

Ich schaue erst wieder auf, als das Klirren der Scherben verklungen ist. In Gedanken gehe ich bereits mögliche Erklärungen durch. Ein Erdbeben? Ein starker Windstoß? Doch das war noch nicht alles. Ein schrilles Geräusch deutet darauf hin, dass sämtliche Schrauben in diesem Gang gelockert werden. Ich rappele mich auf und suche nach der Ursache.

Die Lampenfassungen sind seitlich verdreht und hängen nur noch an einer einzigen Schraube. Einen Augenblick lang hört der Lärm auf, die Lampen bleiben an Ort und Stelle. Ich sollte weglaufen, doch ich blicke wie gelähmt nach oben und warte.

Ganz allmählich beginnt das Kreischen der Schrauben von Neuem. Ich kann die Drehung mit eigenen Augen sehen, als würden sie von einer unsichtbaren Hand gelöst. Aber die Gewinde fallen nicht herunter, sondern bleiben auf halbem Weg in der Luft stehen. Ich konzentriere mich zu sehr darauf, um das erneute Klirren der Glasscherben zu bemerken, und dann ist es zu spät. Sie steigen nach oben zu den Lampenfassungen, bis alles spitz nach unten zeigt wie Eiszapfen.

Lons Gelächter dröhnt durch den Gang.

»Du entkommst mir nicht, Aurelea«, ruft er laut. »Ich bin überall.«

Noch jemand sagt meinen Namen – meinen *richtigen* Namen –, aber die Stimme ist weit weg und ich kann mich nicht vom Anblick der Decke losreißen. Die Scherben und Gewinde kippeln, dann fällt alles herunter. Erneut schlage ich die Arme über dem Kopf zusammen und schreie.

***

»Nell.«

Jemand rüttelt an meiner Schulter, doch ich krieche mit dem Kopf nur noch tiefer in meine Armbeuge.

»Nell.« Eine Frauenstimme. »Es ist alles gut, er ist weg.«

Mit einem Stirnrunzeln hebe ich langsam den Blick.

Sofia sieht mich besorgt an.

Im Laubengang erscheint alles friedlich wie zuvor. Die Fenster stehen unversehrt offen, eine sanfte Brise weht *leise* herein und die Lampengehäuse hängen festgeschraubt an der Decke. Ich stehe auf und untersuche mich auf Kratzer und Wunden, die ich mit Sicherheit davongetragen habe, doch auch hier: Fehlanzeige, nicht einmal eine Schürfung.

Dann erst verstehe ich, was sie gesagt hat. *Er ist weg.*

»Du weißt das alles?«, frage ich Sofia. »Schon die ganze Zeit?«

Sie nickt. »Ich habe nur darauf gewartet, dass du dich erinnerst.«

»Aber wie hast du mich erkannt? Alec hat gesagt, niemand erinnert sich an mich, nachdem –« Ich kann den Satz nicht beenden. *Nachdem ich gestorben bin.*

»Alec hat doch die vielen Fotos von dir«, sagt sie. »Und ich wusste natürlich, dass seit deinem letzten Besuch sechzehn Jahre vergangen sind. Da war es nicht besonders schwer, eins und eins zusammenzuzählen.«

»Hat mich noch jemand so gesehen?« Die Vorstellung, jemand würde Dad erzählen, ich hätte so etwas wie einen psychotischen Anfall gehabt, macht mir Angst.

»Ich glaube nicht«, antwortet Sofia. »Aber einige haben dich

290

bestimmt gehört. Das macht nichts, ich gebe meinen Angestellten eine Anweisung, wie sie auf etwaige Fragen reagieren sollen.«

Sie seufzt. »Es ist grauenhaft, ich weiß, aber versuche es nicht an dich heranzulassen. Er kann dir nur wehtun, wenn du ihn lässt – jedenfalls bis ihr wieder zurückgeht.«

Sie hat gut reden. Schließlich ist sie nicht beim Schlafwandeln beinahe aus dem Fenster gesprungen oder mit Blut an den Händen aus einem Albtraum erwacht.

»Ja«, sage ich. »Danke.«

»Sag Bescheid, wenn ich noch etwas für dich tun kann.«

»Mach ich.«

Sofia wendet sich zum Gehen.

»Also«, sage ich und sie bleibt noch einmal stehen. »Da wäre tatsächlich etwas.«

»Ja?«

Ein älteres Paar betritt den Laubengang. Im Vorbeigehen klopft der Stock der Frau auf den Boden. Ihr Mann hält sie am anderen Arm und geht ihr zuliebe langsamer. Wir nicken uns zu.

Sobald sie um die Ecke gegangen sind, mache ich noch einen Schritt auf Sofia zu und senke meine Stimme. »Wenn ich zurückgehe ... wenn ich es nicht schaffe ...«

Sofias Miene wird sanfter. »Ja?«

»Würdest du dich dann um meinen Vater kümmern? Er würde sich nicht an mich erinnern, ich weiß, und deshalb würde es ihm wohl auch nicht schlecht gehen ... Aber wir sind ein echtes Team, wir zwei, und vielleicht wäre er ... ohne mich ... ein bisschen verloren.«

Sie verzieht den Mund zu einem traurigen Lächeln. »Selbstverständlich würde ich mich um ihn kümmern.«

Ich atme die Luft aus, die ich beim Warten auf ihre Antwort unwillkürlich angehalten habe. »Danke.«

Sie tätschelt zögerlich meine Schulter. »Gib die Hoffnung nicht auf. Du bekommst diese Chance aus einem bestimmten Grund. Irgendetwas muss es geben, womit du ihn besiegen kannst. Du musst nur herausfinden, was es ist.«

Es wundert mich, dass Sofia hier so locker über Lon redet, wo sein Geist gerade eine eindrucksvolle Show abgezogen hat und möglicherweise noch in der Nähe lauert. Vielleicht sieht er uns zu und lauscht und schmiedet eigene Pläne. Doch natürlich hat sie keine Angst davor, dass er sie oder andere Personen angreifen könnte. Es geht ihm ausschließlich um mich.

Sie klopft mir noch einmal kurz auf die Schultern und kehrt ins Hotel zurück. Ich drehe mich um und gehe in die andere Richtung zu meinem Zimmer. Meine Entschlossenheit steigert sich mit jedem Schritt.

Ich lasse mich hier nicht zum Opfer machen.

Und Alec auch nicht.

Kapitel Zweiundfünfzig

NELL

Ich warte bis Mitternacht. Ohne den Mondschein kann ich Dads Tiefschlaf nur nach der Lautstärke und Beständigkeit seines Schnarchens einschätzen. Schließlich schlüpfe ich leise unter der Bettdecke hervor und achte sorgfältig darauf, dass die Matratze nicht quietscht. Ich nehme den Pullover, den ich auf die Bettkante gelegt habe, und die Schlüsselkarte vom Fernsehtisch mit, ziehe ausgetretene Ballerinas an und verlasse leise das Zimmer.

Um Mitternacht ist es im Hotel nicht so still wie vor der Morgendämmerung, da einige Nachteulen unter den Gästen gerade erst aus der Lounge in ihre Zimmer zurückkehren. Während ich durch die Gänge streife, gelingt es mir größtenteils, jeden Gedanken an Lon zu verbannen. Ich beschleunige höchstens meine Schritte, wenn die Dielen hinter mir knarren oder eine Glühbirne an der Decke flackert.

Schließlich steige ich die Stufen zum höchsten Turm hoch und klopfe an die Tür.

Keine Antwort.

Er könnte im Ballsaal sein oder durch die Gänge spazieren, oder ausnahmsweise tatsächlich einmal schlafen. Ich klopfe lauter.

Hinter mir räuspert sich jemand.

»Suchst du was?«, fragt Alec.

293

Ich drehe mich um. »Bist du mir gefolgt?«

An seinem Kinn zuckt ein Muskel. »Ich wollte mich nur vergewissern, dass du nicht wieder schlafwandelst.«

»Stehst du vor meinem Zimmer Wache?«

Er nickt, meidet aber meinen Blick.

Ich gehe vom Treppenabsatz auf ihn zu. »Und das, obwohl du schon aufgegeben hast?«

Seine Augen funkeln, doch er streitet es nicht ab.

Ich nehme seine Hand. »Komm, wir müssen reden.«

***

Der mondlose Himmel erinnert mich an die Nacht, die Alec und ich auf Lons Jacht verbracht haben, auch wenn die Straßenlaternen und die Lichter der fernen Stadt den Glanz der Sterne dämpfen. Ich gehe mit Alec ans Wasser. Sand rieselt über meine Füße und seine Hand streift meine, elektrisiert mich.

Schließlich bleiben wir stehen und ich nehme auch seine andere Hand, damit er sich zu mir umdrehen muss. »Was siehst du, wenn du mich anschaust?«, frage ich.

Er schüttelt den Kopf. »Nell ...«

Ich drücke seine Hände. Enttäuschung, Verlust und Herzschmerz schnüren mir die Kehle zu. »Bitte, Alec.«

Er beißt die Zähne zusammen. »Ich sehe, wie du in meinen Armen stirbst, wieder und wieder. Ich sehe jeden Tag, den ich in den letzten einhundertzwölf Jahren ohne dich erleben musste. Ich sehe, wie sich die Welt um mich herum verändert – eine Welt, die ich außerhalb dieser Mauern nicht spüren, nicht berühren kann und an der ich keinen Anteil habe.« Sein Atem stockt und ein gequältes, bitteres Lachen kommt über seine Lippen. »Meine Mutter ist anderthalb Jahre nach dir gestorben, hast du das gewusst? Damals hatte ich noch gar nicht gemerkt, dass ich nicht älter wurde und mein Versprechen an sie auf ein Wiedersehen möglicherweise gar nicht in Erfüllung gehen würde. Ich wusste noch nicht, wie ohnmächtig ich zusehen musste, wie meine Verwandten in Russland – die einzigen, die ich hatte – in den Briefen und Fotos alt wurden und nacheinander starben, während ich immer jung blieb. Mir war noch nicht klar, dass es auch Tommy und Moira und Fitz und Clara so ergehen würde. Oder wie oft ich sie anlügen und behaupten musste, ich würde fortziehen, damit sie nichts von meiner Unsterblichkeit erfuhren. Ich konnte nicht ahnen, dass alle vier auf der Insel blieben. Oder dass ich sie hin und wieder am Strand oder im Restaurant sehen würde. Jede neue Falte habe ich gezählt, jedes Enkelkind, und am Ende habe ich ihre Todesanzeigen gelesen. Ich konnte nicht einmal zu den Beerdigungen gehen, Nell. Kannst du dir vorstellen, wie schlimm das war?«

Ich schüttele den Kopf. »Nein, nicht einmal ansatzweise«, sage ich kleinlaut, so bedeutungslos sind meine Worte im Vergleich zu all dem, was er verloren hat.

Alec kommen die Tränen und er legt den Kopf in den Nacken. »Ich wusste auch nicht, dass ich irgendwann kein Interesse mehr an anderen Menschen haben würde, weil es einfach zu schmerzhaft war. Ich wusste nur, dass ich eine Waise war und nicht einmal Trost bei der einen Person finden konnte, die ihn mir hätte spenden können, weil sie beim letzten Atemzug meiner Mutter bereits seit dreihundertdreiundachtzig Tagen tot war. Und ich kann niemandem außer mir selbst einen Vorwurf machen, das ist das Schlimmste. Dein Tod, dieser Fluch – das ist alles meine Schuld. Es war schon *immer* meine Schuld. Hätte ich dich doch nur von Anfang an in Ruhe gelassen, wie es sich geziemt hätte –«

»Dann hätte ich die wahre Liebe nie kennengelernt«, sage ich und gehe wieder auf ihn zu. »Im Gegenteil, ich hätte ein elendes Dasein mit einem Mann geführt, der meinen Willen gebrochen und mich von dem Moment an beherrscht hätte, in dem ich *Ja* gesagt hätte. Selbst wenn ich hundert geworden wäre, hätte man das nicht als Leben bezeichnen können. Du hast mir die Freiheit geschenkt, Alec. In jenen zwei Monaten habe ich das Leben mehr genossen als in den sechzehn Jahren davor. Verstehst du das nicht?«

»Du hast mehr als diese zwei Monate verdient.«

»Die bekomme ich auch«, erwidere ich. »Wir können bis in alle Ewigkeit leben, Alec, wir müssen nur den Fluch brechen.«

Nun laufen ihm die Tränen doch über die Wangen. »Du bist immer so optimistisch«, sagt er. »Früher hast du mich damit angesteckt, aber ich sehe in dem Fluch nicht mehr unsere Chance, zusammen zu sein – er ist der Preis, den ich für mein Verbrechen zahlen muss. Dies ist mein Fegefeuer und alle sechzehn Jahre komme ich für eine Nacht in die Hölle, wo ich erneut zusehe, wie du stirbst. Das ist alles und mehr ist es auch nie gewesen.«

Erneut schüttele ich vehement den Kopf. »Nein, ich weigere mich, das zu akzeptieren. Ich kehre nicht weiterhin zurück, um dich zu quälen, Alec. Wenn das so wäre, würde ich doch als Geist oder als Erinnerung wiederkommen – irgendetwas, das nicht greifbar ist. Stattdessen lebe ich jedes Mal voll und ganz, mit einem neuen Namen, neuen Eltern und einem neuen Gedächtnis. Ich bin nicht Lea, ich bin nicht Katie und auch sonst keins der Mädchen, die vor mir da waren. Ich trage sie alle in mir, für immer, aber ich bin Nell. Vor vier Jahren habe ich meine Mutter bei einem Flugzeugabsturz verloren und ich möchte eine Profi-Ballerina werden und ich will zuschauen, wie mein Vater glücklich alt wird. Ich will leben, Alec. Aber ohne dich schaffe ich das nicht.«

Dann schlinge ich die Arme um seinen Hals und stelle mich auf die Zehenspitzen, bis er seine Stirn an meine legt. »Komm zu mir zurück.«

Er versteift sich. »Nell ...«

»Psst«, flüstere ich. »Glaub wieder an uns, Alec.« Ich löse mich von ihm, blicke zu ihm hoch und streiche ihm die Haare aus dem Gesicht. »Glaub an mich.«

Er zögert und ich fürchte einen Augenblick lang, dass es zu spät ist. Vielleicht hat er sich bereits zu weit von mir entfernt. Doch dann flucht er leise, bevor er mich küsst, als hinge sein Leben davon ab, und ich schmecke atemlos das Salz seiner Tränen. Er hält mich ganz fest und schmiegt sich leidenschaftlich an mich, so eng und nah, wie man einem anderen Menschen nur sein kann. Ich schluchze vor Erleichterung und erwidere seinen Kuss. Obwohl ich kaum noch Luft bekomme, lasse ich meinem Verlangen und Begehren freien Lauf und allem, was wir an Liebe und Angst und Herzschmerz und Freude gemeinsam erlebt haben, in diesem und meinen sieben anderen Leben. So vieles geht mir durch den Kopf – *Ich liebe dich, du hast mir gefehlt, lass mich nie wieder los* –, doch eins ist wichtiger als alles andere.

Ich bin wieder zu Hause.

Alec löst sich als Erster aus dem Kuss. »Es tut mir leid«, sagt er und verteilt Küsse und Tränen auf meinem Hals und meiner Schulter. »Es tut mir so leid. Jetzt bin ich hier.« Er drückt mich an sich. »Ich gebe uns nicht auf.«

Wir halten uns lange umschlungen, lauschen der Brandung und unserem Atem, der sich vermischt. Hier und jetzt hat die Zeit keine Macht über uns.

Kapitel Dreiundfünfzig

NELL

Seitdem verbringen wir jeden Tag zusammen. Morgens müssen wir arbeiten, Alec überall dort im Hotel, wo Not am Mann ist, und ich im Archiv. Leider trage ich nicht allzu viel bei, obwohl ich mir wirklich Mühe gebe. Doch irgendwie bin ich zu sehr mit der Suche nach einem Mittel gegen den Fluch beschäftigt, oder damit, wie ich möglichst viel Zeit mit Alec verbringen kann.

Insgeheim gelobe ich, zum Ausgleich Doppelschichten für den Aufbau des Museums einzulegen – damit es wie geplant am hundertvierzigsten Geburtstag des Hotels eröffnet werden kann.

Wie sehr wünsche ich mir, dabei zu sein!

Eines Morgens, als ich mich mühsam auf Fotos vom Grandhotel zur Zeit des Ersten Weltkriegs konzentriere, frage ich mich, was aus mir und Alec wird, wenn wir den Fluch niemals aufheben können. Kehre ich auch in hundert, zweihundert oder gar dreihundert Jahren hierher zurück? Ob das Grandhotel dann überhaupt noch da ist? Beziehungsweise die Welt?

Was würde aus dem unsterblichen Alec, wenn die Welt unterginge und er der einzige Überlebende wäre? In meinem Hals bildet sich ein dicker Kloß, während ich ihn mir allein im Universum vorstelle, denn dieses Schicksal wäre sicherlich schlimmer als der Tod. Aber dann verdränge ich diesen Gedanken wieder, er ist einfach zu entsetzlich.

Alec wird nachts wohl nicht nur von Erinnerungen, sondern auch von Vorstellungen dieser Art wach gehalten.

Wir verbringen fast jeden Nachmittag und Abend miteinander. Dad hat so viel zu tun, dass er es gar nicht merkt. In dieser Zeit überlegen wir hin und her, wie wir den Fluch aufheben könnten, doch Alec hat sich schon ziemlich auf die Nummer fünf auf meiner Liste versteift – vor Mitternacht wegzulaufen, vielleicht schon am Nachmittag, wenn Lon mit seinem Vater Golf spielt und zu weit weg ist, um uns aufzuhalten. Es wird allerdings beinahe unmöglich sein, sich unbemerkt vom Hotelpersonal oder meinen Eltern wegzustehlen. Mal ganz abgesehen davon, dass wir nicht einmal sicher sind, ob wir das Grundstück überhaupt verlassen können. Aber wir sind bereit, es zu riskieren.

So ernst geht es nicht immer zu. Wir haben genauso viel Spaß zusammen, wie wir Pläne schmieden. Wir gehen im Meer schwimmen, sammeln Sanddollars am Wellensaum und essen Leckereien aus der Backstube. Jede Nacht liegen wir eng umschlungen im Bett und jeden Morgen schaut Alec mir beim Training im Ballsaal zu. Manchmal fällt es mir schwer, mich zu konzentrieren, und ich frage mich, ob es sich überhaupt lohnt, wenn ich im September vielleicht gar nicht mehr da bin. Doch Alec lässt solche Zweifel nie lange zu. Er klatscht Beifall, wenn ich etwas besonders Tolles vorführe, und ruft mir aufmunternde Worte zu: »Die wären ja verrückt, wenn sie dich nicht nähmen!«, oder: »Wie kann man bloß so hoch springen? Bist du diesmal als halbes Känguru zurückgekommen?«

Solange ich tagsüber nicht allein bin, werde ich von Lon nicht angegriffen, und ich bin fast nie allein. In meinen Albträumen verfolgt er mich jedoch umso gnadenloser und Alec muss mich jedes Mal wach rütteln, wenn ich schreie.

Doch heute Nacht träume ich etwas anderes.

Ich bin nicht einmal sicher, ob es ein Traum ist. Ich weiß nur, dass ich gerade noch in Alecs Bett lag, den Kopf an seine Schulter geschmiegt, und er mir aus »Grashalme« vorlas, und dann –

Lon ragt über mir auf. Ich rechne damit, dass Alec irgendwie reagiert, mich hinter sich zieht, fort von Lons neugierigen Augen und dem finsteren Grinsen. Doch Alec liest einfach weiter und merkt gar nicht, dass Lon auch im Zimmer ist. Das gibt mir die Gewissheit, dass es nicht echt ist.

Niemals würde Alec Lon so nah an mich heranlassen.

»Amüsierst du dich?«, fragt Lon.

Ich stehe vom Bett auf, ohne dass Alec es bemerkt. »Raus!«, befehle ich Lon. »Du hast hier nichts zu melden.«

Lon schnalzt mit der Zunge. »Da irrst du dich, Darling.« Er verschwindet, taucht hinter mir wieder auf und flüstert mir ins Ohr: »Ich habe überall etwas zu melden.«

»Nein«, sage ich und sehe ihm ins Gesicht. »Hast du nicht.«

Ich sollte Angst vor ihm haben, doch meine Wut ist stärker.

Lon kichert so böse und grollend, dass es mir durch Mark und Bein geht. »Soso, wie es scheint, zeigt die Prinzessin plötzlich Rückgrat. Wie schön.« Er streicht mit seinen eiskalten Fingern über mein Kinn und neigt meinen Kopf nach hinten. »Ich habe dein Feuer stets bewundert, Aurelea. Es macht so viel Spaß, es auszulöschen.«

Ich reiße mich los. »Diesmal nicht, Lon«, fauche ich ihn mit allem Gift und Hass in der Stimme an, die ich für diesen Dämon von Mann empfinde. »Du wirst verlieren.«

Belustigt verzieht er das Gesicht. »Wie kommst du denn darauf?«

Ich erwidere sein gemeines Grinsen. »Wir haben da etwas entdeckt.« Das ist gelogen – wir haben nichts entdeckt außer neuen Ideen, die funktionieren könnten oder auch nicht –, doch das muss ich Lon ja nicht auf die Nase binden. »Das fehlende Glied in der Kette. Der Fluch wird aufgehoben und dann stehst du mit leeren Händen da.«

Er kneift die Augen zusammen. »Das glaube ich dir nicht.«

Ich strahle ihn noch breiter an und lege all die rachsüchtige Freude in meinen Blick, die in mir hochschäumt. »Glaub doch, was du willst.

Das ändert nichts an der Tatsache, dass deine Seele in einer Woche zur Hölle fährt, während ich mit Alec das Hotel verlasse.« Ich gehe noch einen Schritt auf ihn zu und genieße die Angst und den Zweifel in seinen Augen.

»Wir werden heiraten und Kinder bekommen und ein langes, glückliches Leben führen, in dem wir nie wieder an dich denken werden.«

Lon verzieht zornig das Gesicht, lässt die Arme vorschnellen und die Fenster rund um den Turm bersten. »Ich lasse es nicht zu, dass ihr gewinnt!«

Die Scherben fliegen nach innen, genau wie an dem Tag im Laubengang, doch diesmal lasse ich die Angst nicht zu. Stattdessen lege ich mich wieder neben Alec aufs Bett. »Hau ab, Lon. Damit lockst du niemanden mehr hinterm Ofen hervor.«

Dieser neu gewonnene Mut wird nicht ewig vorhalten, das weiß ich. Wenn wir ins Jahr 1905 zurückkehren, sind wir wieder in Lons Welt, in der er mich töten kann wie die vielen Male zuvor. Doch im Moment bin ich noch in meiner eigenen Welt, wo mir in Alecs Armen nichts passiert, und hier lasse ich mich nicht einschüchtern.

»Ich habe gerade erst angefangen, die Asse aus dem Ärmel zu ziehen«, höhnt Lon. »Träum schön, Darling.« Mit diesen Worten verschwindet er, während sein Lachen noch wie Donnerhall durch das Zimmer dröhnt.

Schlagartig werde ich wach.

Alec hört auf zu lesen. »Bist du eingeschlafen?«

Erschauernd richte ich mich auf. Die Fenster sind unversehrt, wie ich es mir schon gedacht habe.

Alec schlingt die Arme um mich, lehnt mich ans Kopfende und gibt mir einen Kuss auf die Schläfe. »Es geht dir gut«, sagt er. »Ich lasse es nicht zu, dass er dir wehtut.«

Das würde ich gern glauben, doch Lons letzte Worte gehen mir nicht aus dem Kopf. Als der Wecker mich an mein morgendliches Training erinnert, bin ich immer noch hellwach.

Kapitel Vierundfünfzig

NELL

Am nächsten Morgen im Archiv denke ich immer noch an Lons Warnung. Max rückt mit seinem Stuhl näher.

»Also, wenn wir diesen Ballettfilm drehen«, sagt er so leise, dass Otis ihn nicht verstehen kann, »geht das mehr in die sexy Richtung wie mit Natalie Portman und Mila Kunis in *Black Swan* oder soll es eher klassisch werden wie Moira Shearer in *Die roten Schuhe*?«

Ich schlage mein Notizheft zu, damit er die Liste möglicher Fluchtwege und Ablenkungsmanöver nicht sieht. »Wo kommt das denn auf einmal her?«, frage ich. »Hast du mal eben alle Ballettfilme gesehen, die je gedreht wurden?«

Er zuckt mit den Schultern. »So ungefähr.«

Ich ziehe eine Augenbraue hoch.

»Was denn? Ich hatte viel Zeit.«

Ich muss lachen. »Klassisch, ist doch klar. Vielleicht sollte es in einem Internat spielen. Klassischer geht's nicht.«

»Internat«, sagt Max und tippt etwas in die Notiz-App auf seinem Handy. »Verstehe.«

»In Paris.«

»Selbstverständlich«, sagt Max und tippt weiter.

»Und alle sollen die ganze Zeit Champagner trinken.«

Er schaut kurz zu mir hoch. »Jetzt machst du dich über mich lustig.«

»Nur ein bisschen.«

»Wart's nur ab. Eines Tages bekommst du ein Drehbuch mit dem Titel *Das Pariser Ballett-Internat: Champagner bis zum Abwinken* geschickt.«

»Ich kann es kaum erwarten«, sage ich grinsend.

Max erwidert mein Lächeln eher verhalten. »Schön, dass du wieder fröhlich bist. War in letzter Zeit ja nicht oft so.«

»Schön, dass du wieder mit mir redest«, kontere ich.

»Ich bin dir nicht aus dem Weg gegangen, falls du das denkst.«

»Bist du sicher?«

Max zuckt erneut mit den Schultern. »Vielleicht ein bisschen. Du musst das männliche Ego verstehen, es ist ein wenig empfindlich. Wir brauchen Zeit, um unsere Wunden zu lecken, wenn uns ein hübsches Mädchen zurückweist. Aber ich habe mich auch wirklich in unsere Arbeit vertieft und zur Belohnung fällt mir jeden Tag eine neue überraschende Wendung für die Handlung ein.«

»Also kommst du mit dem Drehbuch gut voran?«

Er lehnt sich auf seinem Stuhl zurück. »Gestern Abend habe ich zehn Seiten geschafft.«

»Das ist echt toll«, sage ich, obwohl es ein komisches Gefühl ist, dass es in Max' Film um Alec geht.

Er wirft einen prüfenden Blick über die Schulter zu Otis, beugt sich vor und flüstert: »Jetzt mal im Ernst. Petrov behandelt dich gut?«

Ich mache große Augen. »Denkst du etwa, ich wäre deshalb in letzter Zeit so schlecht drauf gewesen?«

»Äh ... ja.«

Ich schüttele den Kopf. »Alec ist schrecklich lieb zu mir. Ich habe ein anderes Problem.«

»Oh«, sagt Max. »Okay.«

Sonderlich überzeugt klingt er nicht.

»Ich hole Kaffee«, verkündet Otis. »Noch jemand?«

»Frappuccino?«, bittet Max.

Kopfschüttelnd geht Otis zur Tür und murmelt etwas über die Zeiten, als die Leute ihren Kaffee noch wie von Gott vorgesehen schwarz tranken.

»Also, Nell«, fragt Max in normaler Lautstärke, da uns niemand mehr hören kann, »wann machst du mit dem Loser Schluss und gibst mir eine Chance?«

Ich lache, weil ich denke, er scherzt, doch Max sieht mich entschlossen an.

Ich runzele die Stirn. »Ich dachte, das hätten wir geklärt.«

»Tja, ich frage dich eben noch mal.«

Ich weiß nicht, was ich sagen soll. Schließlich will ich seine Gefühle nicht verletzen – außer Alec ist Max mein einziger Freund auf der Insel und wahrscheinlich der einzige wahre Freund, den ich in den letzten vier Jahren hatte. »Also, ich dachte, ich hätte mich deutlich ausgedrückt ... Ich bin mit Alec zusammen und glaube nicht, dass sich das so bald ändern wird.«

Er knirscht mit den Zähnen.

»Das hat nichts mit dir zu tun«, sage ich rasch. »Du bist echt ein super Freund, Max.«

Schweigend hält er den Blick auf den Schreibtisch gerichtet.

Mein Herz klopft schneller. »Max?«

Mit einer schnellen Bewegung umschließt er mein Handgelenk und drückt es auf den Tisch. »Er ist nicht gut für dich. Siehst du das denn nicht selbst?« Er lacht auf grässliche, grausame Weise. »Für jeden anderen ist ja wohl offensichtlich, dass du zu mir gehörst.«

Für jeden anderen? »Max, du tust mir weh.«

Er packt mich nur noch fester. »Ich will nicht erleben, dass du mit ihm davonläufst.«

»Wieso sollten wir davonlaufen? Was redest du denn da, Max?«

»Er passt nicht in unsere Welt, Lea.«

Ich hole scharf Luft. »Wie hast du mich gerade genannt?«

Max beugt sich vor, bis sein Atem mein Ohr kitzelt. Es sind zwar seine Lippen, die sich bewegen, doch es ist Lons Stimme, mit der er spricht. »Du kannst mir nicht entrinnen, Darling. Ich bin überall.«

Knarrend geht die Tür auf. Otis kommt mit drei Kaffeebechern auf einem Papptablett herein. Max blinzelt und sein harter, kalter Blick wird wieder freundlich. Er betrachtet mein Handgelenk, als könnte er sich nicht erinnern, es festgehalten zu haben, und so ist es bestimmt auch. Er räuspert sich und lässt mich los.

»Nell?«, fragt er verunsichert.

Aus einem Nasenloch tropft Blut. Ich nehme ein Taschentuch aus einer Box auf meinem Schreibtisch und gebe es ihm. »Du hast Nasenbluten.«

Er drückt das Taschentuch an seine Nase, nimmt es wieder weg und blickt auf den roten Fleck.

»Habe ich dir wehgetan?«

Ich sehe ihn argwöhnisch an. »Am besten gehst du an deinen Schreibtisch zurück.«

Er zuckt zusammen, als hätte ich ihn geschlagen, doch er tut, worum ich ihn gebeten habe.

Nach der Arbeit entdecke ich Alec im Souvenirladen, wo er für jemanden eingesprungen ist. Sobald er mich sieht, strahlt er. »Nell –«

»Wir haben ein ernstes Problem.«

Ich warte, bis er etwas weniger zu tun hat, und erzähle ihm dann von Max' Linda-Blair-Auftritt.

»Fehlte nur die Erbsensuppe«, beende ich meinen Bericht.

Ich weiß nicht, ob Alec die Anspielung versteht oder ob er *Der Exorzist* je gesehen hat, aber er hat sowieso nicht mehr richtig zugehört, seit ich *Er hat mich festgehalten* gesagt habe.

Alec ballt die Faust auf der Ladentheke. »Ich bringe ihn um.«

Ich verdrehe die Augen. »Max war das nicht. Das war Lon.«

»Na gut«, erwidert Alec im Flüsterton, obwohl außer uns niemand im Laden ist. »Dann tue ich Lon über Max weh.«

Ich sehe ihn scharf an.

Er seufzt. »Schon klar. Ich tu ihm nichts.«

»Hat Lon so was früher auch schon gemacht?«

»Von jemandem Besitz ergriffen?« Alec schüttelt den Kopf. »Ich glaube, er hatte nie das Gefühl, es wäre nötig. Und das heißt entweder, dass er sich etwas Neues gesucht hat, um sich zu amüsieren, oder ...«

»Oder?«

»Oder er befürchtet, wir könnten diesmal gewinnen.«

Kapitel Fünfundfünfzig

NELL

Ich sitze mit Dad in einem der Hotelrestaurants beim Abendessen und gebe mir Mühe, aufmerksam zu sein und die letzten Augenblicke vor meiner Rückkehr in die Vergangenheit mit ihm zu genießen. Aber ich mache mir Sorgen um Max. Kurz nach dem Mittagessen hat er das Hotel verlassen, mit den Worten, es ginge ihm nicht so gut. Ich habe ihm geraten, sich auszuruhen und vielleicht ein paar Tage zu Hause zu bleiben – er war sichtlich verwirrt von dem, was zuvor geschehen war.

»Ja«, sagte er. »Ich glaube, das ist eine gute Idee.«

Hoffentlich ist die Sache damit beendet und Max bleibt wirklich zu Hause oder wird nicht wieder von Lon besessen, der ja bereits gezeigt hat, wozu er fähig ist. Aber ich irre mich.

Ich liege so was von falsch.

»Mr Martin?«, fragt Max und kommt uns im dritten Stock kurz vor unserem Zimmer entgegen.

Dad runzelt die Stirn und sieht auf die Uhr. »Max? Was willst du denn so spät noch hier? Arbeitest du um diese Uhrzeit etwa noch?« Er wirft mir einen Blick zu. »Oder bist du wegen Nell hier?«

Sobald er lächelt, weiß ich, dass es nicht Max ist. »Nein, Sir. Ich bin sicher, sie sieht mich oft genug bei der Arbeit.« Als er mir zuzwinkert, wird mir übel. »Meine Mutter hat mich geschickt. Ein Gast an der Rezeption braucht Ihre Hilfe.«

Dad grinst. »Als Gästebetreuer hat man nie Feierabend. Kannst du das bitte in den Minikühlschrank packen?«, fragt er und reicht mir die Plastikbox mit unseren Resten.

»Ja, klar«, sage ich mit zittriger Stimme, weil Max mich so anstarrt.

»Deine Schlüsselkarte hast du?«, fragt Dad.

Eigentlich will ich die Frage nicht bejahen, solange Max dabeisteht, doch mir bleibt nichts anderes übrig.

»Na dann«, sagt Dad. »Macht es euch noch schön.«

Als er weg ist, stehe ich allein mit Max in dem verlassenen Flur. Er starrt mich mit diesen fremden Augen an.

»Wenn du näher kommst«, sage ich, »schreie ich.«

Max lacht und mir wird von dem kalten, hohlen Klang übel.

»Oh, Darling«, sagt er und kommt auf mich zu. »Mittlerweile solltest du wissen, wie *schön* ich es finde, wenn du schreist.«

Er stolziert weiter auf mich zu. Mein Denken setzt aus und ich trete zu, so fest ich kann. Er fällt nach hinten, aber ich sehe mir nicht an, welche Schmerzen er leidet. »Tut mir leid, Max«, sage ich, reiße die Schlüsselkarte aus der Tasche und renne zur Tür. Wenn ich es schaffe, reinzukommen und abzuschließen, kann Lon nicht nachkommen, ohne Max' Körper wieder ihm selbst zu überlassen.

Ich ramme die Karte in den Schlitz.

»Mach schon«, flüstere ich und warte auf das grüne Licht.

Max ist schon wieder auf den Beinen und rast durch den Flur.

Das Licht leuchtet auf, ich öffne die Tür und stürze ins Zimmer. Doch als ich sie wieder zuschlagen will, drückt Max mit der Hand dagegen.

»Lass los, Max«, sage ich. »Ich will dir nicht wehtun.«

Er rammt seine Schulter gegen die Tür und ich stemme mich mit aller Macht von innen dagegen. Doch meine Beine sind müde von meinem Training am Morgen und beginnen unter dem Druck zu zittern. Ich hole mein Handy heraus. Alec hat keins, also rufe ich den einzigen Menschen an, der mir einfällt.

Sie geht sofort dran. »Hallo?«

»Sofia.« Die Tür knallt an meinen Rücken, während Max sich dagegenwirft. »Bist du noch im Hotel?«

»Ja, ich wollte gerade gehen. Was ist los?«

»Such Alec«, antworte ich. »Er soll sofort in mein Zimmer kommen.«

Sie zögert. »Wieso, was ist denn?«

Die Tür fliegt mir erneut entgegen, mit noch mehr Schwung. »Lon hat von Max Besitz ergriffen«, sage ich. »Ich glaube, er will mich umbringen. Du musst Alec herbringen.«

»O Gott«, haucht sie. »Ich bin gleich da.«

Diesmal ist der Schlag der Tür so heftig, dass ich das Gleichgewicht verliere. Ich versuche aufrecht stehen zu bleiben, doch meine Beine geben nach und ich falle hin. Als Max hereinstürmt, krieche ich vorwärts, aber er packt mit den Fäusten mein Haar und reißt mich hoch.

»Glaubst du wirklich, du hättest gewonnen?«, zischt Lon durch Max' Lippen. »Du meinst, ich könnte hier nicht Hand an dich legen? Ich könnte dir nicht wehtun?«

Er schleudert mich gegen die Wand. Schmerz durchzuckt meinen Körper und ich fange an zu schreien. Als Max mich erneut packen will, taumele ich von der Wand zu der Stehlampe neben dem Wohnzimmersessel und hebe sie hoch über den Kopf, bereit zuzuschlagen.

»Max, wenn du da drin bist«, sage ich, »wenn du mich hören kannst, dann glaub mir bitte, dass ich dir nicht wehtun will. Du musst gegen ihn ankämpfen, hörst du? Du musst deinen Körper zurückerobern.«

»Er kann dich nicht hören«, sagt Lon. »Und selbst wenn, könnte er mich wohl nicht aufhalten.«

Ich zögere. »Was meinst du damit?«

Max grinst. »Der Junge mag dich«, antwortet er. »Es war ganz einfach, seine Gefühle zu manipulieren, ihn die Zurückweisung spüren zu lassen, die Wut und die Eifersucht.«

»Max ist nicht wie du«, fauche ich. »Er würde mir nicht wehtun.«

»Und wieso nicht?«, kontert er und kommt einen Schritt näher. »Du hast *ihn* auch verletzt.«

Ich recke den Arm mit der Lampe. »Bleib, wo du bist.«

»Wäre das nicht einfach nur gerecht?«

»Max!«, schreie ich. »Max, bitte, lass das nicht zu. Kämpfe dagegen an.«

»Ich habe es dir schon einmal gesagt.« Er lässt den Nacken kreisen, die Wirbel knacken und sieht mir in die Augen.

Dann stürzt er sich auf mich. Ich ziele mit dem Fuß der Lampe auf seinen Kopf, aber er duckt sich im letzten Augenblick, sodass die Lampe nur seine Schulter streift. Gleichzeitig schlingt er die Arme um meinen Bauch und wirft mich aufs Bett. Ich wehre mich, so gut ich kann, doch er liegt schon auf mir und schließt die Finger um meinen Hals.

»Es ist mir egal, welche Lösung ihr angeblich gefunden habt«, sagt er und drückt fest auf meine Luftröhre. »Wenn du tot bist, kannst du nicht mehr gewinnen.«

Ich schnappe nach Luft, doch der Druck ist zu stark und ich kann nicht mehr atmen. Verzweifelt schlage ich mit den Fäusten auf seine Arme und seine Brust ein und versuche, ihm ebenfalls die Hände um den Hals zu legen. Schwarze Flecken explodieren vor meinen Augen. Beim nächsten Versuch, ihn zu schlagen, werden meine Arme schwer und meine Lunge schreit nach Luft.

»Nell!«, brüllt Alec von der Tür. Ich höre, wie er ins Zimmer stürmt und Max ins Gesicht schlägt. Als Max meinen Hals loslässt, hole ich unter Schmerzen endlich wieder Luft.

Kreischend rennt auch Sofia auf ihren Sohn zu.

»Halt dich da raus«, sagt Alec zu ihr, packt Max am Hemd und reißt ihn hoch.

Lons selbstgefälliges Grinsen verzieht Max' Mund.

»Lass den Jungen in Ruhe«, sagt Alec. »Sonst –«

»Was sonst? Was willst du denn machen?«, fragt Max. »Mich umbringen?«

Sofia stöhnt auf. Ich rappele mich vom Bett auf, obwohl mir schwindelig ist, und lege einen Arm um ihre Schulter. »Mach dir keine Sorgen«, sage ich. »Alec lässt nicht zu, dass ihm etwas passiert.«

»Du kannst nicht ewig da drin bleiben«, sagt Alec. »Max kann vielleicht *Nell* herumschubsen, mich aber nicht. Ich sperre dich im Besenschrank ein und lasse dich erst wieder raus, wenn Max nicht mehr von dir besessen ist.«

Max' finsterer Blick zuckt zu Sofia. »Du würdest doch nicht tatenlos zusehen, Mommy?«

Sofia erschauert.

Alec boxt ihn gegen die Wand. »Hau. Ab.«

Max zieht eine Augenbraue hoch. »Na gut«, sagt er. »Aber wir sind noch nicht fertig miteinander.« Er sieht mich an. »Noch drei Tage, Liebste, dann sind wir wieder vereint.«

»Fahr zur Hölle, Lon«, sage ich zähneknirschend.

»Nur wenn ich dich mitnehmen kann.« Nachdem er mir noch einmal zugezwinkert hat, verdrehen sich Max' Augen und er erschlafft in Alecs Armen.

***

Als Max wieder zu sich kommt, hat Sofia bereits eingewilligt, den Rest der Woche freizunehmen und zumindest bis zum 13. August ein paar Tage Urlaub mit ihm weiter oben an der Küste zu machen. Lon soll keine weitere Gelegenheit bekommen, sich seiner zu bemächtigen.

»Das Letzte, woran ich mich erinnern kann, ist, dass ich das Hotel verlassen wollte«, sagt Max und drückt ein mit Eiswürfeln gefülltes Handtuch an sein Kinn. »Danach ist alles verschwommen.« Er sieht mich an und reißt die Augen auf. »Habe ich ...?« Er holt scharf Luft. »Habe ich dir das angetan?«

Er zeigt auf meinen Hals. Dort, wo seine Finger zugedrückt haben, bekomme ich bereits blaue Flecken. Keine Ahnung, wie ich das vor Dad geheim halten soll, denn ich bin noch nie der Typ für Schals oder Rollkragenpullover gewesen. Ich streiche vorsichtig über die empfindliche Haut. »Nein«, antworte ich mit einer scheußlich krächzenden Stimme. »Das warst nicht du.«

Er schüttelt den Kopf. »Es ist ein ziemliches Durcheinander, aber ich erinnere mich daran, dass ich schreckliche Dinge gedacht habe und dich ... dann gesucht habe ...«

Sofia geht zu ihm und legt einen Arm um seine Schulter. »Komm, wir gehen nach Hause.«

An der Tür bleibt sie noch einmal stehen und bittet Alec, mit Max hinauszugehen. Dann wendet sie sich an mich. »Alec hat dir sicher gesagt, dass es Regeln dafür gibt, wer in euer Geheimnis eingeweiht werden darf, oder?«

Ich nicke.

»Für dich und Alec gelten diese Regeln aber nicht. Das Geheimnis gehört euch und ihr könnt es erzählen, wem immer ihr wollt. Wenn du nichts dagegen hast, würde ich es aber Max gern verraten, sobald wir zu Hause sind. Ich ertrage es nicht, dass er so durcheinander ist und ein schlechtes Gewissen hat.«

»Meinst du, er kommt damit klar?« Ich muss an Lons Worte denken, wie gern Max mich hat und wie einfach es war, seine Gefühle zu manipulieren. Könnte es passieren, dass er zurückkommt, wenn er von der Gefahr hört, in der ich schwebe?

»Das lass nur meine Sorge sein«, antwortet Sofia.

»Er wird sich nicht an mich erinnern, wenn ich nicht zurückkomme«, sage ich. »Vielleicht ist das dann alles aus seinem Gedächtnis gelöscht. Du könntest warten. Erst mal sehen, was passiert.«

Sie schüttelt den Kopf. »So etwas darfst du nicht sagen. Diesmal kommst du zurück.«

Ich lächele sie verhalten an. »Selbstverständlich kannst du ihm alles erzählen.«

Sie umarmt mich und hält mich fest, so wie Mom früher. »Viel Glück.«

Ich habe einen Kloß im Hals. »Danke.«

Alec und ich bringen Max und Sofia zum Aufzug. Max kann sich nicht von meinem Anblick losreißen. Dann schließt der Liftboy die Tür und der Aufzug fährt abwärts. Ich sehe Max ebenfalls nach, bis er außer Sicht ist.

Alec legt den Arm um meine Schulter und küsst mich auf die Schläfe. »Es ist fast geschafft«, flüstert er.

Ich schlucke in dem Versuch, den Schmerz in meiner geschundenen Kehle zu lindern. »Genau davor habe ich Angst.«

Kapitel Sechsundfünfzig

NELL

Alec und ich überarbeiten unseren Plan, bis wir alles auf die Minute genau festgelegt haben. Am Morgen des 12. August 1905 werde ich mit meiner Mutter und der Hausdame die Hochzeit vorbereiten und bis zum Mittagessen keine freie Minute haben. Alec wird in dieser Zeit zu Tommy gehen. Er glaubt nicht, dass es so laufen wird wie damals, als wir das zum letzten Mal ausprobiert haben und nach Mitternacht nicht weggekommen sind. Denn er hatte im Jahr 1905 das Grundstück *tatsächlich* am Morgen des 12. August verlassen, um ein paar Dinge zu erledigen. Erst am Morgen des 13. August konnte er das Hotel nicht mehr verlassen.

Alec hofft, dass er Tommy überreden kann, mit dem Auto seines Onkels um Punkt Viertel nach eins vor dem Hotel zu warten. Zu diesem Zeitpunkt hält meine Mutter ihr Nickerchen, während Vater und Lon mit ihren zahllosen Geschäftspartnern auf dem Golfplatz sind und mich nicht überwachen können. Allerdings handelt es sich um einen großen Gefallen, denn erstens hat sein Onkel ihm nicht ausdrücklich erlaubt, seinen Wagen auszuleihen. Und außerdem war Tommy ursprünglich auch nur unter der Bedingung einverstanden, dass er nach der Bezeugung unserer nächtlichen Trauung in Savannah seinem Onkel das Auto wieder vor die Tür stellen konnte, bevor der etwas gemerkt hätte.

Wenn das mit Tommy und dem Auto nicht klappt, müssen wir die Fähre nehmen und in Charleston sehen, wie wir weiterkommen. Alec ist sich nicht sicher, ob wir wirklich den weiten Weg nach Savannah zurücklegen müssen, um den Fluch aufzuheben, oder ob es nicht schon ausreicht, die Insel zu verlassen. Andererseits will er nichts dem Zufall überlassen, solange es nicht sein muss. Er meint sich an einen Busbahnhof auf der Meeting Street in Charleston zu erinnern, und wir haben beschlossen, notfalls von dort weiterzufahren.

Ich verbringe meinen letzten Tag fast genauso wie bisher. Vor dem schnellen Frühstück mit Dad habe ich dick Concealer aufgetragen, um die blauen Flecken am Hals zu vertuschen, und gehe danach zu Otis, um zu arbeiten. Den Nachmittag verbringe ich mit Alec am Strand und freue mich an dem Geruch von Salz und Sand und Kokos-Sonnencreme. Es fühlt sich jedoch anders an als sonst. Ich zähle jeden Atemzug und konzentriere mich auf jedes Bild, das ich vor Augen habe, und speichere es wie Schnappschüsse mit der Kamera. Ich bohre die Zehen in den Sand und spüre jedes Sandkorn, das über meine Haut rieselt. In dem Wissen, dass morgen der letzte Tag meines Lebens sein könnte, fühle ich mich so lebendig wie nie.

Lebendig und völlig verängstigt.

Ich bitte Dad, sich den Abend freizunehmen und zum Abendessen Pizza beim Zimmerservice zu bestellen. Er gibt zu bedenken, dass bereits in wenigen Tagen meine Geburtstagspizzaparty stattfindet, doch ich erwidere, dass ich einfach ein bisschen Zeit mit ihm brauche. Er hakt nicht nach.

Wir sehen uns einen alten James-Stewart-Film an – von dem ich glaube, dass ich ihn bereits in einem anderen Leben gesehen habe – und reden über Dads Job, mein Balletttraining und die Arbeit mit Otis. Es ist kein sonderlich tiefgründiges oder wichtiges Gespräch, aber das spielt heute keine Rolle. Meinetwegen könnten wir auch über Seepferdchen reden, Hauptsache, ich höre Dads Stimme und präge mir seinen Tonfall ein.

Als er bei einer Wiederholung von *Frasier* einschläft, schalte ich den Fernseher aus und decke Dad zu. Dann gebe ich ihm einen Kuss auf die Wange.

»Hab dich lieb, Dad«, flüstere ich und eine Träne läuft mir über die Wange.

Dann schleiche ich mich aus dem Zimmer und verbringe die Nacht mit Alec. Wir liegen eng umschlungen auf seinem Bett und zum ersten Mal seit zwei Wochen sprechen wir nicht über unseren Plan. Wir gehen ihn nicht Minute für Minute durch und suchen auch nicht mehr nach neuen Möglichkeiten zur Auflösung des Fluchs. Wir schmiegen uns aneinander und lauschen dem Pochen unserer Herzen, deren Schläge gezählt sind.

Um 23:59 Uhr schlingt Alec seine Arme fester um mich.

»Bist du bereit?«, fragt er.

Ich vergrabe das Gesicht an seiner Schulter, weil ich nicht sehen will, wie die Uhr um Mitternacht umspringt. »Niemals.«

»Ich liebe dich«, sagt Alec.

Als ich gerade das Gleiche sagen will, werden wir plötzlich von einem grellen weißen Licht eingehüllt, das mich noch durch die geschlossenen Lider blendet. Die Welt dreht sich.

Und dann gibt es kein Halten mehr.

DRITTER TEIL

Kapitel Siebenundfünfzig

NELL

Ich schlage die Augen auf. Die Morgensonne scheint mir warm ins Gesicht. Ich strecke den Arm nach Alec aus, doch dann begreife ich drei Dinge auf einmal:

Ich liege in einem anderen, größeren Bett.

Das Zimmer ist rechteckig, nicht rund.

Alec ist nicht da.

Mein Herz schlägt schneller, als ich mich umschaue und das Himmelbett mit dem Rahmen aus Mahagoni sowie den dazu passenden Kleiderschrank wahrnehme. Auf der Kommode befinden sich eine antike Wasserkaraffe aus Keramik und eine Schale, die Lampenfassungen wirken altmodisch und in der Ecke stehen große Reiseschrankkoffer. In einem Frisierspiegel betrachte ich mein Spiegelbild. Meine Haare sind länger und ringeln sich über den Rücken meines hochgeschlossenen Nachthemds aus reiner Spitze mit rosa Bändern. Ich ziehe den engen Kragen von meinem Hals.

Die gelbgrünen Flecken, die gestern noch da waren, sind verschwunden.

»Ich glaub's ja nicht«, hauche ich, hebe die Hände und schaue auf die zarte, makellose Haut, auf der die Narbe fehlt, die ich mir mit acht Jahren bei einem Fahrradunfall zugezogen habe.

12. August 1905.

Das habe ich schon mal geschafft.

Sechs Mal habe ich das bereits durchgemacht und bin dennoch verblüfft, erneut in diesem Zimmer zu sein, in dem ich in diesem letzten Sommer meines Lebens als Aurelea Sargent von so vielen Tag- und Albträumen verfolgt wurde. Damals hatte ich noch keine Ahnung von dem Schicksal, das mich nach dieser Nacht erwartete. Alles, was ich wusste, war, dass ich einen Jungen liebte, den die feine Gesellschaft für unpassend hielt. Gleichzeitig hatte ich schreckliche Angst vor meinem Verlobten, den ebendiese Gesellschaft mir aufgezwungen hatte. Ich hatte am Abgrund gestanden, auf dessen einer Seite das vertraute, bequeme und unterwürfige Leben wartete und auf der anderen Spannung und unbekanntes Terrain – aber vor allem die wahre, selbstlose und beständige Liebe.

An diesem Morgen, in jenem Leben, hatte ich beschlossen, den Sprung zu wagen und auf die Liebe zu vertrauen. Auf das Schicksal. Ich wusste auch nicht, dass mein Körper an den Felsen zerschmettert würde.

Bennys Lachen weht durch die geschlossene Schlafzimmertür. Als ich dieses helle Kieksen höre, hole ich scharf Luft. In meiner Zeit ist Benny schon ebenso lange tot wie der Rest meiner Familie, aber hier und jetzt ist er noch ein kleiner Junge, und sein ganzes Leben liegt vor ihm.

Auf einmal geht die Tür auf. Mutter steht auf der Schwelle und wirkt gesund und munter mit rosiger Haut, seidigem Haar und vollen Wangen – im Gegensatz zu der Leiche, die ich in meinen Albträumen gesehen habe. Mit einer Mischung aus Verärgerung und Belustigung sieht sie auf mich herab. »Immer noch im Bett, um diese Uhrzeit?«

»Wie spät ist es?«, frage ich ein wenig heiser.

»Halb zehn«, antwortet sie, geht zum Kleiderschrank und begutachtet meine Kleider. Ich weiß schon, welches sie wählen

wird. »Ich denke, das weiße Spitzenkleid mit den blauen Satin-
bändern wäre angemessen bräutlich für ein Treffen mit der Hausdame. Findest du nicht auch?«

Ich nicke und stehe aus dem Bett auf.

Mutter reicht mir das Kleid. »Beeil dich«, sagt sie. »Dein Frühstück wird kalt.«

Ich warte, bis sie aus dem Zimmer gegangen ist und die
Tür hinter sich zugezogen hat, gieße Wasser aus der Karaffe in
die Schale und wasche mir das Gesicht. Dann kämme ich mich.
Obwohl es hundertzwölf Jahre her ist – beziehungsweise sechzehn, je nachdem wie man es betrachtet –, seit ich mein Haar in
einen derart eleganten Knoten geschlungen und gezogen habe,
erledigen meine Hände diese Aufgabe, als wäre es gestern gewesen. Schließlich ziehe ich das Kleid an und binde sorgfältig das
Band um meine Taille. Ohne überhaupt darüber nachzudenken,
kneife ich mir in die Wangen und beiße mir auf die Lippen, um
mehr Farbe zu bekommen. Man kann vielleicht ein Mädchen aus
der Zeit Eduards VI. herausholen, aber man kann einem Mädchen
die Zeit Eduards VI. nicht nehmen.

Benny schiebt sich gerade den letzten Bissen Toast mit Mar-
melade in den Mund, als ich den Salon betrete. Seine dichten
blonden Locken glänzen in der Sonne wie gesponnenes Gold.

»Benny.«

Sein Name ist nur ein Hauch auf meinen Lippen, doch er
schaut trotzdem auf. Und obwohl er nun wirklich nicht ahnen
kann, dass ich ihn seit sechzehn Jahren nicht gesehen habe oder
dass er in meinen Träumen nur als verwesende Leiche vorkam,
springt er von dem kleinen Tisch auf, läuft auf mich zu und
schlingt die Arme um meinen Bauch.

Ich drücke ihn fest an mich.

»Guten Morgen«, sage ich mit Tränen in den Augen.

»Morgen«, erwidert er begeistert und strahlt mich mit seinen

Grübchen an, die ich so sehr liebe. »Madeline geht mit mir zum Strand. Kommst du auch?«

Ich blinzele die Tränen weg, bevor sie fallen. »Das würde ich ja gern, aber Mutter und ich haben schon andere Pläne.« Und obwohl ich weiß, dass nichts daraus werden kann, und obwohl es mir das Herz bricht, sage ich dasselbe zu ihm, was ich vor hundertzwölf Jahren auch gesagt habe: »Morgen?«

Er nickt. »Morgen.«

Ich blicke ihm und seinen hüpfenden Locken nach, während Madeline ihn hinausbugsiert, damit er seinen Badeanzug anzieht. Mutter mustert mich argwöhnisch.

»Du benimmst dich heute Morgen recht merkwürdig«, stellt sie fest. »Geht es dir nicht gut?«

»Doch, Mutter«, antworte ich, setze mich an den Tisch und nehme mir einen Scone.

Ich muss Ruhe bewahren und darf das alles nicht so an mich heranlassen – oder es mir zumindest nicht anmerken lassen. Mutter soll keinen Anlass haben, unsere Pläne für heute zu ändern. Alles muss genauso bleiben, damit Alec und ich eine Chance haben zu fliehen.

* * *

Es ist richtig bizarr, der Hausdame durch den Garten im Innenhof zu folgen, während sie uns ihre Vorstellung des Hochzeitsfrühstücks schildert. Nicht, weil ich mich ohnehin an alle Einzelheiten erinnere – von ihren Vorschlägen für den Blumenschmuck bis zu dem mit Monogramm versehenen Porzellan –, sondern weil ich wieder dieses beengende Gefühl habe, das mich jedes Mal einschnürt, wenn die Dame meinen Hochzeitstag erwähnt. Es ist eine atemraubende Angst, die mich hinter meinem einstudierten Lächeln zu ersticken droht.

Doch an diesem Morgen war es anders. An diesem Morgen wusste ich, dass ich um Mitternacht mit Alec davonlaufen und all das hinter mir lassen würde, und war aus einem ganz anderen Grund aufgeregt. Ich fragte mich, ob es funktionieren würde, und zählte die Stunden, bis wir endlich vereint waren. Ich betete, dass ich im Morgengrauen Mrs Alec Petrov sein würde.

Jetzt bin ich aus den gleichen Gründen nervös, aber unser Plan ist ein anderer und ich weiß, was uns im Falle unseres Scheiterns erwartet.

»Wieso bist du so zappelig?«, fragt Mutter ganz leise und bewegt dabei nur den Mundwinkel, während die Hausdame uns einen Mustertisch mit einer weißen Tischdecke und einem Gesteck aus weißen, perlenverzierten Blumen zeigt. »Wirst du noch anderswo erwartet?«

»Nein«, flüstere ich zurück. »Entschuldige.«

Ich konzentriere mich mit allen Fasern meines Körpers darauf, stillzuhalten, bis diese Besprechung vorüber ist, obwohl mir tausend Fragen durch den Kopf schießen. Wird Lon trotz allem heute Nachmittag Golf spielen und darauf vertrauen, dass dieser Tag sich genauso abspielt wie beim ersten Mal? Ist es Alec gelungen, sich den Wagen zu sichern, damit wir nach Savannah fahren können?

Werde ich meinen Vater je wiedersehen?

Um halb zwölf bedanken Mutter und ich uns bei der Hausdame und begeben uns in die Eingangshalle, wo uns zahlreiche Gesichter begegnen, bekannte wie fremde. Die alten Schachteln sitzen derweil oben im ersten Stock in ihren Sesseln auf der Galerie und schauen zu, wie sich hier unten das Leben abspielt. Ich blicke mit schmalen Augen nach oben und frage mich, ob sie Lon bereits von Alec und mir erzählt haben. Dabei muss ich mich schwer zusammenreißen, um ihnen nicht den Mittelfinger zu zeigen.

Stattdessen schaue ich nach vorn und schenke ihnen keine

Beachtung. Und mit einem Mal – es raubt mir schier den Atem – ist er da und kommt in derselben Pagenuniform auf mich zu wie an dem Tag, als wir uns kennengelernt haben.

Alec.

Da er meinen Blick meidet, wende ich mich auch schnell ab, doch er geht so nah an mir vorbei, dass er mir einen Zettel in die Hand drücken kann. Ich halte ihn vor Mutter verborgen, bis wir unseren Platz im Speisesaal eingenommen haben und sie sich der Speisekarte widmet. Rasch lese ich die hastig dahingekritzelten Worte im Schutz der Tischdecke.

Kein Auto. Treffen zur verabredeten Zeit. 14-Uhr-Fähre.

Wir hatten bereits beschlossen, die Fähre um zwei zu nehmen, wenn das mit dem Wagen nicht klappen sollte. Das Boot um halb zwei würden wir nicht bekommen, da wir nicht so schnell am Pier sein konnten. Also hat sich eigentlich nicht viel geändert, aber es fühlt sich trotzdem so an.

Aus unerfindlichen Gründen fühlt sich Plan B nicht so verlässlich an wie Plan A.

Nachdem Mutter ein leichtes Mittagessen – bestehend aus Suppe und Salat – für uns ausgewählt hat, gehen wir eine halbe Stunde später wieder in unsere Suite und ziehen uns in unsere jeweiligen Zimmer zurück. Diesmal packe ich keinen Reisekoffer – es bringt nichts und würde nur Aufmerksamkeit erregen.

Mir bleibt nichts anderes übrig, als zu warten.

Kapitel Achtundfünfzig

NELL

Als ich eintreffe, steht Alec bereits am Hintereingang. Er hat die Pagenuniform ausgezogen und trägt stattdessen seine Hose mit den Hosenträgern und ein Baumwollhemd. Unauffällige Kleidung, die niemandem ins Auge sticht. In meinem Kleiderschrank etwas Ähnliches aufzutreiben war schon schwieriger, deshalb habe ich mich für die Bluse und den Rock entschieden, die ich auch anhatte, als er mich zum Tanz nach Canvas City mitgenommen hat. Mein Haar ist zu einem Zopf geflochten und ich trage einen schlichten Strohhut, den ich mir tief über die Augen gezogen habe.

Am liebsten würde ich auf Alec zurennen, die Arme um ihn schlingen und seinen Duft einatmen, und sein Blick verrät mir, dass er sich umgekehrt dasselbe wünscht. Aber wir schauen beide rasch woandershin und bleiben auf den gegenüberliegenden Seiten der Lobby stehen wie zwei Individuen, die zufällig am selben Ort sind statt zwei Hälften eines Ganzen auf der Flucht.

»Bereit?«, formt Alec mit den Lippen.

Ich nicke ganz leicht mit dem Kopf. Fast unmerklich, aber Alec registriert es. Er wendet sich zur Tür. Er wird als Erster hinaus und dann Richtung Pier gehen. Eine halbe Minute später folge ich ihm. Er wird an der nächsten Ecke auf mich warten, weit genug entfernt von neugierigen Blicken. Und dann spazieren wir zusammen zur Fähre wie ein ganz normales Pärchen, das sich in der Stadt vergnügen will.

Alec legt die Hand auf den Türknauf und zieht.

Die Tür öffnet sich nicht.

Ich reiße die Augen auf. Dann schaue ich zur Seite, richte den Blick auf die Uhr, als wartete ich auf jemanden. »Probier es noch einmal«, murmele ich und sehe ihn dabei beschwörend an.

Alec versucht es, aber die Tür gibt nicht nach.

Ich gebe jede Tarnung auf und durchquere die Halle bis zur Doppeltür. Dann drehe ich den Türknauf der zweiten Tür, aber auch sie lässt sich nicht öffnen. Alec sieht mich an.

»Nein«, flüstere ich.

Lons Gelächter schallt quer durch die Halle. Die übrigen Gäste scheinen es im Vorbeigehen nicht zu hören, aber für uns ist es ohrenbetäubend laut.

»Ihr dachtet wohl, ihr könntet die Regeln ändern und ich würde das einfach so geschehen lassen?«, ruft er.

Alec greift nach meiner Hand.

»Tja«, fährt Lon fort, »auch ich kann die Regeln ändern.«

Die Türen springen auf und Alecs Hand wird mir entrissen. Er fliegt nach draußen, saust über die Stufen hinweg und landet hart auf dem Kies.

»Alec!« Ich will ihm nachlaufen, aber die Türen knallen mir vor der Nase zu. Ich hämmere dagegen. Drehe an den Türknäufen. Zwänge meine Finger in den Türspalt und versuche die Türen aufzuziehen.

Vergebens.

Alec schlägt von der anderen Seite gegen die Türen, schreit meinen Namen, kann aber nicht hereinkommen.

»Gib nicht auf, Nell!«, ruft er. »Ich finde einen anderen Weg.«

»Nun denn«, sagt Lon und sein Schmunzeln lässt seine Worte vergnügt klingen. »Zeit, sich ein bisschen zu amüsieren.«

Die Tapete an der Wand fängt an zu verschwimmen, als würde man ein Gemälde mit Wasser übergießen. Die Farben vermischen sich, bis ich die Türen nicht mehr erkennen kann.

»Alec, hier geschieht etwas!«, brülle ich.

Er antwortet nicht.

Die Farben bilden neue Linien, neue Formen. Ich schließe die Augen, denn von dem Anblick wird mir übel.

Als ich die Augen wieder öffne, stehe ich im überfüllten Ballsaal. Um mich herum drückt die Dunkelheit gegen die Fenster. Ich trage nicht länger die schlichte Bluse und den marineblauen Rock, die ich noch Sekunden zuvor anhatte. Stattdessen habe ich das Kleid vom letzten Ball an. Lon steht vor mir, ein Lächeln auf den Lippen.

»Darf ich um diesen Tanz bitten?«

Er gibt mir keine Gelegenheit, mich zu weigern, sondern tritt einen Schritt vor, nimmt meine Hand und schlingt den anderen Arm um meinen Oberkörper.

Er holt tief Luft. »Sechzehn Jahre habe ich darauf gewartet, dich wieder zu berühren, Darling. Das ist eine lange Zeit«, flüstert er mir ins Ohr.

Die Uhr schlägt elf. Noch dreißig Minuten, bis ich in mein Zimmer laufe, packe und mich umziehe. Fünfzig Minuten, bis Lon mich dort entdecken wird. Eine Stunde, bis er erst mich und dann sich erschießt.

Lon wirbelt mich über die Tanzfläche, dreht und dreht und dreht mich immer wieder, bis mir schlecht wird.

Ich kann Alec nirgendwo entdecken.

***

Alles ist genauso wie an jenem Abend, selbst Lons schnapsgetränkter Atem und sein trunkenes Genuschel. Mutter und Vater

stehen am Rand der Tanzfläche und plaudern mit Lons Geschäftspartnern und deren Ehefrauen. Benny und Madeline befinden
sich in der Suite von Bennys Freund, um dort zu übernachten,
und Alec ist noch immer nirgends zu entdecken.

Doch als die Uhr halb zwölf anzeigt und das Orchester Debussys »Rêverie« anstimmt – dasselbe Stück, das gespielt wurde, als
ich im Juni 1905 zum ersten Mal den Speisesaal betreten habe;
dasselbe Stück, das ich mehr als ein Jahrhundert später im Ballsaal höre, eine geisterhafte Melodie, die aus dem Nichts zu kommen scheint –, beugt Lon sich vor und sagt mit vollkommen
nüchterner Stimme: »Ich glaube, das ist dein Stichwort, um wegzulaufen.«

Ich starre ihn an, unsicher, was ich tun soll. Wenn ich jetzt in
mein Zimmer renne, wird diese Nacht ganz bestimmt so enden,
wie alle anderen Nächte zuvor. Aber wenn ich es nicht tue, wenn
ich hierbleibe, weiß ich auch nicht, ob das irgendetwas ändern
wird.

Ich muss Alec finden.

Ich entziehe Lon meine Hand und trete einen Schritt zurück.

Sein Gesicht verzerrt sich zu einem überbreiten Grinsen. »Nun
mach schon, Aurelea«, sagt er. »*Lauf.*«

Ich beiße die Zähne zusammen, um gegen den Drang anzu-
kämpfen, genau das zu tun. Diese Genugtuung will ich ihm nicht
geben. Stattdessen gehe ich zu Mutter, wie ich es all die Lebzeiten
zuvor getan habe, und sage ihr, dass ich mich wegen Kopfschmerzen in mein Zimmer zurückziehe. Sie ist nicht zufrieden mit mir,
und in der Vergangenheit hätte mich die Enttäuschung in ihrem
Blick ins Mark getroffen. Aber heute Abend bin ich zu sehr damit
beschäftigt, mir ihr Bild einzuprägen. Voller Leben und heil und
gesund. So möchte ich sie in Erinnerung behalten. So möchte ich
Vater in Erinnerung behalten und Benny, wenn all dies vorbei ist.
Selbst wenn es nur für die letzten paar Minuten meines Lebens ist.

Ich sehe Lon noch einmal an und lasse ihn stumm wissen, dass ich keine Angst vor ihm habe, dass ich nicht aufgeben werde, während ich gelassen aus dem Ballsaal gehe.

Sobald ich seinen wissenden Blicken entronnen bin, streife ich die Schuhe ab, hebe meine Röcke an und renne zum Hintereingang. Bis auf ein paar Hotelangestellte und Pärchen in dunklen Ecken sind die Flure menschenleer. Sie starren mich an, aber das kümmert mich nicht. Ich halte mich nicht mehr an dieses lächerliche Drehbuch.

Ich erreiche die Doppeltür und versuche sie zu öffnen, aber die Türknäufe lassen sich nicht drehen und die Türen machen keinerlei Anstalten nachzugeben. Ich versuche die Schrauben aus den Angeln zu ziehen – vergebens. Die Türen sind wie zugeschweißt und Alec antwortet nicht, als ich seinen Namen rufe. Ich renne zurück durch die Lobby, an einem verblüfften Rezeptionsmitarbeiter vorbei. Dann probiere ich mein Glück an den Türen des Vordereingangs.

Nichts.

Ich rüttle an den Türen und verfluche Lon, doch sie bleiben verschlossen.

Durch die Fenster der Eingangstüren sehe ich Alec auf mich zulaufen. Er hämmert von der anderen Seite dagegen, doch sosehr wir uns auch abmühen, wir können sie nicht öffnen.

»Ich versuche, irgendwie ins Hotel zu gelangen!«, ruft er mir durch die Scheibe zu. »Versteck dich vor ihm, bis ich drin bin.«

»Alec ...«

»Sieh mich nicht so an«, sagt er. »Sieh mich nicht so an, als sei dies ein Abschied. Das ist kein Abschied, hast du mich verstanden?«

Wieder reißt er an den Türen. Seine verzweifelten Versuche, zu mir zu gelangen, treiben mir Tränen in die Augen. Wir beide wissen, dass er nicht hineingelangen wird, wenn Lon es nicht will.

»He!«, ruft der Angestellte am Empfang. »Was tun Sie da?«

Ich wische mir die Tränen von den Wangen und sage so versnobt und autoritär, wie ich kann: »Öffnen Sie diese Tür!«

Der Rezeptionist runzelt die Stirn. »Ist sie denn verschlossen?«

Er kommt hinter dem Empfang hervor.

Lons körperlose Stimme umfängt mich. »Aber, aber. Du verdirbst mir ja den ganzen Spaß, Aurelea.«

»Bitte beeilen Sie sich«, sage ich zu dem Mann.

»Wie wäre es damit, wenn wir dich dorthin bringen, wo du hingehörst, hmm?«, fragt Lon.

Wieder beginnt die Welt um mich herum zu verschwimmen.

Ich wende mich zurück zur Tür. »Alec!«

Das Letzte, was ich sehe, ist Alec, der verzweifelt versucht, zu mir zu gelangen ...

... und dann bin ich auch schon in meinem Zimmer. Mein Reisekoffer liegt auf dem Bett, Alecs Papierring steckt an meinem Finger und Lon steht in der Tür, die Hände zu Fäusten geballt.

Kapitel Neunundfünfzig

NELL

»Da sind wir wieder«, sagt er und pirscht sich an mich heran wie ein Luchs. »Du – bereit, mich für einen Habenichts zu verlassen. Und ich, der verliebte Verlobte, der es nicht kommen sah.« Ich sollte Angst vor ihm haben, aber meine Wut ist stärker als meine Furcht. Dieser Mann, der mir wehgetan und mich begrapscht hat, um seine Dominanz zur Schau zu stellen, der mich in einem Anfall von eifersüchtiger, trunkener Wut getötet hat, der all das in Gang gesetzt hat, anstatt mich einfach gehen zu lassen, mich glücklich sein zu lassen – dieser Mann *wagt* es, zu behaupten, er hätte mich geliebt?

»Du warst nie verliebt, Lon«, sage ich mit bebender Stimme zu ihm. »Du warst ein Kind, das sein Lieblingsspielzeug nicht verlieren wollte.« In seinen Augen blitzt eine Warnung auf, aber ich mache weiter. »Du bist noch immer dieses Kind. Unfähig, mich ziehen zu lassen.«

»Oh nein. Jetzt geht es viel tiefer als damals«, sagt Lon mit zusammengebissenen Zähnen und kommt näher. Ich bleibe in der Nähe der Wasserkaraffe, sehe sie aber nicht direkt an. Noch nicht. »Hast du eine Ahnung, wie es ist, sich selbst zu töten, Aurelea? Diese Qual, die ich in jenem Augenblick fühlte? Der überwältigende Drang nach Erlösung? Ich wusste nicht, wo meine Seele landen würde – ziemlich wahrscheinlich in der Hölle, obwohl ich mir sicher war, ich könnte im Zweifelsfall mit Gott verhandeln –, aber es schien eine bessere Alternative als das Gefühl vollkommener Zerstörung zu sein, das ich in dem Moment empfand, als ich dich tötete. Aber weißt du, wo ich stattdessen landete? In diesem verdammten Hotel.« Er schlägt mit der Faust gegen die Wand. »Gefangen innerhalb dieser Mauern. Ein nie endendes Fegefeuer. Glaubst du wirklich, dass ich dir nach alldem hier *dein* Happy End gönnen würde?« Seine Nasenlöcher weiten sich. »Ich wäre nicht einmal hier, wenn nicht um deinetwillen.«

»Das hast du dir selbst angetan, Lon. Du kannst keinem anderen die Schuld dafür geben.«

»*Wage es ja nicht* ...«

Er hebt die Hand, aber ich bin schneller als er und greife nach der Wasserkaraffe, anstatt wie erwartet das Fenster einzuschlagen. Ich schleudere sie ihm gegen den Kopf, so fest ich kann, und das Porzellan zerbricht an seinem Schädelknochen. Er fällt auf die Bettkante und greift sich an die Schläfe, wo bereits Blut aus der Wunde sickert.

Ich laufe hinüber in den Salon, schleudere Arme und Beine wie Pumpenschwengel nach vorn, hechte zur Tür.

»Wo soll es denn hingehen?«

Lon taucht vor mir auf und ich komme schlitternd zum Stehen.

Er lacht. »Du kannst dich wehren, so viel du willst, Darling«, sagt er. »Es wird nichts daran ändern, wie das hier ausgeht.«

In einem anderen Leben stünde Alec jetzt an der Tür und würde darauf warten, mich zum Fluchtauto zu bringen. Er würde eine Möglichkeit finden, in die Suite zu gelangen und mich zu retten. Aber Alec steht nicht an der Tür – er befindet sich nicht einmal im Hotel und es gibt niemanden, der mich retten kann, außer mir selbst.

Ich wirbele herum und halte verzweifelt nach Vaters Jagdgewehr Ausschau. Es muss ja irgendwo sein – wo sonst hätte Lon es finden sollen? Aber Lon durchschaut mich.

»Suchst du etwas?«, fragt er und taucht schon wieder vor mir auf.

Ich gönne ihm nicht die Genugtuung einer Antwort. Wieder laufe ich Richtung Tür und dieses Mal erreiche ich sie, bevor er mich aufhalten kann. Aber als ich sie öffnen will, ist sie verschlossen.

Lon schmunzelt. »Es hat auch seine Vorteile, innerhalb dieser Mauern gefangen zu sein. Ich kann sie nach Belieben meinem Willen unterwerfen.«

Seine Gestalt verschwimmt. In der einen Sekunde ist er noch auf der anderen Seite des Salons und in der nächsten direkt vor mir. Mit der Hand umschließt er meine Kehle und drückt mich gegen die Tür. Sein Blick ist irre, Blut läuft ihm von der Schläfe in die Augen, doch seine Stimme ist gefährlich ruhig. »Ich werde nie zulassen, dass er dich bekommt«, flüstert er mir zu.

Ich ramme Lon mein Knie mit Wucht zwischen die Beine. Er krümmt sich zusammen vor Schmerz und seine Finger lockern sich so weit, dass ich mich aus seinem Griff befreien kann. Ich haste in Bennys Zimmer, da bei ihm die Fenster immer offen stehen. Vielleicht kann ich durch eines nach draußen klettern, und wenn ich mich am Sims herablasse, ist der Abstand zum Boden nicht mehr so groß ...

Doch Lon ist schon wieder zur Stelle, reißt mich an den Haaren und wirft mich zu Boden. Ich stoße gegen Bennys Leuchtkasten, in dem wie immer eine Kerze brennt. Weil er jedes Mal vergaß, sie auszublasen, wenn er sein Zimmer verließ. Der Leuchtkasten rollt über den Boden und lässt in einem schwindelerregenden Wirbel Halbmonde und Polarsterne über Wände und Decke gleiten.

»In diesem Leben hast du ein paar neue Tricks gelernt, Aurelea«, sagt Lon, »das muss ich dir lassen. Du bist jetzt eine viel besseres Kämpferin als damals.«

Ich versuche mich vom Boden hochzustemmen, doch Lon tritt mir in die Rippen und wirft mich wieder um. Ein blendender, heißer Schmerz schießt mir durch die Flanke. Ich rolle mich zu einer Kugel zusammen, da tritt er mich noch einmal. Rauch schwängert die Luft und mir wird allmählich klar, wie fehl am Platz der Geruch in einem Hotel wirkt, in dem offenes Feuer verboten ist.

Du musst aufstehen, ermahne ich mich. Du darfst ihn nicht gewinnen lassen. Steh auf, steh auf, steh auf ...

Lon holt aus, um mich wieder zu treten, aber ich rolle mich von ihm weg und springe auf. Als der Schmerz meine Seite durchzuckt, schreie ich. Lon kommt auf mich zu, aber ich schaue ihn nicht an. Hinter ihm entzündet sich ein Ball aus orangefarbenen Flammen und kriecht die Vorhänge hoch.

Auf dem Boden davor liegt Bennys Leuchtkasten.

Ich bin so abgelenkt, dass ich Lons Hand nicht kommen sehe. Er schlägt mir hart ins Gesicht und vor meinen Augen explodieren schwarze und weiße Sterne. Der Schlag lässt mich taumeln und ich stolpere vorwärts. Dann greife ich nach der einzigen Waffe, die ich finden kann – Madelines Stricknadeln auf ihrem Nachttisch –, und verberge sie hinter dem Rücken. Die Flammen wachsen, werden höher und mächtiger, nähren sich von den Vorhängen und den Holzwänden, die wie Zunder brennen. Schweiß perlt auf meiner Stirn und in den Furchen meiner Handflächen. Ich umklammere die Nadeln noch fester.

Lon packt mich bei den Schultern, dreht mich herum. Ich lasse die Nadel nach vorne schnellen und ziele auf seine Augen. Er wehrt mich gerade noch rechtzeitig ab und packt meine Hand. Ich grabe ihm die Zähne in den Unterarm, bis Blut kommt. Er jault auf, halb vor Schmerz und halb vor Wut, und lässt mich los.

Dann holt er mit der anderen Hand zum Schlag aus, aber ich fliehe bereits in den Salon.

Wo ist das Gewehr? Wo, wo, wo?

Der Rauch wird jetzt dichter, wabert aus Bennys Zimmer in den Salon, brennt mir in den Augen und vernebelt mir die Sicht. Ich höre Lons Schritte hinter mir, suche aber weiter nach dem Gewehr. Lon stand an der gegenüberliegenden Wand neben dem Sofa, als er damit auf Alec gezielt hat, deshalb muss es ...

Lon stürzt sich auf mich und stößt mich zu Boden. Ich schmettere ihm den Handballen gegen die Nase und es gibt einen scheußlichen *Knacks*. Dann versuche ich von ihm wegzukrabbeln. Er zerrt an meinem Rock und zieht mich zurück. Ich schlage um mich, kratze und trete ihn, wo immer ich ihn erwischen kann. Es reicht, um mich aus seiner Gewalt zu befreien.

Weil sich der Rauch über unseren Köpfen zu einer schwarzen Wolke verdichtet, krieche ich geduckt vorwärts. Die Flammen kräuseln sich über Bennys Türsturz und erfassen die Decke des Salons. Ich sehe etwas Silbernes aufblitzen.

Das Gewehr.

Es lehnt an der Wand, halb verborgen von dem Beistelltisch, auf dem Vaters Reinigungsutensilien liegen. Er muss den Lauf poliert und dann das Gewehr dort abgestellt haben, um es später wegzuschließen. Auf der Suche nach Lon blicke ich mich kurz um, aber er ist nirgends zu entdecken. Dann robbe ich hinüber zum Gewehr. Die Flammen über mir werden immer heißer. Ich schiebe den Tisch zur Seite und greife nach der Waffe.

Lons Hand umschließt den Lauf im selben Moment, in dem ich den Schaft packe. Ich ziehe an dem Gewehr, aber Lons Griff ist fester. Meine Finger rutschen ab und ich fasse nach dem Einzigen, was ich noch erreichen kann.

Dem Abzug.

Lon reißt erschrocken die Augen auf. Er rammt mir den Schaft in die gebrochenen Rippen. Ich stoße einen Schmerzensschrei aus, lasse aber nicht los. Lon versucht das Gewehr noch fester zu packen, bis meine Hand vom Abzug gleitet. Ich rapple mich hoch, um die Hebelkraft besser nutzen zu können, und taste mich vor. Der Rauch ist so dicht, dass ich weder Lon noch das Gewehr richtig erkennen kann. Doch schließlich spüre ich das runde Metall des Abzugbügels und meine Finger ziehen am Abzug, gerade als Lon mir das Gewehr entreißen will.

PENG.

Der Schuss fährt durch das Zimmer wie ein Blitz. Lon und ich starren uns an, die Augen entsetzt aufgerissen. Dann geben Lons Knie ganz langsam nach und er fällt zu Boden. Blut verteilt sich auf seinem weißen Frackhemd, direkt über seinem Herzen.

Ich trete einen Schritt zurück, das Gewehr in meinen Händen zittert. Ich habe keine Ahnung, ob ich ihn getötet habe, falls man jemanden, der seit einem Jahrhundert tot ist, überhaupt töten kann. Um ihn herum bildet sich eine Blutlache. Ich werfe mich auf den Boden, um dem Rauch zu entkommen, halte das Gewehr aber weiterhin umklammert.

Lon dreht den Kopf zu mir, sieht mich an und ich rechne halb damit, ihn wieder verschwinden und vollkommen unversehrt vor mir auftauchen zu sehen. Aber er holt tief Luft und ein einzelnes Wort entfährt rasselnd seiner Kehle.

»Aurelea.«

Sein Körper zuckt. Noch einmal holt er keuchend Luft, dann werden seine Augen trüb.

Die Türen und Fenster, die er verschlossen gehalten hat, springen auf. Ich ducke mich weg, denn der jähe Windstoß, der dadurch entsteht, schürt die Flammen noch weiter. Das Feuer explodiert quer durch den Raum, verschlingt die Wände, die Decke, die Möbel. Sobald der Luftdruck im Raum wieder ausgeglichen ist, erstirbt der Wind, aber das Unheil hat bereits seinen

Lauf genommen. Ich versuche, zur offen stehenden Tür zu krie-
chen, doch der Rauch ist überall und ich habe keine Ahnung, ob
ich mich in die richtige Richtung bewege. Meine Lungen brennen,
entweder wegen des Rauchs oder wegen meiner gebrochenen
Rippen. Ich bekomme keine Luft mehr. Mit jedem verzweifelten
Atemzug füllen sich meine Lungen weiter mit Rauch und ich
drohe zu ersticken. Mein Kopf dreht sich, mir verschwimmt die
Sicht und alles fängt ... an ... zu verblassen ...

»Nell!«

Alec steht in der Tür. Ein Balken stürzt von der Decke herab
und kracht zu Boden. Alec springt darüber hinweg und kommt
vor mir zum Stehen.

»Alec ...«

»Alles wird gut«, sagt er und hebt mich auf. »Ich hab dich.«

Er steigt über den Balken und dann trägt er mich hinaus auf
den Flur. Hustend würgen wir den Rauch aus. Andere Gäste laufen an uns vorbei, »Feuer!«-Rufe gellen durch die Gänge, doch der
Großteil der Fliehenden strömt aus dem Ballsaal heraus. Alle laufen zu den Ausgängen.

»Halt durch, Nell«, sagt Alec, entfernt sich von der Menge, die
sich vor dem Eingang drängt, und läuft zu den Hintertüren. »Wir
werden es schaffen.«

Ich merke, wie ich immer wieder bewusstlos werde, doch mit
jedem Atemzug sauberer Luft weicht der Rauch aus meinen Lungen und ich glaube ihm. Wir werden es schaffen.

»Halt durch«, beschwört mich Alec noch einmal und tritt die
Hintertüren mit dem Fuß ein.

Ich schlinge meine Arme fester um seinen Hals, während er
mich aus dem Hotel trägt, die Stufen hinunter und auf den Kiesweg, wo bereits ein altmodischer Feuerwehrwagen parkt.

»Geht es Ihnen beiden gut?«, fragt einer der Feuerwehrmän-
ner, der zum Gebäude eilt.

Ich will ihm gerade sagen, dass mit uns alles in Ordnung ist, als der Mann plötzlich von einem blendend weißen Licht verschluckt wird. Ich schließe die Augen, weil es so grell ist.

»Alec?«

»Schon gut«, murmelt er in mein Ohr. »Ich liebe dich, Nell.«

»Ich liebe dich auch.«

Alle Geräusche um uns herum – die Feuerwehrleute, die Befehle brüllen, die Menschen, die schreiend aus dem Hotel flüchten, und das Knirschen von Kies unter ihren Füßen – vermengen sich, werden lauter, bis nichts als ein Rauschen zu hören ist.

Kapitel Sechzig

NELL

Auf einmal trübt sich das Licht und die Welt kommt zur Ruhe, bis nur das bleibt: das Meeresrauschen, die Sommerbrise und Alecs warmer Atem in meinem Nacken.

Ich schlage die Augen auf.

Wir stehen vor dem Hintereingang, aber der Weg besteht aus Asphalt und nicht aus Kies, und vor uns steht auch kein Feuerwehrwagen. Stattdessen gibt es einen Parkplatz, gerammelt voll mit modernen Autos.

Als Alec und ich uns anschauen, liegt uns die gleiche Frage auf der Zunge.

»Glaubst du –?«

»Sind wir wirklich –?«

Wir lachen, aber keiner von uns beendet die Frage. Ich habe zu viel Angst, es könnte sich als Traum erweisen, und wir würden einander wieder verlieren, wenn wir es aussprechen.

Alec streicht mir die Haare aus der Stirn. »Du hattest blaue Flecken«, sagt er. »Wo Lon dich ...« Er schluckt, weil er es nicht über die Lippen bringt. »Und deine Haut war vom Feuer gerötet, sieht jetzt aber gut aus. Du hast nicht einmal einen Kratzer.«

Ich hole tief Luft und tatsächlich ist keine Spur von Rauch mehr in meiner Lunge. »Es ist, als wäre nichts geschehen.«

Vorsichtig hilft mir Alec wieder auf die Beine. Erst jetzt merke ich, dass wir beide dieselben Sachen anhaben wie vor unserer Zeitreise. Ich trage eine Yogahose und ein Tanktop, Alec ein graues Langarmshirt und eine schwarze Jogginghose.

»War das schon mal so?«, frage ich ihn.

Er nickt. »Aber ich war immer allein.«

Wir sehen uns eindringlich an, weil das ein gutes Zeichen ist, aber wir können es beide noch nicht fassen. Und wenn wir das Ganze mit dem Feuer vermurkst haben und wieder hier gelandet sind, um alles noch mal zu durchleben? Ist heute überhaupt der Tag, für den wir ihn halten?

Die Welt ist an diesem Morgen in eine blaugraue Farbpalette getaucht, doch am Strand zu unserer Linken bricht am Horizont bereits goldenes Licht durch. Wortlos nimmt Alec meine Hand und geht mit mir ans Wasser.

Als eine Joggerin auf uns zukommt, halte ich sie mit einer Geste auf, und sie zieht die Ohrhörer raus.

»Ich weiß, es klingt komisch«, sage ich mit einem zaghaften Lächeln, »aber könnten Sie uns sagen, welches Datum wir haben?«

Sie runzelt die Stirn. »12. August.«

Alec drückt fest meine Hand. Ich bekomme kaum noch Luft. »Welches Jahr?«

Zunächst lächelt sie, weil sie glaubt, wir würden uns einen Spaß erlauben. Doch dann sieht sie die Verzweiflung in unseren Augen und wird wieder ernst. »Oh, äh ...« Sie räuspert sich. »Zweitausendsiebzehn.«

»Danke«, murmele ich.

Sie nickt, steckt die Ohrhörer wieder ein und joggt weiter. Ich wende mich Alec zu.

2017. Nicht 1905.

12. August. Nicht der elfte August. Auch nicht Juli oder Juni oder ein anderer vergangener Monat.

Wir wurden nicht zurückbefördert, um es noch einmal zu

durchleben. Wenn heute der 12. August ist und wir hier sind und nicht im Jahr 1905, kann das nur eins bedeuten ...

Ein strahlendes Lächeln erblüht auf Alecs Gesicht.

»Haben wir es geschafft?«, frage ich.

»Moment«, sagt er und zieht an meiner Hand. »Einen Test gibt es noch.«

Wir gehen am Strand entlang, während die Morgenröte den Himmel entflammt und das Meer ein Wiegenlied für uns singt. Ich staune über das Gefühl von Alecs Hand in meiner und die Luft in meiner Lunge und den Sand zwischen meinen Zehen. Jede Sekunde, in der ich atme, fühlt sich wie das kostbarste Geschenk aller Zeiten an und ich weiß nicht, wieso ich das nicht schon viel früher begriffen habe. Doch wenn das alles jetzt echt ist, wenn wir den Fluch tatsächlich gebrochen haben, dann verspreche ich, dass ich all das nie wieder für selbstverständlich halten werde.

Alec bleibt stehen. »Hier verläuft sie«, sagt er. »Die Grundstücksgrenze.«

»Bist du sicher?«

Angespannt betrachtet er die Stelle am Strand, an der er im vergangenen Jahrhundert bestimmt tausendmal aufgehalten wurde, und ich glaube ihm.

Ich gebe ihm einen Kuss auf den Handrücken.

Alec sieht mich an.

»Gemeinsam?«, frage ich.

Er nickt. »Gemeinsam.«

»Bei drei«, sage ich. »Eins. Zwei. Drei.«

Wir machen einen Schritt nach vorn und gehen davon aus, von der unsichtbaren Grundstücksgrenze aufgehalten zu werden. Doch unsere Beine gleiten hindurch, gefolgt von unseren Körpern. Alec zögert, nur ganz kurz, und dreht sich dann mit Tränen in den Augen zu mir um. Dann hebt er mich unter Jubelrufen hoch und wirbelt mich herum.

»Du bist hier«, sagt er zitternd in meinen Armen. »Du bist wirklich hier.«

»Wir sind beide hier.« Ich schmiege mich enger an ihn. »Wir haben es geschafft.«

Wir halten einander fest und wollen gar nicht mehr loslassen, bis die Sonne schließlich so hoch steht, dass mein Vater schon wach sein muss. Wahrscheinlich fragt er sich, wo ich bin.

Ich trockne meine Tränen und schaue zu Alec hoch. »Hast du Lust, mit mir und meinem Dad zu frühstücken?«

Alec lächelt. »Supergern.«

Er legt den Arm um mich und kehrt mit mir zum Hotel zurück – jedoch nicht am Strand innerhalb der Grenzen, die Alec ein Jahrhundert lang beschränkt haben. Stattdessen schlendern wir durch eine ruhige Seitenstraße hinein in die Welt, die er in den vergangenen Jahrzehnten nur aus der Ferne gesehen hat.

Und all das erleben wir gemeinsam.

Epilog

NELL
Februar 2018

Man könnte meinen, dass ganz Winslow Island zum Ball anlässlich des hundertvierzigsten Geburtstags des Grandhotels sowie zur Eröffnung der Ausstellung *Ein Spaziergang durch die Zeiten* gekommen ist. In der Eingangshalle wimmelt es nur so von Herren in feinen Anzügen und Damen in Cocktailkleidern, und die Kellner kommen mit ihren Hors d'œuvres und Champagnerflöten kaum durch. Ich stecke die Hand in die Clutch und überprüfe auf meinem Handy ein weiteres Mal die Uhrzeit.

»Entschuldige die Verspätung«, flüstert Alec mir ins Ohr.

Ich lächele, als er die Arme um mich schlingt und mir einen Kuss auf die Wange gibt. »Wie ist die Prüfung gelaufen?«

»Sehr gut«, antwortet er. »Es gab keine Fragen, mit denen ich nicht gerechnet habe.«

Nachdem er sich am College in Charleston eingeschrieben hatte, bestand Alec die meisten Kurse und konnte sogar ein Jahr früher seinen Abschluss machen. Seine Lehrer haben bereits bestätigt, dass er an der Medical University of South Carolina so gut wie angenommen ist, wenn er so weitermacht.

Selbstverständlich könnte er mit seinen Noten und Prüfungsergebnissen überall einen Platz bekommen.

Durch eine Lücke in der Menge sehe ich meinen Vater und

Sofia, die mit Max in der Nähe der Türen zum Innenhof stehen. Ich nehme Alecs Hand und schlängele mich mit ihm zu ihnen durch. Dabei fällt mein Blick auf den Verlobungsring an Sofias Finger. Es wäre gelogen zu behaupten, es hätte sich nicht seltsam angefühlt, als die beiden begannen, miteinander auszugehen, oder als Dad mir seinen Wunsch offenbarte, sie zu heiraten. Ich fürchte, es wird mir ewig einen Stich versetzen, wenn Dad seinen Arm um sie legt statt um Mom und wenn er Sofias Essen isst statt Moms, oder wenn er ihr etwas zu Weihnachten schenkt und unser Leben mit ihr teilt statt mit Mom. Aber ich kann auch nicht leugnen, dass es zwischen meinem Vater und Sofia ... funkt. Ich wollte es erst nicht wahrhaben, aber so ist es nun mal. Und seit sie nicht mehr auf subtile Weise herauszufinden versucht, ob ich mich an meine vergangenen Leben erinnern kann – was sie, wie sie mir später gestanden hat, selbst total unheimlich fand –, ist sie völlig normal. So normal, wie man sein kann, wenn man von Hotels besessen ist.

Ich weiß, dass sie miteinander glücklich werden.

»Hey, Max«, sage ich jetzt, als wir bei ihnen sind. »Gibt es Neuigkeiten von der University of South Carolina?«

Alec und ich haben Wort gehalten, nachdem der Fluch aufgehoben war, und die Geschichte bestätigt, die Sofia Max über uns erzählt hat. Zunächst hat er uns nicht geglaubt. Wir mussten ihm unser Foto aus dem Jahr 1905 zeigen und dann auch all die anderen, die Alec in seinem Zimmer aufbewahrt hat. Mit unserer Erlaubnis hat Max die Geschichte zu einem Drehbuch verarbeitet, mit dem er sich für das renommierte Studium Drehbuchgestaltung an der USC beworben hat. Es würde mich überraschen, wenn er abgelehnt würde, denn auf der Basis dieses Drehbuchs hat er sich bereits an mehreren Universitäten im Land einen Platz gesichert.

Ich glaube, irgendwann will er die Geschichte in Hollywood

verkaufen, aber darüber mache ich mir keine Sorgen. Sie ist einfach zu abgedreht und niemand würde auf die Idee kommen, sie könnte tatsächlich so passiert sein. »Noch nicht, drück mir die Daumen. Hey«, sagt Max und schüttelt Alec die Hand. »Wie geht's?«

Sobald Max verstanden hatte, dass Alec und ich es ernst miteinander meinen, hat er mit Leichtigkeit wieder auf Freundschaft umgeschaltet. Zum Glück, denn als die Schule anfing und ich die Neue war, konnte ich wirklich einen Freund gebrauchen.

»Oh«, sagt Max plötzlich und wendet sich mir zu. »Wie blöd bin ich eigentlich? Du hast heute vorgetanzt, oder?«

»Allerdings«, sage ich kokett.

Im Herbst habe ich tatsächlich das Stipendium an der Charleston School of Ballet bekommen und verbringe seitdem jede Sekunde im Ballettstudio, es sei denn, ich bin in der Schule oder mit Alec zusammen. Es ist nicht einfach, das alles unter einen Hut zu kriegen – ich gehe jeden Morgen um fünf Uhr ins Studio, damit ich nach der Schule und dem Ballettunterricht mehr Zeit für die Hausaufgaben habe –, aber ich würde es nicht anders wollen. Heute war das Vortanzen für die Aufführung im Frühling, die sich die Scouts der besten Ballettschulen im Land ansehen. Und eine Hauptrolle erhöht natürlich die Chancen, auf eine gute Schule zu kommen.

»Und?«, fragt Max. »Wie ist es gelaufen?«

Alec drückt meine Hand. Ich habe ihm sofort geschrieben, als ich das Ergebnis erfahren habe.

Ich strahle Max an. »Ich habe die Hauptrolle in *Romeo und Julia* bekommen.«

Er macht große Augen. »Sie lassen dich den Romeo tanzen?«

Ich stoße ihm den Ellbogen in die Rippen.

»Scherz!«, sagt er, schlingt den Arm um mich und zieht mich an sich. »Herzlichen Glückwunsch.«

345

Dad grinst mich stolz an und legt Sofia den Arm um die Schultern.

Es macht mich echt fertig, dass er als Einziger in unserer neuen Familie nicht die Wahrheit über Alec und mich kennt. Manchmal bin ich kurz davor, es ihm zu sagen, doch ich weiß, wie schwer es ihm fiele, das zu glauben. Außerdem bin ich nicht sicher, ob er damit umgehen könnte, dass ich im letzten Sommer beinahe gestorben wäre. Eines Tages erzähle ich es ihm vielleicht. Möglicherweise ist es dann nicht mehr so schrecklich, aber jetzt, nur wenige Jahre nach Moms Tod, würde es ihm bestimmt große Angst machen.

Ich bin Sofia noch aus einem anderen Grund dankbar. Mir ist bewusst, dass sie Mom in Dads Herzen nie ersetzen wird und es auch gar nicht wollen würde. Aber wenn ich mitbekomme, wie viel besser es meinem Vater geht, nimmt es mir den Druck, in seiner Nähe bleiben zu müssen. Keine Ahnung, wohin es Alec und mich irgendwann verschlägt, aber es gibt überall im Land hervorragende medizinische Hochschulen und Balletttruppen und ich habe zum ersten Mal seit dem Tod meiner Mutter keine Angst mehr vor dem Unbekannten.

Was auch immer geschieht, es wird ganz wunderbar, das weiß ich. Weil ich hier bin. Weil ich lebe.

Und Alec auch.

Ein Mikrofon wird eingeschaltet. Otis steht mit einem Champagnerglas vor dem Museumssaal und räuspert sich.

»Guten Abend«, sagt er. »Danke, dass Sie uns an diesem besonderen Abend Gesellschaft leisten. Es hat fast zwei Jahre gedauert, diese historische Ausstellung aufzubauen. Ohne zwei begnadete junge Menschen, die einen großen Teil ihrer Freizeit geopfert haben, um mir altem Knacker zu helfen, wäre es nicht so weit gekommen. Darf ich Nell Martin und Max Moreno zu mir nach oben bitten?«

Als ich Max mit hochgezogenen Augenbrauen ansehe, zwinkert er mir zu.

»Komm«, sagt er.

Die Gäste applaudieren, während wir uns nach vorne durchschlängeln. Otis stellt sein Champagnerglas ab und weist uns an, mit ihm die riesige Schere in die Hände zu nehmen.

»Ich mache es kurz«, sagt Otis, »und erkläre hiermit die Ausstellung *Ein Spaziergang durch die Zeit* offiziell für eröffnet.«

Wir schneiden das Band durch und bekommen dafür noch mehr Applaus. Bevor wir hineingehen, warten Max und ich auf unsere Eltern und Alec. Max hat den Arm um Otis gelegt, dicht gefolgt von Dad und Sofia.

Die Ausstellung ist genauso geworden, wie Otis und Sofia sie sich vorgestellt haben. Man fühlt sich wie ein Teil der langen und aufregenden Geschichte des Grandhotels. Lebensgroße Fotos von Hotelgästen aus verschiedenen Epochen stehen rund um die Vitrinen, dazu gibt es Videos von ehemaligen Präsidenten und Prominenten, die hier abgestiegen sind. Aus versteckten Boxen kommt Musik aus allen Jahrzehnten (meine Idee), die zwischen Klassik, Ragtime, Rock'n'Roll aus den Fünfzigern und zeitgenössischen Songs wechselt.

Alec und ich bleiben vor dem Exponat *Der Brand von 1905* stehen. Es gibt nur wenige Informationen darüber: ein Foto aus der Zeitung, das den Schaden zeigt, und den dazugehörigen Artikel, in dem steht, das Feuer hätte sich glücklicherweise nur auf eine einzige Suite beschränkt. Ein Leuchtkasten wurde als Unglücksursache benannt. Das Poliermittel, mit dem die Dienstmädchen die Wände und das Mobiliar bearbeiteten, war der perfekte Zündstoff und so hatte sich das Feuer innerhalb weniger Sekunden in ein Inferno verwandelt. Dank des damals hochmodernen Alarmsystems im Grandhotel gab es nur einen Toten. Ein Foto von Lon Van Oirschot mit einer kurzen Biografie, die seine Familiengeschichte umreißt, vervollständigt diesen Ausstellungsabschnitt. Dort steht, dass er tragischerweise am Ende des Sommers heiraten wollte und diese Verlobung durch seinen frühzeitigen Tod ein jähes Ende fand.

Die Suite war rasch renoviert worden. Touristen werden draußen vor dem Hotel von ihren Reiseführern häufig aufgefordert zu raten, welche Suite es denn war, doch der Wiederaufbau ist so glatt verlaufen, dass man es wirklich nicht sehen kann.

Alec drückt meine Hand und flüstert: »Sollen wir woandershin gehen?«

Ich nicke. Den gesamten letzten Monat habe ich mit dem Aufbau dieser Ausstellung verbracht. Ich kenne jedes Wort, jedes Foto und jedes Video auswendig.

Alec führt mich an den Strand. Der Vollmond taucht den Sand und die Wogen mit der weißen Gischt in sein silbernes Licht. Keine Wolke steht am Himmel. Wir ziehen die Schuhe aus und gehen ans Wasser. Das ist unser Platz, an dem wir einst im Sand lagen und das Wasser über uns rauschen ließen. Hier haben wir uns zum ersten Mal geküsst. Hier haben wir uns verliebt.

»Ich habe geflunkert, als ich sagte, die Prüfung wäre erst so spät«, sagt Alec. »Ich habe sie schon am frühen Nachmittag geschrieben.«

Ich runzele die Stirn. »Warum?«

»Darum«, sagt er und greift lächelnd in die Tasche. »Ich musste das hier noch besorgen.«

Er hält eine schwarze Samtschachtel in der Hand. Mir bleibt das Herz stehen.

»Ich weiß, ich kann dir noch keinen offiziellen Verlobungsring schenken, weil dein Vater sonst einen Herzinfarkt bekommt«, sagt er. »Aber ich dachte, für den Moment ist es genau das Richtige.«

Er öffnet die Schachtel. Sie enthält einen Ring wie aus Glas, mit einem silbernen Rand. Alec nimmt ihn heraus und hält ihn gegen den Mondschein, damit ich den Papierstreifen darin sehe, auf dem ein Zitat von Walt Whitman steht.

Ich will darauf achten, dass ich dich nicht wieder verliere.

»Ich schenke dir diesen Ring«, sagt Alec, »als Zeichen des Versprechens, das wir uns in einem anderen Leben gegeben haben. Und als Zeichen für das, was ich dir jetzt verspreche: dich jeden Tag zu lieben und zu ehren für den Rest meines Lebens.«

»Oh, Alec.« Er steckt mir den Ring an den Finger und mir kommen die Tränen. »Er ist perfekt.«

Ich schlinge die Arme um seinen Hals und küsse ihn. Während das Meer an den Strand rauscht und der Mond von oben zusieht, hüllen uns diese zehn Worte ein, das Versprechen, einander niemals wieder zu verlieren.

ENDE.

Spieglein, Spieglein an der Wand

Juno Dawson
Sag nie ihren Namen
336 Seiten
Taschenbuch
ISBN 978-3-551-31651-6

Als Bobbie und ihre beste Freundin Naya an Halloween den legendären Geist Bloody Mary beschwören sollen, glaubt niemand, dass wirklich etwas passieren wird. Also vollziehen sie das Ritual: Fünf Mal sagen sie Marys Namen vor einem mit Kerzen erleuchteten Spiegel ... Doch etwas wird in dieser Nacht aus dem Jenseits gerufen. Etwas Dunkles, Grauenvolles. Sie ist ein böser Hauch. Sie lauert in Albträumen. Sie versteckt sich in den Schatten des Zimmers. Sie wartet in jedem Spiegel. Sie ist überall. Und sie plant ihre Rache.

www.carlsen.de

Fürchte dich vor der Wahrheit

Megan Miranda
Gefährliche Wahrheiten
336 Seiten
Klappenbroschur
ISBN 978-3-551-31642-4

Überall lauert Gefahr! Das weiß die 17-jährige Kelsey nur zu gut. Denn ihre Mutter hat das Haus seit Kelseys Geburt nicht verlassen – seit sie mehreren Kidnappern entkommen konnte. Zu ihrem Schutz verhält Kelsey sich möglichst unauffällig. Doch ein Autounfall, bei dem sie von einem Mitschüler gerettet wird, löst ein wahres Medienfeuer aus. Als Kelsey wenig später abends nach Hause kommt, ist ihre Mutter verschwunden. Und auf dem Gelände verstecken sich Fremde. Aber das Böse wartet nicht im Dunkeln, sondern in der Vergangenheit.

CARLSEN

www.carlsen.de

Zum Sterben schön

Roxanne St. Claire
Schön, schöner, tot
400 Seiten
Taschenbuch
ISBN 978-3-551-31618-9

Kenzie ist ein Latein-Nerd, schlau, ehrgeizig – und auf der Liste der zehn heißesten Mädchen der Schule! Sie versteht die Welt nicht mehr. Die Partyeinladungen häufen sich, alle wollen mit ihr befreundet sein und gleich zwei süße Jungs flirten sie an. Doch dann passieren mysteriöse Unfälle. Das erste Mädchen der Liste stirbt ... kurz darauf Nummer 2. Alles nur Zufälle? Oder ein düsterer Fluch? Für Kenzie beginnt ein mörderischer Wettkampf gegen einen unsichtbaren Gegner. Und die Uhr tickt, denn sie ist die Fünfte!

www.carlsen.de